Amour(s) à Taïwan

—

1 – L'été des libertés

ABIGAIL
HING WEN

Amour(s) à Taiwan

1 – L'ÉTÉ DES LIBERTÉS

Traduit de l'anglais
par June Silinski

ellipsis

Ceci est une œuvre de fiction.
Toute ressemblance avec des personnages, lieux, organisations
ou évènements existant ou ayant existé ne serait que purement fortuite.

AVERTISSEMENT DE CONTENU

AGRESSION PHYSIQUE, AGRESSION SEXUELLE, CATASTROPHE NATURELLE, DÉTRESSE PSYCHOLOGIQUE, DISCRIMINATION, MISOGYNIE, RACISME, RELATION TOXIQUE, REVENGE PORN, SEXE, VOMISSEMENT

Amour(s) à Taïwan — L'été des libertés
par Abigail Hing Wen

Loveboat, Taipei

Couverture française / Conception graphique : Eilean Books

Composition et mise en pages
PCA

Le papier intérieur de cet ouvrage est composé de fibres naturelles, renouvelables, recyclables et fabriquées à partir de bois issu de forêts plantées expressément pour la fabrication de pâte à papier.

ISBN : 978-2-38562-023-3 (broché)
ISBN : 978-2-38562-024-0 (e-book)

Loi 49-956 du 16 juillet 1949 sur les publications destinées à la jeunesse.

Dépôt légal : août 2024

1re édition
10 9 8 7 6 5 4 3 2 1

Achevé d'imprimer en République tchèque par FINIDR en juillet 2024,
sur du papier issu de forêts gérées durablement.

Amour(s) à Taiwan

Le 31 mars
UNIVERSITÉ BROWN
Bureau d'admission de l'université

Chère Ever,

Nous vous remercions de votre intérêt pour notre programme d'éducation en médecine libérale. Les candidats de cette année étaient exceptionnellement talentueux et nous avons le regret de vous informer que notre comité n'a pas pu vous offrir de place pour l'année à venir…

Le 31 mars
UNIVERSITÉ DE BOSTON
Faculté des arts et sciences

Chère Ever,

Chaque année, nous devons faire face à la décision difficile de refuser des candidats hautement qualifiés…

Le 31 mars
ÉCOLE DE MÉDECINE DE L'UNIVERSITÉ DE WASHINGTON
Programme universitaire de recherche en médecine

Chère Mademoiselle Wong,

Bien que vos qualifications soient impressionnantes, nous ne pouvons malheureusement pas vous admettre…

Le 1er avril
CENTRE MÉDICAL DE L'UNIVERSITÉ DE ROCHESTER

Chère Everett,

Notre programme ne compte que dix places et j'ai le regret de vous informer que…

Le 1er avril
UNIVERSITÉ RICE
Université Baylor de médecine

Chère Ever,

Nous vous remercions de votre intérêt pour le programme de recherche en médecine de l'université Rice/Baylor. Malheureusement…

Le 3 avril
ÉCOLE DE MÉDECINE DE CWRU

Chère Mademoiselle Wong,

C'est avec regret que…

Le 3 avril
UNIVERSITÉ DE NORTHWESTERN
École de médecine Feinberg

Chère Ever,

Félicitations. Nous sommes ravis de vous offrir une place dans notre programme avancé en médecine. Depuis 1961, nous offrons une expérience pédagogique unique pour les étudiants motivés qui aspirent à une carrière médicale...

Le 4 avril
UNIVERSITÉ DE NEW YORK
École des arts de Tisch

Chère Ever,

Notre faculté de danse ne peut malheureusement pas vous admettre pour le moment. Cependant, nous vous proposons une place sur notre liste d'attente...

Le 1er mai

À l'intention de l'université Northwestern et de l'école de médecine Feinberg,

- ☑ *J'ACCEPTE l'offre d'admission et j'ai payé l'acompte de 500 $.*
- ☐ *Je DÉCLINE l'offre d'admission.*

Ever A. Wong

1

CHAGRIN FALLS, OHIO – 5 JUIN

L'enveloppe passe par notre fente à lettres comme un mot d'amour.

En voyant l'emblème violet et familier, une flamme à quatre pétales qui s'ouvre comme l'éventail d'un danseur, je me rue en bas de l'escalier couvert de moquette délavée. J'envoie un message à Megan :

en retard, j'arrive dans 5 min.

Puis je saisis la lettre presque avant qu'elle n'embrasse le paillasson.

Mon pouce suit les contours du nom de l'école dans le coin supérieur. C'est impossible. La dernière fois qu'une enveloppe comme celle-ci est arrivée, avec des plis bien nets, une odeur de papier neuf et d'encre, et tachée d'empreintes digitales, c'était il y a deux mois. On aurait dit un rêve en couleurs qui faisait irruption dans la réalité grise : les bruissements de jupes en tulle couleur lavande, des rubans en satin rose qui se déroulent, la légèreté des bonds vers le ciel bleu saphir.

L'école des arts de Tisch de l'université de New York. Je n'arrive pas à y croire.

« Ah, te voilà, Ever.

— Maman ! »

Je me retourne et érafle mon bras contre l'étagère bancale que mon père a fabriquée. Je cache la lettre derrière mon dos tandis que ma mère sort de la cuisine à toute vitesse en agitant une feuille de papier. Son chemisier vert jade est boutonné pudiquement jusqu'en haut, comme d'habitude. Une sensation de panique familière se loge dans le creux de mon estomac.

« Maman, je croyais que tu étais sortie.

— Il y avait des volontaires supplémentaires à l'église aujourd'hui. J'ai une bonne nouvelle. »

Elle brandit le document couvert de caractères chinois. Encore une concoction ancienne à base de plantes pour améliorer ma circulation ? Je n'ai pas envie de le savoir, et quoi qu'il en soit, elle m'obligera à la boire sous peu.

« Nous avons présenté ta candidature et… Tu t'es maquillée ? »

Mince. Je pensais vraiment qu'elle était sortie. En temps normal, j'aurais attendu d'être au bout de la rue pour appliquer une couche microscopique de brillant à lèvres.

« Juste un peu », avoué-je tandis qu'elle prend un mouchoir sur la console.

Derrière moi, l'enveloppe s'enfonce dans les ampoules de la paume de ma main.

« Maman, je dois retrouver Megan et je suis en retard. »

J'essaie de la contourner pour atteindre l'escalier, mais le couloir, couvert du sol au plafond de portraits de Pearl et moi à tous les âges, est aussi étroit que l'intérieur d'une valise.

« Elle est déjà sur le terrain. »

Ma mère ajuste mon débardeur pour couvrir la bretelle de mon soutien-gorge et pince les lèvres, comme à chaque fois que je parle de Megan. Elle préférerait que je passe mon temps à me préparer pour entrer à l'université Northwestern, car mon cerveau et le cycle de Krebs ne s'entendent pas très bien. J'ai obtenu de justesse un B en cours de biologie avancée et cette tumeur sur mon bulletin de notes pourrait bien être maligne.

Le mouchoir s'approche de mon visage. Il ne lui vient même pas à l'esprit qu'elle envahit mon espace personnel.

« Oui, mais il faut que je te dise… »

Après un léger bruit dans la cuisine, nous entendons Pearl crier.

« Désolée ! Ma main a glissé ! »

Un moment plus tard, ma petite sœur passe la tête dans l'encadrement de la porte, derrière ma mère. Je dissimule un sourire tandis qu'elle prend une bouchée de sa brochette de pamplemousse pelé. À 11 ans, son visage est une version miniature du mien : les mêmes cheveux noirs mi-longs et un visage de lutin, mais avec des yeux de biche marron comme ceux de notre père, qui reflètent son caractère infiniment plus doux, et une lueur espiègle lorsqu'elle croise mon regard.

« Maman, à l'aide ! J'ai renversé le sucre roux !

— Tu ne t'es pas fait mal ? »

Ma mère s'élance déjà vers Pearl.

« Non, rien de cassé. »

Mon père apparaît au sommet de l'escalier.

« Tout va bien ? »

Les marches grincent lorsqu'il descend ; son ventre étire son sweat-shirt préféré des Indians de Cleveland. Sous son coude, il cale le *World Journal*, le quotidien d'Amérique du Nord en chinois qui parle de tout : la politique mondiale, le champion du monde d'échecs sino-américain de 10 ans ou encore l'ancien enfant prodige destiné à intégrer l'université de Yale et fléau de mon existence.

« Apporte le balai, s'il te plaît, me demande ma mère.

— Non, je m'en occupe, dit Pearl. Regarde, le sucre s'est surtout renversé sur la serviette. Il est encore propre. »

Pas un centime n'est gaspillé. Nous créons des diversions l'une pour l'autre depuis cinq ans, et Pearl est une experte. Je la remercie silencieusement puis passe à côté de mon père en longeant le mur. Je fais glisser mon bras sur mon ventre pour que la lettre reste cachée.

« Désolée, il faut que je me sauve. »

Mes pieds effleurent à peine les brins de la moquette tandis que je me précipite à l'étage. Je suis presque arrivée au sommet quand mon épaule fait balancer le portrait de famille sur son clou et je le saisis pour l'immobiliser.

« Ever, j'ai quelque chose à te dire. »

Ma mère ne lâche jamais prise, Pearl et moi le savons mieux que quiconque.

« Cet été…

— Désolée, Maman, je suis vraiment très en retard ! »

Lorsque je claque ma porte, les vieilles copies d'examen sur mon bureau s'envolent et mes pointes roses se balancent sur l'une des colonnes de mon lit, accrochées par leurs rubans. Ma chambre est meublée d'un petit lit, d'une commode et de quelques douzaines d'accessoires de danse : des chaussons de jazz par terre, à côté de mon placard, le drapeau de mon groupe de danse dans le coin, des justaucorps, des collants et des jupes.

Je m'adosse contre la porte et serre la lettre sur mon cœur battant.

Je n'arrive pas à y croire.

J'ai envoyé ma candidature à Tisch sur un coup de tête, en secret. Mes parents ont toléré ma passion pour la danse uniquement parce que mon conseiller d'orientation les a rassurés, en disant que je devais faire preuve d'intérêts divers sur mes demandes d'admission à l'université. Enfouie sous des tas de candidatures pour des études de médecine, celle de Tisch était un coup tenté à l'aveugle. Quand j'ai reçu la lettre m'informant que j'étais sur la liste d'attente, j'ai supposé que c'était la réponse qu'ils envoyaient à tous leurs candidats : *Merci, mais ce sera sans nous.*

En bas, la voix impatiente de ma mère se mélange au ton plus léger de Pearl. Mon estomac fait un saut périlleux : je n'ai qu'une petite minute avant que ma mère n'enfonce ma porte.

D'un doigt tremblant, je déchire le rabat de l'enveloppe.

2

Dix minutes plus tard, je cours sur le terrain derrière le lycée. Des nuages orageux et cotonneux couvrent le ciel, les restes d'un typhon qui s'est déchaîné en Asie, d'après le présentateur météo. L'herbe est humide sous mes pieds. Un match de football masculin bat son plein, une course effrénée de maillots orange de Chagrin Falls contre les bleus de Solon, un lycée concurrent. D'habitude, je me serais arrêtée pour les regarder – sous-entendu, pour les reluquer – mais aujourd'hui, je n'ai qu'une chose en tête : parler à Megan, ma meilleure amie depuis la maternelle, quand nous avons rejoint le studio de danse Zeigler. Nous avons dansé ensemble jusqu'au lycée avec notre groupe de porte-drapeaux et de danseuses qui compte douze membres.

Je la trouve à côté de sa Camry, en train de sortir nos drapeaux noir et or du coffre. Elle porte déjà la tenue réglementaire : un justaucorps noir avec de fines manches en dentelle qui captent la lumière, et une jupe assortie qui ondule autour de ses jambes longues et fines. Elle a un corps de danseuse et ressemble à une sculpture de Degas en chair et en os. Tout en me dirigeant vers elle, je ressens une pointe d'envie familière. Je préférerais suivre un cours de biologie pharmaceutique tout l'été plutôt que d'exposer mes cuisses à ce point, mais c'est le prix à payer pour danser, et je suis prête à le faire.

« Megan !

— Ever, tu as réussi à sortir ! »

Elle me fait un signe de la main, puis passe son sac fourre-tout bleu pervenche sur son épaule étroite. Ses cheveux brun-roux recouvrent ses doigts.

« Salut… Megan… dis-je en haletant.

— Dépêche-toi de te changer. »

Elle fourre mon sac dans mes bras. Je l'avais laissé dans sa voiture après notre dernière répétition pour le protéger de ma mère. Elle regarde par-dessus mon épaule d'un air inquiet.

« Stikeman a besoin du terrain pour un truc avec le personnel. On n'a qu'une heure.

— Megan. »

Je serre mon sac contre moi comme s'il s'agissait d'une bouée de sauvetage.

« Je suis admise à Tisch. »

Les hampes des drapeaux s'entrechoquent par terre et Megan pousse un cri assez fort pour qu'on l'entende à Manhattan. Je suis soudain enveloppée dans une tornade de boucles et par une odeur de romarin.

« Comment ? Quand ?

— Il y a un instant. »

Mon corps tremble comme si je n'avais pas mangé depuis des jours. J'ai caché la lettre sous mon oreiller, mais ces lignes de caractères noirs sont gravées dans mon esprit : *Nous sommes ravis de vous admettre dans notre faculté de danse…*

« Apparemment, ils m'ont aussi envoyé un e-mail, mais je fais une pause depuis la remise des diplômes. Maintenant, il faut que je réponde avant vendredi prochain. Je ne sais pas quoi faire.

— Tu ne l'as pas dit à tes parents, si ?

— Je suis descendue par la gouttière avant qu'ils ne puissent me parler.

— Ever. »

Megan agrippe mon bras et m'emmène vers l'école.

« Il faut que tu arrêtes de faire ça. Comment tu vas faire pour danser si tu te casses une jambe ? Qu'est-ce qui se passera si tu te fais vraiment mal ?

— Je ne vais pas me casser une jambe. »

Elle fronce les sourcils.

« Tisch, hein ? Tu veux y aller, je suppose. Je me trompe ?

— Eh bien, j'ai l'impression que le simple fait d'y penser est ridicule. Tu ne trouves pas ? J'ai été admise avec une bourse presque complète en faculté de médecine. Tu sais ce que ma mère pense de la danse. Tout dans le corps et rien dans le cerveau. Elle dit que c'est presque de la prostitution. De toute façon, on ne peut pas payer Tisch. S'ils apprenaient que j'ai envoyé ma candidature et que j'ai été *admise*, je crois qu'ils envisageraient de me renier.

— Et les aides financières ?

— Ce n'est pas assez. La lettre a parlé d'une bourse.

— De Tisch ?

— Non, d'une association d'artistes. Il faudrait que je passe une audition à Cleveland juste après le défilé de samedi prochain. À une heure et demie.

— C'est quoi, de la danse classique ? Du jazz ? »

La poigne de Megan sur mon bras commence à me faire mal.

« Au choix.

— Et si tu faisais ce numéro ? C'est toi qui l'as monté, ça doit compter pour quelque chose, non ? Ça te va de le faire en duo ?

— Je n'ai rien d'autre ! »

Elle fronce les sourcils et réfléchit.

« Il faudra qu'on prenne un Uber à Public Square. Merde. »

Elle me pousse vers les toilettes.

« Maintenant, il faut *vraiment* qu'on répète. Va te changer ! »

Cinq minutes plus tard, je suis assise dos à dos avec Megan dans l'herbe. Pour la pose d'ouverture, je lève la partie inférieure de la hampe en fibre de verre de mon drapeau pour former une pointe en l'air avec celui de Megan. Une sensation de chaleur familière se répand en moi comme du miel : l'impatience en attendant le rythme.

Les notes basses. Les instruments à vent.

Comme des fleurs qui éclosent, nous déroulons nos colonnes vertébrales. Nos jambes se déplient. Nos drapeaux noirs traversés par un éclair glissent d'un même mouvement pour former un soleil levant. Nous nous alignons et baissons nos drapeaux dans des directions opposées.

« Merde, ce n'est pas le bon sens », s'excuse Megan.

Nous faisons une révérence de chaque côté, reculons, tournons lentement, puis plus vite, comme si nous étions en train de nous réveiller d'un rêve.

La musique explose et nous aussi.

Je réalise un demi-tour sur moi-même. L'air déplacé par les mouvements de Megan, qui reflètent les miens, ébouriffe mes cheveux. Du vinyle noir et or claque à côté de mon oreille tandis que je lève mon drapeau tout en faisant une double pirouette. Mes pieds broient l'herbe, mes cheveux noirs fouettent mon visage. L'odeur du gazon emplit l'air et je me sens *tellement* vivante. C'est quand je danse que je me sens le plus en vie.

Megan me fonce dedans et nos hampes se heurtent.

« Désolée ! crie-t-elle. Et après ? »

Megan pense toujours au pas suivant. Je n'en ai jamais besoin. Les enchaînements, la manière dont ils changent en fonction de l'espace, de l'énergie et du tempo… c'est ce que mon corps sait faire.

« La grande roue », dis-je en haletant.

Ma main glisse jusqu'au bout de la hampe.

Tandis que la musique accélère juste avant la fin, nous nous éloignons l'une de l'autre dans une pirouette, nous nous déhanchons pendant quelques mesures trop sexy au goût des parents. Nos drapeaux sont hauts dans le ciel, ils tournent sur eux-mêmes ensemble, une fois, deux fois, puis nous nous éloignons avec grâce avant de revenir au centre. J'atterris à genoux et lève les bras en l'air.

« Désolée, j'ai foiré la transition », maugrée Megan.

Elle éteint la caméra que nous utilisons pour enregistrer cette répétition générale.

« T'inquiète. On va recommencer. »

Je m'allonge sur le dos, haletante. Mes cloques me font mal. C'est ma punition pour avoir passé des heures avec mon drapeau en fibre de verre à la main, et il nous reste encore beaucoup de travail. Cependant, tandis que les brins d'herbe chatouillent mes joues, mon cœur bat contre ma cage thoracique à un rythme entêtant.

Est-ce mon avenir ? Une vie à danser, ce sentiment de bien-être après l'entraînement… au lieu de traverser des couloirs qui sentent l'antiseptique ?

« Tu es une chorégraphe diabolique, tu le sais, ça ? »

Megan prend ma bouteille d'eau et en boit une longue gorgée avant de me la rendre.

« Une fois qu'on l'aura perfectionnée pour Public Square, Broadway viendra frapper à nos portes.

— Ha. »

Je suis passionnée par les comédies musicales : danser à Broadway, ce serait un rêve devenu réalité. Megan plaisante, bien entendu, mais le simple fait d'y penser me donne le tournis.

« Sérieusement. Comment est-ce que tu arrives à imaginer tout ça ? On est super sexy !

— Tu dirais la même chose si on était des vieilles sorcières aux cheveux verts. Ça vient tout seul. C'est ton père qui devrait recevoir une médaille pour nous avoir obtenu une place dans le défilé.

— Eh bien, son entreprise le parraine depuis dix ans. Il était temps qu'il reçoive quelque chose en retour. »

Megan tire sur le ruban doré d'une boîte de chocolats Malley's, une petite récompense en attendant qu'on reprenne notre souffle.

« Dommage que tu n'aies pas pu participer au spectacle du printemps avec le groupe. Ce numéro était *génial*. Et tu as inventé la moitié de la chorégraphie. »

Elle met une truffe dans sa bouche.

« Je n'arrive toujours pas à croire que ta mère t'a fait quitter la répétition comme ça.

— Moi, si. C'est le fait qu'elle a osé devant tout le groupe qui me tue. »

Je mords dans un morceau de chocolat noir aux framboises et frémis en y repensant.

« Pauvre Ethan, elle a agi comme s'il avait la lèpre. Tout ça parce que je dansais avec un garçon.

— Honnêtement, je ne la comprends pas. Je veux dire, tu as 18 ans.

— C'est comme ça, c'est tout. »

Le fait de me confier à Megan a des bons et des mauvais côtés. Sa famille est tellement décontractée qu'elle ne peut pas comprendre.

« Mets ça sur le dos de ses racines chinoises et baptistes. Tu sais qu'elle ne m'a toujours pas parlé de sexe ? Tout ce que j'ai appris grâce à elle, c'est que…

— *Le sexe est un aspect du mariage qu'il faut endurer, de préférence à travers un trou dans une couverture.* Tu me l'as déjà dit. »

Megan rit et je souris presque, puis elle se reprend.

« Est-ce que tu vas lui parler de Tisch ?

— Je ne sais pas. »

Mon cœur se serre.

« La faculté de médecine, c'est le chemin qui a été établi pour moi avant même que je puisse marcher. »

C'est l'accomplissement du rêve de stabilité de mes parents. Le rêve de respect.

« Ils ont déjà payé l'acompte. La danse… ils ont horreur que je passe autant de temps à en faire. Ils s'attendaient à ce que j'arrête après le lycée, quand j'entrerai dans le monde réel. »

Ils savent que je vais participer au défilé, mais j'ai minimisé la chose pour qu'ils ne viennent pas. Je ne peux pas prendre le risque qu'ils s'énervent parce que c'est une perte de temps, sans parler de ma tenue.

Ma poitrine se serre davantage et je m'appuie sur mes coudes.

« Je ne peux pas y réfléchir maintenant. J'ai juste besoin de réussir cette danse. »

Nous reprenons notre numéro et regardons les vidéos une demi-douzaine de fois, jusqu'à ce que Megan s'écroule, retire péniblement ses chaussures et masse ses orteils.

« J'ai besoin de faire une pause. »

Je m'allonge sur le dos à côté d'elle et enfonce mes pouces dans mes paumes. Certaines de mes cloques saignent… *beurk*. Je les frotte dans l'herbe sans regarder.

Le simple fait d'apercevoir mon propre sang me donne envie de vomir. Comment suis-je censée supporter une carrière remplie d'hémorragies et de plaies perforantes ?

Au-dessus de nous, des nuages gris se referment sur les derniers coins de ciel bleu. Le grondement du tonnerre fait vibrer le sol sur lequel je suis allongée.

Je m'attaque aux petits problèmes, mais pas au plus grand.

Je ne peux pas m'empêcher de penser que… si Papa obtient la prime que Maman espère… si je leur en parle quand ils sont de bonne humeur…

« À trois heures, murmure Megan. Ne regarde pas maintenant, mais un mec mignon te mate. »

Contrairement à ma mère, Megan sait quand je ne suis pas tout à fait prête à parler.

« Un footballeur ?

— Oui. »

Je fais tourner mon drapeau au-dessus de mon visage, comme un hélicoptère. Je ne peux pas le nier, peut-être parce que je suis une danseuse : j'ai un faible pour les athlètes. Non pas parce qu'ils sont populaires, mais à cause de la discipline qu'il faut pour le devenir. Et puis, il y a la manière dont ils *bougent* : avec assurance et détermination, revendiquant leur place sur Terre.

Je me redresse et jette un coup d'œil discret vers les filets de football. Les joueurs de l'équipe de Solon, avec leurs maillots bleus, forment un cercle et donnent des coups de pied dans un footbag. Un garçon asiatique croise mon regard et nous détournons les yeux tous les deux. C'est comme un code tacite entre nous. Quand vous êtes l'un des trois seuls gamins asio-américains d'une école de moins de cinq cents élèves, vous ne faites rien pour attirer l'attention vers votre côté asiatique, que ce soit le mien ou le sien.

« Pas intéressée.

— Moi, je sortirais bien avec lui.

— Ce n'est pas *moi* qu'il remarque, c'est le fait que je suis chinoise. »

Je prends mon téléphone.

« Mais, pour être honnête, j'ai remarqué qu'il l'était aussi. »

Comme on pouvait s'y attendre, le garçon s'en va avec ses coéquipiers alors même que j'affiche le site web de la bourse de danse pour m'inscrire.

« Tu vois, il est parti. »

Megan soupire.

« C'est parce que tu donnes à tous les mecs comme lui l'impression qu'ils pourront t'aborder quand les poules auront des dents. Juste parce qu'il est asio-américain.

— Dans l'État de l'Ohio, il est plus probable que je finisse avec un homme de 59 ans et divorcé deux fois qu'avec un autre Asio-Américain. C'est *ça*, mon avenir. »

Je le dis sur le ton de la plaisanterie, mais en réalité, les garçons ne s'intéressent pas à moi.

C'est pourquoi je n'en ai embrassé qu'un seul. Et au final, il ne m'a pas choisie.

« Tu dis n'importe quoi. Et le roux ? Il n'a pas 50 ans.

— Ha. Laisse tomber. »

Je mets fin à la conversation alors même qu'une décapotable bleue s'arrête sur l'asphalte en faisant crisser les pneus.

À point nommé.

« Dan ! » s'écrie Megan en se relevant à toute vitesse.

Le grand joueur de hockey sort de sa voiture et la serre contre lui avant de l'embrasser passionnément. Ils ne se sont pas vus depuis plus de six mois, depuis la dernière fois où il est revenu de l'université Rice, dans laquelle il est en première année. Le baiser ne dure que trois secondes, mais j'ai l'impression que cela fait une éternité. J'enfonce la pointe de mon pied dans le sol et les rubans familiers de la jalousie se resserrent autour de mon cœur.

« Salut, Ever. »

Les cheveux blond vénitien de Dan sont plus longs que lors de sa fête d'adieu. Mais son sourire aux dents cassées n'a pas changé. Mon justaucorps semble transparent. Et quand ses yeux couleur noisette croisent mon regard, en plus de ce sourire, l'après-midi derrière le cabanon me revient à l'esprit.

Ses grandes mains sur mes hanches. Sa langue qui écarte mes lèvres. Il m'a enseigné tout ce que je sais sur les baisers, mis à part ce que j'ai appris en m'entraînant sur des oranges avec Megan au collège.

Et ensuite, Maman et Papa l'ont fait fuir.

« Dan veut aller faire un tour en voiture. »

Megan enroule ses bras autour de moi. En dépit de notre entraînement épuisant, ses cheveux sentent encore le romarin. Je vois bien qu'elle se sent coupable d'être heureuse à mes dépens, et elle me pose une question silencieusement : *Ça va, hein ?* Megan est au courant pour le baiser ; elle sait que c'est du passé. *Nous sommes encore amies parce que tu as le plus grand cœur de ce côté du Mississippi,* m'a-t-elle dit. En réalité, la plupart du temps, j'essaie de ne pas penser à eux. Ensemble. Elle me serre plus fort.

« On reprend demain ? On va t'obtenir cette bourse.

— Merci. »

Je la serre dans mes bras, pour qu'elle ne s'inquiète pas. Ensuite, étant donné qu'elle est juste là, je m'oblige à en faire autant avec Dan. Comme si c'était juste un ami comme les autres...

« Everett ! »

Je sursaute. Mon pied trébuche sur celui de Dan. Mon oreille s'égratigne sur la courte barbe de ses joues lorsque je bondis en arrière pour faire face au public dont j'avais ignoré la présence.

Ma mère.

Elle charge depuis notre voiture et son chemisier couleur jade claque comme un parachute. Derrière elle, mon père enfonce davantage sa casquette des Indians de Cleveland sur sa tête, comme s'il essayait de rapetisser de quelques centimètres. Il avance en boitant à cause d'une vieille blessure qu'il s'est faite en glissant alors qu'il passait la serpillière au travail.

Je croise les bras sur mon justaucorps, un geste inutile. Dan recule lorsque ma mère se dirige vers moi, tel un bélier furieux. De grosses gouttes de pluie bombardent ma tête et mes épaules lorsqu'elle agrippe mon col en dentelle, me faisant perdre l'équilibre, bien qu'elle ne fasse qu'un mètre cinquante-quatre, cinq centimètres de moins que moi.

« Tu portes *ça* ? En public ? »

J'essaie de me libérer. Les manches de mon justaucorps sont *longues*, pour l'amour du ciel ! Megan écarte Dan du champ de tir, mais ce n'était pas nécessaire : ses yeux ressemblent à ceux d'un cheval sauvage face à un brasier qui l'a déjà brûlé.

« Qu'est-ce que tu fais là ? » demandé-je d'une voix étranglée.

Ma mère met brusquement une feuille sous mon nez. Une lettre officielle couleur crème pliée en trois. Le précieux insigne en forme de flamme violette est froissé sous ses doigts.

Ma lettre de Tisch.

3

« Qu'est-ce que c'est que ça ? demande ma mère. Qu'est-ce que tu as caché d'autre ?

— Pourquoi tu ne nous l'as pas dit ? »

Mon père écarquille les yeux derrière ses lunettes en écaille de tortue.

« C'est pour ça que tu n'as été acceptée que dans une seule faculté de médecine ? insiste ma mère.

— Non ! Bien sûr que non ! »

Dieu sait que je me suis donnée corps et âme en envoyant mes candidatures et en passant les entretiens, sachant l'importance que cela avait pour ma famille. Mais même si le programme de Northwestern est mieux classé que celui de Brown, mes parents ont considéré que j'avais été rejetée des autres universités à cause de mes B en biologie.

« Comment est-ce que tu as trouvé ça ?

— Une femme a appelé pour demander si tu acceptais », répond ma mère en serrant les dents.

J'imagine l'explosion qui a dû avoir lieu au téléphone, puis la fouille frénétique de ma chambre. Elle secoue la lettre comme si elle était couverte de fourmis rouges.

« Il n'y a aucun avenir dans la danse ! Tu veux vivre comme Agatha quand tu seras vieille ? Tu veux que *nous* vivions comme ça ? »

Agatha. L'exemple de morale préféré de ma mère, à l'église. Elle se présente aux déjeuners gratuits pour les personnes âgées avec du rouge à lèvres tellement mal appliqué qu'on dirait qu'un enfant a gribouillé sur sa bouche, et rabâche continuellement ses lointaines heures de gloire au sein de la troupe du Cleveland Ballet.

Mon père n'aurait pas eu l'air plus stupéfait si j'avais sorti un pistolet et que je lui avais tiré une balle dans la poitrine.

« Tu l'as dit à Northwestern ?

— Bien sûr que non », dis-je.

Les épaules de mon père se détendent.

« Je n'ai rien dit à personne ! »

Mais je lis la bulle qui plane au-dessus de la tête de Megan : *Dis-leur ce que tu désires. Ils ne peuvent pas continuer de te traiter comme une petite fille.*

« Tu crois que ton père voulait pousser un chariot d'aide-soignant pendant toutes ces années ? demande ma mère. Il l'a fait pour que nous ayons de quoi manger. »

Parce que le comité de l'État décernant les permis d'exercer n'a pas voulu reconnaître son diplôme médical chinois s'il ne faisait pas un internat, qu'il ne pouvait pas se permettre en ayant une femme et un bébé en route. Parce que ce monde détruit tous nos rêves. Je le sais. Oh oui, je le sais. Cette fois, elle n'ajoute pas ce qu'elle dit d'habitude : *Mais ça en vaut la peine. Tu as eu la chance de grandir en Amérique. Tu auras des possibilités dont nous ne pouvions même pas rêver.*

Et j'ai grandi, certes, en ayant conscience qu'en tant que fille aînée, il m'incombe de compenser deux vies.

Mais alors, pourquoi m'as-tu autorisée à danser quand j'étais petite ? J'ai envie de pleurer. Pourquoi me donner du miel en sachant pertinemment que mon avenir serait diabétique ? Pourquoi laisser la danse pénétrer dans mes muscles et s'infiltrer sous chaque centimètre carré de ma peau ?

« Tu as travaillé si dur », murmure mon père.

Il veut parler de la faculté de médecine, mais je ne peux pas m'empêcher de toucher les cloques enflées sur mes paumes.

Au-dessus de nous, les nuages orageux ont réduit le ciel en cendres.

« Tisch... »

J'arrive à peine à prononcer les mots.

« J'ai envoyé ma candidature sur un coup de tête. Je n'avais même pas été acceptée au début. Ce n'était pas sérieux...

— Alors, tu n'as *pas* besoin de *ça* », dit ma mère en froissant la lettre jusqu'à en faire une boule.

Elle aurait pu devenir une joueuse professionnelle avec ce tir. Ma lettre finit directement dans la poubelle.

« C'est à moi ! » crié-je.

Je fonce et agrippe le bord rouillé de la benne. Mes cloques me font mal lorsque je me penche en avant, mais mes chaussures glissent. La benne est trop haute et remplie de déchets pourris pour que je récupère mon cœur, qui bat désormais de l'autre côté de la paroi métallique. Puis ma mère agrippe mon justaucorps et me tire en arrière. Juste avant qu'elle ne referme le couvercle, un souffle d'air putréfié s'échappe de la benne.

« Qu'est-ce qui ne tourne pas rond chez toi ? » crie-t-elle.

Mes épaules frémissent. J'ai froid. Tellement froid, en dépit de la moiteur du mois de juin. Dan a reculé jusqu'à sa voiture. Megan s'agrippe à nos drapeaux. J'aurais voulu qu'ils ne soient pas là. Les yeux marron de Megan me supplient : *Dis-leur, dis-leur, dis-leur...*

Je m'efforce de parler d'une voix assurée.

« Il faut juste que je danse la semaine prochaine, au défilé. »

Pas besoin de leur parler de l'audition pour la bourse, pas avant que je la gagne.

« J'étudierai la biologie entre les entraînements. Je serai prête pour la faculté de médecine. Je te le promets.

— Ever… » proteste Megan, mais je secoue la tête.

Nous ne pouvons pas nous permettre une école comme Tisch. Cette bourse est ma seule chance et tant que je ne l'ai pas remportée, il est inutile d'en parler à mes parents.

Ces derniers échangent un regard qui ne me plaît pas.

« Pas juste la biologie, dit ma mère d'un air sévère. Le mandarin.

— Le mandarin ? »

C'est de ça qu'il devait s'agir dans le document en chinois. Mais, sérieusement ? Les cours de chinois le samedi matin avaient été une torture : trente minutes de voiture pour aller à des cours à un prix abordable à Cleveland, copier des centaines de caractères dans des tableaux, réciter de vieux poèmes sans en comprendre le moindre mot.

« J'ai arrêté les cours de chinois en CE1. »

Quand mon professeur s'était plaint parce que j'avais le niveau d'un enfant de 2 ans. La honte avait été trop lourde à supporter, même pour mes parents. Je n'aurais jamais le temps d'apprendre le mandarin cet été.

Mais dans un recoin de ma tête, une alarme commence à retentir.

« C'est ce que j'essayais de te dire. »

Ma mère sort une autre feuille pliée en quatre de sa poche. Elle jette un coup d'œil à mes amis. Sous peu, elle regrettera de s'être emportée devant eux, mais il est trop tard, maintenant.

« Ton père et moi pensons qu'il est temps que tu en apprennes plus sur notre culture. Nous t'avons inscrite à un programme. À Taïwan.

— À Taïwan ? »

Mes parents ont toujours parlé de nous emmener à Fujian, la province située au sud-est de la Chine, où ils sont nés et où ils se sont rencontrés à l'université. Ils sont partis quand mon père a fini ses études de médecine. Cependant, nous n'avons jamais eu les moyens d'y aller. La famille n'a pas pu aider non plus. Les parents de ma mère sont décédés avant ma naissance et ceux de mon père, quatre ans plus tard.

Tout ce que je sais sur Taïwan, c'est qu'il s'agit d'une île au large de Fujian et que mon oncle Johnny, qui s'est marié à la sœur de ma mère à Vancouver, y est né. Elle aurait tout aussi bien pu m'annoncer que nous décollions pour la Lune. Nous ne pouvons pas nous permettre d'aller là-bas, pas avec mes frais de scolarité à venir et ceux de Pearl à l'horizon.

« C'est une bonne occasion. »

Mon père retire sa casquette et prend soudain un air sérieux.

« Tu apprendras les *fántĭ zì*, les caractères traditionnels. »

Je ne vois pas bien de quoi il parle.

« Je ne peux pas partir une semaine…

— Huit semaines, me corrige ma mère. Ça commence ce week-end.

— Ce… *Ce week-end ?* »

Elle hoche la tête.

« Dimanche.

— Je ne vais pas y aller ! explosé-je. J'ai été acceptée à Northwestern ! J'ai fait tout ce que vous m'avez demandé ! Je n'ai rien fait de *mal* !

— De mal ? Mais ce n'est pas une punition. »

À ma grande surprise, ma mère a presque les larmes aux yeux.

« Tante Lilian dit que c'est un excellent programme. Beaucoup de jeunes gens l'adorent. Et ton billet est très cher. Et pas remboursable !

— Attends, m'exclamé-je. Tu as déjà *acheté* un billet ?

— J'ai vendu mon collier de perles noires ! »

Son collier de perles noires.

Le cadeau de son père, qui est décédé quand elle avait 15 ans. Elle était encore plus jeune que je ne le suis maintenant. Combien de fois l'ai-je vue, le jour de l'anniversaire de sa mort, retirer le fil et polir les perles avec un morceau de soie rouge ? Elle m'a souvent raconté l'histoire : *Gong-Gong* le lui avait rapporté d'un voyage d'affaires raté à Hong Kong. Et l'écho de tous leurs sacrifices résonne dans le collier de ma mère : ses pantoufles qui frottent par terre dans le couloir lorsqu'elle plie le linge, s'occupant de mes corvées quand j'étudie tard le soir, la cicatrice sur son doigt, là où elle s'est entaillée en découpant des morceaux de poulet noir pour me nourrir pendant les examens, mon père qui me conduit à la clinique pour mon stage, toutes leurs inquiétudes à propos de mes candidatures pour des facultés de médecine.

Megan serre la main de Dan.

Dis-leur, dis-leur, dis-leur…

Une guerre fait rage dans mon cœur. La culpabilité de la fête des Mères, parce que je ne me sens pas aussi reconnaissante que je le devrais. Pas même un peu.

C'est une chose de faire des pirouettes pour éviter certains aspects que ma mère contrôle dans ma vie. C'en est une tout autre de renier un avenir de sécurité financière et de respect pour ma famille pour lequel ils se sont beaucoup battus. Mes parents iraient jusqu'à s'égorger pour mon bonheur et en retour, mon avenir leur appartient.

J'aurais dû savoir qu'il valait mieux ne pas m'emporter. Mes épaules se voûtent. Je n'arrive pas à croiser le regard de Megan.

« Il faut que je trouve mon passeport », dis-je.

Puis je me dirige vers la voiture, laissant mon cœur dans la benne à ordures, haletant comme un poisson en train de mourir.

4

Mon père frappe à ma porte alors que je m'assois sur le couvercle de sa valise à motif écossais, pour essayer de faire passer la fermeture Éclair à pampilles bornée par le dernier coin avant de prendre l'avion cet après-midi. Je sais que c'est lui, car c'est le seul à frapper avant d'entrer.

« Entre », grogné-je.

Il tient une pochette noire et molle à la main. Ses cheveux grisonnants sont coiffés sur son crâne dégarni. Il a 55 ans et son visage mince est fatigué, ridé comme une carte des montagnes Rocheuses, contrairement au père avocat de Megan, qui pourrait se faire passer pour son grand frère.

« Besoin d'un coup de main ?

— C'est bon. »

Il se penche pour entrer, comme si ma porte n'était pas assez haute. D'habitude, je n'apprécie pas ma chambre à sa juste valeur, mais maintenant que je pars, mes posters de Degas, mes sachets de lavande, mes planques de petits gâteaux au beurre de cacahuète… Cet endroit ressemble au seul refuge que j'ai.

« Ce n'est pas pour que tu le prennes à Taïwan. Mais je voulais te le donner. »

La fermeture Éclair me désespère. Je prends la pochette et un stéthoscope me tombe dans les mains.

« Mon conseiller de la faculté de médecine me l'a donné quand j'ai obtenu mon diplôme. Je l'ai gardé pour toi. Est-ce que… Est-ce qu'il te plaît ? »

Le chrome est encore brillant. Il ne l'a jamais utilisé : le tube mou en forme de Y, la pièce ronde qui permet d'écouter le cœur. Je le soupèse comme un bébé dans mes mains. Ce symbole d'une profession respectée que ma famille n'a pu qu'observer de l'extérieur.

Il est plus à ma taille qu'à la sienne, comme s'il m'avait attendue. Le parquet crisse sous le poids de mon père.

Il y a quelques années, Pearl et moi avons regardé *Mulan* sur Netflix : la fille de la Chine antique qui vole l'armure de son père pour le sauver, qui revient chez elle en héroïne et qui essaie de gagner le pardon de ce dernier en lui remettant les honneurs. Et celui-ci lui répondant que le plus beau des cadeaux, c'était de l'avoir pour fille.

Pearl et moi avons pleuré comme des bébés. Ensuite, nous avons découvert que mon père l'avait regardé pendant un vol revenant de Singapour, il y a des années.

« Tu as pleuré aussi ? »

Pearl avait eu le courage de lui poser la question alors que j'attendais sa réponse à quelques pas de là.

Mon père avait affiché la grimace ridicule qu'il réserve toujours à ma sœur.

« Oui.

— Vraiment ? » avais-je dit sous le coup de la surprise.

Les miracles existaient-ils encore ? Avait-il vraiment compris ?

« À quel moment, Papa ? »

Oh, Pearl, comment oses-tu ?

« Quand les Huns ont envahi la Chine », avait-il répondu avec honnêteté.

Maintenant, les rôles sont inversés. Il voudrait que j'aime son cadeau, et je…

Il me prend le bras, un contact rare.

« Taïwan, ce n'est pas une punition, murmure-t-il. Le moment était mal choisi. Je vais peut-être pouvoir te rejoindre pendant les derniers jours, si j'arrive à organiser mon voyage d'affaires à ce moment-là. »

Il se rend dans un hôpital pour lequel il est consultant en cachette. Cela lui permet de gagner quelques dollars de plus, et il y est envoyé deux fois par an. Ce sera peut-être mon avenir : avoir un deuxième boulot. Sortir en douce de l'hôpital dans ma blouse blanche pour danser avec des jambes qui ont oublié comment bouger.

Ma mère se rue dans ma chambre et écarte mon père.

« Ever, je t'ai trouvé un coussin de voyage. »

Elle me le met entre les mains et ouvre ma valise.

« Tu es prête ? »

Elle en examine le contenu, puis retire mon sac de danse bleu pervenche et jette mon justaucorps et mes pointes sur le lit.

« Tu n'auras pas besoin de tout ça à Taïwan », déclare-t-elle avant de partir en trombe.

Mon père ouvre la bouche.

« Ever…

— Je ne peux pas faire ma valise si je suis constamment interrompue. »

Je lâche le coussin, pose son stéthoscope sur mon justaucorps interdit et reporte mon attention sur cette horrible fermeture Éclair. Je suis un automate. J'ai l'impression que leurs mains bougent à travers les miennes chaque fois que je fais quelque chose.

Je ne lève pas les yeux, même quand la porte se referme derrière lui.

À : tisch.admissions@nyu.edu
De : ever.a.wong@chagrinfallshigh.edu

À l'attention du bureau des admissions de Tisch,
C'est avec regret que je décline votre offre d'admission.

Ever Wong

Le regard trouble après avoir passé vingt et une heures dans des vols en correspondance, je mets mon bagage à main sur mon épaule et suis d'un pas chancelant mon voisin pour descendre une rampe en métal qui nous mène à l'aéroport international Taoyuan de Taipei. J'entends encore le rugissement des réacteurs dans ma tête. J'ai un goût de talc dans la bouche et je regrette d'avoir mangé ce poulet teriyaki qui menace de ressurgir de mon estomac.

L'aéroport scintille. Le reflet d'une ruée de passagers brille sur le carrelage blanc. Le parfum et les odeurs corporelles m'étouffent tandis que je suis emportée à une vitesse vertigineuse le long des boutiques qui vendent des montres Swatch et des lunettes de soleil Dior, des vitrines contenant des gâteaux à l'ananas, et un fast-food qui sert des boîtes bento noires et laquées. *Kuài diăn, kuài diăn !* Quelqu'un me pousse par-derrière.

J'aperçois mon reflet dans le miroir d'un magasin : des cheveux noirs, un corps de petite taille et un air terrifié. Entourée d'inconnus, j'essaie de ne pas paniquer et sors ma trousse de bienvenue froissée de mon sac à dos. Ma personne de référence s'appelle Chen Li-Han. Mon moyen de transport devrait être en train de m'attendre à la sortie de la zone de retrait des bagages.

Je n'ai plus qu'à le rejoindre en un seul morceau.

Je descends l'escalator, passe devant des panneaux publicitaires représentant des mannequins asiatiques plus vrais que nature que je ne peux m'empêcher de fixer du regard, traverse un couloir… jusqu'à me retrouver enfin dans une pièce rectangulaire où des files d'attente délimitées par des cordes serpentent vers une rangée de cabines réservées aux services de l'immigration. Des caractères chinois se mélangent à des mots en anglais un peu partout et des annonces en mandarin me font mal aux tympans.

Chez moi, on parle uniquement anglais, sauf quand mes parents nous cachent des choses en utilisant le mandarin. J'ai appris quelques bases à l'église chinoise, où l'office est traduit ligne par ligne : *Prions* et *Veuillez vous asseoir*. Et je connais les noms des dims sums du chariot (*har gow, shu mai, chang fen*). D'après moi, c'était tout ce dont j'avais besoin. J'espère que c'est toujours le cas. Je l'espère vraiment.

À l'aéroport de Cleveland, mon père m'a pris le bras et a murmuré : *Bon vol*. C'est un rituel hérité de la famille : le grand-oncle qui est parti en Allemagne et n'est jamais revenu, la nièce perdue en mer. C'est comme jeter du sel par-dessus son épaule. Si on ne le fait pas, la malchance pourrait s'abattre sur nous. D'habitude, c'était nous qui le disions à mon père quand nous le déposions à l'aéroport.

Mais j'ai libéré mon bras. J'ai passé le portique de la sécurité, ignorant le pincement de paranoïa qui provient de l'histoire de notre famille d'immigrants : *et s'il mourait avant mon retour ?*

Et si je me perdais et que je ne pouvais pas revenir ?

Et si j'étais kidnappée ?

Que disent tous ces gens ?

Qu'est-ce que j'ai fait ?

Ma respiration est rapide et superficielle.

Ne panique pas.

Il faut juste que je traverse l'aéroport. Ensuite, je pourrai plonger dans les tableaux de caractères et essayer de ne pas penser à Pearl, qui se trouve à onze mille deux cent soixante-quinze kilomètres, ou à Megan, qui est en train de danser à Public Square avec Cindy Sanders, qui prend ma place pendant le défilé, ou à Dan… je ne peux pas penser à lui.

Avec un peu de chance, je ne me ferai pas remarquer par le gardien de mon école-prison chinoise et je n'aurai pas besoin de parler à qui que ce soit pendant huit semaines.

Quand j'arrive à la douane, un agent hurle en mandarin derrière la vitre.

« Je suis désolée. »

Je lui tends mon passeport américain.

« Je ne parle pas la langue. »

Il fronce les sourcils, prend une photo d'identité, numérise mes index, me rend mon passeport et me fait signe de continuer mon chemin.

Je finis par trouver le tapis roulant à bagages où la valise éléphantesque de mon père tourne en rond. Je me faufile entre deux voyageurs qui se disputent en mandarin et récupère ma valise, qui est plus lourde que dans mes souvenirs. Puis je me fraie un chemin avec un autre troupeau de passagers jusqu'au hall des arrivées, suivant le courant d'une rivière d'Asiatiques que je n'ai jamais vus.

Panique !

Un océan de visages fonce sur moi, une foule de gens agitant des pancartes en carton sur lesquelles des caractères et des noms en anglais sont écrits en capitales d'imprimerie. Quelqu'un crie pour saluer quelqu'un d'autre et me pousse par-derrière, puis je tombe et me rattrape grâce à une rampe en acier qui me sépare de la cohue : des femmes portant des blouses élégantes, des hommes vêtus de pantalons beiges, même s'il fait assez chaud pour faire fondre des craies grasses par terre. Et humide. Mon tee-shirt et mes cheveux me collent déjà au corps.

Je me fraie un chemin à travers la foule et sors dans une explosion de rayons de soleil. Des klaxons retentissent. D'étranges voitures carrées passent à toute vitesse et leur rugissement me brise le crâne en quatre.

« *Chien Tan ?* demandé-je à une femme qui tient une autre pancarte. Je cherche… »

Une main semblable à une serre se referme sur mon épaule. Elle appartient à un homme chauve dont le visage ressemble à celui d'un cheval. L'odeur de cigarette et de coriandre s'abat sur moi.

« *Nǐ yào qù nǎlǐ ?*

— C-Comment ?

— *Nǐ yào qù nǎlǐ ?* »

Ses mains se resserrent sur mes bras. La panique l'emporte sur tous mes autres sens.

« Non ! »

Je me libère et fais volte-face, déterminée à revenir sur mes pas et à remonter dans l'avion.

Mais deux agents de police en bleu montent la garde devant la sortie.

Puis ma valise, alourdie par l'inertie, me fait tourner sur moi-même et mon monde bascule. Ma cheville me trahit, le trottoir se précipite vers moi. Cette fois, pas de rambarde pour m'empêcher de me rétamer par terre sans la moindre dignité.

Un cri m'échappe.

Ma valise glisse entre mes doigts.

Puis une main ferme sur mon bras me retient à quelques centimètres du sol. J'aperçois un jean. Des Nike noires.

« Ouah », perçois-je.

Je suis bouche bée en me retrouvant devant le plus beau garçon que j'ai jamais vu.

5

Le garçon m'aide à me remettre sur pied comme si je ne pesais pas plus lourd qu'un petit singe. J'ai l'impression d'en être un : un primate maladroit qui a terriblement besoin d'une douche, d'un coup de brosse et d'une pastille à la menthe.

« Ça va ? demande-t-il. L'effet du décalage horaire est plutôt fort après un vol comme celui-là. Il est quatre heures du matin pour nous. »

Il trouve des excuses pour ma détresse émotionnelle, pour justifier mon apparence qui donne le sentiment que je viens d'être recrachée par un réacteur d'avion, et c'est la gentillesse de cet inconnu qui me fait craquer. Dès qu'il lâche mon bras, je l'utilise pour couvrir mes yeux larmoyants.

Ses cheveux noirs sont ébouriffés négligemment, comme s'il n'avait pas besoin de faire attention aux premières impressions. Il porte un tee-shirt vert olive et un jean taille basse, ce qui signifie qu'il a très bon goût ou qu'il connaît quelqu'un qui a bon goût. Il est grand et mince, mais athlétique. Je n'ai jamais vu un garçon dans la vraie vie avec des bras aussi musclés.

« S-salut ! balbutié-je finement. Hum, salut ! »

Il retire un de ses écouteurs. J'entends une chanson réconfortante des Beatles qui me rappelle les moments où je faisais la fermeture du Patio Grill, où j'ai travaillé cet été. Cela dit, il n'y avait pas de garçon comme lui là-bas.

« Tu es Ever Wong ? »

Il redresse ma valise dans un bruit sourd et fronce les sourcils.

« Tu as une heure de retard. On t'attendait. »

Cinq minutes après notre départ pour Chien Tan, je me rends compte qu'il y a quelque chose de familier chez Rick Woo et ses bras à tomber par terre. Son nom ? Son visage ? Je suis peut-être juste déboussolée à cause du décalage horaire. Je me souviendrais sans doute d'avoir rencontré un garçon asiatique aussi grand et musclé. Il prend la moitié de notre banc, qui a crissé et s'est affaissé quand il s'est assis à côté de moi. Il bouge avec une force contrôlée, presque gracieuse, comme s'il n'avait jamais fait un seul mauvais pas de toute sa vie. Entre-temps, mon bras tourne au violet là où il m'a agrippée, ce qui me rappelle que j'ai failli m'écrouler devant lui et tous les autres passagers de cette camionnette de quinze places.

« Est-ce qu'on s'est déjà rencontrés ? hasardé-je.

— Non. »

Rick sombre dans un silence qui ne m'invite pas à poursuivre la conversation. Sa gentillesse initiale s'est évaporée comme une éclaboussure sur le trottoir de l'aéroport. Il tripote son téléphone portable, qui n'a pas de réseau. Il le fait tomber, jure, le ramasse, retire la carte SIM minuscule et la remet en place. *Oh, non*. J'ai oublié d'en acheter une à l'aéroport, comme mon père me l'a demandé. Je n'ai jamais été aussi accro à mon téléphone que mes camarades de classe, mais à présent, je ne peux même pas passer un coup de fil désespéré à Megan.

Le bon côté des choses, c'est que je n'ai pas à parler à mes parents non plus. Rick redémarre son portable. Son genou est pris de secousses et il appuie un bras épais dessus tout en promenant son pouce sous ses doigts d'un geste étrange et nerveux. Son mur de silence aurait été moins gênant si les autres passagers n'avaient pas jacassé à toute vitesse autour de nous, comme c'est le cas depuis que je me suis assise. Est-il vraiment aussi agacé que ça parce qu'ils ont dû m'attendre ?

Li-Han, notre chauffeur qui, apparemment, nous sert aussi de moniteur principal, croise mon regard dans le rétroviseur. Il a environ dix ans de plus que nous, est maigrichon sous son tee-shirt jaune fluo de Chien Tan, a une épaisse tignasse de cheveux noirs, des lunettes à monture noire et une mâchoire de bulldog. Il parle mandarin et je sursaute en entendant mon nom chinois : *Ai-Mei*. Il l'a utilisé pour cocher mon nom dans la liste. *Ai* signifie *amour* et *Mei, beauté*. J'ai toujours trouvé que cela sonnait moins prétentieux en chinois. Cela dit, personne ne m'a jamais appelée comme ça dans la vraie vie, mis à part mon grand-père, qui m'a baptisée, et qui est décédé quand j'avais 4 ans.

De l'autre côté de Rick, près de la porte, une jolie fille avec des cheveux noirs et raides qui tombent sur ses épaules à la peau crémeuse termine son jeu de drague avec un garçon au nez aquilin dénommé Marc. À côté de lui, c'est Spencer Hsu qui est assis, un garçon aux cheveux qui ont tourné au gris prématurément et qui a apparemment pris une année sabbatique pour travailler sur une campagne sénatoriale cet automne. Je n'ai pas encore saisi le nom de la fille et j'ai un pincement au cœur. J'aurais voulu que Megan soit là. Tout le monde ici semble déjà se connaître.

La camionnette est secouée par un nid-de-poule et la fille s'appuie sur Rick. Son visage en forme de cœur se termine par une fossette sur le menton. Ses yeux marron foncé penchent très légèrement de chaque côté de son nez. Sa robe couleur mandarine moule ses courbes généreuses et aurait facilement pu sortir d'un défilé de mode. En comparaison, mon tee-shirt couleur lilas avec un col en V au-dessus de mon short en jean me donne l'impression d'être débraillée. Même si je m'étais changée avant de descendre de l'avion, je n'ai rien d'aussi joli à me mettre.

« Salut. Li-Han veut qu'on brise la glace. Enfin bref. Je m'appelle Sophie Ha. Oui, comme *haha* ! C'est coréen. Mon grand-père était coréen. Moi, je suis de Manhattan, mais je vis dans le New Jersey maintenant. Mes parents se sont séparés et m'ont envoyée passer l'été ici, mais je serais venue de toute façon. D'où tu viens ?

— Euh, de l'Ohio. »

Les Asiatiques ne sont-ils pas censés être réservés ? Mais elle est tellement ouverte. Et elle rayonne. La lueur du soleil étincelle sur trois boucles d'oreilles qui pendent de son lobe gauche, très différentes de mes modestes clous d'oreilles. D'une certaine manière, elle me fait penser à un mélange de Megan et de Pearl.

« Cool. »

Elle pose un coude sur l'épaule de Rick comme si c'était un gros coussin. Son grand front arqué et son nez délicat me rappellent mon cousin, même si ses yeux sont ambrés, presque comme la couleur de sa peau, et non pas marron. Pourquoi est-ce qu'il me semble familier ? Écouteurs, cheveux ébouriffés, corps athlétique… Il y a une certaine ressemblance entre Sophie et Rick. La forme de leurs yeux, leurs lèvres charnues.

« Vous êtes de la même famille ?

— On est cousins », confirme-t-elle.

Je ne peux m'empêcher d'envier les avantages d'avoir un cousin canon de son âge, un réseau intégré de copains, une oreille critique en cas de coup de cœur non réciproque.

« On est allés au même lycée. Je suis pom-pom girl. Je vais étudier à Dartmouth.

— Oh, super. Moi, je danse... euh... dans un groupe de danse. De danse classique.

— Cool. Rick va aller à Yale. »

Elle penche la tête sur le côté d'un geste charmant.

« Pour jouer au *football*. »

Elle malaxe son épaule et fait semblant de l'encourager comme une pom-pom girl :

« Rah, rah, sis, boom, bah !

— Arrête, Sophie. »

Il s'avachit sur son siège, fronce davantage les sourcils et regarde par la fenêtre.

« C'est l'heure de pointe.

— J'abandonne. »

Elle soupire.

« Même moi, je ne peux pas tout le temps supporter le fait que tu boudes. »

Un instant...

Yale.

Football.

Woo.

« *C'est toi !* » m'exclamé-je.

Rick fronce les sourcils.

« Quoi ? »

Quand j'avais 9 ans, mon père m'a montré une photographie dans le *World Journal*. Elle représentait un garçon chinois maigrichon qui était né cinq jours après moi. Il avait des sourcils épais qui, depuis, s'étaient adaptés au front du garçon à côté de moi. Woo Guang-Ming (Lumière Brillante, avec le nom de famille en premier) du New Jersey avait gagné le concours d'orthographe national, alors que je ne savais même pas qu'il en existait un au-delà de ma médaille d'argent de CM1.

Peut-être que tu devrais faire plus d'efforts en orthographe, avait suggéré ma mère.

Quand j'avais 12 ans, Woo Guang-Ming avait fait ses débuts au piano au Lincoln Center.

Tu devrais t'entraîner davantage ! Plus dur !

À 14 ans, il avait gagné un prix au forum des sciences de Google grâce à un algorithme d'apprentissage automatique.

Comment est-ce que tu vas pouvoir entrer en faculté de médecine avec un B en biologie ?

Nous avons vécu le même nombre d'années sur terre et il a accompli quatre fois plus de choses.

Je me disais qu'il n'avait pas d'âme. Il vomissait des formules d'algèbre sur commande. Ses doigts étaient bouffis comme des saucisses parce que les baguettes de sa mère s'abattaient dessus quand il tapait sur les touches.

La seule fois où je n'ai pas voulu que le jeune prodige soit frappé par la foudre, c'est quand il a arrêté le piano pour prendre place sur le banc de l'équipe de football américain en troisième. Le *World Journal* était inquiet et mes parents, effondrés.

Pour qui il se prend, Tom Brady ? Il ne veut pas aller à l'université ?

Je m'étais réjouie. Pour une fois, Guang-Ming, enfant asio-américain d'une famille d'immigrés, s'était engagé hors des sentiers battus. Et être sur le banc de touche, c'était du temps de perdu d'après le *World Journal.* C'était la fin de la dynastie Guang-Ming et je ne retrouverais plus jamais d'article sur lui posé sur mon oreiller.

Mais ensuite, le jeune prodige avait été engagé comme running back à Yale. Ce n'est pas la meilleure équipe de football, mais aucun des lecteurs du *World Journal* n'y accordait d'importance. C'était Yale. Il était remonté en flèche dans l'estime de mes parents et avait chuté dans la mienne. Le seul autre prodige du *World Journal,* dont je ne me souviens pas aussi bien, s'est suicidé. Ses parents éplorés l'avaient commémoré en publiant une page entière sur son curriculum vitae.

« Quoi ? » répète Guang-Ming.

Il est là. La référence dont ma vie n'a jamais été à la hauteur, en chair et en os.

« Rien », dis-je.

Le jeune prodige fronce davantage les sourcils.

« Je n'ai jamais rencontré d'Ever. »

Sophie arrondit les angles.

« C'est un surnom ?

— Oui, pour Everett. »

J'aurais *vraiment* voulu que le jeune prodige ne soit pas entre nous à secouer son bras et sa jambe, me rendant nerveuse.

Sophie fronce les sourcils.

« Everett, ce n'est pas…

— Tu ne veux pas qu'on échange nos places ? » l'interrompt le jeune homme tout en s'éloignant de moi.

Sophie hausse les sourcils. Je rougis. Est-ce que je sens mauvais ?

« On arrive au campus dans environ cinq minutes. Calme-toi. La pauvre Ever va croire que tu es tout le temps comme ça. »

Guang-Ming remet son téléphone dans sa poche et serre le poing, faisant apparaître les veines sur son bras bronzé. Pourquoi est-ce qu'il est aussi pressé ?

Sophie soupire et se tourne à nouveau vers moi.

« Alors, Everett, c'est…

— Un nom de garçon, oui. »

Je rougis davantage ; ma gêne habituelle est quadruplée. Je n'ai plus envie de parler devant son cousin, et de l'agacer.

« Mes parents n'ont pas réalisé. »

La plupart des gens répondent : *Comment c'est possible ?*

Le jeune prodige me jette un coup d'œil.

« Je suppose qu'Everett ressemble un peu à Bernadette ou Juliette. Ce n'est pas difficile de se tromper. »

Je suis surprise. Il a compris. Parfois, certaines choses qui devraient être simples, comme la différence entre un nom de garçon et de fille, ou le fait que tout votre amour-propre n'est pas en jeu quand vous décevez vos parents, ne le sont pas. Pas si vous n'avez pas été élevés comme moi.

« Oui », dis-je.

Non pas que cela compense le fait qu'il a été le fléau de mon existence.

« Qu'est-ce que ça veut dire, déjà ? » demande-t-il.

Pourquoi est-ce que je ressens cette fascination bizarre pour la fine barbe sur sa mâchoire ?

« Courageux comme un ours. Souviens-toi que ce n'est pas moi qui l'ai choisi.

— Ever, l'Ourse courageuse. Ça me plaît », dit-il.

Je ne peux pas m'empêcher de pouffer. Il n'est pas sérieux.

« Non, je te jure. C'est mieux que mon prénom. Il vient de *La Mélodie du bonheur*. Friedrich. Ma petite sœur s'appelle Liesl. »

Je pince les lèvres, puis admets :

« C'est trop marrant. »

Il maugrée.

« Non, ce n'est pas drôle. On a dû regarder le film une centaine de fois, et à chaque fois, mes parents disent : *C'est de là que viennent vos prénoms !* »

Il agite les mains pour les imiter.

« Ma sœur en a tellement marre qu'elle se fait appeler Shelly depuis l'an dernier, quand elle était en CM2. »

Je ne peux pas m'empêcher de sourire.

« Ça me fait penser à ma petite sœur. »

Une famille qui pioche des noms dans une bonne comédie musicale assez datée, ce n'était pas ce à quoi je m'attendais pour le jeune prodige.

Il regarde à travers le pare-brise, son genou continue de tressauter et il passe son pouce sous ses doigts, de nouveau ennuyé par cette conversation de mortels.

O.K., d'accord. Je me tourne vers ma propre vitre, les joues rouges. J'ai l'impression désagréable que quelque chose cloche dans le monde autour de moi, comme si j'avais atterri dans un univers parallèle, rempli de voitures étranges et carrées, de panneaux rectangulaires, de limites de vitesse en kilomètres et de caractères chinois. Puis l'autoroute surélevée nous emmène sur des montagnes boisées. Des pagodes couleur menthe et orange s'élèvent entre les feuilles : elles sont carrées, avec des toits sur plusieurs niveaux et dont les coins ressemblent à des queues d'hirondelles, formant des tours dont la base est plus large que la pointe. Elles ressemblent à ma boîte à bijoux préférée, celle que mon père m'a ramenée d'un voyage à Singapour, mais de la taille d'une maison.

Toto, je ne suis plus dans l'Ohio… et je ne suis pas sûre de savoir comment j'appréhende la situation. Désorientée, encore en colère, mais aussi… intriguée.

« *Ai-Mei, nǐ xūyào tíng xiàlái zuò shénme ma* ? dit Li-Han.

— Euh… Désolée, je… je ne comprends pas…

— Il te demande si tu as besoin de passer au magasin pour acheter quelque chose », dit le jeune prodige.

Je rougis. Je n'ai pas besoin de son aide.

« Oh, euh, non. Non, c'est bon. Et c'est Ever. Personne ne m'appelle Ai-Mei. »

Le jeune prodige répond dans un mandarin courant pour lui faire part de ma réponse et plus encore. Il change même de manière de parler pour s'adresser correctement à une personne plus âgée : son ton est plus respectueux.

Bien entendu.

C'est peut-être une blague cruelle de l'univers : pendant ce voyage que mes parents m'ont forcée à entreprendre, je tombe directement sur le garçon auquel ils m'ont toujours comparée.

Je ne peux pas m'empêcher d'utiliser un ton acerbe :

« Si tu parles déjà mandarin, pourquoi est-ce que tes parents t'ont obligé à venir ici ?

— Oh, ils ne m'ont pas obligé. »

Ses yeux couleur ambre se tournent vers moi.

« Je suis venu de moi-même. Sophie et moi avons de la famille ici, alors on participe tous les étés. »

Le jeune prodige a *choisi* de suivre des cours d'été de chinois.

Sans commentaire.

« Évidemment, c'est différent quand on est à Chien Tan, dit Sophie. Et toi ? Pourquoi est-ce que tu as décidé de venir ?

— *Je* ne voulais pas venir. »

Ma voix monte légèrement dans les aigus.

« Mes parents m'ont obligée. »

Sophie rit.

« Eh bien, personne ne va t'*obliger* à faire quoi que ce soit ici.

— Qu'est-ce que tu veux dire ?

— Nos cousins ont participé à ce programme, chuchote Sophie. C'est le secret le mieux gardé. *Aucune supervision.* »

Oh, vraiment ?

« Alors, qu'est-ce qui… »

Le jeune homme pointe Li-Han du doigt en signe d'avertissement ; il comprend sans doute beaucoup mieux l'anglais qu'il n'en donne l'impression.

« Je te le dirai plus tard », dit Sophie à voix basse.

J'ai envie de poser plus de questions, mais notre camionnette tourne dans une allée et dépasse un bloc en béton sur lequel sont inscrits deux caractères chinois. À notre gauche, une pagode rouge, la plus grande que j'ai jamais vue, s'élève des montagnes. À droite, un garde nous salue depuis sa cabine et une barre en bois se lève pour nous laisser passer.

« Chien Tan », annonce Li-Han.

Anxieuse, je regarde par la vitre tandis qu'il parle en mandarin. Des fontaines gargouillent dans un bassin rempli de nénuphars géants. Notre camionnette tourne vers un petit campus composé de bâtiments en briques rouges avec des rangées de fenêtres à deux battants. D'autres jeunes Asio-Américains de mon âge jouent au volley-ball sur la pelouse entourée de massifs luxuriants. À côté d'une pierre ornée des caractères de Chien Tan, une mariée portant une *qipao* rouge et son futur époux en costume s'embrassent devant l'objectif de leur photographe.

« Est-ce que c'est une attraction touristique ? » demandé-je.

Il doit y avoir des endroits plus chics à Taipei pour prendre des photos de mariage.

La camionnette s'arrête. Le jeune prodige descend derrière Sophie et me tend la main.

« Li-Han dit qu'ils se sont rencontrés ici il y a quatre ans. »

Une partie perfide de moi a envie de prendre sa main, de voir si elle est chaude ou froide, mais une autre partie est en colère, contre lui et contre moi-même. Ce n'est pas comme si je ne pouvais pas sortir de la camionnette toute seule. Je descends sans son aide.

« Cool. C'était peu probable.

— Peu probable ? »

Sophie passe ses cheveux noirs par-dessus son épaule en riant.

« C'est la croisière de l'amour !

— Pardon ? Je ne me souviens pas avoir lu quoi que ce soit sur une croisière.

— Ce n'est pas une *croisière*. »

Sophie adresse un regard entendu à son cousin, mais il est déjà en train de se diriger vers l'arrière de la camionnette.

« C'est un surnom. En rapport avec la vieille série télé, *La croisière s'amuse*. Ajoute ça à la liste des trucs que je dois te dire plus tard. Rick, allons d'abord aux marchés.

— Vas-y sans moi, répond-il. Je dois trouver une cabine téléphonique. J'ai promis à Jenna de l'appeler à l'atterrissage et j'ai du retard maintenant.

— *Jenna*. »

Sophie soupire.

« Tu devrais sortir avec Ever, ajoute-t-elle, à mon grand désarroi. Regarde, elle est parfaite pour toi : tu joues au football, elle danse. »

Le jeune homme lève les yeux au ciel.

« Jenna est ma petite amie », m'explique-t-il.

Oh.

Alors, il a une petite amie.

Dans mon imagination, le jeune prodige était toujours seul. Comme moi.

Les autres passagers se sont regroupés autour de la portière arrière de la camionnette. Tandis que Li-Han insère la clé dans la serrure, Guang-Ming sort son téléphone de sa poche et me le met sous le nez.

« Jenna Chu », dit-il.

Sa petite amie sourit sur l'écran : un cliché professionnel que je n'aurais pas pu me payer même en travaillant au Patio Grill pendant un an. Elle est encore plus belle que lui : ses cheveux noirs et épais encadrent un visage fin, un nez délicat et des lèvres roses. Autour de son cou, la chevalière de sa remise de diplôme ornée d'un saphir pend au bout d'une fine chaîne en or. Quand j'étais petite, les gens disaient parfois que je ressemblais à une poupée de porcelaine, ce qui me plaisait et me déplaisait à parts égales. Mais Jenna répond vraiment à cette description, elle a même une manucure française sur ses mains jointes. Je suis surprise que le jeune prodige ne l'ait pas brisée par accident.

Son bras effleure le mien. Il se tient trop près. Je recule et aperçois une expression étrange sur son visage. De la surprise. Je tire sur ma queue de cheval, réalisant trop tard qu'elle est de travers.

« Elle est très jolie, dis-je.

— Et pas que. Elle est super intelligente aussi. »

Le ton du jeune prodige devient plus cassant et la gêne me fait rougir. Je n'avais pas voulu insinuer qu'elle ne l'était pas. Maintenant, il doit penser que je suis superficielle.

« Elle va à Williams l'an prochain. »

C'est moi, ou il en dit curieusement beaucoup sur elle ?

« Ennuyeuse, tu veux dire ? » Sophie bâille. « *Ricky*, qu'est-ce que je vais bien pouvoir faire toute seule tout l'été si tu n'es pas là ? » dit-elle, de toute évidence pour imiter Jenna.

Li-Han ouvre les portières arrière de la camionnette.

« La ferme, Soph. Elle a beaucoup de choses à faire. »

D'un mouvement brusque et impatient, le jeune prodige pose nos bagages sur le trottoir jusqu'à ce qu'il trouve une valise noire. Puis il monte l'escalier quatre à quatre.

« Rick, tu as oublié ton sac à dos, crie Sophie.

— Mince. »

Il revient le chercher et croise mon regard.

« Fais attention où tu mets les pieds, d'accord ? »

Il grimace.

« Je ne serai peut-être pas là pour te rattraper la prochaine fois. »

Pardon ?

Sur cette remarque condescendante, il passe son sac sur son épaule et remonte l'escalier à toute vitesse, comme si le fait d'appeler Jenna immédiatement allait avoir une incidence sur sa moyenne de l'année. Devant les portes coulissantes, il fait presque tomber une monitrice menue.

« Rick, *fais gaffe* ! » crie Sophie, mais il a déjà disparu.

Et bon débarras. Ses muscles ne peuvent pas régler son problème, quel qu'il soit.

« *Zhè shì Pan Mei-Hwa,* dit Li-Han pour nous présenter la monitrice qui nous rejoint tout en lissant son tee-shirt jaune de Chien Tan sur une jupe rouge à rayures jaunes, vertes et noires.

— *Huānyíng lái dào Chien Tan !* »

Mei-Hwa Pan nous fait signe des deux mains pour nous saluer. Elle parle mandarin couramment, mais ses traits arrondis ne sont pas tout à fait chinois. Sa longue tresse épaisse de cheveux noirs est ornée d'un ruban vert. Son visage est accueillant et amical, et lorsqu'elle me sourit, je suis sur le point de lui demander de me dire dans quoi je me suis embarquée.

Puis une fille qui était assise à l'arrière de notre camionnette fourre son sac dans les bras de Mei-Hwa. Celle-ci sourcille, mais la suit en haut de l'escalier, dans la même direction que le jeune prodige.

Je prends ma valise à roulettes. Un oiseau noir à long cou se pose sur des buissons le long des marches en béton. Des murs couverts de lierre nous séparent du reste de Taipei, mais pas du soleil qui s'abat sans pitié sur nos têtes.

Je ne vois pas du tout ce que la *croisière de l'amour* vient faire là-dedans.

Mais si je dois être coincée entre ces murs avec le jeune prodige tout l'été, autant me tirer une balle tout de suite.

6

Je n'ai pas l'occasion de poser mes questions sur la *croisière de l'amour* à Sophie en privé. Des plantes en pot divisent le grand hall lumineux en zones de détente composées de chaises sculptées avec des racines de cerisier entortillées. Sophie et moi nous plaçons au bout de la file d'attente devant le bureau de la réception. Sur le mur, six horloges faites avec du bois flotté poli donnent l'heure de San Francisco, New York, Taipei, Pékin, Londres et Tokyo.

Autour de nous, d'autres jeunes déposent leurs bagages en se disant les uns aux autres : *On ne s'est pas vus à l'Institut de recherche scientifique ?* Un garçon avec un tee-shirt de Berkeley fait un check avec un plus petit de trente centimètres. *Eh, je t'ai croisé à Cal-Michigan ! Désolé, mec, ce sera pour une prochaine fois.* Trois filles vêtues de robes de couleurs pastel presque identiques se jettent dans les bras les unes des autres en poussant des cris perçants : *Comment ça vaaaa ? Tu as vu que Spencer était là aussi ?* Même Sophie a de brèves retrouvailles avec des filles qu'elle a rencontrées au cours de ce qu'elle appelle le camp de vacances du Centre pour les jeunes talents.

« Comment est-ce que tous ces gens peuvent se connaître ? demandé-je à Sophie.

— C'est comme ce truc sur la théorie des six degrés de séparation. Mais pour nous, il y a genre deux degrés, tu vois ce que je veux dire ? »

Non. Je ne connais personne ici, mais à ce moment-là, ma solitude est surpassée par la sensation étrange de me fondre dans la masse. Au centre commercial près de chez moi, certaines personnes tournent parfois la tête quand je passe avec ma famille, mais ici, le fait que je suis asio-américaine est invisible, effacé comme sur une ardoise magique qu'on vient de secouer. C'est un soulagement inattendu.

Tandis que nous avançons peu à peu, Li-Han se dirige vers nous depuis la direction opposée avec un plateau couvert de verres en plastique en équilibre sur sa main. Sophie en prend deux avec de grosses pailles.

« Typique, dit-elle. Je déteste tous les sirops que les gens ajoutent dernièrement. »

Des boules marron foncé tournent paresseusement au fond d'un liquide couleur café au lait. Un film plastique recouvre le tout.

« Qu'est-ce que c'est ? demandé-je, perplexe.

— Du bubble tea ! »

Sophie transperce le film avec sa paille et aspire les billes.

« Sérieusement, tu n'en as jamais bu ? C'est du thé au lait avec des perles de tapioca.

— J'en ai entendu parler. »

Je suis méfiante : je n'ai jamais bu de boisson avec des billes solides qui tournoient dedans. Mais je suis son exemple et enfonce ma paille avec plus de force que je ne le voulais, ce qui fait rire Sophie. J'aspire une gorgée de thé froid et sucré avec des perles caoutchouteuses.

« Oh. C'est bon. »

Sophie rit de nouveau.

« Ever. Tu es une vraie *Twinkie*. »

Je fronce les sourcils. Comme les génoises de la marque Hostess : blanche à l'intérieur, jaune à l'extérieur ? Grace Chin, de mon groupe de jeunes, deviendrait folle si quelqu'un l'appelait comme ça, mais je ne suis pas en colère. Juste démoralisée... de nouveau. Même parmi une horde de Sino-Américains, je ne suis pas assez sino-américaine. Mes genoux flanchent ; Pearl me manque soudain terriblement.

Puis, un groupe de garçons se ruent vers nous : grands, petits, minces, gros, poilus. Il y en a même un qui a une moustache et un bouc effrayant. Ils nous demandent nos noms et je comprends qu'ils ont tous deux choses en commun : ils sont destinés à entrer dans les meilleures universités (UCLA, Penn, Stanford, MIT), et ils transpirent autant que moi. L'air humide semble me lécher tout le corps. L'attention des garçons, les sourires et les poignées de main accompagnées de regards ardents... tout ça est un peu accablant.

Deux filles s'arrêtent pour se présenter.

« Salut, je m'appelle Debra Lee. »

Une fille avec des cheveux courts et bleus dressés sur sa tête me serre fermement la main.

« Je m'appelle Laura Chen, dit son amie, qui porte une casquette des Yankees.

— Nous avons des bourses présidentielles, dit Debra. Nous nous sommes connues à Washington.

— Nous avons rencontré le président des États-Unis.

— C'est comme ça que nous avons été invitées à participer à ce voyage.

— Oh, Deb, on ferait mieux de se dépêcher. »

Laura regarde sa montre et affiche un sourire confus.

« Nous allons rencontrer le commissaire avec les autres boursiers. À plus ! »

Elles s'en vont à toute vitesse avant que Sophie ou moi puissions dire quoi que ce soit.

« Oh, *excuse-moi*. Un VIP attend. »

Sophie lève les yeux au ciel.

« *Ouah*, ça, c'était carrément pénible.

— Sans blague. »

Je jette mon bubble tea à moitié bu à la poubelle ; j'ai perdu l'appétit. Cela me semble évident, maintenant. Mes parents m'ont envoyée ici pour que je sois sanctifiée. Tout comme le fer aiguise le fer, un intello futé en éveille un autre. Cela dit, il ne s'agit pas d'intellos ordinaires comme moi : ce sont des surdoués de l'ordre du jeune prodige.

« Wong Ai-Mei. »

Une femme d'une quarantaine d'années, costaude et portant une *qipao* verte, me salue derrière le bureau de la réception. Sa permanente grisonnante ressemble à un casque sur sa tête.

« Je m'appelle Ever.

— *Ai-Mei* », gronde-t-elle avec l'autorité d'un général.

De toute évidence, ce n'est pas moi qui choisirai comment je m'appelle cet été.

« *Huānyíng. Wǒ shì Gāo Lǎoshī.*

Bienvenue. Je suis la professeure Gao. »

Gao… *grande*. Cela lui va bien. Je ne comprends pas le reste.

Tandis qu'elle fouille dans une boîte derrière elle, Sophie murmure :

« Tout le monde la surnomme le Dragon. Ça craint qu'elle soit la directrice du programme cet été. »

Le surnom va bien avec son menton et son nez qui lui donnent un air hautain.

Les chambres sont réparties par ordre d'arrivée. Le Dragon nous donne, à Sophie et à moi, les clés de la chambre 39 ainsi qu'un sac fourre-tout sur lequel est brodé le drapeau de Taïwan : rouge, blanc et bleu, avec un soleil blanc à la place des étoiles sur le carré bleu. Le sac contient un album de classe et une carte de Taipei. Le Dragon commence à parler anglais avec l'accent du dialecte hokkien de mes parents pour expliquer les grandes lignes du programme : le mandarin, la culture chinoise, et des études intensives.

« Quelles options souhaitez-vous ? demande-t-elle. Chacune dure deux semaines, et puis nous organisons des sorties.

— J'ai pris un double cours de cuisine, répond Sophie. J'ai déjà envoyé les miennes.

— Des options ? dis-je. Je n'en ai choisi aucune. »

Sophie reçoit un classeur rempli de recettes tandis que je passe en revue les matières : découpage de papier, cithare, yo-yo chinois, fabrication de cerf-volant, mah-jong, échecs chinois, danse de l'éventail, danse au ruban, combat à l'épée, danse du lion, tambours du dragon, course de bateau-dragon, combat au bâton à la manière de Mulan… *ouah* !

« Oh ! Ai-Mei, tes parents ont déjà envoyé tes options. »

Je lève brusquement la tête.

« Vraiment ? »

Le Dragon me tend un document sur lequel est inscrit mon nom en chinois :

Mandarin : Niveau 1
Option 1 : Introduction à la médecine chinoise
Option 2 : Calligraphie

« Eh, on est ensemble en cours de mandarin », dit Sophie, mais je l'entends à peine.

Ils ont choisi mes options.

Tout comme ils l'ont fait au lycée : le français plutôt que le latin, *une langue morte*, la biologie avancée plutôt que la danse.

« Est-ce que je peux changer pour suivre le cours de danse au ruban ?

— Ah, je suis désolée. Le cours est complet.

— Et celui de danse de l'éventail ?

— Complet aussi.

— Le combat au bâton ? »

Le Dragon secoue la tête.

« Tes parents ont demandé celles-là. Tu peux les appeler. »

J'imagine la conversation sans issue avec ma mère : *La médecine chinoise, c'est pour l'école de médecine. La calligraphie, c'est utile. C'est bon pour écrire des prescriptions pendant tout le reste de ta vie.* À onze mille deux cent soixante-cinq kilomètres, leurs mains invisibles continuent de contrôler ma vie.

Je réponds en serrant les dents.

« D'accord.

— N'oubliez pas de réserver une heure tous les soirs pour faire vos devoirs et déplacez-vous toujours avec un ami. Nous vérifierons les lits à vingt et une heures trente. Les garçons et les filles ne peuvent pas être dans une chambre ensemble et fermer la porte.

— *Bien sûr que non.* »

Sophie n'aurait pas pu avoir l'air plus sincère si elle avait levé la main et juré sur l'honneur.

« Ça ne nous viendrait même pas à l'esprit. »

Je ne peux pas m'empêcher de sourire.

Et puis le Dragon nous présente le système de croix.

Sur le mur situé à sa droite se trouve un tableau dans lequel sont inscrits les noms chinois de tous les étudiants de Chien Tan. Je n'arrive même pas à tous les compter. Nous obtenons des croix quand nous arrivons en retard en classe, quand nous ne rendons pas un devoir, quand nous utilisons nos téléphones portables pendant les heures de cours, quand nous ne sommes pas au lit à l'heure et quand nous sommes surpris debout après l'extinction des feux. Lorsque nous atteignons un certain nombre de croix, nos parents sont appelés. Au bout de vingt croix, nous perdons le droit de participer au *Tour Down South* : un voyage en bus de deux semaines pour faire le tour de l'île à la fin du programme.

« *Quoi* ? » proteste Sophie.

Apparemment, ce voyage en vaut la peine.

Je fronce les sourcils. Une colonie de vacances d'intellos avec des règles dignes de la famille Wong. Chez le Dragon, tout, y compris son accent hokkien et ses cheveux courts et permanentés, me rappelle ma mère. *Les études d'abord. Pourquoi est-ce que tu veux sortir avec Megan alors que tu la vois tous les jours ?* Mon été s'annonce encore pire que je l'imaginais.

Lorsque le Dragon se retourne pour ranger nos documents, je me penche vers Sophie.

« Tu as dit qu'il n'y avait pas de supervision.

— Il y a des règles. Il faut juste que tu ne te fasses pas prendre. Ils ont renvoyé une ou deux personnes seulement depuis que le programme existe.

— Encore une chose. »

Le Dragon est de retour.

« Tous les ans, les participants organisent un spectacle de talents le dernier soir. »

Bien entendu.

« Peut-être que vous aimeriez participer ? »

C'est ça… Pourquoi ne pas faire un solo de porte-drapeau ? Je secoue la tête.

« Oh, je n'ai aucun talent », dit Sophie en reposant joyeusement la feuille d'inscription.

Je ne peux pas m'empêcher de rire. Elle est un peu envahissante, mais semble avoir les pieds sur terre, et elle est amusante… Ce n'est pas sa faute si elle fait partie de la famille du jeune prodige. Grâce à elle, cet été sera peut-être un peu plus tolérable.

Nous prenons nos sacs et nous dirigeons vers les ascenseurs. Sophie fait signe à quelques garçons que nous avons croisés plus tôt.

« Benji Chiu est un *amour*, pas vrai ? murmure-t-elle. Et David va aller à *Haa-vard. Trop mignon*, tu ne trouves pas ?

— Hum hum. »

Je reste évasive. Benji a apporté son ours en peluche, Dim Sum. C'est un peu trop mignon pour moi. Quant à David... les boucs, ce n'est vraiment pas mon truc.

« Ooh, regarde-moi ça. »

Sophie décroche un prospectus violet du panneau d'affichage rempli d'annonces imprimées sur du papier brillant proposant des massages, des cours particuliers, des concerts d'été. Elle se précipite dans l'ascenseur vide.

« Il nous faut un plan ! »

Sophie me frappe le bras à l'aide du prospectus.

« Les boîtes ! J'ai une liste des meilleurs restaurants. Oh, et nos photos glamours !

— Nos photos glamours ? »

Mon estomac sombre tandis que l'ascenseur monte.

« Comme celles des stars de ciné ? »

Pour la fille qui accrochait une affiche intitulée *Liste de lecture de l'été* sur le panneau d'affichage du bureau d'orientation la semaine dernière ?

« Je ne peux pas me le permettre...

— Elles sont *carrément* abordables, crois-moi. Je vais nous prendre un rendez-vous. Ah, et Rick et moi allons rendre visite à notre tante à la fin du mois. Tu es invitée, bien entendu.

— Oh, euh... Ouah. »

C'est généreux. On dirait qu'elle m'aime bien et je me rends compte que je ne veux pas la décevoir.

« Tu es sûre ?

— Les colocataires, c'est comme la famille. En particulier celles qui ne se précipitent pas pour rencontrer le *commissaire*. »

Nous rions.

« J'adorerais y aller. Mais je croyais qu'on aurait cours toute la journée ? Une heure de devoirs par soir ? Quand est-ce qu'on aura le temps de faire autre chose ? »

L'ascenseur s'arrête au troisième étage et je traîne ma valise dans un espace de détente où se trouvent des canapés bleus en soie placés autour d'une table noire et laquée. Une lueur malicieuse brille dans les yeux de Sophie.

« Deux heures le matin et deux heures de cours culturel l'après-midi. Les devoirs, on s'en fiche et le reste du temps est à nous. »

Elle baisse la voix.

« Qu'est-ce qu'ils vont faire si on rate les cours ? Nous renvoyer chez nous ? *Impossible*. Ils veulent qu'on ait une bonne opinion de Taïwan.

— Mais les croix... »

L'ascenseur sonne derrière nous. À ma grande surprise, le Dragon en sort avec un pied-de-biche à la main, le visage sombre, comme si elle crachait du feu. Elle est suivie par Mei-Hwa Pan, la monitrice menue que le jeune prodige a failli renverser plus tôt.

« *Oh, oh,* chuchote Sophie. Il se passe quelque chose. »

Les deux femmes nous dépassent et se dirigent vers la troisième porte blanche à gauche, que le Dragon ouvre avec le pied-de-biche. Sa voix retentissante réprimande et fustige. Nous dépassons la porte au moment où une fille à moitié nue sort en courant et en gloussant, serrant sa robe rose devant son soutien-gorge. Derrière elle, un garçon vêtu d'un tee-shirt noir descend du lit défait. Ses cheveux ondulés, noirs, brillants et ébouriffés tombent le long de son visage. Il saisit son short, mais pas assez vite pour m'empêcher d'apercevoir son... équipement.

Mon Dieu, mon Dieu, mon Dieu.

À la maison, je ne suis même pas autorisée à regarder les scènes de baisers. Quand il y en a une dans un film que nous visionnons en famille, mon père change de chaîne. À présent, je suis trop stupéfaite pour fermer les yeux. Quelques secondes plus tard, le garçon remet son short, passe devant le Dragon et sort dans le couloir. Son bras effleure le mien. Un regard insolent, sombre, liquide, opaque, croise le mien. Ses lèvres se retroussent pour afficher un sourire féroce et j'y vois une étincelle d'intérêt, une invitation. Un défi.

La fille glousse de nouveau. Elle a remis sa robe de poupée.

« Allons-y, Xavier ! »

Un nom sexy qui lui va bien. Je ressens un léger choc quand notre connexion se brise. Le Dragon les poursuit dans le couloir et Sophie agrippe mon bras comme Megan l'aurait fait. Son corps s'agite alors qu'elle rit silencieusement et nous nous dirigeons vers notre chambre.

Si mon père avait été là, il aurait pourchassé Xavier dans le couloir avec son *World Journal* enroulé et il m'aurait assignée à résidence pour me protéger.

La colonie de vacances pour intellos n'est peut-être pas si ringarde, après tout.

« Alors, c'est *ça* », dis-je enfin.

Sophie s'empêche tellement de rire que ses joues sont devenues rouges.

« C'est ça, la *croisière de l'amour*. »

Je commence à comprendre.

Notre porte est coincée, elle a gonflé dans l'encadrement à cause de l'humidité. Je tourne la clé et pousse, puis Sophie en fait de même avant de dire :

« Tiens, tourne la clé, on va pousser ensemble. »

Grâce au poids de nos corps, la porte s'ouvre brusquement dans un courant d'air.

« On forme une bonne équipe. »

Elle rit et s'affale sur son matelas à fines rayures.

« Oh, Ever ! Ce Xavier, c'est le mec le plus sexy que j'ai jamais vu.

— Il est déjà pris », lui fais-je remarquer.

Non pas que la fille en rose l'ait empêché de me regarder de bas en haut.

« *Pris* ? »

Sophie s'esclaffe et se redresse en passant ses cheveux brillants derrière son épaule.

« Un couple sur quatre rompt à cause de la croisière de l'amour.

— Ouah, sérieux ?

— Ouais, ma cousine sortait avec quelqu'un, et elle a rencontré un mec le jour de l'inscription. Ils sont ensemble depuis... »

Sophie continue de parler tandis que je pose mon sac sur ma commode et que je me dirige vers notre fenêtre à double battant pour admirer la vue. Notre chambre est propre, mais simple : deux lits, deux bureaux, deux commodes et un thermos d'eau chaude. Trois étages plus bas, la pelouse verte et luxuriante nous sépare d'une rangée de bâtiments en briques. Un mur en béton couvert de feuillage vert encercle l'enceinte. Au-delà, à gauche, la rivière Keelung bleu-vert nous sépare de la rive opposée : une étendue de gratte-ciels rectangulaires de Taipei derrière lesquels se trouve une montagne gris-bleu qui domine l'horizon. La vue aurait pu être très belle s'il n'y avait pas eu un tuyau bleu ciel qui s'étend sur toute la largeur de la rivière et qui est soutenu par deux colonnes en béton. Une passerelle d'entretien rouge a été construite au-dessus. Est-ce qu'il sert à évacuer les eaux usées ? Il gâche vraiment le paysage.

« Quel genre de musique est-ce que tu écoutes ? »

Sophie déroule les écouteurs d'un iPod shuffle très fin.

« Oh, euh… J'adore les comédies musicales », dis-je, un peu gênée.

La plupart de mes camarades de classe aiment le rock, le hip-hop, le métal et les trucs gothiques.

« C'est laquelle, ta préférée ?

— Oh, il y en a beaucoup. Tous les Disney. *Les Misérables, Le Fantôme de l'opéra*. Ma meilleure amie et moi avons regardé *The Greatest Showman* au moins une demi-douzaine de fois.

— J'adore *The Greatest Showman*. Quand Phillip entre dans le bâtiment en flammes pour aller chercher Anne, j'ai failli *mourir*. »

Elle pose une main sur son cœur d'une manière tellement dramatique que je ne peux m'empêcher de sourire.

« J'ai adoré sa chorégraphie sur le trapèze. Quand elle lui dit que leur histoire est impossible.

— Ce sont les mêmes auteurs-compositeurs qui ont écrit *La-La-Land*, dit Sophie.

— Vraiment ? »

C'est super qu'elle sache ça. Elle sait tellement plus de choses que moi.

Sophie branche un petit haut-parleur à son téléphone. Le rythme d'ouverture fait vibrer son bureau et je résiste à l'envie de le suivre en tapant du pied, comme je l'aurais fait dans ma chambre, chez moi. Elle déplie son drap sur son matelas tout en dressant la liste des comédies musicales qu'elle a vues à Broadway. Je n'ai vu que *Le Roi Lion* lors d'un voyage de classe à Manhattan. Elle est super, mais nos vies doivent être tellement différentes.

« Alors, est-ce que tu as un petit ami officiel ? » demande Sophie.

Non, mais ma meilleure amie en a un. Qu'est-ce qu'elle me manque !

« Mes parents ne m'autorisent pas à avoir de petit ami, pas avant que je termine mes études de médecine. Je dois d'abord me construire une carrière.

— Bien entendu, dit-elle d'un air suffisant. Pas de petit ami. Et ensuite, tu dois leur donner un héritier pour le trône et des petits-enfants dans la même journée. J'ai eu quatre petits amis, mais mes parents n'en savent rien. »

Elle lève les yeux au ciel.

« Enfin bon, qu'est-ce que tu cherches ?

— Qu'est-ce que je cherche ? »

J'en suis encore à *héritier* et *petits-enfants*.

Sophie serre son oreiller contre elle.

« J'ai des critères. Je les appelle les sept C : Canon, Cool, Cash, Cultivé, Créatif. Charisme et *Charme*.

— Ouah. »

C'est une sacrée liste de qualités que je ne prétends même pas vouloir pour moi-même.

« Toutes les filles ont des listes. »

Je hoche la tête.

« Ma meilleure amie en avait une longue : des yeux bleus, plus d'un mètre quatre-vingts, de bons muscles, de belles fesses. Et elle en a trouvé un qui a tout ça. »

Sophie rit.

« Elle a de la chance. Et la tienne ? »

Je mets mon oreiller dans la taie. Une fille qui avait un an de moins que moi, Grace Chin, avait une liste plutôt courte : chrétien et chinois. La mienne est encore plus courte : *pas Stanley Yee*, le seul garçon sino-américain de mon âge avec lequel les gens essaient de me caser depuis la maternelle.

« Quelqu'un avec qui je puisse danser. C'est complètement irréaliste. »

Mais mon cœur en dit plus. Quelqu'un qui pourrait me soulever dans les airs, comme dans les comédies musicales, si danser avec un partenaire n'allait pas à l'encontre de la règle de mes parents concernant les contacts physiques inappropriés.

Je me retrouve à côté de la benne à ordures de nouveau. Mon estomac se noue.

« Je suis sûre que tu vas le trouver ici. »

Sophie lisse sa couverture.

« En huit semaines ? »

Je ris, mais elle hausse les sourcils.

« C'est la croisière de l'amour. Beaucoup de parents envoient leurs enfants ici en espérant qu'ils trouveront quelqu'un.

— Les parents font ça ? Exprès ? »

Et moi qui pensais que *les miens* se mêlaient trop de mes affaires.

« Mes parents et ceux de Rick sont vieux jeu comme ça. »

Sophie hausse les épaules.

« Mais comme je te l'ai dit, je serais venue dans tous les cas. »

Je devrais sans doute être horrifiée, mais au contraire, je ressens un frisson étrange. Si Megan avait été là, elle m'aurait poussée par la porte en me disant : *Vas-y, Ever !* Pas pour *le trouver*, mais pour faire autre chose que rester en arrière en souhaitant que les choses aient tourné différemment avec Dan et les garçons en général.

J'ouvre ma propre valise. À ma grande surprise, mon sac de danse se trouve au centre, un œuf bleu pervenche dans le nid de mes vêtements.

Un nœud se forme dans ma gorge et j'essaie de déglutir pour le faire disparaître. Est-ce la manière que ma mère a choisie pour s'excuser, même si c'est trop peu, trop tard ?

Je prends le sac, mais quelque chose cloche. Il est rectangulaire, lourd, plié en deux, et non pas mou comme un justaucorps et des collants. C'est pour ça que ma valise était aussi lourde.

Avec un pressentiment de plus en plus mauvais, je le retourne et c'est un manuel bleu et rouge qui en tombe.

Les principes de la biologie moléculaire.

Un jour, j'ai lu quelque chose à propos d'une lanterne aveugle, fabriquée pour se faufiler dans l'obscurité. Une boîte en métal construite pour qu'aucun rayon de lumière ne s'échappe si le propriétaire n'ouvre pas un des battants étroits. Je suis comme cette flamme. Tous mes désirs se heurtent à des parois métalliques, comme une supernova enfermée dans une prison en titane.

« Qu'est-ce qui ne va pas ? »

Je me tourne vers Sophie.

« Tu sais à quoi ressemble ma vie ? »

J'arrache une page et la froisse dans ma main.

« Avoir des A. Plus de danse. Un couvre-feu complètement dingue, des vêtements de *bonne sœur*...

— Pas de sexe avant ta mort ?

— La règle la plus sacrée ! »

Je jette le livre.

« Eh bien, je ne veux plus suivre de règles cet été. »

Sophie me montre son prospectus violet.

« Ce jeudi, nous allons faire le mur. »

Je baisse les yeux vers le prospectus.

CLUB KISS

Entrée gratuite pour les moins de 21 ans !

Première consommation gratuite !

Un garçon portant du cuir noir, des chaînes et des tatouages joue de la guitare. Ses cheveux blonds volent autour de sa tête. Il fait partie d'un groupe qui s'appelle Three Screams, de Manhattan, et il ressemble au genre de garçons dont mes parents ignorent l'existence, et s'ils en avaient connaissance, ils n'accepteraient jamais que je l'écoute.

« On va faire la fête toute la nuit, dit Sophie. Tu pourras boire tout ce que tu veux, danser, t'habiller pour faire sensation, et tes parents pourront aller se faire voir. »

Combien de fois ai-je dû refuser les invitations de Megan et les filles à dîner ou à aller au cinéma à Cleveland à cause de mon couvre-feu ou parce qu'il y avait des *garçons* ?

« Il y a un garde en bas », lui fais-je remarquer.

Elle affiche un sourire en coin.

« Oui, ils ont renforcé la sécurité. Mais Rick dit qu'on peut escalader le mur. »

Elle pousse sa valise vide sous son lit à l'aide de son pied nu.

« C'est la croisière de l'amour. Une grande fête. Tout l'été. Et personne ne va gâcher ça. »

Sophie agite les pages de son album de classe devant moi.

« Ever, tu ne rencontreras *jamais* autant de mecs convoités au même endroit. Les admissions sont très sélectives. J'attends ce voyage depuis *toujours*. J'en ai tellement marre de tous ces frimeurs de groupes de rock avec lesquels j'ai grandi. J'ai l'intention de trouver mon mec ici. »

Elle me montre du doigt comme si elle me passait la masse parlementaire.

« Et quel est votre plan d'action, Madame ? »

D'un geste de la main, je fais tomber lourdement mon manuel à deux cents dollars par terre et le pousse sous mon lit à l'aide de mon pied nu. Je prends le prospectus du Club KISS et écris ma liste au dos.

RÈGLES DE LA FAMILLE WONG
Avoir des A
S'habiller comme une bonne sœur
Couvre-feu à vingt-deux heures

Ne pas boire
Ne pas gaspiller d'argent
Ne pas danser avec un garçon
Ne pas embrasser de garçon
Pas de petit ami

J'écris la dernière ligne en frissonnant, comme si je m'inscrivais pour un saut en parachute du haut d'une falaise. Cela n'arrivera pas, mais… si seulement… Je montre la liste à Sophie : toutes les raisons pour lesquelles je suis un bébé par rapport au reste du monde, parce que je suis destinée à entrer dans une faculté de médecine, parce que je suis la fille de mes parents, parce que je suis Ever Wong.

« Cet été, je vais rompre toutes les règles des Wong.

— Dans ce cas, tu as oublié la plus importante. »

Elle prend mon stylo et ajoute :

Pas de sexe

« Pas *ça*. »

Je reprends mon stylo et m'en veux de rougir. C'est la plus sacrée des règles des Wong. Et j'ai peut-être lu trop de romans victoriens, mais je me réserve pour quelqu'un que j'aime.

« D'accord. »

Sophie rit et plante le stylo dans le mot *couvre-feu*.

« Ça, c'est la première règle à enfreindre. Il nous faut juste un moyen de sortir. »

Je regarde par la fenêtre pour étudier le mur en béton qui entoure le campus.

« On *pourrait* escalader le mur. Si on empilait des chaises. Mais la chute est raide de l'autre côté. »

Celui-ci fait plus de quatre mètres et demi de haut. Je balaie la cour du regard jusqu'à ce que mes yeux retombent sur l'horrible tuyau qui traverse la rivière verte. Il disparaît sous un pont autoroutier. De notre côté, il part d'un pilier en béton proche des bâtiments qui se trouvent à l'extrémité de la pelouse. Une échelle rouge permet d'y monter et probablement de descendre de l'autre côté. Il doit mesurer trente mètres de long et il est complètement exposé aux yeux des habitants de Chien Tan la journée.

Mais pas la nuit.

« *Ça*, c'est notre ticket de sortie », dis-je.

Je me rends compte que j'ai pris ma décision.

Megan me tuerait si elle le savait.

Sophie se colle à moi et regarde par la fenêtre.

« Tu n'es pas sérieuse. Si on tombe...

— Il y a une passerelle. »

J'adresse un sourire crispé à ma complice, ignorant la peur qui se loge dans mon estomac, l'image de nous en train de tomber de plusieurs mètres dans l'eau sombre.

« Jeudi soir. C'est parti. »

7

Sophie déclare que notre première tâche consiste à trouver des vêtements adaptés pour aller en discothèque.

Mais dans le hall humide au rez-de-chaussée, Mei-Hwa et les autres moniteurs rassemblent les participants dans un auditorium faiblement éclairé pour la cérémonie d'ouverture. Je regarde à l'intérieur. La pièce semble avoir été construite pour accueillir moins de personnes, car tous les sièges placés devant le rideau rouge de la scène sont pris, et d'autres étudiants sont collés au mur du fond et le long des allées.

« Viens », murmure Sophie.

Nous contournons un groupe de garçons tout en évitant Mei-Hwa.

« Combien est-ce qu'il y a de participants ?

— Cinq cents. »

Sophie marque une pause devant une table où des douzaines d'œufs flottent dans un bol contenant un mélange de sauce soja et de thé.

« Cinq cents ? »

À l'aide d'une louche, Sophie prend un œuf mariné au thé, le place dans un verre en carton et met ce dernier dans ma main.

« Il y a plus de monde que dans mon lycée. »

Des roulements de tambour résonnent dans l'auditorium ; le son est irrésistiblement profond et rythmique. Je tends le cou pour voir la scène, où deux garçons portant des débardeurs blancs et des pantalons noirs donnent des coups puissants sur des tambours. Un lion chinois secoue sa tête surdimensionnée ornée de dorures et bondit entre eux.

Sophie agrippe mon bras.

« Allez. On s'en va. »

Je suggère presque de rester : je n'ai jamais vu une danse du lion aussi incroyable. À la porte, un moniteur portant un chapeau jaune fluo nous fait signe d'approcher et nous appelle : *Lai, lai*.

Cependant, Sophie me fait tourner au coin et je m'écorche le bras contre les briques. Puis nous passons par la double porte et nous retrouvons dans la lumière aveuglante du soleil. Deux jardiniers sont agenouillés dans la terre et plantent des fleurs.

« Viens ! » lance Sophie.

Je cours avec elle dans l'allée, contourne l'étang de nénuphars et passe devant la cabine du garde pour aller dans la rue.

« Ils ne vont pas nous courir après ? Ah ! »

Je bondis pour éviter une horde de mobylettes fumantes. Le vent qu'elles provoquent fait voler mes cheveux et ma jupe dans un crachotement de moteurs.

« Personne ne sait qui nous sommes pour l'instant. »

Le rire de Sophie carillonne et elle m'attire fermement sur le trottoir, puis s'éloigne d'un pas rapide.

« Ne te fais pas écraser, d'accord ? Ici, la circulation est une violation des droits de l'Homme. »

Le soleil tape sur ma tête alors que j'écale mon œuf tout en essayant de suivre le rythme de Sophie. Je n'ai pas mangé un œuf au thé depuis des années, pas après avoir ouvert ma gamelle à l'école et avoir reçu des cris horrifiés me demandant ce que c'était. J'avais supplié ma mère de ne plus me donner de nourriture chinoise bizarre. Sophie dévore le sien en gémissant comme si elle était dans une scène que je ne serais pas autorisée à regarder à la télé. Je prends une bouchée aux saveurs d'anis étoilé et de cannelle.

« Oh, miam », dis-je.

L'allée de Chien Tan donne sur une grande rue face à une montagne boisée sur laquelle se trouve une énorme pagode. Juste devant nous, une peinture murale sur briques représentant des fermiers chinois est construite sur le flanc de la colline. En haut de la rue, nous passons devant un petit temple rouge avec des toits à plusieurs niveaux particulièrement sophistiqués. On dirait un livre de poche ouvert à l'envers dont les pages s'inclinent légèrement et les coins se redressent comme la proue d'un bateau. Il est peint de toutes les couleurs : des fleurs rouges, des motifs complexes, des érudits chinois en tuniques bleues. Un long dragon vert avec des pointes jaunes sur le dos ondule au-dessus du reste.

« C'est dingue, dis-je. Je trouve ça pas mal.

— Il y a des trucs de ce genre partout à Taïwan. »

Sophie jette son verre vide dans une poubelle.

« Tu verras. »

Nous nous dirigeons vers un parc arboré, passons dans des rues étroites bordées de bâtiments à trois étages avec des magasins de la taille d'un garage en devanture. Nous passons devant des salons de coiffure, un salon de thé, un magasin de whisky où toutes les bouteilles portent des étiquettes avec des caractères chinois.

Enfin, nous entrons dans un marché à ciel ouvert rempli de chariots de vendeurs, de petits commerces et de restaurants minuscules avec quelques bancs seulement pour les clients. Un homme vaporise une montagne de choux chinois. Une femme corpulente dont les cheveux sont enroulés dans un foulard violet étend de la pâte sur des bâtons de trente centimètres et les plonge dans sa cuve en cuivre remplie d'huile. Une autre secoue un rouleau de soie rouge. Les bijoux scintillent comme des lucioles colorées.

Je suis Sophie et m'enfonce davantage entre les stands bâchés. Les vendeurs crient *Xiaojie, lai lai !* et désignent leurs étalages de fruits et leurs rayons de robes. Leur énergie m'attire. J'entre en contact avec une tradition qui doit remonter à des centaines, voire des milliers d'années. Sophie sort son porte-feuille devant plusieurs stands. Elle achète un tee-shirt Hello Kitty, une trousse en tissu avec des dessins représentant des petits ours et des bouteilles d'eau pour nous deux.

« Tu veux quelque chose ? »

Mon estomac se noue un peu. Ma famille compte chaque centime et je ne me suis jamais sentie libre d'acheter ce que je voulais, contrairement à Sophie, de toute évidence. Notre objectif consiste à trouver des tenues et je dois garder mon argent pour ça.

« Euh, oui, bien sûr, dis-je. Je regarde. »

Sophie fouille dans un tas de jeans DKNY, essaie une veste North Face jaune, soupèse des sacs Coach.

« Tout le monde sait que ce sont des imitations, mais ce sont vraiment de *bonnes affaires* », exulte-t-elle.

Elle agite une robe avec une étiquette de la marque Elle devant son corps.

« Qu'est-ce que tu penses de celle-là ? La coupe est *parfaite* pour ta morphologie. Tu es mince, mais musclée.

— Merci, mais pas celle-là. »

Je l'écarte.

« Je veux porter une tenue pour laquelle ma mère me tuerait. »

Elle rit.

« J'aime ta manière de penser.

— Salut, Sophie. »

À mon grand désarroi, le jeune prodige s'approche de nous, la tête inclinée sur le côté pour faire de la place à un sac en toile de jute qu'il a passé par-dessus son épaule comme un baleineau échoué. Alors comme ça, il rate la cérémonie d'ouverture aussi. L'humidité, à un taux de cent pour cent, colle à ma peau mais curieusement, le jeune prodige, avec son tee-shirt vert forêt étiré sur ses larges épaules, a l'air d'être aussi frais que s'il était à l'ombre d'un chêne. Je grimace.

« Du riz ? »

Sophie frappe son sac, scandalisée.

« Est-ce que tu as été transféré à mon cours de cuisine ?

— J'ai essayé de m'inscrire, mais c'était complet. »

Le jeune prodige soulève son sac un peu plus haut.

« C'est pour faire des poids. Il s'avère que des vrais poids coûtent cinquante dollars le kilo ici, alors j'ai acheté ça à la place. Dix centimes le kilo. »

Il sourit. De toute évidence, il est fier de lui.

Je hausse les sourcils. Créatif. Et curieusement modeste.

Mais Sophie soupire.

« Nous sommes ici depuis moins de trois heures et tu es déjà en train de t'entraîner.

— J'ai été assis dans un avion avec mes genoux contre mes oreilles pendant quinze heures. Je me suis assez reposé pour tout l'été. »

Je suis d'accord : je ne souffre pas du décalage horaire, je me sens assez rechargée pour faire le tour de la ville en dansant. Le jeune prodige passe le sac sur son autre épaule. Au passage, il soulève son tee-shirt, me laissant entrevoir des muscles bronzés et plats. Je détourne rapidement le regard, mais pas avant qu'il ne me surprenne. Mauvais timing.

« Au moins, tu es de meilleure humeur, dit Sophie. Ton appel s'est bien passé ?

— Oui, j'ai réussi à faire fonctionner ma carte SIM. Et j'ai un téléphone fixe dans ma chambre.

— Sérieux ? Ce n'est pas juste. Nous, on n'en a pas.

— Je partage ma chambre avec un VIP. Xavier. Je ne l'ai pas encore rencontré.

— Bien entendu, c'est toi qui tombes sur le VIP. »

Sophie croise mon regard et hausse un sourcil. *Xavier.*

« Peu importe. Jenna te dit bonjour. J'ai trouvé ça pour elle. »

Il touche la tête d'une sculpture d'oiseau avec un ruban rouge qui dépasse de sa poche. Alors comme ça, le jeune prodige est aussi un super petit ami. Bien entendu. Je n'arrive toujours pas à croire que Sophie a suggéré qu'il devrait sortir avec *moi.* Jamais je ne pourrais attirer une telle bénédiction parentale. Pourquoi Monsieur Notes Parfaites ne pouvait-il pas au moins avoir la modestie de ressembler à un intello : maigrichon, grosses lunettes et de l'acné, pour commencer ? Et Sophie a raison, son humeur a complètement changé.

« Nous allons au Club KISS jeudi, dit Sophie. C'est Ever qui a eu l'idée. »

Le jeune prodige hausse ses épais sourcils.

« On ne perd pas de temps, hein ?

— *Carpe diem.* »

Je hausse les épaules d'un air nonchalant. Du latin, et non pas du chinois, dans les rues de Taipei. Et bim.

« *Carpe noctem* », répond-il.

Profite de la nuit.

Deodamnatus ! Le jeune prodige m'a encore battue. Combien de langues est-ce qu'il parle ? Je me permets un fantasme où j'utilise ce corps grand et fort comme punching-ball.

« Retrouve-nous devant notre chambre à vingt-trois heures, insiste Sophie. Et je t'en supplie, ne porte pas de jaune. Ça te donne l'air…

— D'avoir la jaunisse, tu l'as déjà dit. »

Le jeune homme lève les yeux au ciel à mon intention. À mon grand désarroi, mon cœur a un raté.

« Tante Claire sera ravie de savoir que tu m'as supplié de te chaperonner. Et que tu m'as même soudoyé avec d'excellents conseils en matière de mode. Je serai là. Je ne veux pas de cœurs brisés.

— Le véritable Rick Woo est de retour. Ravie de te revoir. Dis-moi que ce n'est pas parce que tu viens de faire l'amour par téléphone avec Jenna.

— Arrête d'avoir l'esprit mal tourné, s'il te plaît.

— Eh bien, ne t'en fais pas pour nous. »

Sophie passe son bras sous le mien alors que j'essaie de ne pas imaginer des choses.

« Aucun mec ne va nous briser le cœur.

— Oh, ce n'est pas pour vous que je m'inquiète. »

Le jeune prodige affiche un sourire en coin et s'éloigne avec le sac sur l'épaule.

« On n'a pas besoin de chaperon ! » crié-je, mais il est déjà parti.

Une heure plus tard, je me regarde d'un air hésitant dans le grand miroir derrière le rideau d'une cabine d'essayage. Ma jupe en mousseline de soie noire arrive deux centimètres au-dessus de mes genoux. Je me retourne pour examiner le dos nu de style corset de mon haut : dentelle en satin, gros œillets qui laissent voir des losanges de peau. Ma tenue me donne envie de danser : des levers de jambe, des pirouettes, des mains fortes qui s'enroulent autour de ma taille. Je me fiche que les corsets soient démodés, j'adore ça.

Mais entre la taille de ma jupe et mon haut brille une large bande de peau pâle.

J'entends la voix de ma mère retentir. *C'est honteux ! Tu veux que les garçons pensent que tu es une vilaine fille ?*

Mon reflet grimace. La règle *S'habiller comme une bonne sœur* sera enfreinte cet été, mais peut-être pas avec cette tenue. *Et puis, que pensera Rick le Chaperon ?* me demandé-je avant de me souvenir que je m'en fiche.

À contrecœur, je retire la jupe et le haut avant de les rendre au vendeur, qui proteste. De toute façon, je ne peux pas me le permettre. Mais cela me donne une idée. Peut-être que je peux trouver un studio de danse à Taipei. Cette pensée me donne de l'espoir.

Je passe entre les rayons de robes du magasin et traverse l'allée pour me rendre dans une autre boutique, où Sophie joue les mannequins devant un miroir. Elle tire sur l'ourlet d'une robe en lamé or couverte de fleurs délicates. La soie épouse son corps voluptueux et elle passe plusieurs chaînes dorées autour de son cou. Elles tombent sur son décolleté en V plongeant. Elle est incroyablement sexy et n'a pas peur de le montrer.

« *Duōshǎo qián ?* » demande-t-elle au vendeur.

Combien ça coûte ?

« Quoi ? s'exclame-t-elle quand il lui donne le prix. *Tài guì !* »

Trop cher !

Je l'observe, bouche bée, tandis qu'elle fait une scène digne des Oscars : elle marchande, gesticule, est sur le point de changer d'avis, éplorée, jusqu'à obtenir la robe pour le tiers du prix. Le vendeur frappe dans ses mains d'un air satisfait.

« Ouah », murmuré-je tandis qu'il emballe la robe dans du papier journal.

Sophie me fait taire.

« Il a fait une bonne affaire », chuchote-t-elle avant de courir vers un magasin où sont accrochés des manteaux Burberry.

Je sors une robe de cocktail noire d'un rayon et la place devant mon corps. Mon reflet fronce les sourcils. On dirait que je vais à un enterrement. Même à plus de onze mille kilomètres, ma mère a refait de moi une petite fille, alors que Sophie ressemble parfaitement à une jeune femme de 18 ans qui s'échappe pour passer la nuit à danser.

Un klaxon retentit dans la rue qui croise notre allée. Je sors du magasin et vois une BMW argentée avec des fenêtres teintées qui se fraie un chemin parmi les piétons pour s'arrêter le long du trottoir. À ma grande surprise, un garçon qui me semble familier et qui porte un tee-shirt noir passe une jambe par la portière arrière. Des cheveux noirs ondulés encadrent son visage. Une boucle d'oreille ornée d'une opale scintille sur son lobe.

Le garçon qui pelotait la fille en rose : Xavier. Le camarade de chambre VIP de Rick.

Je me baisse et me cache entre deux bâches en vinyle à travers lesquelles je le vois s'arrêter brusquement alors qu'il est en train de sortir de la voiture. À l'intérieur, un homme qui lui ressemble agrippe son bras. Est-ce qu'il s'agit de son père ? Est-ce qu'il vit ici ?

Ils échangent un torrent impressionnant de mots en mandarin d'une voix forte et colérique, et quelques touristes se dépêchent de s'éloigner. Je reconnais un mot de son père, car mes cousins l'utilisaient pour s'insulter quand nous étions petits : *báichī. Imbécile.* Xavier lui fait un doigt, sort de la voiture et claque la portière. Le véhicule argenté part en faisant crisser ses pneus. Je recule encore un peu, ébranlée par la force de leur colère.

Le corps de Xavier est tendu d'un air féroce tandis qu'il regarde la voiture s'éloigner, les bras le long du corps, les poings serrés. Une tache rouge brille sur sa joue… un hématome ? Est-ce que son père l'a frappé ? Quoi que son père veuille – de meilleures notes, se tenir à carreau, une prosternation filiale totale –, Xavier ne l'accepte pas comme Ever Wong.

Il se défend. Est-ce que cela peut marcher ? Est-ce possible ?

Dan flotte dans ma mémoire. Le premier garçon dont je suis tombée amoureuse et celui qui était assis derrière moi en cours de chimie en première. Il avait été le seul élève de terminale et Will Matthews le traitait d'imbécile aussi. Il m'avait prêté un crayon, puis c'est moi qui lui en avais prêté un. Nous avions commencé à travailler ensemble au laboratoire, nous entraidant pour déchiffrer les pattes de mouche du professeur au tableau. Dan avait eu du mal à comprendre les calculs de solubilité et m'avait demandé de l'aide.

« Bien sûr. »

J'avais dansé de joie.

« Tu veux venir chez moi ? »

J'étais innocente à l'époque.

Quand mon père avait ouvert la porte à Dan, qui avait des taches de rousseur, des yeux bleus et le dépassait d'une demi-tête, et que celui-ci avait demandé à me voir, mon père était resté bouche bée. Alors que nous étions en train de travailler sur la table basse, il avait rôdé d'une manière agaçante autour de nous en agitant son journal et en se mouchant comme s'il jouait de la trompette.

Dan était venu deux autres mardis. Ce n'était pas un imbécile ; il était très doué en histoire du monde. Son cerveau n'était juste pas fait pour les calculs. Et peut-être que j'avais trop souri pendant qu'il était chez moi, que j'avais trop ri quand il avait utilisé mon stylo pour s'amuser à relier les taches de rousseur sur son bras. Car lorsque nous étions sortis dans le jardin, derrière le cabanon, et qu'il m'avait prise par la taille, nous n'étions ensemble que depuis cinq minutes quand ma mère s'était précipitée sur nous avec la rage d'un taureau blessé pour nous frapper tous les deux. *Tu n'as pas honte ?* Les cris qu'elle poussait bien après que Dan s'était enfui dans notre allée résonnent encore dans ma tête.

Le lendemain, je m'étais précipitée vers lui en cours pour tout lui expliquer. Mais quand j'étais arrivée, il était en train de ramasser ses affaires sur sa table, derrière la mienne.

« Désolée, Ever, avait-il murmuré. Je ne peux pas être impliqué dans tout ça. »

Il s'était glissé sur une chaise au fond de la classe avant que je puisse dire quoi que ce soit. Puis il était sorti à toute vitesse à la fin du cours, avant que je puisse lui parler. Les jours s'étaient transformés en semaines et j'avais perdu le courage de l'aborder. Il m'avait prêté un crayon quand je le lui avais demandé, mais il n'avait plus jamais emprunté le mien et s'il n'avait pas commencé à sortir avec Megan, je ne l'aurais pas connu assez bien pour le féliciter quand il avait obtenu son diplôme.

Je reviens dans le présent. Sur le bord de la route, les épaules de Xavier se sont voûtées. Il a quelque chose de vulnérable, on dirait un petit garçon solitaire abandonné dans le nuage de poussière laissé par la voiture de luxe de son père. Il fourre ses mains dans ses poches et se dirige vers la foule, évitant une famille qui boit de l'eau de coco à la paille. La foule se referme sur lui comme un rideau.

Avant de perdre mon courage, je retourne dans la boutique de l'autre côté de la rue et tape sur l'épaule du vendeur.

« Finalement, je vais prendre la jupe et le corset », dis-je.

8

« Jeudi, après l'extinction des feux.

— Jeudi. Jeudi soir. »

Le matin, les murmures vrombissent dans les couloirs humides et cessent chaque fois qu'un moniteur passe. Tout le monde est invité. J'arrive à faire fonctionner quelque peu mon téléphone dans la boutique du hall, mais mon abonnement est peut-être trop bon marché, car ma connexion Internet ne fonctionne pas et je ne peux pas recevoir d'appels ou de messages. La femme enjouée derrière le comptoir me montre comment télécharger WeChat, l'application de messagerie chinoise. Cela signifie que je peux communiquer avec Pearl et Megan en secret, et que mes parents ne peuvent pas me joindre. Il faut voir le bon côté des choses.

J'ai envoyé une invitation à Pearl pour qu'elle s'inscrive sur l'application. Je lui écris :

Tu me manques... Comment ça va ?
Ça se passe bien ici. Ma camarade de chambre a l'air sympa, mais elle dépense de l'argent sans sourciller.

Avec quelques autres personnes, on va faire le mur pour aller en boîte jeudi.

Puis j'envoie un message à Megan avec une invitation :

Salut ! Comment se passe la visite de Dan ? Ici, tout va bien pour le moment, même si beaucoup des participants ont l'air de déjà se connaître. Ils sont cousins ou ont été en colonie de vacances ensemble. Les cours ne sont pas terribles, mais je cherche un studio de danse. Et je vais faire le mur jeudi. J'espère qu'on ne se fera pas prendre.

Je fixe l'écran du regard, attendant une réponse. Mais elles sont en train de dormir à l'autre bout du monde.

J'arrive dans la salle de classe 103, un cube blanc et spacieux divisé en cinq rangs de bureaux bicolores avec des chaises à dossier courbé. À mon grand désarroi, le Dragon, vêtu d'une combinaison verte, se tient devant le tableau blanc. Apparemment, elle s'occupe elle-même des élèves du cours de remise à niveau en langue. Elle écrit des symboles : l'alphabet chinois, que je me souviens vaguement avoir étudié à l'école chinoise. Il ne sera pas difficile d'avoir une note basse ; au moins une des règles des Wong va être enfreinte pour de bon.

Un corps puis un autre me heurtent par-derrière et me font presque tomber. Debra, avec ses cheveux bleus, et Laura, avec sa casquette des Yankees, se précipitent vers le premier rang.

« Désolée, Ever ! » lancent-elles à l'unisson.

David, le garçon au bouc qui va à Harvard, un autre boursier présidentiel, est sur leurs talons. L'odeur de son eau de Cologne sature l'air et me pique les narines.

« Vous croyez qu'ils vont nous laisser passer au niveau deux si on refait le test à la fin de la semaine ? demande-t-il. Rick Woo est au niveau *dix*, le salaud. »

Il a l'air admiratif.

Franchement, est-ce qu'ils accordent vraiment de l'importance à leur niveau ? J'ai rarement envie d'escalader des montagnes, et encore moins quand elles comptent pour du beurre. Je vais droit dans la direction opposée, vers le fond, hors de portée de notre professeure si elle décide d'interroger quelqu'un. Je suis juste ravie de ne pas être coincée en cours avec le jeune prodige.

Alors que je m'assois, Xavier passe la porte. Ses cheveux ondulés tombent sur son visage et son dos est voûté sous son tee-shirt bleu à la coupe parfaite. Son regard sombre se pose sur moi, froid et narquois. *Mince*. Je fais semblant de feuilleter mon cahier d'exercices, espérant qu'il se soit trompé de salle. Deux rangs devant moi, un trio de filles s'extasie sur des albums de photos d'elles-mêmes en tenue sexy : les photos glamours qui, apparemment, sont la quintessence de l'expérience de la croisière de l'amour. Toutes les filles prennent rendez-vous.

La chaise à côté de moi recule.

« Je m'appelle Xavier. »

Sa voix est douce et grave, du chocolat noir avec une pointe de cerise. S'il se souvient que Sophie et moi l'avons vu, de la tête aux pieds, quand le Dragon a fait irruption dans sa chambre, il n'en montre pas le moindre indice.

« Euh… Moi, c'est Ever.

— Tu viens d'où ? »

Le Xavier vulnérable a disparu aussi, remplacé par le mec artistique et sexy avec un sourire moqueur. Même la rougeur sur sa joue a disparu.

« Ohio.

— Il y a des Asiatiques dans l'Ohio ? »

Son point de vue sur l'État d'où je viens est erroné, mais pas de beaucoup. Je ne peux pas m'empêcher de pouffer.

« Et toi, tu viens d'où ? demandé-je.

— Manhattan. »

Un mec de la grande ville. Pas étonnant.

« Tu es le camarade de chambre de Rick, c'est ça ?

— Ouais, je suis coincé avec Mister Bouffe Bio tout l'été. Il ne va pas se montrer ici, il est trop doué pour ça.

— C'est ce que j'ai entendu dire. »

Je n'ai même pas besoin de lui demander pourquoi il l'appelle *Mister Bouffe Bio* : Rick pourrait avoir sa tête sur un poster faisant l'éloge de la vie saine.

« Le jeune prodige frappe de nouveau », dis-je en grimaçant.

Un sourire en coin se dessine sur les lèvres de Xavier et je le lui rends : on se comprend tout à fait.

« Eh les gars, comment ça va ? »

Matteo Deng, un joueur de rugby européen venant d'une école privée, s'assoit devant nous. En Italie, sa famille possède une boutique de vêtements de luxe et son accent est italien. Il a aplati ses épais cheveux noirs et permanentés sur sa tête.

Avant que je puisse répondre, une main se referme sur mon biceps. Une écharpe bleu pâle chatouille ma joue.

« Ever, j'ai une question à te poser, me murmure Sophie à l'oreille. Xavier, Matteo, excusez-nous une minute. »

Je la suis à l'extérieur de la salle. Sa robe bleue bruisse et son écharpe volette comme un cerf-volant derrière elle.

« Il y a un problème ? »

Le couloir est désert, mais elle baisse la voix quand même.

« Matteo m'a acheté un bubble tea ce matin, et Xavier m'a draguée pendant le petit déjeuner. Et maintenant, ils sont tous les deux dans notre cours de mandarin ! Est-ce que je devrais les encourager ? Est-ce que je devrais les inviter à aller en boîte ? »

C'est ça, l'urgence ? Sérieusement ?

« Les mecs te rendent vraiment folle. »

Je ris et elle hausse les épaules d'un air charmeur.

« C'est...

— La croisière de l'amour. Je sais. Bon, est-ce qu'ils te plaisent ?

— Matteo est *adorable*. Tu l'as entendu parler ? Même si j'ai entendu dire qu'il avait crié sur Mei-Hwa quand elle a fait tomber la sacoche de son ordinateur portable, mais il était probablement fatigué par le décalage horaire. Il s'est excusé. Et *Xavier*... »

Elle agrippe son ventre d'un geste théâtral.

« Oh, Ever. Il me rend *tellement* nerveuse.

— Euh, allô ? La fille en rose ?

— Oh, Mindy. »

Elle écrase un moucheron.

« Ils se sont rencontrés à l'aéroport il y a une semaine et apparemment, elle s'est jetée sur lui. Elle était là au petit déjeuner. Ils ne se sont même pas assis ensemble. »

Le programme a commencé depuis moins de vingt-quatre heures et Sophie connaît tout le monde et sait tout ce qui se passe.

« D'accord, invite-les, dis-je.

— Ça marche. Je le ferai après le cours. »

Elle prend une inspiration tremblante.

« Tu m'aideras si je me dégonfle ? »

Je dissimule mon sourire et passe une mèche derrière son oreille. Chez moi, je m'entends bien avec le groupe de danse, mais je n'ai que Megan comme amie. Avec Sophie, l'amitié semble curieusement naturelle.

« Bien sûr », dis-je.

Elle affiche un grand sourire et nous retournons à l'intérieur.

« *Ai-Mei. Bao-Feng, nǐn wǎnle,* dit le Dragon. *Duǎnchu.*

— Merde, sérieux ? » marmonne Sophie.

Elle agrippe mon coude et me guide rapidement vers le fond de la pièce.

« Quoi ? » murmuré-je, inquiète.

Je ne comprends pas un mot et ça va vite m'agacer.

« Nous avons reçu une croix chacune. Parce qu'on était en retard.

— *Quoi* ? On était là…

— *Zhūyínfú hào. Gēn wǒ chàng.* »

Le Dragon frappe les lettres de l'alphabet au tableau. D'une voix grave, elle chante la mélodie de *Brille, brille, petite étoile* :

« *Bo po mo fo de te ne, le…* »

Quand nous arrivons au fond de la salle, Matteo décoche un sourire carnassier à Sophie, qui glousse nerveusement. Derrière Matteo, Xavier est encore avachi sur sa chaise, chevilles nues croisées.

Sophie tire la mienne à côté de lui et s'assoit dessus. Je suis un peu surprise : mon sac est encore accroché au dossier. Elle n'a peut-être pas remarqué… Je décroche la bandoulière et me glisse sur la chaise située à côté d'elle, et Xavier m'adresse un autre regard sombre. Lui, il a remarqué. Je me tourne vers le Dragon et fais semblant de chanter en chœur.

Peu importe, pas vrai ? C'est Xavier. J'ai beau avoir de la peine pour lui à cause de ce qui est arrivé avec son père, ça ne veut pas dire que ce n'est pas un séducteur. Quelqu'un qu'il faut surveiller avec attention.

Nous chantons l'alphabet deux fois de plus. *Bo po mo fo de te ne, le…* C'est pire encore que l'école chinoise, car à l'époque, j'avais 6 ans. Heureusement, ou pas, les fayots à l'avant chantent assez fort pour nous couvrir.

Pendant toute l'heure suivante, nous apprenons les quatre tons principaux et le neutre. Nos voix suivent les mouvements ascendants et descendants comme dans une chanson. Nous combinons deux lettres avec un ton pour prononcer des caractères entiers. Puis le Dragon pousse un tableau sur le côté pour en révéler un autre, sur lequel cinq phrases sont écrites dans les alphabets chinois et latin. Elle a eu la clémence d'inscrire les traductions en anglais en dessous de chacune d'elles.

Matteo se retourne sur sa chaise, dont les pieds grincent.

« Partenaires ? » ronronne-t-il à l'intention de Sophie avec son accent italien séduisant.

Pas étonnant qu'elle craque pour lui.

Elle jette un coup d'œil en coin à Xavier, puis sourit à Matteo.

« Je pensais que tu ne me le proposerais jamais. »

Elle se lève de sa chaise et s'assoit sur le siège vide à côté de lui.

« On dirait que tu vas devoir te contenter de moi, Wong. »

Xavier se déplace sur la chaise vide de Sophie.

« Tu commences.

— Qu'est-ce qu'on fait ? Je ne comprends rien, dis-je.

— On lit et on répond aux questions à tour de rôle.

— Dans ce cas, tu commences. Tu as compris ce qu'il fallait faire.

— Non, toi d'abord. »

Il croise les bras sur son torse.

« D'accord. *Nǐ hǎo. Wǒ de míngzì shì Ai-Mei. Nǐ ne ?* »

Je déchiffre la phonétique avec un accent américain qui me fait grimacer.

Bonjour, je m'appelle Ai-Mei. Et toi ?

On pourrait croire qu'avoir grandi en entendant ma mère parler à sa sœur au téléphone aurait pu m'aider. Apparemment, ce n'est pas le cas.

« Xiang-Ping », répond-il.

Je lis le reste et finis en disant : *Quel est ton film préféré ?*

« *Fong Sai-Yuk.*

— Qu'est-ce que ça veut dire en anglais ?

— *Fong Sai-Yuk.* C'est juste le meilleur film de kung-fu du monde.

— Des films de kung-fu ? »

Je grimace.

« Ha.

— Pourquoi tu ris ?

— Mon *père* en regarde. »

Il hausse les sourcils.

« Eh bien, peut-être que tu devrais en regarder aussi. Tu ne trouveras des scènes de combat pareilles nulle part ailleurs. Les chorégraphies sont incroyables.

— Les chorégraphies ? »

Je n'avais jamais imaginé que le kung-fu était chorégraphié, mais il parle ma langue : qui suis-je pour juger ses goûts ?

« Peut-être que je devrais en regarder, c'est vrai, dis-je. C'était un préjugé, désolée.

— Tu as raison de t'excuser. »

Je souris. Il est très froid et réservé, mais aussi amusant d'une manière sombre et ironique qui me permet de me détendre un peu. Je l'ai peut-être jugé trop vite.

Sophie fait tomber un crayon et se baisse pour le ramasser. Elle en profite pour nous adresser un sourire en coin.

« *On ne parle pas anglais* », nous réprimande-t-elle en imitant un peu trop bien le Dragon avant de se tourner de nouveau vers Matteo.

Xavier échange les rôles et me pose les questions dans un mandarin fluide. Il jette à peine un coup d'œil au tableau. Il utilise les tons corrects et sa voix grave prend un rythme chantant. Il est encore plus doué que le jeune prodige.

« Tu as grandi ici ? demandé-je.

— Je suis né ici avant de déménager à Manhattan. »

Il hausse les épaules.

« Tu devrais prendre des cours à un niveau supérieur.

— Je sais seulement parler. Je n'ai pas appris à lire ou à écrire.

— Je comprends. »

C'était le cas de la plupart des enfants à l'école chinoise. C'est pour ça que je n'arrivais pas à suivre le rythme.

Sophie baisse sa tête couverte de cheveux noirs en arrière pour regarder Xavier.

« Ever t'a dit qu'on allait en boîte ? »

Ce rappel me noue l'estomac. Moins d'une journée s'est écoulée et j'ai déjà une croix. Est-ce que je vais vraiment faire une chose pareille ? Tellement de gens sont au courant, le Dragon va forcément découvrir notre plan.

Les yeux de Xavier brillent en me regardant.

« Pas encore.

— Matteo vient. Tu devrais venir aussi », insiste Sophie.

Puis le Dragon nous fait chanter *Liǎng Zhī Lǎo Hǔ,* un poème qui parle de deux petits tigres et que ma mère nous a enseigné, à Pearl et moi, il y a des années. Nous le chantons sur le rythme de *Frère Jacques* une, deux, trois fois, sans arrêt. Elle écrit un grand A dans le coin supérieur du tableau.

« *Hěn hǎo.* Très bien, nous félicite-t-elle. *Hěn cōngmíng, xiǎo péngyǒu.* Vous êtes très intelligents, mes chers amis.

— Tuez-moi, marmonne Sophie.

— Sérieusement. »

Je grimace et plante mon crayon dans mon cahier d'exercices. J'ai beau ne pas être une boursière présidentielle et ne pas avoir un niveau dix, je vais cartonner dans cette matière sans même essayer.

9

Après le déjeuner, je m'arrête devant l'ordinateur qui se trouve dans le hall. Je cherche des studios de danse à Taipei et en trouve plusieurs spécialisés dans la danse classique, le jazz, la danse moderne et la danse chinoise. Si mes parents avaient dû choisir, ils auraient pris la danse classique, pour la discipline et la concentration. Douze ans d'entraînement à la barre m'ont donné les bases et m'ont permis d'être acceptée à Tisch, mais au cours des dernières années, je me suis diversifiée grâce à mon groupe de danse, avec lequel j'ai pratiqué le port de drapeau et le jazz. Je ne suis pas puriste, j'adore tous les styles et apprendre de nouveaux mouvements. Si c'était possible, je me joindrais à tous ces studios. Mais dix minutes plus tard, la chance ne m'a toujours pas souri. Tous les studios sont trop chers et je ne peux pas demander d'aide à mes parents, ils me diraient de me concentrer sur Chien Tan. Mais il s'agit de mon dernier tour de piste, mon adieu à la danse. Il faut que je trouve un studio plus petit, comme celui de Zeigler, peut-être plus éloigné de la ville. Un endroit si modeste qu'il n'a peut-être même pas de site web.

« Tu as fini ? » dit Mindy en me tapotant l'épaule.

Son débardeur rose découvre ses bras potelés et de l'ombre à paupières bleue brille sur ses yeux, mais l'expression de son visage est tempétueuse.

« Les options commencent. Je dois me connecter en ligne.

— Bien sûr, désolée. »

Je lui laisse ma place et me dirige vers les portes d'entrée, où je suis balayée par un souffle humide. Mon cours suivant est celui d'introduction à la médecine chinoise. J'espère que ce n'est pas un cours pratique d'acupuncture. Je prie en descendant les marches : *Pas d'aiguille, je vous en prie.*

Sur la pelouse, des élèves se rassemblent en trois groupes. La médecine chinoise est enseignée dans la grande tente blanche qui se trouve en face. Près de l'étang, un groupe de participants abat des masses sur des tambours de la taille d'un tonneau. Au-delà du filet de volley-ball, Chen Laoshi – la professeure Chen – tient un panier en rotin et distribue des éventails bleus à un groupe de filles. Je me place derrière Debra et étire mes mollets, puis je ris en voyant Laura faire semblant de cacher modestement son visage derrière la soie à broderies dorées, faisant tomber sa casquette des Yankees au passage. Une chorégraphie prend forme dans ma tête.

Lorsque j'arrive à côté de Chen Laoshi, elle me tend un éventail. Je l'ouvre d'un coup brusque, incline mon poignet et l'agite sur le côté comme un merlebleu en plein vol.

« Super mouvement », commente Debra.

L'éventail m'est arraché des mains. Chen Laoshi fronce les sourcils.

« *Zhèxiē jǐn shìyòng yú shànzi wǔ xuǎnxiū kè.*

— Pardon ?

— C'est seulement pour l'option de danse de l'éventail.

— Oh, balbutié-je. Je ne le savais pas. »

La fille derrière moi tape du pied en attendant Chen Laoshi, mais les miens sont collés à la pelouse.

« Est-ce que je peux changer d'option ? demandé-je. Je danse. Chez moi. »

Je n'ai jamais passé autant de temps sans le faire.

« S'il vous plaît. »

Ma voix se brise.

« J'ai vraiment envie de participer au cours de danse. »

Elle serre délicatement mon épaule.

« *Yòng guóyǔ* », me réprimande-t-elle.

En chinois.

« *Bàoqiàn, zhè mén kè yǐjīng mǎn le.* »

Elle me fait gentiment signe de m'éloigner, ce qui est encore pire que si elle m'avait donné un coup de sandale au visage. L'univers a comploté pour me priver de danse avant même que je mette les pieds sur le campus de Northwestern. Si seulement Tisch…

Il faut que j'arrête de penser à Tisch.

Je vais devoir trouver un studio, c'est tout.

Je jette un regard envieux à l'option de percussions. Les coups de tambour profonds attirent mon âme tandis que mes pieds m'emmènent loin des deux options, vers le cours d'introduction à la médecine chinoise. Sous la tente blanche, l'air humide est épais comme une couverture. Xavier et quelques garçons que j'ai rencontrés dans la navette de l'aéroport et au cours du dîner de la veille font passer une bouteille en acier. Xavier la donne à Marc Bell-Leong, qui écarte sa frange couleur chocolat au lait de ses yeux et boit une gorgée.

« Est-ce que c'est… demandé-je.

— À Taïwan, on a le droit de boire à partir de 18 ans. »

Xavier s'avachit sur sa chaise, les mains dans les poches.

« Vraiment ?

— Oui. »

Il tire la chaise à côté de lui.

« Assois-toi. »

J'obéis, moins nerveuse à l'idée d'être près de lui après le cours de mandarin. La bouteille passe de Marc à Spencer, l'homme politique, puis à David, le mec de Harvard, et tourne autour de la table. On dirait que je vais avoir l'occasion d'enfreindre une règle au vu et au su de tous. Mais je n'ai jamais bu d'alcool. Le mois dernier, au mariage d'Amy Cook, ma mère, qui a été élevée en tant que baptiste, a écarté nos verres de champagne de la bouteille du serveur. J'ai accepté sans poser de questions.

« C'est la mâchoire bien définie. »

Marc passe son pouce et son index sur son fin menton. Il parle avec les garçons.

« Les muscles des bras ? »

David boit et grogne :

« Pouah, c'est fort. »

Il gratte son bouc, passe la bouteille à Sam, le mec de Brown, un pianiste aux doigts épais qui vient de Détroit et dont la mère est née à Taipei. David se laisse tomber dans l'herbe et commence à faire une série de pompes, grognant chaque fois qu'il remonte. Sam rend la bouteille à Marc et se laisse tomber à côté de lui. Leurs corps montent et descendent en rythme ; ils se comportent comme des machos. Je crois que ça marche, car quelques danseuses arrêtent d'agiter leurs éventails pour les regarder.

« Crâneurs. »

Marc lève les yeux au ciel. David grogne.

« Tu n'arriveras pas à suivre.

— Tu paries ? »

Marc se laisse tomber à côté d'eux et ils rivalisent, trois corps qui montent et descendent telles les touches d'un piano, jusqu'à ce que Sam s'écroule, le nez dans l'herbe, tandis que Marc et David continuent. Il y a quelque chose dans leur énergie qui m'attire, mais leur compétitivité est agaçante.

L'épaule de Xavier effleure la mienne. Il se penche vers moi. Il ne joue pas les machos avec eux, ce qui me surprend, mais c'est quelque chose qui me plaît.

« Il y a un placard où ils rangent le matériel en trop, dit-il en désignant Chen Laoshi de la tête. Je te pique un éventail, si tu veux.

— Oh, euh... »

Alors comme ça, il a remarqué.

« Je ne veux pas que tu t'attires des ennuis.

— Ça serait un plaisir. »

Il y a quelque chose de sombre dans son sourire.

C'est maintenant un garçon du nom de Peter qui a la bouteille en acier à la main. Elle se rapproche. J'entends une voix familière et lève la tête. Le jeune prodige, avec sa casquette des Giants de New York cachant en partie son visage, parle à Chen Laoshi pendant que les danseuses agitent leurs éventails bleus pour les ouvrir et les fermer comme s'il s'agissait d'un champ de fleurs. La professeure rit en serrant son panier d'éventails contre elle.

Guang-Ming ne fait même pas partie du cours. Quel lèche-bottes.

Je fais tourner ma chaise pour être dos à lui.

« Il est grand, dit Spencer. Et il a des poils sur le torse. On dirait un tapis.

— Je continue à penser que c'est la mâchoire carrée », dit Marc.

Sophie s'approche de nous et passe son écharpe bleue fleurie par-dessus son épaule.

« De quel mec sexy est-ce que vous parlez ? Je veux participer. »

Elle tire une chaise vide et s'assoit à côté de Xavier en lui adressant un clin d'œil dont elle seule a le pouvoir.

« Désolée, Sophie, dit Marc. C'est ton cousin, alors ce serait dégueu. On se demande ce qui fait de Rick le mec sino-américain le plus viril qu'on ait jamais vu. Objectivement.

— Quel gâchis d'oxygène », dis-je, et Xavier ricane.

Sophie rit.

« Désolée de vous le dire, mais il est hétéro. Et en couple.

— On ne veut pas de lui. On l'évalue, c'est tout.

— Et c'est un Américain d'origine *taïwanaise*, dit Spencer. Comme Xavier et moi.

— C'est compris dans le terme *sino*-américain, dit Marc.

— Je ne suis pas d'accord.

— Je suis asio-américaine, dit Sophie. Je suis en partie coréenne. Ever ?

— Je ne sais pas, avoué-je. Je n'y ai jamais vraiment pensé. »

Je suis américaine. Je ne me suis jamais beaucoup intéressée à mes origines asiatiques… avant.

« Alors, si Rick est viril, qu'est-ce qu'on est, nous ? grogne David. Des mecs asiatiques efféminés qui n'arrivent pas à se trouver une petite copine ? Je *déteste* ce stéréotype. »

Marc regarde David de la tête aux pieds.

« Tu pèses moins lourd qu'Ever. »

David fronce les sourcils. Je lui offre un moment de répit et frappe ma cuisse.

« C'est mes jambes, à cause de la danse classique. J'ai plus de muscles là que vous tous réunis. »

Sophie glousse de plus belle. David bougonne. Marc regarde sous la table d'un geste théâtral.

« Aucune envie de me prendre un coup de jambe de danseuse. »

Je souris, surprise par ma propre audace. Je n'ai pas d'amis garçons dont je suis proche chez moi. Comme c'est étrange : une journée à Chien Tan et j'ai l'impression de connaître ces gens depuis toujours. Est-ce que c'est parce qu'on est en colonie de vacances ? Ou parce que je suis plus timide chez moi et que je me sens plus forte quand je suis entourée de gens qui ne connaissent pas l'histoire gênante de mon adolescence ?

Est-ce que c'est un de ces mecs que je devrais embrasser ?

La bouteille en acier passe de Xavier à Sophie et je me rends compte qu'en dépit de notre camaraderie, personne n'a essayé de me la donner.

« Jeudi, vous venez tous, pas vrai ? dit Sophie.

— Me faire prendre dans un pays étranger, ce n'est pas le gros titre dont j'ai besoin pour ma future carrière en politique, dit Spencer.

— Vis un peu ! »

Marc la regarde en plissant les yeux.

« Tu es sûre qu'on pourra redescendre de l'autre côté quand on sera au-dessus du tuyau ?

— Ever et moi, on va se renseigner. »

Sophie lui passe la bouteille par-dessus la table.

« Eh, Marc. »

Je tends la main vers la bouteille alors que Sophie dit :

« À onze heures, on se retrouve… Oh, ah… euh… »

Li-Han, notre professeur, pose un tas de livrets fins au centre de notre table. La bouteille disparaît dans le short de Marc. David prend un des livrets et le feuillette tandis que Li-Han pousse ses lunettes à monture noire sur son nez et passe aux autres tables.

J'en prends un aussi, mais j'aurais préféré ne pas le faire. La couverture représente un porc-épic humain allongé sur le ventre : un homme nu dont chaque centimètre, de son cou à ses talons, est transpercé par des aiguilles. J'ai un haut-le-cœur et retourne le livret.

Près des danseuses, Chen Laoshi sort un éventail bleu de son panier et le donne au jeune prodige en lui adressant un sourire aguicheur. Et pourquoi pas ? Elle n'est pas beaucoup plus âgée et Rick a probablement parlé de *Yale* et de *football* une demi-douzaine de fois. Dans un mandarin parfait.

Tandis que Chen Laoshi rassemble ses danseuses autour d'elle, le jeune prodige se dirige vers nous. L'éventail replié semble minuscule dans sa main.

« En parlant du loup, dit Marc tandis qu'il approche.

— Je ne préfère pas, marmonné-je.

— Quoi, moi ? »

Le cousin de Sophie hausse les sourcils, ignorant de quoi nous discutions, et tout le monde éclate de rire.

« Je suis ravi de vous amuser, dit-il d'une voix traînante.

— Tu es en cours de médecine avec nous ? demande Marc.

— Percussions. »

Il tourne brusquement les yeux par-dessus son épaule. Puis il cherche mon regard.

« Tiens. »

Il me lance l'éventail et je suis trop surprise pour ne pas l'attraper.

« Oh, euh… »

Avant que je puisse balbutier un remerciement, son téléphone sonne – c'est une chanson de Taylor Swift – et il colle l'appareil à son oreille, fait tomber sa casquette et la rattrape à l'aide de sa main libre.

« Jenna ! Enfin.

— Elle ne peut pas attendre ? On n'a pas le droit de téléphoner maintenant », le réprimande Sophie.

Cependant, le tee-shirt du jeune prodige claque dans le vent tandis qu'il se précipite vers les tambours du dragon.

J'ouvre l'éventail. L'odeur de palissandre flotte dans la brise légère. Les fils dorés brillent sur la soie bleue. Je pourrais faire des cabrioles dignes d'un esprit de la forêt ou danser telle une *lady* dans la cour d'un château avec ça.

Li-Han retourne un sac en papier sur notre table. Une pile de racines noueuses en tombe et la poussière amère me fait tousser.

« Cool, qu'est-ce que c'est ? »

David en saisit une. Il est sérieux.

Li-Han répond en mandarin et je ne comprends pas ce qu'il dit, mais je m'en fiche. N'importe quelle option serait mieux que celle d'introduction à la médecine chinoise. Près des percussionnistes du dragon, le jeune prodige fait les cent pas, son téléphone collé à l'oreille. Il sourit et sa mâchoire carrée ridicule est rétroéclairée par le soleil. Une file d'élèves portant des rames sur leurs épaules – ceux du cours de course de bateau-dragon – passe devant lui et le cache. Lorsqu'ils s'éloignent, Benji et un autre garçon essaient de soulever la tête de lion chinois surdimensionnée avec de grands yeux qui battent timidement des paupières. Ils essaient de la poser sur celle du jeune prodige, mais celui-ci les évite à une vitesse surhumaine et dessine un cercle complet pour faire bonne mesure.

« Ouah, tu es rapide ! »

Les garçons sont impressionnés. Rick rit, son téléphone collé à l'oreille. Après une journée à Chien Tan, non seulement il évite les croix pour utilisation non autorisée de son téléphone, mais il a aussi un fan club.

Cependant, je n'en fais pas partie.

Je donne l'éventail à Sophie, qui s'est levée pour aller assister à son cours de cuisine.

« Prends-le, dis-je. Il va bien avec ton écharpe. »

10

Je ne peux pas porter ça.

Nous sommes jeudi soir, je regarde mon reflet dans le miroir que Sophie a acheté pour un dollar et qu'elle a scotché à notre porte. Sophie, presque trop généreuse, m'a fait un relooking digne d'une reine. Un effet *smoky* sur mes paupières, des lèvres pulpeuses… Selon mes critères prudes de l'Ohio, je pourrais être arrêtée pour ce maquillage.

Mais c'est ma tenue qui m'effraie le plus. La bande de peau pâle brille entre ma jupe et le corset noir très léger qui expose des losanges de peau dans mon dos. J'ai eu un coup de cœur au marché et j'étais prête à enfreindre la règle qui consiste à s'habiller avec pudeur, mais je ne peux pas sortir en portant quelque chose d'aussi… *provocateur*.

« On ferait mieux de descendre. Il est presque onze heures. »

Sophie met ses lèvres en cul de poule en se regardant dans la glace et applique une deuxième couche de rouge à lèvres. Sa robe en lamé or brille.

« Xavier et Matteo vont nous retrouver près de la cuisine. »

Il y a eu tout un tas d'histoires en cours de mandarin pendant la semaine : Xavier a flirté avec moi, Sophie l'a fait avec lui et Matteo… ce qui n'a rien d'inhabituel dans la croisière de l'amour. Les ragots courent sur les intentions de chacun et je ne peux pas m'empêcher de penser que la soirée va en provoquer davantage.

« Juste une minute. »

Je prends ma chemise noire et soyeuse à manches trois quarts de mon tiroir. Je l'enfile pour couvrir mes épaules nues, mon ventre et la couture du corset. Mon téléphone sonne sur ma commode.

Pearl : Papa et Maman me rendent dingue avec les lectures d'été la rentrée c'est dans deux mois tu me manques tu as trouvé un studio de danse

Le manque de ponctuation m'indique qu'elle dicte son message et qu'elle fait en sorte que son ordinateur lise à sa place. C'est utile, car elle est dyslexique.

Moi : Tiens bon. Si tu les lis maintenant, ils te laisseront tranquille. J'ai trouvé un studio, mais il est trop cher. Je continue à chercher.

Pearl : Ils trouveront autre chose

Moi : Pouah, je sais. Tiens bon. Jtm !

« Prête ? »

Sophie agrippe la poignée de la porte et fronce les sourcils en me regardant.

« On va en *boîte*. Tu vas avoir trop chaud si tu portes ça. »

Je pose mon téléphone à côté de deux mots de Mei-Hwa me demandant d'appeler mes parents. Je les ai ignorés. Dans le miroir, sous ma jupe en mousseline noire, j'aperçois mes jambes, découvertes de manière inconvenante. Je tire un peu plus sur ma jupe.

« Je n'ai pas souvent trop chaud, dis-je, bien que ce ne soit pas vrai.

— Tu es sûre... »

Quelqu'un frappe. Sophie tire sur la porte tenace.

« Oh, je n'y crois pas », fulmine-t-elle.

Puis elle force à deux mains et la porte s'ouvre brusquement. Le jeune prodige entre. Ses cheveux sont ébouriffés nonchalamment et il est vêtu d'un polo jaune poussin et d'un pantalon noir.

Sophie lève les mains en l'air.

« Du jaune. Rick, j'*abandonne.* »

Il sourit, l'air faussement innocent. Elle avait raison, cette couleur ne va vraiment pas à son cousin. Si le jeu de la soirée consiste à s'habiller pour faire sensation, il ne joue pas.

S'il s'agissait d'un autre garçon, ce serait plutôt impressionnant.

« Je suis juste là pour te chaperonner, tu te souviens ? Et puis, tu es assez jolie pour deux. »

Il croise mon regard.

« Ever. »

Il écarquille les yeux. Soudain, je prends conscience de mes paupières et de mes lèvres embellies, de la manière dont ma chemise noire moule mon torse et dont ma jupe découvre mes jambes. Ses sourcils épais se froncent.

« Ton ruban est défait.

— Oh. »

Je tends la main vers le nœud que Sophie a noué plus tôt dans mon dos.

« Attends. »

Le jeune prodige se place derrière moi ; le ton de sa voix est impatient. Mon corset se resserre brusquement autour de ma cage thoracique lorsqu'il noue les rubans sous l'ourlet de ma chemise. Il fait deux boucles, juste pour être sûr. On dirait que j'ai 12 ans et que c'est mon *père*. C'est humiliant.

Et il ne le remarque même pas. Un instant plus tard, il jette un coup d'œil par la porte.

« La voie est libre. Allons-y. »

Un croissant de lune brille dans le ciel quand nous sortons du dortoir et que nous nous rendons dans la cour étroite derrière la cuisine. Le mur couvert de lierre s'élève devant nous et l'odeur aigre des poubelles me fait grimacer. Je continue à avancer et passe devant un balai de paille, un tas de caisses en plastique et une benne de la taille d'une camionnette. Je m'éloigne le plus possible du jeune prodige.

Mais les autres ne sont pas loin derrière. Lorsque j'atteins le bord du bâtiment, Xavier passe sous le clair de lune à côté de moi. Il a une de ses mains dans sa poche, froissant la chemise de marque noire dont les fils argentés brillent. Ses yeux sombres se tournent vers moi et un sourire étire le coin de ses lèvres.

« Ta jupe me plaît, Ever. »

Contrairement au jeune prodige, il s'est habillé pour aller en boîte. L'opale qu'il porte à l'oreille brille. Mes parents n'auraient jamais accepté que je sois près de lui. Ma main se glisse timidement vers l'arrière de mon corset, même s'il ne peut pas voir les losanges de peau. Je m'oblige à soutenir son regard.

« Ton attitude me plaît.

— Monsieur Yeh. »

Sophie passe un bras sous le sien.

« C'est très gentil de votre part de vous joindre à nous. »

Le sourire en coin de Xavier s'élargit, comme s'il ne prenait pas la peine d'en afficher un complet. Son bras effleure le mien lorsqu'il avance.

J'inhale l'odeur musquée de son eau de Cologne et mon estomac se serre : cette soirée me semble pleine de nouveautés et de dangers.

« Sauvage, de Dior, murmure Sophie. Si ce n'est pas *délicieux* ?

— Ever, rends-moi un service, tu veux bien ? »

La voix du jeune prodige, assez proche pour chatouiller le lobe de mon oreille, me fait sursauter.

« Quoi ? »

Ma voix tremble. Il sent la nature, l'herbe et la liberté.

« Ne t'approche pas de Xavier.

— Quoi ? »

Je me tourne vers lui, mais nos nez se heurtent et je bondis en arrière en poussant un petit cri.

Avant qu'il ne puisse répondre, une horde d'élèves passe entre nous : dix, puis quinze, puis deux ou trois douzaines. Ils portent des vêtements sexy avec des paillettes, des bracelets et beaucoup de peau pâle apparente sous le clair de lune. Bien plus que je ne l'avais imaginé. Quelqu'un glousse, puis des douzaines de voix lui disent de se taire. Juste devant moi, Xavier est adossé au mur couvert de lierre, les pouces passés dans les boucles de sa ceinture. Il parle avec Laura, qui ne porte pas sa casquette des Yankees, et Debra. Elles sont toutes les deux très jolies dans leurs petites robes noires.

Tout le monde est prêt à faire la fête, sauf Rick le Chaperon. Plus j'y pense, plus son avertissement m'agace : de nouveau, c'est *exactement* ce que mes parents auraient dit.

Certes, Xavier est un séducteur, mais cela signifie qu'il est peut-être aussi le garçon idéal pour m'aider à enfreindre quelques règles ce soir.

« Où on va, maintenant ? »

Debra secoue ses cheveux bleus.

J'écarte le jeune prodige et chaperon de la soirée de mon esprit.

« La passerelle. Il y a une échelle. Sophie et moi avons vérifié. Quand on aura traversé la rivière, cherchez un taxi.

— Et *ne faites pas de bruit* », ajoute Sophie.

Nous avançons le long du mur en direction du pilier en béton sur lequel se trouve une échelle qui monte vers le ciel nocturne. Notre plan de fuite a une faille. Le clair de lune illumine le tuyau bleu comme un projecteur. Cela signifie que pendant les deux bonnes minutes qu'il nous faudra pour traverser la passerelle, nous serons exposés à toutes les fenêtres de Chien Tan qui sont face à la rivière.

« Heureusement qu'on est aussi nombreux », murmuré-je à l'intention de Sophie, qui commence à monter.

Ses talons aiguilles pendent de chaque barreau.

« Ils ne peuvent pas *tous* nous renvoyer chez nous. »

Mais mon estomac se noue. L'échelle monte dans un tunnel en métal formé par des rails recourbés. Elle sent la rouille. Tandis que j'escalade, une brise colle ma jupe en mousseline contre l'arrière de mes cuisses. Je l'agrippe fermement, souhaitant silencieusement que Sophie se dépêche, tout à fait consciente du poids du jeune prodige sur les barreaux en dessous de moi.

Pourquoi est-ce que je ne l'ai pas laissé passer avant moi ?

Puis j'arrive enfin au sommet du pilier, l'équivalent du troisième étage d'un immeuble, où le vent souffle dans mes cheveux, qui m'empêchent de voir.

« Attends », dis-je.

Le vent vole mes mots et me fait parvenir l'air de la rivière qui sent la terre et légèrement le poisson. J'agrippe la rampe peinte et jette un coup d'œil à l'eau sombre en dessous de moi. J'aurais préféré ne pas le faire. Je suis prise de vertige et lève les yeux vers l'océan des lumières de Taipei devant moi qui m'appelle. La terre promise. Une rangée de silhouettes est déjà en train d'avancer sur la passerelle.

« Dépêche-toi », murmure Sophie.

J'agrippe la rampe et fais attention à bien mettre un pied devant l'autre sur la grille métallique. Derrière moi, les yeux imaginaires des fenêtres de Chien Tan me font frissonner.

« Ils sont arrivés de l'autre côté. »

Le jeune prodige est tellement près de moi que sa voix me chatouille la nuque et me fait sursauter de nouveau. Il faut que j'arrête de réagir trop brusquement à tout ce qu'il fait. Sérieusement.

« Super », dit-il froidement.

Prudemment, j'ose un autre pas derrière Sophie. Et encore un autre. Et encore un autre.

Et encore un autre.

Puis, sous mes talons, la passerelle tremble dans un bruit de ferraille. La force du mouvement me fait heurter le dos en sueur de Sophie. Elle pousse un cri tandis que je m'efforce de garder l'équilibre. Mon pied glisse d'un côté. Mes côtes heurtent l'acier et ma chaussure s'envole, formant un arc au-dessus de l'eau sombre. J'essaie de me rattraper à quelque chose, ne saisis que de l'air, puis le bras du jeune prodige s'enroule autour de ma taille comme une ceinture de sécurité et m'empêche de tomber.

En dessous de nous, l'obscurité avale ma chaussure comme un dieu de la rivière silencieux.

« Ça va ? »

Sa bouche est collée à mon oreille et me fait frémir jusqu'au coccyx tandis qu'il m'aide à me redresser.

« Ta chaussure. On devrait peut-être repartir.

— *Hors de question.* »

Je me libère et retire mon autre chaussure. Mon cœur bat. Il m'empêche d'avancer, maintenant.

Il fronce les sourcils.

« Tu vas te couper les pieds...

— Mince alors, je n'ai pas besoin d'un chaperon... »

Un rayon de lumière passe au-dessus de la passerelle devant nous. Sophie jure.

« Quelqu'un est réveillé. »

Je regarde par-dessus mon épaule et le rayon de lumière se braque sur mon visage.

« Cours ! crié-je. Cours, cours, cours ! »

Des points noirs brouillent ma vue et je perds mon autre chaussure. Je bouscule le jeune prodige, agrippe les épaules de Sophie et nous trébuchons sur les derniers mètres tout en grimaçant chaque fois que nous entendons un bruit métallique. La passerelle cliquette et tremble à cause des étudiants qui se précipitent derrière nous.

Nous nous retrouvons dans un parking vide entouré d'un mur en béton et illuminé par une rangée de cinq lampadaires. Un chat tigré s'enfuit en poussant un miaulement assourdissant. Il s'échappe par un portail flanqué de deux piliers en pierre qui s'ouvre sur la rue.

Je devrais être en train de paniquer, mais au contraire, un rire me chatouille la gorge.

« C'est de la folie ! »

Derrière moi, Sophie halète.

« Viens. »

Je lui prends la main et la traîne derrière moi. Le gravier est dur et froid sous mes pieds.

« Je vais trouver un taxi. »

Le jeune prodige m'effleure en passant devant nous à grandes enjambées.

« Attention au verre. »

Je m'écarte d'une bouteille cassée juste à temps.

À trois mètres du portail, des taxis jaunes sont alignés sur le trottoir. Les phares brillent sur les pare-chocs et les moteurs ronronnent dans l'air humide.

Étourdie, je m'arrête brusquement.

« Tu déconnes. »

Sophie pousse un petit cri.

« Taipei nous connaît mieux que nous-mêmes !

— *Xiǎo péngyǒu, tíng, tíng. Huí lái !* »

Des voix lointaines provenant de notre gauche traversent la nuit. La lueur vacillante d'une lampe torche approche tandis que deux gardes en noir et Li-Han sortent de l'ombre dans la rue à quatre cents mètres de nous.

« *Merde.* »

Sophie me traîne vers un des taxis du milieu.

« Il ne faut pas qu'ils te reconnaissent ! »

Puis un torrent d'étudiants sort par le portail derrière nous comme un troupeau de buffles bien habillés.

« Allons-y. »

Le jeune prodige ouvre brusquement la portière et me fait signe de monter.

« Allez, vas-y !

— Ne joue pas les chevaliers. Grimpe, toi ! »

Je lui pousse l'épaule et fais signe à Laura et Xavier de monter à l'arrière.

« Allez, allez, vite ! »

Les étudiants se précipitent derrière Xavier. Une fille monte sur les genoux du jeune prodige, à l'avant. Les taxis démarrent en faisant grincer les pneus jusqu'à ce qu'il ne reste que Sophie et moi sur le trottoir. Li-Han et les gardes approchent à toute vitesse. Je vois les rayures bleues du pyjama de notre moniteur lorsque je pousse Sophie sur la banquette arrière du dernier taxi.

« *Wong Ai-Mei, lái la !* » tonne une voix.

Je m'immobilise sur le trottoir en entendant mon nom chinois.

De l'autre côté de la rue, le Dragon en personne court vers nous. Derrière elle, une lumière brille à l'intérieur d'une berline noire. Sa chemise de nuit vert citron se gonfle comme des ailes couvertes d'écailles de chaque côté de son corps.

« *Ai-Mei, nǐ yào qù nǎlǐ ?*

— Ever, *monte* ! »

Sophie ouvre grand sa portière.

Je bondis, mais la main du Dragon se referme sur mon biceps. Sa prise est dure comme l'acier et pince ma chair.

Dans l'ombre de la banquette arrière du taxi, le regard de Sophie croise le mien et l'incertitude bouillonne. Il serait illogique qu'on se fasse tous coincer.

« Vas-y ! » crié-je, mais le taxi ne bouge pas.

La prise du Dragon se resserre.

« Ai-Mei… »

Soudain, une explosion semblable à celle de feux d'artifice retentit à côté de sa voiture et des étincelles blanches s'envolent dans toutes les directions.

J'utilise cet instant de distraction pour me libérer et je plonge à côté de Sophie. Je crapahute sur les jupes et les pantalons pour me faire une place. L'odeur d'eau de Cologne remplit mes narines et la portière se heurte à mon pied, puis quelqu'un pousse un cri perçant.

« *Allez !* hurlé-je.

— *Kuài diǎn !* exige Sophie. *Vite !* »

Notre taxi tangue vers l'avant et je me heurte de côté à un mur de torses. Je me redresse difficilement ; mes genoux s'entortillent dans le pantalon d'un garçon. J'écarte mes cheveux de mon visage tandis que Xavier m'agrippe par la taille et me pose en équilibre sur ses genoux.

« Qu'est-ce qui s'est passé ? haleté-je en faisant semblant de ne pas remarquer la chaleur de ses mains. »

Sophie rit.

« *Rick,* voilà ce qui s'est passé. »

À l'avant, le jeune prodige lui montre un petit disque entre son pouce et son index.

« Des pétards. »

Un coup qui me rappelle étonnamment Pearl.

« Tu as détruit sa voiture ?

— Non, la voiture va bien. Mais je ne peux pas en dire autant de *toi.* »

J'essuie la sueur de mon front.

« Je me suis fait prendre », gémis-je.

Je me prépare à son ton condescendant : *Je te l'avais bien dit.*

Mais le jeune prodige m'adresse un sourire lumineux et dit :

« Dans ce cas, il vaudrait mieux que la soirée en vaille le coup. »

11

Le Club KISS est aussi horrible que son nom. Le lounge est rempli de fumée et d'hommes entre deux âges qui sont alignés contre les murs pour regarder les filles sur la piste de danse. Au-dessus d'eux, une boule stroboscopique projette des rayons de lumière dans toutes les directions, tandis qu'un projecteur illumine une scène de fortune sur laquelle se trouvent des boîtes noires dont sortent des câbles de micros et d'amplis. Des filles portant des hauts légers se bousculent autour, crient et font signe à un groupe médiocre qui s'avère être du Minnesota, pas de Manhattan. Une basse fait vibrer tout mon squelette.

« Ils sont nuls ! » crié-je.

Mais je ne suis pas snob en ce qui concerne la musique. S'il y a rythme, je danse. Sophie et moi agitons la tête avec Laura, Debra et d'autres filles qui vivent dans le même couloir que nous. Mes chaussettes, données par Spencer, qui a des petits pieds, glissent sur le sol.

Quelque chose se produit lorsque je danse. Si quelqu'un m'avait croisée dans les rues de Chagrin Falls, il aurait pensé que j'étais du genre calme, studieuse, travailleuse. C'est la facette que je montre à la plupart des gens.

Mais quand je danse, je deviens de la musique en mouvement. Une déesse.

Moi-même.

Sophie retire ses propres chaussures. Elle me prend la main, me fait tourner sous son bras tandis que je me déhanche en poussant un cri de joie. J'imagine ma mère bouche bée et mon père enlever ses lunettes s'ils avaient conscience de toute la *culture* dont je me suis déjà imprégnée. J'ai enfreint la première règle des Wong, le couvre-feu, et je porte du gloss.

Je tire sur ma chemise, la resserrant contre le corset qu'elle cache. La climatisation est forte, mais oserai-je la retirer plus tard dans la nuit ? Car à un moment de la soirée, une autre règle des Wong va tomber. Avec panache.

Debra lève son téléphone pour prendre un selfie. Tandis que Laura se presse contre nous, je me tortille en m'éloignant : je ne veux pas apparaître sur une publication des réseaux sociaux que mes parents pourraient voir. En face de moi, Sophie effectue une danse sensuelle en cercle, balayant la foule du regard sans arrêt. La boule stroboscopique affiche des étoiles sur ses lèvres pulpeuses et ses énormes faux cils. Elle seule peut porter une chose pareille.

« Qui est-ce que tu cherches ? crié-je.

— Je regarde, c'est tout ! »

Puis le jeune prodige se fraie un chemin parmi les danseurs et agrippe l'épaule de Sophie. La partie supérieure de son polo jaune poussin est couverte de taches de transpiration. Ses cheveux luisent comme l'onyx.

« Ils ont amené un mec de Snake Alley. Tu dois goûter ça, c'est ce qu'il y a de meilleur à Taipei. »

Sophie se libère et écarte ses cheveux comme un parachute soyeux.

« Snake Alley ? Tu déconnes !

— C'est quoi, Snake Alley ? demandé-je.

— Un piège à touristes dégoûtant, dit Sophie. C'est un des marchés nocturnes, plus au sud. »

Je suis le regard du jeune prodige vers une table du fond, où un homme portant un tablier en cuir sort un serpent vert dragon d'une cage en bois.

Un vrai serpent au corps ondulant.

Ça alors ! Le jeune prodige a des intérêts exotiques.

« Qu'est-ce que c'est que ça ? » demandé-je tandis qu'une vague de danseurs nous bouscule.

Rick sourit d'un air suffisant.

« Tu vas voir. »

Il me prend la main et m'attire dans la foule de corps dansants.

Sa paume est rêche et calleuse sur la mienne. Et grande. Une main de garçon. Mais cela ne veut rien dire : s'il ne me tenait pas, la foule nous séparerait. Et effectivement, quand nous atteignons la table sur laquelle se trouve une épaisse planche à découper, il me lâche.

Et j'aurais préféré qu'il ne le fasse pas.

À quelques centimètres de là, trois serpents se tortillent, formant des méandres écailleux : rouge et noir, jaune avec des losanges, vert dragon moucheté. La planche est couverte de taches rouge foncé. Elles sont couvertes par des petites flaques fraîches et humides. Derrière, le propriétaire des serpents au visage fin essuie ses doigts boudinés sur son tablier.

« En tant que chaperon officieux, je dois te conseiller de ne pas goûter ça. »

Le jeune prodige me décoche un sourire supérieur et exaspérant.

« Ha. C'est ça. »

Mais mon estomac se serre. Nous allons manger du serpent. J'ai goûté de l'anguille cuite au barbecue une fois, mais je n'ai jamais regardé ma nourriture dans les yeux. Je ne l'ai jamais vue ramper dans le sang de ses camarades. L'odeur métallique m'étourdit, comme toujours. J'étais sur le point de m'évanouir lors de mon stage d'observation à la clinique de Cleveland, quand j'ai dû observer un médecin recoudre un genou ouvert.

« Laisse-moi deviner. On fait griller nos propres kebabs de serpent.

— Si seulement. »

Le jeune prodige fait le geste du pistolet avec ses doigts à l'intention du propriétaire des serpents.

« Qu'est-ce que tu veux dire ? » demandé-je.

Il est déjà en train de se diriger vers le bar et le barman.

« Je vais aller prendre des billets.

— Je peux payer ma part… » protesté-je, mais il ne m'entend pas.

Parfait.

Quel que soit le défi que le jeune prodige me prépare, je peux le surmonter. Un serpent marron recule et siffle. Je m'oblige à y faire face, essayant de surmonter ce qui va se passer sans vomir. Et sans m'évanouir.

« Tu veux en tenir un ? »

Je sursaute lorsque Xavier se glisse à côté de moi. Je ne l'ai pas vu depuis le trajet en taxi, quand je suis descendue de ses genoux et que je suis sortie par la portière. Les fils argentés luisent sur sa chemise. Lorsqu'il tend son avant-bras nu vers les serpents, je sens son odeur : un parfum musqué et quelque chose que je ne parviens pas à identifier. Il se déplace comme un félin et m'accule, mais ce n'est pas désagréable.

Puis le serpent dragon s'enroule comme une corde autour de son bras. Mon cœur s'arrête.

Les lèvres de Xavier s'étirent en un demi-sourire taquin. Il fait tourner son coude, laissant les écailles du reptile réfracter la lumière comme un joyau. Il agite sa langue fourchue au-dessus de la peau pâle de l'avant-bras de Xavier.

Tandis que le serpent glisse et se niche dans son col, Xavier me prend la main. Elle est chaude, comme une tasse de thé. Un frisson de peur s'empare de moi quand le reptile descend jusqu'à son poignet. Les lourdes écailles de son bas-ventre glissent sur nos mains jointes et ma peau frémit alors que j'imagine la morsure de ses crocs minuscules.

« Il t'aime bien, ç'est évident. »

Xavier saisit mes doigts et les replie sur son index.

J'éclate d'un rire hésitant.

« Comment tu le sais ?

— Comment ? »

Son sourire s'élargit. Avant que je puisse réagir, il soulève ma main d'un geste que j'ai déjà vu décrit dans mes romans victoriens.

Et il pose ses lèvres sur mes articulations. J'ai le souffle court.

Puis, la voix de Sophie résonne derrière moi.

« Je n'ai pas l'intention de goûter *quoi que ce soit* qui provienne de ces trucs ! »

Je me libère d'un mouvement brusque. Le jeune prodige et Sophie se fraient un chemin vers nous dans la foule, suivis de Marc et Spencer. Rick tient une ribambelle de tickets de carnaval bleus.

« Oh, Ever, il t'a mordu ? »

Sophie se précipite vers moi.

« N-non, bien sûr que non ! » balbutié-je.

Puis je comprends que Sophie parle du serpent, pas de Xavier.

Le jeune prodige baisse les yeux vers ma main, comme si une marque en forme de bouche y était encore marquée au fer rouge.

Puis Xavier se retourne vers la planche et laisse le serpent partir, comme si rien d'important n'avait été interrompu. Sophie pose son menton sur son épaule et Xavier serre négligemment sa taille. *Pouah*, c'est vraiment un coureur.

« Tu es prête ? »

Le jeune prodige tend les tickets au propriétaire des serpents.

« Tu as beau être dramatique, ça ne peut pas être si terrible. »

Je penche la tête sur le côté, comme le fait Sophie.

« Le serpent, ça a le même goût que le poulet, pas vrai ? »

Le jeune prodige sourit et le propriétaire des serpents pose une hachette sur la planche de boucher couverte de sang dans un bruit sourd et menaçant.

« Attends, dis-je. Il ne va pas… Ici ? »

D'un geste expérimenté, l'homme aligne six fioles en verre sur un plateau. Il prend une bouteille sans étiquette et verse une dose de liqueur dans chacune. C'est l'occasion pour moi d'enfreindre la règle des Wong n° 4, mais, pourquoi attrape-t-il le serpent marron ?

Il le saisit à quelques centimètres de sa tête triangulaire, puis pose son poing sur la planche.

La hachette s'abat.

La tête aux dents acérées du serpent est propulsée vers Spencer, qui crie et la frappe d'un coup de poing de kung-fu. Trop stupéfaite pour crier, je vacille tandis que Sophie hurle :

« Dégueu !

— Ça, ça sent l'ulcère. »

Spencer essuie le sang de son bras.

« Désolé, Rick. Je ne vais pas boire ça !

— Boire ? »

Alarmée, je regarde le serpent flasque. De son corps sectionné jaillit du sang rouge foncé. Je pensais qu'il allait être emmené dans une cuisine. Dans une poêle.

« Attends. Il ne les *cuit* pas ? »

L'homme presse le corps du reptile au-dessus des fioles. Son sang gicle et l'alcool prend une teinte rose.

Le jeune prodige affiche un sourire en coin.

« Du saké au sang de serpent.

— Attends. »

Le bord de la table me mord les paumes des mains. Apparemment, Monsieur Parfait a un sens de l'aventure particulièrement sombre. Il est peut-être aussi déterminé à se lâcher que moi. Mais je suis de retour à la clinique de Cleveland, le sang du genou entaillé se répand comme une fleur cramoisie.

« Attends... », répété-je d'une voix rauque.

L'odeur de rouille du sang atteint les cavités derrière mes yeux. Le flux cramoisi ralentit et l'homme secoue le serpent au-dessus de la sixième fiole pour en faire sortir les dernières gouttes. Puis il fourre le reptile mou dans la poche de son tablier et pousse le plateau devant nous.

Le jeune prodige, Marc et Xavier en prennent une chacun. Spencer refuse.

Il en reste trois.

« Sophie ? Ever ? »

Le regard de Rick est provocateur.

Du saké.

Au sang de serpent.

« Hors de question. »

Sophie a commandé un verre de vin. Elle l'agite.

« Les filles, ça ne boit pas de sang de serpent.

— Quelqu'un en veut un autre ? propose le jeune prodige.

— Un, ça suffit. »

Marc fait tourner son verre ensanglanté entre ses doigts et le fixe du regard.

« Ouah. C'est *chaud.* »

Sous sa frange couleur chocolat au lait séparée au milieu, il devient pâle. Des perles de sueur se forment sur sa lèvre.

Seul Xavier ne bronche pas.

Un scénario se forme dans ma tête : moi, évanouie par terre, du sang se renversant d'un verre qui n'a même pas effleuré mes lèvres. Il doit y avoir des moyens moins exotiques d'enfreindre la règle *Ne pas boire*, comme un bon cocktail à la mangue.

Je tends une main hésitante vers la fiole. C'est vrai qu'elle est chaude. Le liquide est réchauffé par la lampe chauffante qui frappait le pauvre serpent quand il était encore en vie.

Mes doigts tremblent tandis que je regarde le liquide rose et trouble. Le jeune prodige hausse les sourcils.

Les trois garçons me regardent, leurs petits verres à la main. Luttant contre la nausée, je lève le mien.

« Je vous suis.

— Au meilleur été de nos vies ! »

Sophie trinque avec tout le monde.

« Gānbēi ! »

Cul sec !

Je penche la tête en arrière. Le sang chaud et salé mélangé au saké enflamme ma gorge. C'est amer. Comme du métal. Comme un médicament. Ma poitrine brûle et la chaleur ouvre un passage que je n'avais jamais senti auparavant. Je ferme les yeux et m'oblige à avaler.

Ne vomis pas. Ne vomis pas. Ne vomis pas.

J'ai l'impression que ma tête est remplie de riz, puis elle explose dans toutes les directions. Des picotements kaléidoscopiques dans mon corps, et pas juste à cause du saké. J'ai affronté ma peur du sang. Je suis encore debout. J'ai enfreint une autre règle des Wong. À ce rythme, j'aurai fini avant que le soleil se couche dans l'Ohio.

Sophie serre son verre contre elle et secoue la tête, scandalisée, mais souriante. Marc vomit dans un crachoir. Xavier ferme les yeux.

Mais c'est moi que le jeune prodige regarde, son verre vide à la main. Nos regards se croisent et il penche la tête sur le côté. Ma main est sur son bras, agrippée à lui comme à une ligne de vie.

« Oh, désolée ! »

J'ai laissé quatre marques d'ongles sur sa peau bronzée.

Cependant, il y a une nouvelle lueur de respect dans ses yeux qui me réchauffe autant que le saké.

« Tu es plus dure à cuire que Marc. »

Celui-ci lui adresse un regard noir. Il plisse son nez aquilin et essuie sa bouche avec le dos de sa main.

« Ça t'a plu ? me demande le jeune prodige.

— C'était *horrible.* »

Je souris. La chaleur du saké palpite en moi comme une rivière, réchauffant mes doigts et mes orteils.

Alors comme ça, je l'ai impressionné.

Dans un accès de confiance en moi, je prends sa main libre dans la mienne, puis celle de Xavier, et je les emmène dans la brume illuminée par la lumière stroboscopique.

« Allez. On va danser ! »

Plusieurs heures plus tard, je suis encore en train de danser.

Je me donne à fond avec Debra et Laura, qui dansent comme des dingues. Je saisis le bras de Debra et m'appuie sur elle.

« Comment vous faites ? crié-je par-dessus la musique. Vous rencontrez des présidents. Vous dansez ! »

Debra m'adresse un sourire en coin.

« Quoi ? crie-t-elle.

— Vous êtes *géniales* ! »

J'ai à la main mon troisième ou quatrième cocktail à la mangue. Je ne comprends pas comment on peut être assez aveugle et avoir l'esprit assez étroit pour interdire quelque chose d'aussi délicieux. Je ne sens même pas l'alcool. Dieu bénisse le barman, qui s'est entiché de Sophie et moi, et qui nous sert des boissons offertes par la maison depuis le début de la soirée.

En parlant d'elle, où est-ce qu'elle est ?

« Tu as vu Sophie ? » crié-je.

Debra secoue sa tête couverte de cheveux bleus et sourit comme si je lui avais parlé en pig latin. Je me répète plusieurs fois tandis que les danseurs me poussent contre elle. Mes chaussettes collent au sol.

Sorti de nulle part, Xavier saisit mon coude. Ses cheveux noirs et ondulés sont humides à cause de la transpiration et lissés en arrière. Je ne l'ai pas vu depuis que Sophie l'a entraîné loin du bar, il y a quelques heures.

« Danse avec moi. »

Sa main se pose sur ma cage thoracique. Les lumières stroboscopiques illuminent ses pommettes saillantes. Ses yeux brillent lorsque nos regards se croisent, me mettant au défi de refuser.

Je danse avec lui. Un cocktail se renverse sur mon bras et le sien, mais je m'en fiche. Il m'attire près de lui et le rythme de ses mouvements suit le mien. Je suis rayonnante et j'affiche un grand sourire, pour lui, pour les danseurs derrière lui, pour les barmans tout partout.

Je danse avec un garçon. Une autre règle des Wong s'écroule.

Ses doigts chauds se glissent sous ma chemise et le long de ma taille nue avant de s'arrêter dans le bas de mon dos. Pendant un instant, une partie de moi est paralysée, comme si on m'avait vaporisée avec de l'azote liquide.

Mais autour de nous, les couples ont fusionné et les corps se frottent les uns aux autres en rythme.

Je n'ai pas l'intention de m'enfuir juste parce qu'un garçon m'a invitée à faire autre chose que flirter.

Alors que le tempo de la musique monte d'un cran, je me jette à corps perdu dans le rythme. J'agite mes hanches, penche la tête sur mon épaule, passe une main derrière ma tête, tiens mon verre de l'autre. Il balaie mon corps du regard. La transpiration brille sur son cou. Mes cheveux sont humides. Je me tortille avec lui et suis chacun de ses coups de hanches. Les siennes se calent contre les miennes tandis qu'il m'attire de plus en plus profondément.

Et puis je le sens.

Oh, mince. Oh, mince. Est-ce que c'est ce que je crois ?

Soudain, Sophie se dresse à côté de nous dans sa robe dorée. Son collier réfracte les lumières stroboscopiques. Elle passe un bras autour de mes épaules et m'écarte de Xavier.

« Tu devrais peut-être y aller mollo avec l'alcool, mon chou, crie-t-elle par-dessus la musique.

— Ah, te voilà ! »

J'éclate de rire. Tout est trop drôle.

« Il est plus d'une heure ! Tu te rends compte qu'on est encore de sortie ? »

Elle me prend mon verre et le pose sur un haut-parleur. Elle sourit à Xavier.

« Je reviens, dit-elle. Il faut juste que j'aide Ever.

— Je n'ai pas besoin de ton aide », rétorqué-je, mais le bras de Sophie se resserre autour de moi.

Son dos est couvert de transpiration.

Les danseurs se heurtent à nous tandis que nous nous dirigeons vers un côté de la salle. Je souris et les pousse aussi. J'ai l'impression de courir dans un labyrinthe avec de grands punching-balls dans la zone pour enfants de Cleveland. Un coup me fait tourner la tête.

« Rick, aide-moi. »

Sophie lui parle. Il met son téléphone dans sa poche et refait ce geste bizarre où son pouce gratte l'intérieur de son doigt. Ses cheveux noirs sont dressés sur sa tête, comme s'il s'y était agrippé plus tôt. Des rayons de lumière illuminent son regard dépourvu d'humour et sa mâchoire serrée.

« Qui est-ce que tu as appelé d'ici ? » demandé-je.

Du moins, je crois que je pose la question. J'ai du mal à m'entendre.

Et pourquoi est-ce qu'il fronce les sourcils comme ça, alors qu'il riait en regardant la décapitation du serpent il y a un moment ?

Le jeune prodige enroule un bras autour de ma taille. Son corps me donne l'impression d'être toute petite tandis qu'il m'emmène vers la porte. Le vent souffle dans l'odeur écœurante des cigarettes et douce de l'encens. J'ai froid au ventre comme si j'étais sur des montagnes russes.

Puis je m'écarte du jeune prodige pour vomir sur le bitume.

12

Ma tête se heurte à un torse musclé.

J'ouvre les yeux dans l'obscurité. Je marche dans le couloir, passant devant les portes et les poignées en cuivre. Non, je ne marche pas. Mes jambes pendent. Je suis dans les bras de quelqu'un. Quelqu'un qui a une odeur délicieuse : comme de l'herbe, de la transpiration et du bois fraîchement coupé.

Quelqu'un avec une démarche assurée.

« Où est Sophie ? »

Je bouge, paniquée. Je me souviens vaguement de lumières clignotantes, de m'être déhanchée avec Xavier…

« Eh, c'est moi. Doucement. »

Rick.

Je grogne. Ma tête palpite tellement que j'ai l'impression d'avoir un tambour du dragon à l'intérieur du crâne. Je sens le battement régulier de son cœur contre ma joue.

« Je peux marcher toute seule. »

Je me débats, pousse son torse poilu.

Cependant, lorsque mes pieds touchent le sol, le monde se met à tourner. Le bras de Rick se glisse sous mes genoux et il me soulève comme si je ne pesais pas plus lourd qu'un oreiller de plumes. La chaleur de sa peau nue réchauffe ma joue. Où est son polo ?

Il rit. Sa voix est douce et duveteuse dans l'obscurité.

« Si tu bois, il faut que tu établisses des limites. Personne ne te l'a jamais dit ?

— Personne ne m'a dit quoi que ce soit, sur rien du tout », dis-je d'un ton hostile.

Puis une autre vague d'ombres s'écrase sur moi.

Je me réveille dans mon lit. Le clair de lune est visible à travers ma double fenêtre.

Le visage de Rick apparaît à côté de moi. Il est assis sur une chaise et se penche vers moi. Je n'avais jamais remarqué à quel point ses lèvres étaient pulpeuses.

« J'ai trouvé ta clé dans ta poche. »

Soudain, un soupçon s'immisce dans mon esprit et je baisse les yeux. Je porte son polo jaune poussin au-dessus de ma jupe en mousseline noire. Le tissu rêche glisse sur mon ventre tandis que Rick tire ma couverture jusqu'à mon menton.

« Ne t'inquiète pas. Sophie s'est occupée de toi au club. »

Je rougis. J'ai honte qu'il lise aussi facilement en moi. Il met un gobelet rempli d'eau dans ma main.

« Tiens, bois ça.

— Tu m'as portée jusqu'à ma chambre ? »

Il n'a certainement pas pu me porter en traversant la passerelle. Il a dû passer par le portail principal.

« C'était ça ou faire des tours en taxi jusqu'à ce que tu te réveilles. »

On dirait que je me suis soûlée pendant un rendez-vous, et ce n'est même pas avec moi qu'il sort. Je grogne. Il agrippe mon épaule.

« Tu t'es fait mal ?

— J'ai fait une entorse à ma dignité. »

Il relâche sa prise. Puis il rit, si longtemps que je commence à croire qu'il est plus ivre que moi. Il est tellement bizarre, avec ses brusques changements d'humeur et tout ça. Est-ce qu'il y a un problème ?

Finalement, il dit :

« Merde alors, où est-ce que tu as appris à danser comme ça ?

— Comme quoi ?

— Comme si ta place était sur une scène.

— Alors comme ça, tu me regardais bouger ? »

J'imagine les yeux de Rick suivant mon corps dans les lumières clignotantes. Cela provoque en moi un certain plaisir.

« Et moi qui pensais que tu étais seulement un petit génie, me taquine-t-il.

— Qui est l'intello ? » marmonné-je.

Mon gros cerveau flotte dans le brouillard. Mon cuir chevelu me fait mal.

Il reprend le verre.

« Tes cheveux sont entortillés sous toi. »

Ses doigts effleurent ma joue. Ils se glissent dans mes cheveux, libèrent une boucle, soulagent un peu la tension. Je devrais m'écarter, mais je ne me souviens plus pourquoi, alors je m'autorise à profiter de l'intimité inhabituelle de ses doigts dans mes cheveux qui libèrent une autre mèche.

« Ce n'est pas fatigant d'être aussi parfait ? »

Il rit, mais cette fois, il parle d'une voix sans joie.

« Je suis loin d'être parfait. »

Ah oui ? Est-ce qu'il a déjà eu un A moins ? Ou – oh, mon Dieu – un B ?

« Dis ça à mes parents, marmonné-je d'une voix assez basse pour qu'il ne m'entende pas.

— Le *World Journal* ? »

Il m'a entendue.

« Je t'ai écrit une lettre quand j'avais 11 ans. Mes parents m'y ont obligée. Pour te demander des conseils pour mes devoirs.

— Est-ce que j'ai répondu ?

— Non. Salaud.

— C'est pour ça que tu me détestes ? Mais laisse-moi deviner. Tu as réglé ton problème de devoirs toute seule.

— Ils voulaient que je te demande des conseils de manière *générale*. Pour commencer une correspondance.

— C'est vrai que je suis le mec dont rêvent tous les parents chinois immigrés.

— J'ai brûlé ton effigie ensuite. »

J'ai l'impression que des coulées de boue passent sur mes paupières ; je n'arrive pas à garder les yeux ouverts.

« Heureusement que j'ai déjà une petite amie.

— Oui, la *pauvre*. Tu dois être l'arbre qui aspire tous les nutriments du sol. Rien d'autre ne peut pousser autour de toi. »

Un bâillement avale presque mes derniers mots.

Mais dans l'obscurité grandissante, je sens qu'il se dérobe.

J'ai touché une corde sensible.

Désolée, je ne le pensais pas, c'est ce que je veux dire, mais l'effort semble titanesque. Puis l'obscurité s'empare de moi.

✤

« Réveille-toi, Ever ! Réveille-toi ! Il est tard ! »

Les rideaux crissent sur leurs rails. La voix de Sophie et la lumière du soleil aveuglante transpercent les fragments de mes rêves. Je suis allongée sur le ventre, dans mon lit, les couvertures sont enroulées autour de mes jambes et mon bras est engourdi parce qu'il pendait par-dessus le matelas. Ma tête palpite comme si toutes mes artères avaient migré vers mon crâne.

« Comment est-ce que je suis arrivée ici ? marmonné-je.

— Rick t'a ramenée. »

Sophie virevolte dans la pièce en se déshabillant.

« Et c'est une bonne chose ! Grace Pu roulait sur elle-même comme un morse ivre sur le parking. Ses soi-disant amies ont même envisagé de la laisser là ! Oh, Ever, j'ai *tellement* de trucs à te raconter, mais on est *en retard* ! »

Je me redresse et me frotte les yeux. Les rayons du soleil éclairent le ventre nu de Sophie tandis qu'elle met son soutien-gorge en dentelle noire. Ma chemise noire et mon corset qui n'a jamais vu les lumières de la discothèque sont accrochés sur le dossier de ma chaise. Les rubans pendent, chiffonnés parce qu'ils ont été lavés et essorés.

Une vague d'horreur me serre la gorge lorsque je me souviens de la soirée. Rick a été témoin de scènes qui n'auraient jamais dû être vues par une quelconque créature vivante, et encore moins par lui. Je laverai son polo deux fois avant de le lui rendre, s'il veut le récupérer. Et… juste là, est-ce que j'ai dit des choses que je n'aurais pas dû dire ? *Alors comme ça, tu me regardais bouger… Tu dois être l'arbre…* Je dois le trouver et lui expliquer. M'excuser. Mais je ne pourrai plus jamais le regarder dans les yeux.

« Est-ce que Rick a dit…

— Dépêche-toi ! »

Sophie jette ma robe verte sur mon ventre et enfile un débardeur à rayures.

« Le Dragon fait des rondes. Si elle nous trouve ici, on est coincées, et Yannie est prise tout l'été. On n'aura pas d'autre occasion.

— Yannie ? C'est qui ? »

Une fois de plus, la précipitation de Sophie est contagieuse. Je retire le polo de Rick.

« Notre photographe ! Pour les photos glamours ! Je ne te l'ai pas dit hier soir ? Yannie, c'est la meilleure. Tous les créneaux étaient pris, mais j'ai réussi à nous caser à la place d'une personne qui a annulé. Il faudra juste qu'on saute le cours de mandarin.

— Si tu me l'as dit, je ne m'en souviens pas », dis-je en grognant.

Ma tête se brise en quatre : si cela n'avait tenu qu'à moi, je n'aurais pas choisi le jour de ma première gueule de bois pour faire une séance de photos glamours. Comment est-ce que Sophie peut voleter comme un papillon de nuit qui a pris du crack ?

« Eh bien, c'est ton jour de chance ! Quand les garçons vont feuilleter ton album, ils ne pourront pas te résister ! »

Je commence à rire, mais cela me donne mal à la tête.

« Personne ne va regarder mes photos, et encore moins des *mecs qui ne seront pas capables de me résister*. »

Cela dit, prendre la pose pour des photos glamours pourrait être le moyen idéal d'arrêter de m'habiller comme une bonne sœur, étant donné que c'est tout ce que je semble capable de faire. Je retire ma jupe en mousseline chiffonnée. Comme pour protester, une serviette en papier tombe par terre, remuant telles les ailes couleur crème et bleu d'un papillon.

Il y a un dessin d'un côté.

« Qu'est-ce que c'est ? »

Perplexe, je me penche en avant et la saisis. Un croquis au pastel.

De moi. En train de danser.

De profil, la tête penchée en arrière, mes cheveux noirs flottant autour de mon visage, mon nez tourné vers le plafond. Un de mes bras en l'air. Je me souviens de cette chanson, de ce mouvement. En quelques coups de crayon, l'artiste mystérieux a saisi la tension et l'énergie des lignes de mon corps. Et il a mis le résultat dans ma poche.

« Qu'est-ce que c'est que ça ? »

Sophie passe sa brosse dans ses mèches humides et s'approche, puis pousse un petit cri.

« C'est incroyable !

— Je ne sais pas du tout qui l'a dessiné.

— Tu as un admirateur secret !

— Possible. »

Je rougis. Ce serait une première. Est-ce que le jeune prodige est aussi Michel-Ange ? Cette idée me surprend : le fait qu'il m'ait ramenée ne fait pas de lui un admirateur. Bien au contraire.

« *Plus* qu'un admirateur. »

Sophie montre les lèvres du doigt, *mes* lèvres, délicates et sensuelles. L'artiste a même capturé les contours précis de ma poitrine et a obscurci le trapèze entre mes jambes en rouge satiné.

« Ce mec a envie de toi, Ever. »

Qui ? Je ne peux pas nier que ce dessin me donne l'impression d'être nue.

Un coup dans le couloir, un poing qui heurte du bois, me fait sursauter. Sophie colle son oreille à la porte tandis que je cache le croquis dans mon sac.

« Le Dragon, siffle-t-elle. Elle est à côté. Vite. On y va. »

Dès que le Dragon entre dans la chambre voisine, Sophie et moi ouvrons la porte de la nôtre, nous précipitons dans le couloir et descendons les escaliers deux à deux. Nous passons devant un poster faisant de la publicité pour le concours de talents, puis sous le tableau des croix, sur lequel il y en a des nouvelles. Il y en a trois rouges à côté de mon nom. Mon estomac se resserre.

Je suis Sophie sur la pointe des pieds en passant devant les fenêtres des portes qui révèlent des salles de classe remplies d'étudiants. Les fêtards sont maintenant prêts à étudier et à éviter les croix.

« Si le Dragon hésite à appeler mes parents, le fait de sauter les cours pourrait bien être la goutte d'eau qui fait déborder le vase, murmuré-je.

— Si on ne fait pas les photos glamours maintenant, on ne pourra jamais les faire. »

Je prends une grande inspiration. Au point où on en est...

« D'accord. »

Cependant, je jette un coup d'œil par la fenêtre de la salle 103. Est-ce que quelqu'un d'autre est resté au lit et a bravé la colère du Dragon ?

En plus des nôtres, il n'y a qu'une chaise de vide : celle de Xavier Yeh.

Mon visage brûle et je me précipite dans le couloir derrière Sophie. La veille, danser avec Xavier m'avait semblé une idée brillante, mais à présent, j'ai envie de me cacher sous mes couvertures. Je vais le voir en cours tous les jours en sachant que je lui ai donné une érection. Et il sait que je le sais.

Sophie jure entre ses dents. Nous avons atteint le hall. À une table, assise avec Li-Han et deux autres moniteurs, Mei-Hwa abat trois tuiles en ivoire sur la table.

« Pong ! »

Elles jouent au mah-jong. Leur accent hokkien me rappelle mes parents de nouveau. Cela dit, mes parents ne jouent pas, ils travaillent, et quand ils reviennent à la maison, ils sont épuisés et de mauvaise humeur. Mei-Hwa contracte les minuscules muscles de son bras et fait une petite danse de la victoire sur sa chaise. Li-Han boit dans une cannette de café Mr. Brown et dit quelque chose qui lui fait gagner un coup à l'épaule de la part de Mei-Hwa. Il s'avère que c'est une autochtone de Taïwan. Ses parents viennent des tribus des plaines et Puyama, et font partie des indigènes qui vivent sur cette île depuis toujours.

Curieusement, elle n'est pas beaucoup plus âgée que nous, mais c'est notre monitrice.

« On va devoir les contourner », dit Sophie.

Puis Mindy sort de la cabine téléphonique. Elle porte encore son pyjama rose et froissé. Depuis que je l'ai vue avec Xavier le premier jour et qu'elle m'a virée de l'ordinateur le lendemain, je ne l'ai pas beaucoup croisée. Elle attache ses cheveux gras en queue de cheval et se frotte les yeux, rougis par les larmes. Son visage couvert de marques rouges donne l'impression d'avoir été poncé.

Son regard tombe sur nous et ses yeux se remplissent de larmes.

« Salope ! » crie-t-elle.

Puis elle monte les escaliers à toute vitesse et je la perds de vue.

Submergée par la culpabilité, je m'immobilise sur place. J'ai toujours été de l'autre côté quand j'avais un coup de cœur pour un garçon, jamais dans cette position.

Mais je ne veux pas de Xavier. Je dansais, c'est tout.

Les monitrices lèvent les yeux de leur jeu. Sophie me pousse vers une porte latérale qui donne sur la cour. Celle-ci est encore humide à cause d'une tempête matinale.

« Sophie, je devrais peut-être aller lui parler.

— Ce n'est pas à cause de toi, c'est à cause de moi, murmure-t-elle. Tu es juste coupable par association. Allez. Dépêche-toi. »

Nous dépassons l'étang aux nénuphars en trottant, puis Sophie se penche vers moi et murmure :

« Xavier et moi, on a couché ensemble. Hier soir. »

Je m'arrête net.

« Quoi ? Tu veux dire...

— On l'a fait.

— Hier soir ?

— Et ce matin ! »

Elle passe un bras sous le mien, me donnant beaucoup plus de détails que nécessaire : ils se sont embrassés dans le taxi sur le trajet du retour, ils ont avancé à tâtons dans le couloir sombre, ils sont tombés sur une chambre libre au premier étage.

« Et je te *jure*, Ever ! Maintenant, je *sais* pourquoi toutes ces filles lui couraient après. »

Je ne l'avais pas remarqué jusque-là, mais les lèvres de Sophie sont plus bouffies, plus foncées, même sans rouge à lèvres. Elle a un suçon rose de la taille d'une pièce de vingt-cinq cents dans le cou. Je ne m'imagine pas coucher avec un garçon que je ne connais que depuis une semaine. Les jugements que porte ma mère sur les filles qui écartent les jambes pour les garçons résonnent dans ma tête. Mais aucun de ses mots ne correspond à Sophie, qui est resplendissante, comme si elle avait avalé le soleil.

« Tu n'es pas en colère aussi, si ? demande Sophie. Je veux dire, je sais que tu as dansé avec lui…

— Non. Bien sûr que non. »

Même si une partie rebelle de moi aurait voulu être touchée, je l'ai échappé belle. Danser avec Xavier, c'est une chose, mais coucher avec lui, c'en est une tout autre.

« Tu le connais à peine ! dis-je.

— Tu déconnes ? J'ai l'impression que chaque jour passé ici équivaut à une semaine. »

Sophie me fait un signe de la main.

« C'est la croisière de l'amour, et Xavier, c'est un mec à ne pas lâcher. D'après moi, en tout cas, ajoute-t-elle comme si la moitié des filles de Chien Tan ne bavait pas assez sur lui pour le noyer. Tu ne croiras *jamais* aux histoires que ma tante m'a racontées sur sa famille. Les Yeh possèdent presque la moitié de cette île, ils ont bâti un empire de l'électronique. Ils possèdent Longzhou !

— Longzhou ? Ouah. »

Nous sommes passées devant le centre commercial de douze étages quand nous sommes allées faire du shopping, mais les prix étaient à des années-lumière de mon budget : des lustres en cristal, des escaliers mécaniques sans fin, Hermès, Chanel. On regarde, mais on ne touche pas.

Alors comme ça, Xavier est l'héritier d'un empire.

Et Sophie le savait avant d'entrer dans le programme. Cependant, elle a gardé cette information pour elle, même si elle a dévoilé des renseignements dignes d'un rapport top secret toute la semaine : *Le père de Marc possède une laverie automatique à Los Angeles et lui, il veut devenir un journaliste sans le sou. Dommage, car il est adorable. Chris Chen va aller à Berkeley et vient d'une famille qui a pas mal d'argent.*

Je suis très surprise par l'esprit de compétition qu'elle a révélé.

Xavier est plus important pour elle qu'elle ne l'a avoué.

« Et Mindy ? Ça ne te dérange pas ? »

Sophie fait tourner sa tête et lève les yeux au ciel.

« Écoute, tous les mecs enchaînent les conquêtes. Ceux qui ne sont pas des intellos, en tout cas. Elle, c'est la fille qui a couché avec lui une fois. Moi, je suis la fille qu'il a trouvée ensuite. Et tous ces codes sur les relations… Honnêtement, le seul qui a du sens c'est : *En amour comme à la guerre, tous les coups sont permis*. Même s'ils étaient promis l'un à l'autre depuis le berceau, ce n'est pas fini tant qu'ils ne se sont pas passé la bague au doigt. »

Je fronce les sourcils. Je ne connais pas les codes, mais j'ai toujours considéré qu'un garçon qui avait une petite amie était interdit d'accès. Comme Dan et Megan. Rick et Jenna.

« Tu as confiance en lui ?

— Il le faut vraiment ? »

Sophie sourit.

« *Lance-toi en ouvrant grand les yeux*. C'est ce que ma tante Claire m'a dit. En plus, je connais les mecs dans son genre. Il a besoin d'une fille assez forte pour lui tenir tête. Regarde. »

Elle écarte ses cheveux pour me montrer la boucle d'oreille en opale de Xavier, qui brille sur son lobe. Cela me fait l'effet d'une tape sur ma main de maman. Qui suis-je pour la juger alors que j'ai l'expérience d'une bonne sœur débutante ?

« Mais fais attention, d'accord ? » dis-je.

Puis, je recommence à marcher, sans savoir où je vais.

13

Nous prenons la ligne rouge du métro de Taipei vers le sud, jusqu'à une station dont je ne parviens pas à lire le nom. Puis, nous montons un escalier mécanique très long pour sortir dans une rue remplie d'un mélange amusant de gratte-ciels luisants, de rangées de bâtiments à trois étages et de toits taïwanais colorés qui sont tous mélangés comme trois lots différents de cubes pour enfants. Le studio de la photographe est situé au deuxième étage d'un bâtiment étroit, à côté d'un temple taoïste, où de la fumée s'élève des bâtons d'encens dans un brûleur en laiton.

Je suis contente d'être arrivée, ne serait-ce que pour mettre fin au papotage de Sophie sur Xavier. Une cloche en laiton sonne au-dessus de nos têtes tandis que je la suis dans une pièce parfumée dont le parquet ciré est décoré avec des tapis en soie rouge et des ottomanes en velours. Les flammes de bougies aux agrumes vacillent sur une tablette de cheminée.

Une femme d'âge moyen portant un béret à motif écossais se détourne d'un trépied face à une toile de fond blanche qui se déroule pour former un carré de la taille d'une pièce.

« *Ah, xiǎo mèimei dàole !* »

Sa chemise bleu roi flotte à cause de la climatisation tandis qu'elle approche son appareil photo de son visage.

Clic ! Clic ! Clic !

Des lumières blanches nagent devant mes yeux. Je cligne des paupières pour les effacer. Je m'attendais à un simple studio de photographie comme on en trouve dans tous les centres commerciaux, comme celui où ma mère nous emmène tous les ans. Pas à un tel boudoir chic. Des portraits grandeur nature couvrent les murs : une fille qui touche le large bord de son chapeau, un homme qui jette une veste couleur rubis sur son épaule, des couples qui posent joue contre joue.

« Est-ce qu'elle va vraiment faire en sorte que je leur ressemble ?

— Mieux encore. »

Sophie prend un bonbon dans un bol en cristal, aussi à l'aise que chez elle.

Moi, je n'ose même pas m'asseoir. Si j'étais chez moi, je serais en train de manger des chips à la piscine municipale avec Megan et je cacherais mon maillot de bain une pièce sous ma serviette à rayures en tissu-éponge. Je ne suis pas à ma place dans un studio extravagant comme celui-là, à attendre mon tour pour me faire coiffer comme une star de cinéma. Ma tête palpite à cause de ma gueule de bois. J'ai l'impression d'être un imposteur.

Sophie discute avec Yannie, qui parle mandarin et taïwanais, mais pas anglais. Elles se dirigent vers la caisse, qui se trouve sur un comptoir en verre, et je m'agenouille à côté d'une table basse couverte d'albums photos en vinyle traditionnels et d'un iPad qui affiche les clichés au format numérique. Je passe en revue les photographies sur l'iPad : des filles avec des robes dos nu allongées sur des couvre-lits en dentelle, les talons levés derrière elles, ou des plages dorées au lever du soleil, avec des couleurs vives. Je suis le contour d'une longue traîne d'une robe en mousseline jaune citron et essaie de m'imaginer dedans.

Puis je feuillette les albums. L'un d'eux est consacré à une troupe d'acrobates de Shanghai. Ils portent des costumes amusants, comme des fleurs vert et rose, des étoiles brillantes, des créatures maritimes à écailles, et posent sur des trapèzes ou forment des cages à poules humaines impressionnantes.

Une idée me vient à l'esprit et je pose l'album.

« Sophie, est-ce que Yannie prend des photos pour d'autres théâtres ou compagnies de danse ? »

Sophie s'interrompt pour traduire ma question à la photographe.

« Oui, elle en a dans les albums, là-bas. »

Elle désigne une étagère dans un coin. Je prends plusieurs albums en cuir : un cours de maître de kung-fu, une troupe qui joue du tambour du dragon, un bal du printemps dernier organisé par un studio très cher de Taipei que j'ai trouvé en ligne. Mais j'en cherche un sur lequel je ne suis pas encore tombée.

Finalement, je repère un album modeste étiqueté : *Studio de danse Szeto*. Je me penche sur les danseurs en costume : *Cendrillon, Casse-noisette, la Belle au bois dormant. Coppélia,* en août dernier. J'ai donné des représentations de tous ces spectacles avec le studio Zeigler. Les mêmes filles posent une saison après l'autre, avec un an de plus à chaque fois. On ne trouve pas de plus petits studios de danse. Dans un sursaut d'enthousiasme, je passe mes doigts sur l'adresse en relief sur le dos. Je peux y faire un tour quand nous aurons fini, mais auront-ils de la place pour moi ?

« *Āiyā ! Wǒ fēicháng xǐ huān tā, dàn wǒ fù bù qí.* »

Sophie pose ses mains sur ses tempes et secoue la tête.

Ça me plaît tellement, mais je ne peux pas me le permettre !

Je ne suis pas inquiète, pas après avoir été témoin des capacités de négociation impressionnantes de Sophie au marché. Elle va céder peu à peu jusqu'à obtenir l'offre qu'elle veut et, comme par miracle, la photographe se sentira tout aussi ravie que nous accordions autant d'importance à son travail.

Finalement, Sophie se tourne vers moi.

« Elle va nous en faire deux pour le prix d'un, parce qu'on le fait ensemble. Trois tenues chacune, et elle nous fera un prix encore plus intéressant si on paie en dollars américains.

— Combien ? »

Quand elle m'annonce le tarif, je déglutis. C'est moins cher qu'aux États-Unis, mais cela décime un tiers de mes économies pour le voyage.

Dans mon sac, mon téléphone sonne pour me prévenir que j'ai reçu un message. Mes doigts effleurent le croquis mystérieux lorsque je le prends.

Pearl : Maman veut voir si ton mandarin s'est amélioré rappelle vite

Mon estomac se serre. Les doigts crochus de ma mère me poursuivent.

Pendant combien de temps encore pourrais-je les éviter ? Je réponds :

Merci de m'avoir prévenue

Je remets mon téléphone dans mon sac, puis je rejoins Sophie devant le comptoir. Je passe une main sur le relief doré qui encadre une fille splendide dans l'album ouvert devant elle.

Des photos glamours. J'ai du mal à imaginer une pire manière de gaspiller son argent. Encore une règle des Wong qui s'écroule.

Je referme l'album.

« Allons-y. »

Pendant toute la première séance, Sophie parle de Xavier tandis qu'elle pose pour Yannie dans un cache-cœur en batik jaune et des talons de sept centimètres devant la toile de fond blanche. *On a vraiment eu une connexion, Ever,* ou encore *On n'a même pas pris le temps de retirer son tee-shirt !*

Dans le coin, entourée de rayons de robes, j'en tiens une couleur grenade devant moi et observe mon reflet. Rien ne me va, je ne compte plus le nombre de vêtements que j'ai essayés. Je la remets dans le rayon dans un bruit sourd qui exprime mon découragement et fouille dans un coffre rempli d'accessoires : des écharpes en soie, des colliers de perles et des gants qui arrivent aux coudes.

Enfin, la séance de Sophie est terminée et je chancelle dans des bottes qui m'arrivent aux genoux pour aller prendre sa place. Je trébuche sur le câble qui est relié au parapluie à l'envers permettant de refléter la lumière sur l'arrière-plan. J'ai fini par me décider pour une robe en maille indigo en croix et des bandes en satin noir sur les épaules, le corsage et la taille. Le coiffeur de Yannie a tressé un foulard indigo dans mes cheveux noirs, pour donner l'effet inverse à la robe. Les bottes en cuir blanc offrent un contraste parfait et j'adore l'effet général.

Mais en voyant l'équipement argenté de Yannie, j'ai l'impression d'être un imposteur, comme si je m'étais présentée à une répétition du Cleveland Ballet, à la grande confusion de toute la troupe.

Yannie me donne une quantité alarmante d'instructions. J'adresse un regard suppliant à Sophie, qui arrête de se demander si elle a plu à Xavier dans sa robe dorée pour traduire :

« Lève le menton. Regarde droit vers l'appareil. Plie les genoux un peu plus et bombe le torse. *Plus*. Bien ! »

J'oblige mes doigts à lâcher ma jupe. Je suis les instructions de Yannie et m'étire sur une chaise blanche qui sent le parfum. Je lève une jambe. Le velours glisse sur ma peau lorsque la photographe ajuste ma position, me prenant en photo de devant, de derrière et de profil. Elle joue avec la lumière. Elle affiche des étoiles sur l'arrière-plan. Mon corps s'enfonce dans les coussins tandis que je commence enfin à me détendre.

« Magnifique ! »

Yannie retire son béret pour gratter ses cheveux courts et teints en blond.

À la fin de ma première séance, j'ai reçu tellement d'attention que je suis toute rouge. Au cours des dernières années, les compliments que j'ai reçus m'ont généralement fait grimacer parce qu'ils se concentraient sur mes traits asiatiques : mes yeux spectaculaires, mes cheveux noirs et soyeux, mes traits de poupée de porcelaine.

Mais maintenant, une braise flambe plus vivement en moi.

J'enfile une combinaison blanche tandis que Sophie prend la pose avec sa deuxième tenue : une robe noire et un *trench* bleu qu'elle fait glisser de manière séduisante sur ses épaules nues pour chaque cliché.

« C'est la photo que je vais glisser sous l'oreiller de Xavier », plaisante-t-elle.

Puis son sourire s'estompe.

« Ever, j'ai besoin d'un conseil. Il y a tant de filles qui lui courent après. »

Honnêtement, comment est-ce qu'une fille aussi intelligente et ingénieuse peut être aussi obnubilée par les garçons ? Elle a dit à Rick que personne ne pourrait lui briser le cœur et elle m'a assuré qu'elle s'engageait dans cette histoire avec les yeux grands ouverts. Mais elle est tellement intense et désespérée que cela ne semble pas en accord avec son assurance.

Cependant, après des années à servir de compagne de drague pour Megan, je suis devenue très douée pour remonter le moral. Je réfléchis aux options qui se présentent à nous en nouant une ceinture bordeaux autour de ma taille et en la laissant pendre sur le côté. Je souris en voyant mon reflet : élégant, avec un petit quelque chose rappelant les arts martiaux. Ça me plaît.

« Et si tu l'invitais à la maison de ta tante à la fin du mois ? dis-je. Comme ça, tu le feras sortir du campus.

— Oh, c'est une très bonne idée. Je vais appeler ma tante et lui demander. Je suis sûre qu'elle sera d'accord. C'est elle qui m'a parlé de sa famille. »

Elle se dirige vers la cabine d'essayage, puis se retourne.

« Euh, Ever ? Ne le prends pas mal, d'accord ? Mais on ne peut avoir que trois tenues, alors tu devrais peut-être mettre quelque chose de plus… sexy ? Pas comme cette robe de petite fille d'hier soir, et *certainement pas* comme cette combinaison de bébé. Je veux dire… amuse-toi, O.K. ? »

Elle m'envoie un baiser qui est complètement sincère. C'est comme ça que Sophie Ha donne de l'amour à ses amis, comme quand elle a déconseillé à Rick de porter du jaune. Cela signifie que je fais partie de son club, et que même si j'essaie vraiment d'enfreindre les règles des Wong, mon pion n'a pas du tout avancé.

Je balbutie quelque chose du genre : *ouais, bien sûr*.

Mais j'ai du mal à retourner dans les rayons de costumes sans marcher d'un pas lourd.

Je remplace ma combinaison par un justaucorps rose et noir en dentelle qui révèle des morceaux de peau de manière suggestive. C'est beaucoup plus osé. Le coiffeur de Yannie me fait un chignon qui dénude mon cou. Tandis que la photographe enchaîne les clichés, je fais quelques poses de danse, exhibant ma flexibilité en attrapant ma jambe par-derrière. Je souris, montrant les dents en grimaçant devant le miroir.

« C'est mieux comme ça, dit Sophie.

— Mes parents me tueraient s'ils savaient que je fais une chose pareille. On peut dire que j'ai enfreint la règle *S'habiller comme une bonne sœur*. »

Avec ses longues jambes et un bikini italien blanc, Sophie revient dans le studio tout en appelant sa tante. Elle émet un son sceptique.

« Attends de voir mes prochaines photos. Tu vas voir ce que c'est qu'une rebelle, ma petite. »

Je baisse la jambe et lutte contre l'agacement. Je *suis* rebelle.

Sophie discute avec sa tante pendant le reste de la deuxième partie de ma séance. Puis elle raccroche et affiche un sourire jusqu'aux oreilles.

« C'est bon ! Elle va envoyer une voiture nous chercher le vendredi. »

Elle me serre dans ses bras et crie, faisant tomber mon chapeau à large bord au passage.

« Ever, c'était une *super* idée ! Ma tante vit dans un manoir incroyable, même Rick le dit. Xavier va être trop impressionné, et tu vas adorer aussi.

— Rick… »

Mince, évidemment qu'il sera là. Je ramasse mon chapeau. *Alors comme ça, tu me regardais bouger…*

Pourquoi, Ever ? *Pourquoi* ?

Mon téléphone sonne lorsque je reçois un nouveau message. Puis un autre. Et un autre. Et encore un autre. Et encore un autre. Pearl… Est-ce que quelque chose ne va pas ? Je me jette sur mon sac et fais presque tomber Sophie dans son bikini lorsqu'elle se place devant la toile de fond.

Je me penche sur mon portable, dos à elle.

Appelle-nous.

Est-ce que tu manges bien Tu étudies beaucoup ?

Tu as trouvé le livre de biologie ? Nous avons entendu dire que tu avais du temps libre pour étudier.

On espère que tu profites bien des cours de mandarin ! Il fait chaud là-bas, mais habille-toi modestement.

— Il y a un problème ? demande Sophie.

Je serre le poing, incapable de répondre dans un premier temps. J'éteins mon téléphone et le fourre dans mon sac, sous mon dessin.

« Ce n'est rien. »

Sauf que mes parents ont encore frappé. Ils ont enfreint la vie privée de Pearl et ont envahi la mienne. Mon estomac se serre et je me tourne vers Sophie.

« C'est juste que… Oh, ouah ! »

Ma camarade de chambre est pieds nus devant la toile de fond, dos à l'appareil photo de Yannie. Son bikini forme un petit tas blanc et soyeux par terre.

Elle est nue.

Pas presque. *Vraiment* nue. La lumière de Yannie brille sur sa peau dorée, illuminant les traces plus claires du bikini. Elle souligne les accents rosés de sa peau. Je reste bouche bée, impressionnée par son audace. Elle pose ses mains sur ses hanches.

« Ever, tu es vraiment une *prude* ! C'est de l'art, pas du *porno*. »

Mais un sourire triomphant s'attarde sur ses lèvres. Elle est l'incarnation du sex-appeal. Un accès de jalousie me frappe au cœur tandis qu'elle passe d'une pose à l'autre et que Yannie prend en photo la ligne ininterrompue de son dos.

Je me souviens d'un après-midi au parc quand j'avais 6 ans. J'étais en train de manger une pomme verte, assise dans l'herbe en jupe, quand ma mère s'est jetée sur moi en criant, paniquée, me poussant à éclater en larmes. Apparemment, j'avais trop écarté les jambes. Je m'étais exhibée devant toutes les personnes présentes dans le parc, qui auraient pu être en train de me regarder, ou pas.

L'étau de cette honte n'a fait que se resserrer quand d'autres parties de mon corps se sont développées, des parties que je n'osais pas montrer.

Et je ne veux plus que sa honte me contrôle.

Je me change une troisième fois. Sophie s'enroule dans un peignoir, prend un bonbon dans le bol et s'affale sur un canapé pour regarder ma dernière séance.

Je déglutis nerveusement et me place devant l'arrière-plan, pieds nus, et fais glisser une mèche rebelle derrière mon oreille. J'ai décidé de mettre la tenue la plus provocante que je puisse supporter. La jupe diaphane est échancrée jusqu'au milieu de ma cuisse. Le haut sans manches, ouvert à l'avant, flotte comme les ailes d'un ange de chaque côté de mon corps. Une épingle à nourrice dorée maintient le tissu en place sur ma poitrine, aussi délicat que des pétales de fleur, à tel point que je ne peux rien porter en dessous.

Pas de soutien-gorge.

Pas de culotte.

C'est *vraiment* osé, à la manière de Sophie. Je prends une profonde inspiration.

Suivant les instructions de Yannie, je lève les bras en forme de Y et cambre le dos. Le cou. L'épingle étire le tissu presque inexistant. La fente monte le long de ma jambe d'une manière séduisante.

Sophie passe ses talons par-dessus l'accoudoir du canapé et traduit.

« Baisse le menton. Parfait ! Maintenant, fais voler tes cheveux, ça te donne l'air plus libre. Oui, magnifique ! Ce n'est pas mal, pour ma petite camarade de chambre ! »

Je serre les dents. Sophie a le chic pour être condescendante. Mais la timidité de ma première séance a disparu. Je ne me suis jamais sentie aussi dénudée. Ou aussi sensuelle.

Quelques douzaines de poses plus tard, Yannie me fait signe qu'elle a terminé à l'aide de son pouce et de son index.

« Une dernière pose », dis-je.

Si Sophie peut faire une photo nue de dos, moi aussi.

Je tourne le dos à l'appareil de Yannie, secoue les épaules et laisse toute ma tenue tomber à mes chevilles. Entièrement nue, je pousse le tas de vêtements du pied pour qu'il n'apparaisse pas sur le cliché. Mon cœur bat la chamade et même si seule Sophie me voit de face, je place un bras sur mes seins et un autre devant mon entrejambe.

Pour la première fois, Sophie ne sait plus quoi dire.

Paralysée par la terreur, je tiens la pose tandis que les flashs de Yannie éclairent l'arrière-plan. J'écarte les bras pour me mettre dans la seconde position. Je penche ma tête en arrière pour laisser mes cheveux tomber en cascade le long de mon dos. Je me courbe d'un côté, comme la statue en marbre d'une nymphe des eaux. *S'habiller comme une bonne sœur*. On peut dire que cette règle a volé en éclats.

Finalement, les cliquetis rapides de l'appareil photo cessent. Yannie parle en mandarin.

Sophie ne sourit plus.

« On a fini.

— Déjà ?

— Je te l'ai dit. Elle a un autre client dans quelques minutes. »

Je ne bouge pas.

C'est de l'art, pas du porno. Et même si c'est érotique, j'ai envie de voir mon corps comme je ne l'ai jamais vu auparavant. Aussi beau, libre et téméraire que ma camarade de chambre. Non, plus encore que Sophie qui, après m'avoir appelée *ma petite* toute la matinée, ne sait plus quoi dire maintenant.

« Juste une dernière pose, dis-je. Il n'y a que moi qui pourrai voir celle-là.

— Et moi. »

Sophie lève les yeux au ciel.

« Je vais aller les chercher avec toi, pas vrai ? »

Mais elle traduit à Yannie, qui lève son appareil photo.

J'enroule mes bras autour de mon corps et me tends, comme juste avant le magnifique lever de rideau d'un nouveau numéro de danse.

À l'extérieur, j'imagine les bruits de pas du prochain client de Yannie.

Je n'ai plus de temps. C'est *maintenant*.

Mes bras tombent le long de mon corps, mes poignets sont légèrement pliés, et je me retourne vers Yannie, me dénudant face à la tornade de milliers de flashs lumineux.

14

« Je n'aurais pas dû faire ça. »

Les regrets me hantent tandis que je marche avec Sophie sur le trottoir bordé de mobylettes en direction du métro. Elle va se rendre à Chien Tan et moi, au studio de danse Szeto.

« La dernière pose... »

Mes joues brûlent quand j'y repense. Lorsque je ferme les yeux, je vois encore les flashs de Yannie, je les sens encore sur ma peau nue. Le pire, c'est que si cela n'avait tenu qu'à moi, j'aurais porté la combinaison blanc et bordeaux et je serais retournée aux États-Unis, enchantée. Pourquoi ? Pourquoi est-ce que tout ce que ma mère dit me fait faire des folies ?

« Du calme. »

Sophie relève ses cheveux en chignon et les fixe avec une barrette. Elle fronce les sourcils, impatiente.

« Ce n'est pas comme si quelqu'un allait voir tes photos. À moins que tu n'aies l'intention de les distribuer.

— Si mes parents le découvrent, ils me déshériteront.

— Ils ne le découvriront pas. Tu es tellement paranoïaque en ce qui les concerne. Franchement, Ever. Ce manque d'assurance, ça devient agaçant. »

Elle essaie de m'empêcher de m'inquiéter, mais j'imagine facilement Megan écarquiller les yeux d'un air horrifié. Et Pearl aussi.

Ça ne te ressemble pas, Ever ! diraient-elles. Et auraient-elles raison ?

Mon incertitude me fait peur.

Sophie et moi nous séparons devant le métro et je traverse quelques pâtés de maisons pour prendre la ligne bleue, tout en essayant d'apaiser mes inquiétudes.

C'est fait. Personne n'a besoin de le savoir.

Le studio de danse Szeto est à quarante-cinq minutes du campus, dans la périphérie de Taipei. Je passe dans quelques rues tranquilles jusqu'à un bâtiment modeste de deux étages, j'ouvre une porte vitrée...

Et j'entre au paradis.

Des murs d'un rose délavé entourent une réception remplie de meubles en bois chinois démodés, mais soignés. L'air sent le lilas. Derrière le bureau, je vois un studio où sont alignés des miroirs et une douzaine de filles de mon âge dont les queues de cheval noires s'agitent tandis qu'elles se penchent et s'étirent sur la double barre polie. J'entends la *Valse des fleurs* de Tchaïkovski. Une femme rousse compte les temps, un mélange incroyable de mandarin et de français : *Sì ge rond de jambe, shuāng rond de jambe, arabesque-fēicháng hǎo, Lu-Ping ! Hěn hǎo, Fan-Li.*

Mon cœur bat en entendant la liturgie familière. Puis une femme chinoise élégante avec des cheveux noirs soigneusement tressés glisse vers moi. Elle a une quarantaine d'années. Son port gracieux m'indique qu'elle a été danseuse elle-même.

« Je peux t'aider ? »

Elle parle anglais avec un accent américain. Je suppose qu'elle a deviné d'où je viens en voyant mes vêtements. Elle a l'air surprise.

« Euh… Je fais partie de Chien Tan et j'ai vu votre album de *Coppélia* dans un studio de photographe. Je suis danseuse… »

J'ai du mal à dire le mot.

« Et je me demandais si vous auriez de la place pour moi dans un de vos cours ou de vos ateliers d'été.

— Chien Tan, bien sûr ! Je suis madame Szeto. Tu es la bienvenue parmi nous. »

Elle m'accompagne jusqu'au bureau de la réception et me tend une affiche d'amateur.

« Nous jouons des extraits du *Lac des cygnes* en août. Au théâtre communautaire.

— Oh, le *Lac des cygnes* ! C'est un de mes préférés ! »

La princesse Odette transformée en cygne, sa robe remplacée par des plumes blanches, son double maléfique, l'histoire d'amour qui me donne envie de pleurer.

« Combien… Combien coûtent les cours ? »

Mon intuition était juste, elle n'a pas augmenté ses prix depuis dix ans.

Cependant, le coût pour tout l'été, semaine par semaine, va quand même décimer le reste de mes économies.

Mais c'est une occasion de danser.

« Est-ce qu'il y a des auditions ?

— Pas besoin. Nous ne faisons passer des auditions que pour les solos. »

Elle ouvre un registre.

« Quels solos ? » demandé-je brusquement.

Elle hausse les sourcils.

« Tous sauf le prince. Odette…

— Odette !

— Odile, Von Rothbart… Pour être franche, les rôles reviendront certainement aux filles qui dansent avec nous toute l'année. Tu peux essayer, mais tu devras préparer une chorégraphie de deux minutes…

— Bien sûr. »

Je fais tomber un chausson du comptoir et le remets à sa place précipitamment.

« Je peux le faire.

— La plupart des filles s'entraînent depuis des semaines. Je ne veux pas que tu sois déçue. »

Elle ouvre un cahier.

« Je pourrais te faire une place dimanche, la semaine prochaine. À huit heures ? Je sais que c'est tôt. »

Pas pour avoir l'occasion d'obtenir le rôle dont j'ai étudié la chorégraphie de manière obsessionnelle ! Je pourrai même improviser un peu pour montrer ce que je sais faire. Je prendrai le métro depuis la maison de la tante de Sophie. Je lis la brochure. La représentation aura lieu le deuxième week-end d'août, pendant le *Tour Down South* de Chien Tan, le temps fort de l'été. Mais la danse, c'est un temps fort pour moi aussi. Et ce sera ma dernière danse. Mon adieu. Je trouverai un moyen de ne pas participer au voyage.

« Je prends le créneau, dis-je. Merci », balbutié-je tandis qu'elle écrit *Wong Ai-Mei* sur le registre.

Elle me tend la carte d'un magasin de matériel de danse pour que j'achète des vêtements et des chaussures et je m'y agrippe comme à une bouée de sauvetage.

À l'extérieur, sous le soleil chaud, je pose mes mains sur le trottoir et fais la roue, même si je n'aime pas frimer.

✥

Le sermon du Dragon au dîner nous assourdit. Elle se tient sur une estrade, sous les lanternes en papier rouge, face à nos douzaines de tables rondes, mais l'expression de son visage n'a rien de festif.

« Vous êtes des jeunes gens intelligents avec des avenirs brillants. Pourquoi faites-vous des bêtises qui pourraient vous blesser ? Si quelqu'un quitte encore le campus après le couvre-feu, il sera sévèrement puni et peut-être même renvoyé chez lui. »

Hier, j'aurais été ravie d'avoir cette chance, si j'avais été assez courageuse pour supporter la colère et la déception de mes parents. Maintenant, je n'ai plus envie de rentrer chez moi. Je suis libre de danser. De dépenser de l'argent comme j'en ai envie. D'embrasser un garçon si j'en trouve un. Je me noyais chez moi, et Chien Tan est mon canot de sauvetage.

« On dirait qu'on est tirés d'affaire pour notre premier coup. »

Sophie pousse son assiette vide vers le plateau tournant avant d'ouvrir une boîte de petits gâteaux qu'elle a demandé à Xavier de lui acheter. Quatre gâteaux carrés avec de la crème brûlée sur laquelle sont dessinés des motifs compliqués, le tout niché dans de la soie rouge. Elle m'en donne un.

« Des boules aux graines de sésame ou des gâteaux de lune pour le thé de l'après-midi ? »

Je prends une bouchée de gâteau de lune.

« Oh, *miam*. Les deux ?

— Et le dessert ? De la glace pilée ou du *mochi* à faire soi-même ? Trop sucré ? »

On dirait qu'elle va se donner à fond pour planifier la visite chez sa tante Claire au cours des deux prochaines semaines. Mais cela ne me dérange pas. J'ai hâte de rencontrer la famille de Sophie, surtout parce qu'elle m'a rempli la tête d'histoires sur des pièces et des repas dignes de *La Belle et la Bête*.

« Et si on en faisait un par jour ? dis-je.

— Est-ce que tu as acheté ces gâteaux toi-même ? Ou est-ce que ton riche petit ami l'a fait ? »

En entendant la voix de Mindy, Sophie s'interrompt alors qu'elle était en train de prendre une bouchée. Elle mâche et termine d'avaler avant de se retourner pour faire face à Mindy, qui porte une robe bleu pâle.

« Il n'y a rien de mal à savoir ce que tu veux, dit froidement Sophie.

— Alors, tu l'admets. »

Mindy croise les bras sur sa poitrine.

« Tu lui cours après parce qu'il fait partie de la famille la plus riche de Taïwan. »

Sophie la jauge du regard.

« J'aime les belles choses. Et alors ? »

Mindy décroise les bras et serre les poings, puis elle s'éloigne, furieuse.

Sophie soupire.

« Elle est jalouse. C'est compréhensible. »

Mes joues brûlent légèrement. Est-ce que Xavier est conscient que l'argent de sa famille attire autant les filles qui courent après lui ? Je n'ai jamais beaucoup pensé à l'argent d'un garçon ; j'ai toujours considéré que c'était moi qui devrais subvenir aux besoins de ma famille. Mais peut-être que quelqu'un comme lui doit y penser.

« Tu ne le disais pas sérieusement, si ? » demandé-je.

Sophie avale sa dernière bouchée de gâteau de lune.

« Quand j'avais 7 ans, notre propriétaire tambourinait à la porte de notre appartement merdique à intervalle de quelques mois. Je me souviens encore que je me cachais sous les couvertures. Et quand il parlait, je demandais : *Est-ce qu'on va devoir déménager ?* Ma mère pleurait et répondait : *Tu avais promis de prendre soin de nous*. Et elle donnait à mon père l'impression d'être le gros naze qu'il est.

— Ouah, Sophie. »

Elle a si bon goût et des vêtements incroyables, je pensais qu'elle venait d'une famille riche aussi. Pas ça.

« Je suis désolée.

— La vie de ma mère, c'est exactement la vie que je ne vais *pas* avoir. Alors, oui, je mentirais si je disais que je me fiche que Xavier fasse partie de la famille la plus riche de Taïwan. Mais ça ne veut pas dire qu'il ne me plaît pas. »

Je fronce les sourcils. Son argent ne devrait *pas* avoir d'importance, mais elle a raison aussi : ce n'est pas un fait qu'on peut ignorer.

Sophie se penche vers moi.

« Ton artiste, c'est peut-être Benji. Il va aller à RISD pour faire des études d'art. »

Automatiquement, je cherche du regard son ours en peluche, Dim Sum.

« Oh, j'espère que ce n'est pas lui. »

Je frémis, puis réalise qu'elle a habilement changé de sujet.

Sophie est assise entre Xavier et moi en cours de mandarin, j'ai donc une vue parfaite sur leur relation grandissante et sur l'espace que j'ai besoin de mettre entre lui et moi. Nos regards se croisent plusieurs fois et je trouve une excuse pour me tourner vers Spencer Hsu, de l'autre côté.

En ce qui concerne Sophie, Matteo a disparu de la surface de la Terre.

Au cours de la semaine suivante, nous nous entraînons à faire du troc au marché et à parler de nos familles (*jiātíng*), de nos petits amis (*nán péngyǒu*) et de nos petites amies (*nǚ péngyǒu*). Xavier dit à Sophie de commencer la lecture en binôme à chaque fois, comme il l'a fait avec moi. Elle fonce ; ça semble être une caractéristique de leur relation.

Quant à moi, je réussis toutes les interrogations. Le peu de fierté que j'ai ne me laisse pas écrire de mauvaises réponses. Même si ça pourrait m'aider à enfreindre une règle des Wong.

Je nettoie le polo de Rick dans la laverie du sous-sol, mais je n'ai pas le courage de le lui rendre. Dans mes bras, il est chaud après être passé au sèche-linge. Je monte les escaliers, me demandant si je devrais le laver de nouveau avec ma prochaine machine. Et quand je le vois dans le hall en train d'envoyer une carte postale à Jenna, je tourne les talons et me précipite dans la direction opposée.

En cours de médecine chinoise, Marc, David et Sam se font surnommer les Asiates en colère. Entre deux séries de pompes et deux gorgées de leur bouteille en acier – j'ai enfin le droit de boire un peu de la boisson au goût de liquide vaisselle –, ils dressent une liste des stéréotypes sur les garçons asiatiques :

« Maître de kung-fu, dit Marc.

— Ingénieur intello, dit Sam. Des suiveurs, mais pas des leaders.

— *Efféminés*, grogne David tout en faisant une pompe.

— Accepte-le, mec. »

Marc pousse la tête de David vers le sol.

« Ce bouc ne dupe personne.

— La ferme !

— C'est la guerre. »

Sam fait craquer ses doigts.

« On doit lutter contre ces stéréotypes.

— Ah ouais, et comment ? » demande David.

Ils forment un cercle autour de la bouteille pour établir un plan.

Je me tourne vers Xavier.

« Pourquoi est-ce que tu n'es pas en colère, *toi* ? »

Il hausse les épaules.

« J'ai grandi en Asie. »

Et il ne correspond pas du tout à ces stéréotypes. Mais il ne contredit pas les autres garçons non plus. Il se comporte comme s'il s'en fichait, mais je pense que ce n'est pas tout à fait vrai. J'ai l'impression qu'il dissimule beaucoup de choses, comme sa relation avec son père. Je me demande ce qu'il cache d'autre sous ses cheveux ébouriffés, mais je ne suis pas à l'aise à l'idée de poser la question.

Une semaine et demie après le début de la croisière de l'amour, les histoires se multiplient. Quelqu'un dépose une fleur anonyme sur l'oreiller de Lena de Caroline du Sud (tout le monde sait que c'est Spencer). Debra et Laura volent le ballon de football de Rick pour l'attirer dans leur chambre, quoi qu'en pense Jenna.

Sophie établit une douzaine de menus différents, et va même jusqu'à se demander quelles étiquettes nominatives sa tante doit utiliser pour les verres de vin.

En ce qui me concerne, je bouge les pieds au rythme de la musique des haut-parleurs de Sophie et examine mon croquis mystérieux. Je passe discrètement devant la porte ouverte de Benji pour regarder ses œuvres, mais je ne vois que Dim Sum et ses yeux vitreux sur son oreiller. Quand j'aurai découvert mon artiste, je rêve de passer mes bras autour de son cou et d'enfreindre la règle *Ne pas embrasser de garçon. Peut-être* que j'embrasserai le visage de bébé de Benji. Mais aurais-je le courage d'embrasser Sam ? Ou David, en dépit de son bouc ?

Les messages me demandant d'appeler chez moi s'accumulent sur mon bureau, mais maintenant que le compte WeChat de Pearl a été réquisitionné, je communique avec elle uniquement par e-mail. Elle se sent seule, ses amies sont parties pour l'été et elle essaie de faire des progrès sur la Sonate en *do* majeur de Mozart, s'obligeant à lire toutes ces notes en dépit de sa dyslexie. Mes parents veulent me téléphoner. Megan va bien, mais j'ai du mal à la joindre. Elle est en croisière avec Dan et ses parents, et même si j'ai essayé de la tenir au courant au début, il se passe trop de choses. *Je te raconterai à mon retour,* lui dis-je par e-mail.

Le soir, après le dîner, je passe mon sac de danse et mes chaussons sur mon épaule et me rends à toute vitesse au studio Szeto.

« *Kànzhe wŏ, xuéshēngmen*. Regardez-moi, les filles. »

Madame nous montre chaque enchaînement en faisant les pas silencieusement : *pas de bourrée, pir-ou-ette*. J'imite avidement le glissement de ses jambes, le mouvement parfait de ses bras. Elle parle mandarin, puis anglais pour moi, et je commence à apprendre toute sorte de mots liés à la danse.

« Tourne plus ton pied vers l'extérieur, mais très bien avec les bras, Li-Li. Plie ton coude comme ça. Très gracieux, Pei. »

Elle est à cheval sur la technique, mais trouve quelque chose d'encourageant à dire à toutes les filles. Au cours de ma deuxième leçon, elle saisit mon biceps d'une main ferme :

« *Utilise* plus tes bras. Écarte-les jusque-là et sens la manière dont ils te stabilisent. *Sens* les lignes d'énergie d'un côté et de l'autre, et celles qui sortent de ta tête et de tes orteils. »

Elle lève un peu plus mon menton.

« Quand tu aimes la danse, ça se voit, mon nouveau petit oiseau. Montre-le. »

Elle me *voit*. Ses compliments me font l'effet d'un plongeon dans un bain de miel chaud. J'arrive à peine à dire *xièxiè* pour la remercier. Je n'ai jamais aimé la danse classique autant que la danse moderne et le jazz, mais grâce à elle, c'est en train de changer. Si je remporte un solo, celui d'*Odette*, je pourrai travailler individuellement avec elle. Alors je redouble d'efforts, je renforce mes tours, je saute plus haut, puis je valse sur un lit de nuages pour retourner à Chien Tan.

Je n'ai jamais très bien dormi, et presque deux semaines après le début de la croisière de l'amour, je ne me suis toujours pas adaptée au décalage horaire. De plus, ce soir, la chanson dans ma tête exige une satisfaction. Mes pieds ont envie de danser, mon corps veut suivre leur exemple.

Je me glisse hors de mon lit et enfile un débardeur et un short. Sur le lit en face de moi, le bras pâle de Sophie est replié au-dessus de sa tête. Ses cheveux noirs sont étalés sur son oreiller. Dans le clair de lune, son visage est plus doux, comme celui d'une petite fille. Elle murmure et roule sur elle-même pour se serrer contre son autre oreiller et je couvre son épaule nue avec la couverture. Notre porte difficile me trahit presque, mais je finis par l'ouvrir d'un coup sec qui résonne dans tout le couloir. Je retiens mon souffle tandis que le son s'affaiblit, compte jusqu'à vingt, mais rien ne bouge dans l'obscurité.

Des rayons du clair de lune dessinent des zébrures sur le carrelage du couloir, qui est froid sous mes pieds nus. Je m'amuse à sauter au-dessus de chacune d'elles, atterrissant sans un bruit, roulant des hanches pour contourner la suivante. Je valse dans le hall, où des bouteilles vides jonchent la table et où les odeurs de bière, de gâteaux de riz et de soupe aux haricots rouges d'une mijoteuse illégale s'attardent encore. Je me suis beaucoup amusée avec les autres tous les soirs, mais à présent, j'apprécie cette solitude, seule avec la musique dans mon corps.

Les doubles portes menant au balcon sont entrouvertes. Je sors dans la lumière d'un énorme croissant de lune entouré d'un halo laiteux. Il estompe les étoiles alentour. L'air nocturne humide m'enveloppe comme une couverture tandis que je lève un bras et un genou et que je fais une pirouette qui me fait atterrir devant la balustrade en pierre.

« Salut. »

Je me retourne. À ma gauche, la grande ombre de Rick bouge. Le clair de lune brille sur ses cheveux ébouriffés et peint des reflets argentés dans ses mèches noires. Il est assis sur un banc et porte un maillot sans manches. Ses bras musclés entourent ses genoux. Juste derrière lui, un tuyau d'écoulement en argile brille sur le mur en briques.

« Rick ! J'étais en train de... »

Je ne finis pas ma phrase. De danser, évidemment. Des petites lunes vacillent dans ses yeux couleur ambre, qui sont aussi indéchiffrables que d'habitude. Je ne sais pas qui est plus agacé par cette interruption : lui ou moi.

« Je lave ton polo, dis-je subitement. Je veux dire, je l'ai déjà lavé. Deux fois. Je veux le laver encore une fois. Il est propre, promis. Je veux dire, je ne le laisse pas moisir dans un coin. »

Oh là là. Je pince les lèvres pour arrêter de parler.

« Je te fais confiance.

— Je suis vraiment désolée que tu m'aies vue comme ça.

— Je n'ai pas l'impression que tu sois le genre de fille qui a généralement besoin d'être ramenée chez elle.

— Oh, ce n'est *pas* mon genre. »

Il se glisse d'un côté du banc en bois.

« Tu veux t'asseoir ? Il y a une belle lune. »

M'asseoir sous cette lune magnifique avec lui, c'est du gâchis. Je devrais être là avec Marc ou Sam. N'importe qui, sauf le jeune prodige.

Mais je me surprends à m'asseoir.

« Je crois que je ne l'ai jamais vue aussi grande. »

Une bande de ciel plus sombre et remplie d'étoiles l'entoure. Puis la pollution lumineuse de Taipei noie le reste des étoiles jusqu'à l'horizon.

« J'aime regarder les étoiles, dit-il. Ça met les choses en perspective de voir à quel point on est petits par rapport à l'univers. »

Une humilité surprenante. Mais je le comprends.

« Elles sont tellement permanentes, dis-je. Tellement anciennes par rapport à nos courtes vies.

— Tu savais qu'il y a un trou noir qui émet la note *si* bémol cinquante-sept octaves en dessous du *do* du milieu ?

— C'est le truc le plus étrange que j'ai jamais entendu.

— Mais c'est cool, non ? »

Il affiche un sourire lumineux.

« Oui, c'est vrai, avoué-je. Tu aimes l'astronomie ?

— J'ai lu tous les livres Usborne sur les étoiles et les planètes quand j'étais petit.

— Oh, moi aussi. »

Ce n'est pas surprenant, mais je n'avais jamais imaginé qu'un enfant du New Jersey lise les livres que j'adorais.

« Pourquoi est-ce que tu es debout aussi tard ?

— Je n'arrivais pas à dormir. »

Il marque une pause.

« Je pensais à Jenna. »

Donc, elle lui manque. D'où la lune romantique. Sophie m'a dit qu'il l'appelle et qu'il lui envoie des cartes postales tous les jours. C'est un type bien ; il a ramené chez elle une fille ivre qu'il connaissait à peine. Peut-être que je ne l'ai pas reconnu à sa juste valeur.

« Est-ce que tu restes debout tard la plupart des nuits ? demande-t-il. Tu as raté un super petit déjeuner. »

Et il l'a remarqué ?

« Euh, oui. J'ai fait la grasse matinée.

— Pourquoi est-ce que tu es debout maintenant ?

— Ça va te sembler bizarre. »

Il hausse les épaules.

« Je suis bizarre.

— Sérieusement. »

Je souris.

« Parfois, j'entends des chansons dans ma tête. J'imagine une chorégraphie. Et dans ce cas, j'ai besoin de la danser. D'où la pirouette. »

Je désigne la balustrade d'un geste de la tête.

« C'est vrai que c'est bizarre.

— Merci.

— Bizarre, mais cool. Tu danses depuis longtemps ?

— Toute ma vie. J'avais 4 ans quand mes parents m'ont inscrite à la danse classique.

— Ça ne m'étonne pas. Alors, tu es une ballerine ?

— Non. J'ai grandi avec la danse classique. J'aimais beaucoup ça et c'est encore le cas, mais j'adore tout autant le groupe de danse. Et d'autres styles, comme le jazz, la danse moderne, ou un mélange de tout ça. Je sais que ce n'est pas sérieux, mais… j'adore ça.

— Je comprends. J'arrive à apprendre presque n'importe quel sport et j'ai l'esprit de compétition, mais le football américain, c'est ce que je préfère. Toute la stratégie. L'équipe. Qu'est-ce qui te plaît, dans la danse ? »

C'est drôle comme la conversation avec Rick est plus facile dans la pénombre et quand je n'ai pas à regarder son visage parfait.

« C'est l'énergie du groupe. Tout le monde bouge indépendamment, mais de manière coordonnée.

— Comme dans le football.

— Vraiment ?

— Tous les matchs sont incroyablement stratégiques. Toute l'équipe doit être coordonnée.

— Ça fait longtemps que tu joues ?

— Depuis le lycée. C'est un de ces sports que tu peux commencer plus tard et être compétitif quand même. Au moins, c'est suffisant pour Yale. Je ne suis pas dans la même catégorie que Marc. Il pourrait être coureur professionnel s'il n'était pas aussi déterminé à être journaliste.

— Il est super drôle, dis-je. Avec son histoire d'Asiates en colère. Le fait de lutter contre les stéréotypes. »

Rick garde le silence un moment.

« Marc est sympa. On va courir ensemble maintenant.

— Oui, je vous ai vus faire du jogging le long de la rivière. »

Je prends une inspiration, puis un risque.

« J'ai trouvé un dessin dans ma poche après la soirée au Club KISS. De moi. Et il était génial.

— Oh ? »

Ses yeux couleur ambre sont indéchiffrables.

« Qui l'a dessiné ?

— Je ne sais pas. J'essaie de le découvrir, avoué-je.

— Montre-le-moi demain et je fouinerai un peu, si tu veux.

— Merci. Benji, peut-être ? »

Comme c'est présomptueux…

« Sophie dit qu'il va aller à RISD. Ne lui dis rien, d'accord ?

— Je serai discret », répond Rick.

Les gonds d'une porte grincent dans le couloir. Des pas légers approchent et je bondis sur mes pieds.

« Merde, quelqu'un arrive. »

Je n'ose même pas imaginer la punition que nous recevrons s'ils nous surprennent : un garçon et une fille portant un débardeur minuscule qui traînent ensemble plusieurs heures après le couvre-feu.

Je me dirige vers le tuyau en argile et trébuche sur les jambes tendues de Rick. C'est un conduit d'eau qui va du plafond, deux étages plus haut, jusqu'au sol. Je tends la main par-dessus la rambarde et l'agrippe : il est solide, rugueux à cause de l'argile, de la taille de ma main et beaucoup plus robuste que celui en métal fin près de la fenêtre de ma chambre à la maison. La cour et les marches en béton qui mènent à l'entrée principale sont trois étages plus bas, mais à mi-chemin le long du mur, un rebord étroit croise le tuyau.

« Tu ne vas quand même pas descendre par-là ? » murmure Rick, incrédule.

Cependant, je suis déjà montée sur la rambarde et j'agrippe le tuyau à la manière d'un pompier. J'utilise le mur en briques pour poser mes pieds et je descends le long du conduit jusqu'au rebord. Une crotte d'oiseau tache les briques à quelques centimètres de mon nez.

Je fais un pas de côté sur le rebord, en équilibre sur mes orteils, tandis que Rick descend après moi. La taille de son corps me déstabilise, mais il me saisit par les épaules et me serre contre son flanc, s'accrochant au tuyau pour nous deux. Il est chaud et sent l'herbe et le dentifrice. Mon cœur bat si fort qu'il va nous trahir.

Le bras de Rick se resserre en guise d'avertissement. Au-dessus de nous, Li-Han apparaît dans son pyjama à motif cachemire derrière la balustrade du balcon. Il lève les yeux vers la lune, qui se reflète sur ses lunettes et illumine ses longues joues. Une petite boîte verte de Pringles brille dans sa main. Nous sommes complètement à sa merci : s'il baisse les yeux, il nous verra. Je me blottis davantage contre Rick et retiens ma respiration. Nous transpirons tous les deux sur son maillot. Sa main grince sur le tuyau et nous nous raidissons.

Mais Li-Han se contente de manger une chips croustillante. Puis une autre. Et encore une autre. La transpiration couvre de plus en plus mon dos, et mes pieds commencent à fourmiller terriblement. Je me rapproche de Rick et fais tourner ma cheville pour la réveiller. Un petit caillou tombe trois étages plus bas et cliquette le long des marches. Les doigts de Rick s'enfoncent dans mon épaule et nous retenons notre respiration.

Li-Han mange une autre chips.

Quand il s'en va enfin, je pousse un long soupir. Ses pas s'éloignent lentement, puis Rick me regarde d'un air interrogateur. Je hoche la tête et il remonte le long du tuyau, une main après l'autre, et je le suis jusqu'à passer une des miennes par-dessus la balustrade. Rick agrippe mon poignet et me tire sur le balcon.

« On est dingues. »

J'éclate d'un léger rire de soulagement.

« Je n'arrive pas à croire qu'on a...

— Tu aurais pu nous attirer des ennuis. »

Rick me lâche si brusquement que je trébuche en arrière et me rattrape sur la balustrade en pierre.

« Ils auraient appelé nos parents. Ils auraient pu nous renvoyer. »

De toute évidence, cela ne l'amuse pas.

Je me redresse et époussette mes mains.

« C'est moi qui me suis assurée qu'on ne se fasse *pas* prendre.

— Si tu n'avais pas été là pour commencer, on n'aurait pas eu à descendre le long de ce tuyau. »

Pardon ?

« J'ai tout autant le droit que toi d'être sur ce balcon ! »

Ses épais sourcils se froncent. Il croise les bras, tellement certain d'avoir raison, parce que c'est le jeune prodige.

Je vois.

« Eh bien dans ce cas, *excuse-moi* d'avoir failli entacher ta réputation. C'est tout ce qui compte pour toi, pas vrai ? Si Papa et Maman appellent, dis-leur que c'était ma faute. »

Je ne claque pas la porte du balcon, mais uniquement parce que cela ferait venir Li-Han en courant.

15

Après les menaces du Dragon, je fais profil bas. Mais le vendredi soir, plusieurs heures après avoir réussi haut la main notre premier contrôle de mandarin, Sophie, une demi-douzaine de filles de notre étage et moi décidons de prendre un nouveau risque. Nous sortons dans la nuit humide sur la pointe des pieds et descendons les trois volées d'escaliers.

Le Dragon a posté un garde à l'arrière, et même si une partie de moi ne croit pas que nous allons pouvoir nous évader de nouveau, nous avons planifié cette soirée avec précaution : nous allons nous séparer en groupes plus petits, sortir après minuit, quand le garde de la cabine qui se trouve en haut de l'allée sera rentré chez lui et que même le Dragon sera en phase de sommeil paradoxal. Et puis, nous avons des déguisements : je resserre mon écharpe autour de mon visage.

Dans le hall, nous nous déplaçons furtivement devant les plantes en pot et les chaises en racines de cerisier entortillées. À l'extérieur, la lune croissante illumine la pelouse. Nous faisons le tour de l'étang aux nénuphars à toute vitesse ; le bruit des fontaines dissimule celui de nos pas. Un rire s'échappe de mes lèvres et Sophie pince mon bras.

« Chut », chuchote-t-elle.

Nous nous approchons de la cabine du garde et apercevons la rue. Un taxi passe et nous accélérons.

Puis quelqu'un nous appelle d'une voix sourde : *Xiǎo péngyǒu, tíng-tíng*. Li-Han court après nous dans son pyjama à motif cachemire tout en poussant ses lunettes sur son nez. Derrière lui, Mei-Hwa halète.

Les couleurs de sa jupe ethnique sont atténuées par le clair de lune.

« Courez ! » crie Sophie.

Je resserre mon écharpe. Quand Li-Han arrive au coin derrière nous, nous sommes déjà en train d'appeler un taxi, puis nous claquons les portières. Nous rions tellement que Sophie arrive à peine à donner l'adresse du Club Babe au chauffeur.

« Ils n'essaient pas vraiment de nous arrêter », dis-je tandis que nous nous éloignons du trottoir.

Je ne peux pas m'empêcher de me sentir coupable.

« Mei-Hwa a l'air de vouloir venir avec nous plutôt que de nous pourchasser.

— Elle n'est pas du genre à faire exécuter les ordres. »

Sophie se coiffe avec ses doigts.

« Quoi qu'il en soit, c'est un jeu.

— Comment ça ?

— Ils doivent faire semblant d'essayer, mais ils ne souhaitent pas *vraiment* nous attraper. Que se passerait-il s'ils y arrivaient ? Ils nous ramèneraient en nous traînant par les cheveux ? »

Elle secoue la tête.

« Le programme veut qu'on s'amuse pour que les élèves continuent de s'inscrire à la croisière de l'amour.

— Le Dragon avait l'air sérieuse, dit Laura.

— On s'est pris un *sermon*, s'esclaffe Sophie.

— C'est peut-être parce que les Asiatiques n'aiment pas la confrontation. »

Debra ajuste ses bagues sur ses doigts.

« "Quand est-ce que tes parents ont tenu tête à quelqu'un pour la dernière fois ?

— Mes parents ne font jamais de vagues », dit Sophie.

J'ajuste les bretelles de mon débardeur.

« *Mes* parents m'auraient arrêtée.

— Ils sont peut-être plus américanisés.

— Non, mon père supporte les conneries de son patron depuis des années. Ils ne cherchent la confrontation que quand il s'agit de *moi*. »

Sophie rit.

« Dommage pour eux, ils ne sont pas là », dit-elle.

Je souris.

« Dommage. »

Je me retourne et vois Mei-Hwa en train de nous regarder derrière Li-Han, qui fronce les sourcils et envoie un message depuis son téléphone.

Tant qu'il ne peut pas la voir, la monitrice nous fait un petit signe de la main avant que nous tournions au coin.

Tout un groupe d'autres élèves de Chien Tan est déjà en train de faire la fête au Club Babe. Sophie se dirige droit vers Xavier, au bar. Le jeune prodige est là aussi et il s'avère qu'il danse très mal : de grands gestes, pas de variété, il se contente de se balancer sur place en bougeant la tête en rythme. Alléluia, *enfin* une imperfection ! Mais il ne bouge pas beaucoup, de toute façon. Il reste au bar avec les garçons, comme des ormeaux sur un rocher, et en ce qui me concerne, plus il est loin de moi sur la piste de danse, mieux c'est.

Mais pendant une pause dans la musique, je me retrouve devant lui dans la queue pour prendre un verre d'eau. Il porte du vert forêt, ce qui lui va bien mieux. Je regarde fixement le pichet d'eau glacée devant moi et fais semblant de ne pas le voir.

Puis, il me donne une tape sur l'épaule.

« Salut, dit-il.

— Salut, dis-je avant de regarder de nouveau devant moi.

— Je m'excuse de m'être mal conduit l'autre soir. J'étais… Je veux dire, ça ne me dérange pas tant que ça si on a des ennuis. Ce n'était pas ta faute. Je dois sans doute donner l'impression d'être une sorte de docteur Jekyll et Mister Hyde. C'est juste que… J'ai beaucoup de choses en tête cet été. »

Pourquoi fallait-il qu'il s'excuse ? Je l'avais déjà remis sur l'étagère qui lui correspondait dans ma tête. Maintenant, non seulement il est le genre de mec qui reconnaît son propre comportement, mais il a aussi le cran de s'excuser. J'ai envie de lui demander ce qui le tracasse, mais nous n'en sommes pas encore là.

« C'est quelque chose que j'ai remarqué chez toi », dis-je enfin en me tournant pour lui faire face.

Son regard vacille.

« Vraiment ?

— Oui. Mais merci d'avoir dit quelque chose. »

Ses épaules se détendent. Je n'avais pas réalisé à quel point il était raide.

« Tu n'as peur de rien, pas vrai ? dit-il. Je veux dire, on était à une hauteur de trois étages.

— J'ai peur de beaucoup de choses. »

Je nous verse un verre d'eau à tous les deux.

« Mais pas des hauteurs. Avant, je sortais en douce de ma chambre comme ça, chez moi.

— Je cherche encore ton artiste. Tu as raison. Benji est très doué. Et il y a quelques autres garçons qui le sont aussi.

— Oh, euh... Merci. Je ne savais pas que tu cherchais. »

Son sourire est presque timide.

« Je t'ai dit que j'allais t'aider. Ça serait peut-être utile que je jette un œil à l'indice. »

Peut-être qu'il essaie juste d'être gentil. Néanmoins, je sors le dessin délicat de mon sac.

Il siffle et je ne peux pas m'empêcher de rougir de plaisir.

« Tu as l'air... tellement vraie. »

Si c'est Rick qui m'a dessinée, c'est un très bon acteur. Mais bien entendu, ce n'est pas lui : c'est le petit ami à distance le plus dévoué du monde.

« Ça pourrait effectivement être Benji. »

Il incline le dessin pour que ma silhouette dansante saisisse les lumières stroboscopiques, ce qui me fait bouger sur la feuille.

« Je commence à le connaître. Je vais lui demander de me montrer son travail. Je serai discret, promis. »

Il est bizarrement déterminé à trouver de qui il s'agit.

« Cool. Merci, Rick. »

Il pose mon image sur le bar et rapproche une lampe pour l'éclairer. Il passe son pouce le long de la courbe de mes cheveux, comme s'il essayait de percer les secrets du dessin. Je l'observe, résistant à l'envie de le lui reprendre des mains.

Nous nous *échappons* toutes les nuits de la semaine suivante.

Le jeu se répète : le chat et la souris entre nos chaperons et nous. Leurs tentatives pour nous attraper sont de moins en moins enthousiastes à chaque évasion. Mei-Hwa commence même à fermer les yeux quand nous parcourons silencieusement le couloir dans nos robes et nos chaussures à talon. Je dirais bien qu'elle néglige sérieusement son travail, mais c'est ce qu'il y a de mieux pour tout le monde. Elle peut rester en pyjama et nous ne nous retrouvons pas en sueur après avoir couru jusqu'au portail.

Les boissons gratuites déterminent notre agenda : nous passons au Club Kinki à l'heure de l'alcool gratuit, puis nous prenons un taxi pour aller au Club GiGi, puis au suivant. Nous sortons jusqu'à quatre heures et nous réveillons avant de manger, et personne ne vient frapper à nos portes. À cause de cela, tout le monde rate une interrogation surprise. Une autre règle des Wong qui s'écroule.

C'est une première pour moi, mais j'écarte facilement le pincement de culpabilité. De plus, si j'ai assez de croix, le conflit entre le *Tour Down South* et le *Lac des cygnes* disparaîtra. Quand le Dragon se dirige vers moi dans le couloir, je tourne les talons et sors.

Le programme a commencé il y a trois semaines et l'intensité due au fait de vivre, de manger, d'étudier et de faire la fête ensemble a créé entre nous des liens plus forts que ceux que j'avais avec la plupart des élèves de mon lycée. Les secrets, les coups de cœur, les peines, les humiliations : tous les sujets sont permis autour de la table de la vérité, tard le soir dans l'espace détente. Deux autres dessins apparaissent : un sous ma porte et l'autre dans mon sac. Ils me représentent en train de tirer des baguettes de Yi Ching avec un voyant, et dans une robe noire en train de sortir d'un taxi, le regard brillant d'impatience.

« Qui ça peut bien être ? s'émerveille Sophie tandis que nous nous glissons le long du couloir pour aller passer la nuit au Club Omni.

— Je ne sais pas. »

Les trois dessins représentent des lieux publics où se trouvaient des douzaines d'élèves de Chien Tan.

« Il se cache vraiment bien. »

Je ressens une certaine excitation. Un admirateur secret. Mis à part l'histoire avec Dan, aucun garçon ne s'est jamais intéressé à moi.

Au club, je danse avec Debra et Laura sous des lumières clignotantes vertes, une chanson géniale après l'autre, jusqu'à ce que je m'écroule à côté de Rick au bar et que j'avale son eau en trois gorgées.

D'une manière ou d'une autre, je finis toujours à côté du jeune prodige.

« Salut, dis-je en haletant.

— Salut. »

Un bref sourire apparaît puis s'estompe. Il est tendu de nouveau : coude sur le bar, pouce droit qui court le long de ses doigts avec agitation. Maintenant qu'il m'a prévenue à propos de ses changements d'humeur, ça ne me dérange pas plus que ça. J'espère que ce qui le tracasse sera réglé sous peu. Les lumières stroboscopiques illuminent quatre cicatrices pâles au centre de chacun de ses doigts, du côté de la paume de sa main.

« Ils ont dû te faire des points de suture. »

Quelques jours plus tôt, je n'aurais pas posé la question.

« "Qu'est-ce qui s'est passé ? »

Il serre le poing et le laisse tomber le long de son corps.

« Juste un petit accident l'an dernier.

— Tu as essayé d'escalader une clôture barbelée ?

— Quelque chose comme ça. »

Il se tourne vers le barman aux os saillants et commande deux cocktails à la goyave en mandarin. C'est ma nouvelle boisson préférée. J'ai ajouté quelques noms d'aliments importants à mon vocabulaire.

« Je vais payer le mien. »

Je mets la main dans ma poche, mais il a déjà payé.

« C'est pour moi.

— Oh, merci. Je paierai la prochaine tournée. »

Rick trinque avec moi.

« Ce n'est pas Benji. Il dessine des bandes dessinées. Ce n'est pas du tout le même style. Quelques mecs s'intéressent à toi, mais j'ai plus de capacités artistiques dans mon petit doigt qu'eux dans leur corps tout entier.

— *Quelques* mecs ? »

Je verse un peu plus d'eau du pichet dans mon verre.

« Qui ?

— Pas ton genre. »

Rick agite la main d'un air dédaigneux, comme si cela n'avait aucune importance.

« Eh bien, qui que ce soit, il a encore frappé. »

Je sors les nouveaux dessins de mon sac.

« Peut-être que je ne l'ai pas encore rencontré. »

Rick tient les croquis à la lumière et les examine.

« Oh, tu le connais.

— Quoi ? Comment tu le sais ? Attends, tu sais qui c'est ?

— Non, mais il t'a parlé. Regarde. »

Rick montre ma bouche sur le dessin.

« Ta lèvre se tord un peu comme ça quand tu es surexcitée. Il n'aurait pas pu le voir s'il ne t'avait pas parlé. »

Je ris, mal à l'aise. Je sens ma bouche se tordre comme sur l'image.

« Oh. Personne ne me l'a jamais fait remarquer avant. »

Rick continue d'examiner mes dessins et je les lui prends des mains pour les remettre dans mon sac. Il lève les yeux vers moi, surpris.

« Bon, et toi ? demande-t-il. Tu as des pistes ? »

J'ai rencontré des douzaines de garçons au cours de la croisière de l'amour, des garçons qui viennent des quatre coins des États-Unis et du Canada. J'ai bien senti des étincelles ici et là, ce qui est nouveau aussi pour moi.

« Eh bien, Sam et moi avons bien discuté du fait que j'étais la seule Asiatique de ma classe et qu'il avait grandi en tant que personne à moitié noire et à moitié chinoise à Détroit.

— Sam est sympa. Je jetterai un œil à ses dessins. Et David ? Tu es devenue sa conseillère pour les écoles préparatoires de médecine, d'après ce que j'ai entendu dire.

— Et les mecs disent que ce sont les filles qui commèrent. »

Je me tourne vers la piste de danse et dissimule la rougeur de plaisir sur mes joues.

« Je ne l'aide pas du tout. Le processus des programmes de licence et de docteur en médecine est différent. Je n'aurai pas besoin de passer les examens d'entrée.

— Je suis sûr que tu l'as aidé. »

Il pose son coude sur le bar et son bras effleure le mien.

« Tu lui as dit que les entretiens étaient cruciaux.

— Il te l'a dit ? Je le tiens de mon conseiller d'orientation. Ils découvrent quel genre de personnalité tu as pendant ces entretiens. »

Je fronce les sourcils.

« Qu'est-ce qui ne va pas ?

— Je viens juste de me souvenir.

— De tes dessins ?

— De mes candidatures. De m'être tuée à la tâche pour apprendre le cycle de Krebs et de toutes les heures que j'ai passées à écrire des dissertations. Des entretiens, de l'attente insoutenable. Je ne veux plus jamais revivre une chose pareille, mais ce n'est que le début.

— Oui. La terminale, c'était l'enfer. C'est pour ça que je suis là, j'avais besoin d'une pause. Je désirais simplifier ma vie pendant un été avant que les choses ne repartent en cacahuète, tu vois ce que je veux dire ?

— Je suis contente d'être ici, avoué-je. Je ne pensais pas que ce serait le cas. »

Le groupe commence à jouer un slow populaire et un soupir collectif s'élève de la piste de danse. Tandis que les bras s'enroulent autour des cous, mon sourire se fige. Il ne va pas m'inviter à danser, mais pourquoi est-ce que j'y pense ? Mon regard se pose sur Sophie. Sa robe orange vif se colle comme des pétales de fleur aux vêtements noirs de Xavier, ses bras blancs s'enroulent autour de son dos. Elle a posé sa tête contre son torse et se balance avec lui, les yeux fermés. On dirait vraiment qu'il lui plaît, mais j'aurais préféré qu'elle n'insiste pas constamment pour qu'il lui achète des choses, comme des gâteaux à l'ananas ou un pendentif en pierre. On dirait que c'est sa manière de compter les points.

À côté d'eux, un couple s'embrasse sur la piste de danse. Un autre couple danse lentement au rythme de la musique, oubliant le monde autour d'eux. L'air est plein d'hormones. Je détourne le regard et croise celui de Rick.

Je rougis davantage et pose mon verre entre nous.

« Alors, raconte-moi, pourquoi le jeune prodige a arrêté le piano pour aller s'asseoir sur le banc de touche ? »

Le coin de sa bouche s'étire en un sourire et j'ai l'impression qu'il sait exactement ce que je suis en train de faire.

« Tu veux la version édulcorée ? Ou la vérité ?

— Rien n'est jamais direct avec toi, pas vrai ? Les deux. »

Une fossette que je n'avais pas remarquée auparavant apparaît sur sa joue.

« En cinquième, quand j'ai joué du piano au Lincoln Center, le mec qui est passé après moi respirait la musique. Ce n'était pas mon cas. Je savais jouer, mais je ne la sentais pas, et ça ne me plaisait pas. Je me suis rendu compte que ce n'était pas le piano que je voulais, mais la maîtrise. Alors, j'ai cherché dans quoi j'aimerais investir tout ce temps.

— Le football.

— Va te faire voir, Woo. »

Marc tend le bras devant Rick et prend son cocktail. Sa frange se balance devant ses yeux.

« C'est comme ça que tu m'as piqué ma place à Yale. »

Il m'adresse un clin d'œil et finit le verre de Rick. Je souris.

« Tu vas courir pour UCLA, rétorque Rick. Tu es un des mecs les plus intelligents que je connaisse. Si ça peut t'aider, Benji a pris ma place à Princeton, même s'il l'a refusée.

— Tu ne peux pas le savoir, dis-je. Tu ne peux pas dire que tu n'as pas été pris parce que lui, si.

— Réfléchis. »

Marc désigne les élèves de Chien Tan.

« Ici, tout le monde a envoyé sa candidature aux mêmes écoles. Tous les Asio-Américains sont dans le même sac. Un Asio-Américain avec des résultats parfaits au bac entre, un autre n'entre pas. C'est une question de quotas.

— Toi et tes histoires d'Asio-Américains, dit Rick. Ils disent qu'ils n'ont pas de quotas. »

Marc rit.

« C'est ce qu'ils disent. Comme s'ils allaient l'admettre un jour. »

Le pouce de Rick s'enfonce dans ses cicatrices et il prend un ton sarcastique.

« Il y a beaucoup plus de place dans le monde que l'Ivy League. Si tu es doué, tu es doué.

— Alors, quelle est la vraie raison pour laquelle tu as arrêté le piano ? demandé-je.

— J'étais le plus petit garçon au collège. La moitié des filles étaient choisies dans les équipes avant moi en sport. Les capitaines qui devaient se farcir ma présence levaient les yeux au ciel. C'était une véritable torture. À la fin de la quatrième, l'entraîneur de football du lycée est venu pour recruter et il nous a promis une gloire et un respect éternels. Je suis rentré chez moi et j'ai supplié ma mère de me laisser arrêter.

— Et elle a donné son accord ? Juste comme ça ?

— Elle n'a jamais été sur mon dos à propos de l'école ou des activités, même si elle a quand même ses propres opinions en ce qui concerne ma vie. »

Une ombre vacille sur son visage.

« Et puis, elle est atteinte de polyarthrite rhumatoïde, alors elle n'avait pas vraiment la tête à se battre contre ça. Et mes parents étaient en plein divorce. Je suppose que ça m'a donné un avantage.

— Oh, je suis désolée. »

Je me mords la lèvre. La mère de Jenny Lee est atteinte de polyarthrite rhumatoïde aussi et elle est en fauteuil roulant. J'avais tellement tort de croire que c'était une sorte de drone dirigé par ses parents.

« Bell-Leong, tu en es ? crie un garçon assis à une des tables de jeu.

— Merci pour le verre, Woo. »

Marc s'en va après lui avoir adressé un salut militaire pour plaisanter. Rick glisse un grand billet vert sous le verre de Marc, puis il pousse une assiette de gâteaux de riz gluants vers moi.

« Alors, qu'est-ce qu'il faudrait que tu fasses pour devenir danseuse professionnelle ?

— Danseuse professionnelle ? »

Je m'étrangle sur un morceau de gâteau.

« C'est ce que tu en as déduit en me voyant danser en boîte ?

— Oui. »

Imperturbable.

« Je devrais passer une audition pour le New York Ballet. Ou pour un spectacle de Broadway. »

Je donne autant que possible l'impression que c'est impossible.

« Pourquoi tu n'essaies pas ?

— Parce que *personne* ne devient danseuse.

— Personne ne devient joueur de football américain non plus, et personne ne devient pro en sortant de Yale.

— J'ai envoyé ma candidature à Tisch », avoué-je.

Je n'en ai parlé à personne depuis que je l'ai dit à Megan.

« J'ai été mise sur la liste d'attente et ils m'ont prise.

— NYU, c'est ça ? »

Rick siffle.

« C'est un programme sérieux. »

J'ai encore l'impression d'être présomptueuse en le disant. Quelqu'un a reçu une lettre d'acceptation et s'est retiré, puis le bureau des admissions de Tisch a pris tous les noms des optimistes de la liste d'attente et, curieusement… c'est le mien qui a été… choisi.

« J'ai refusé. Je n'aurais jamais pu me le permettre. »

Même avec cette minuscule bourse à laquelle je m'étais agrippée pendant un après-midi comme une personne en train de se noyer. J'ajoute rapidement :

« Mais je vais passer une audition pour le *Lac des cygnes* dimanche. Ça devrait être amusant.

— Cool. Où ça ?

— C'est juste un petit studio de danse. Je vais prendre le métro quand on sera chez ta tante.

— Est-ce que je peux venir te voir ?

— Sérieusement ? Tu en as envie ?

— Curiosité professionnelle. J'ai assisté à une douzaine d'épreuves de sélection de football, mais je n'ai jamais vu d'audition de danse. Est-ce qu'ils vous pèsent ? Est-ce qu'ils examinent vos muscles ? »

Je ris.

« Tu vas être déçu. Je fais un petit numéro… »

Je reçois un coup dans le dos et plonge vers Rick, renversant au passage son verre d'eau sur nous.

« Oh, désolée… »

Je me retourne et lève les yeux vers un grand type aux cheveux blond-roux et couvert de tatouages qui représentent des caractères chinois. Il commande un Mai Tai au barman.

« Eeeh, mon chou. »

Il me sourit.

« Tu danses ? »

Mon chou ? Pouah.

« Non, merci. Je fais une pause.

— Et si tu faisais une pause avec moi ? Tu es la petite Asiatique la plus adorable que j'ai vue ici. »

L'homme costaud de quatre-vingt-dix kilos m'écrase contre le bar. Il empeste l'alcool et la sueur. Je le repousse, mais j'ai l'impression d'essayer de déplacer un mur en briques.

« Ça… – je pousse – ira… – je pousse encore.

— Désolé, mec. »

Rick l'écarte doucement.

« Elle est avec moi. »

Froideur. J'aimerais donner un coup de pied à ce mec là où ça fait mal. Au lieu de cela, je passe mon bras sous celui de Rick et adresse un sourire penaud au type.

« Eh mec, je ne t'avais pas vu. Désolé. »

Il se recroqueville presque en s'excusant auprès de Rick, et est-ce que ce dernier a grandi de quelques centimètres ?

« Désolé, me dit Rick une fois que l'autre est parti. Je ne voulais pas te secourir, mais ce type ne te plaisait pas, si ?

— Non, tu as eu raison. Merci. »

J'oblige mes doigts à se décoller de son bras.

« C'est tellement agaçant qu'il se soit excusé auprès de *toi*. Comme si je t'appartenais. »

Rick grimace.

« Je vois le genre. »

Des mecs qui ont une obsession pour les Asiatiques.

« Ce n'est peut-être pas le cas », dis-je.

Mais je parie que c'est une des choses que la plupart des filles asio-américaines doivent affronter. Je l'ai expliqué à Megan l'an dernier pendant une de nos longues conversations autour d'un café, je lui ai dit pourquoi ce n'était pas flatteur, pourquoi c'était basé sur des stéréotypes qui n'ont rien à voir avec ce que nous sommes, et je lui ai dit que cela me rappelait que j'avais l'air d'une Asiatique de l'extérieur, quoi que je ressente à l'intérieur. Je grimace.

« Je suppose qu'on sait qu'ils existent, mais ça secoue toujours de tomber sur eux. »

Je tends la main vers mon verre, mais Rick me la prend.

« Tu veux bien faire quelque chose pour moi ? »

Sa paume est calleuse. Si proche de lui, je sens son odeur d'herbe et de plein air, comme si ses journées passées sur le terrain avaient parfumé sa peau de manière permanente.

Soudain, je n'arrive plus à le regarder dans les yeux.

« Quoi ?

— Si tu veux te renseigner sur quelqu'un avant d'aller le draguer, tu peux toujours me demander. Je te dirai si c'est une bonne idée. »

Ma voix monte dans les aigus.

« Pourquoi est-ce que tu t'intéresses à ma vie amoureuse ? »

Je n'arrive toujours pas vraiment à le regarder dans les yeux. Mais avant qu'il ne puisse répondre, des voix s'élèvent sur la piste de danse et attirent notre attention. Rick me lâche la main. Deux danseurs crient tandis qu'ils sont poussés sur le côté, puis Xavier les contourne d'un air furieux. Il me fonce dessus et son tee-shirt couvert de sueur humidifie mon bras. La fureur monte dans son regard lorsqu'il croise le mien.

« Regarde où tu vas, mec. »

La voix de Rick est acerbe tandis qu'il saisit mon coude et m'aide à reprendre l'équilibre. Puis Sophie saute sur le dos de Xavier et sa robe orange flotte derrière elle comme la queue d'une comète.

« Je ne le pensais pas ! »

Elle s'accroche à lui tandis qu'il essaie de se débarrasser d'elle. Les têtes se tournent vers eux dans toute la discothèque.

« Xavier, je suis désolée. Je sais que ce ne sont pas mes affaires.

— Sophie. »

Je lui prends le bras. Que se passe-t-il ? Je ne les ai jamais vus comme ça.

« Sophie, s'il te plaît, calme-toi. »

Xavier arrive enfin à la repousser. Lorsqu'elle essaie de le saisir de nouveau, Rick la prend par la taille et la tire en arrière. Xavier disparaît dans la fosse de corps en train de danser.

« Soph, je te l'ai déjà dit, il n'en vaut pas la peine.

— C'est ça, comme si toi, tu étais un expert en la matière. »

Elle le repousse et fait voler son téléphone par terre. Puis, elle fonce à la poursuite de Xavier.

Je prends un air neutre lorsque je récupère le téléphone de Rick et le lui rends. La pique à l'intention de Jenna ne m'a pas échappé, mais je n'ai pas le courage de lui poser des questions. Xavier voudra-t-il toujours nous accompagner chez Tante Claire ? Les projets de Sophie se sont-ils écrasés avant même d'avoir décollé ?

Rick passe une main sur son visage.

« Je déteste quand elle se met dans cet état.

— Comment ça ?

— À propos des mecs. Son jugement est terrible. Elle a eu quatre petits amis et aucun d'eux ne la méritait. »

Il est tellement protecteur. Elle a de la chance de l'avoir comme cousin. Mais on dirait aussi qu'il a un a priori sur son camarade de chambre.

« D'habitude, elle a l'air plutôt heureuse avec Xavier.

— Personne ne mérite un type pareil. »

Rick fronce les sourcils en regardant son téléphone. L'écran est fissuré et noir.

« Moi, tu m'as prévenue à son sujet. Tu ne lui as rien dit, à elle ? »

Rick détourne le regard. Il ne va pas me l'avouer. Pas toute la vérité. Il met son téléphone dans sa poche.

« Je ne l'ai pas vu venir. Et ensuite, il était trop tard. Elle ne voulait pas m'écouter.

— Mais pourquoi moi ? »

Il secoue la tête.

« Fais attention à elle, c'est tout ce que je te demande, d'accord ? Je suis content que tu sois sa camarade de chambre. »

Il vide son verre et mâche les glaçons.

« Mon offre tient toujours. Si tu veux sortir avec un garçon pendant la croisière de l'amour, je peux me renseigner sur lui. »

J'ouvre la bouche pour l'accuser d'avoir changé de sujet, mais il poursuit :

« Sophie ne va pas m'écouter, mais je ferais la même chose pour ma petite sœur. »

Petite sœur.

Je me suis appuyée contre lui et mon épaule est collée à son bras. *Petite sœur.* Un cran au-dessus d'une amie, mais un doigt métaphorique sur mon épaule qui me repousse d'un centimètre. Je mets un peu d'espace entre nous. Sophie et lui sont pareils : en tant que camarade de chambre de celle-ci, ils m'acceptent généreusement comme un membre de leur famille.

Je tends la main.

« Je te promets de te consulter, *Gēgē*. »

Grand frère.

« Pour la famille, c'est gratuit », dit-il d'une voix traînante.

Nous nous serrons la main pour sceller notre nouvelle relation.

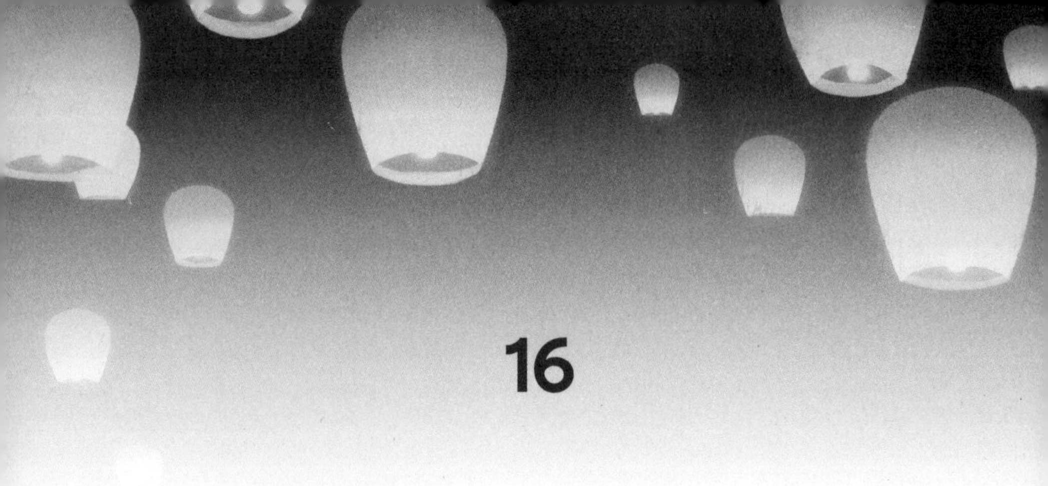

16

Un typhon fait rage au nord de Taipei et des averses s'abattent sur toute la ville. Jeudi soir, alors que je retourne à la résidence, une rafale gorgée de pluie me pousse à travers les portes du hall de Chien Tan et tire sur le sac contenant les lanternes en papier que j'ai achetées pour le week-end de Sophie. Celui-ci commence demain après-midi. Curieusement, elle n'a pas dit grand-chose sur sa situation avec Xavier, mais elle n'a pas l'intention d'annuler ses projets.

Le hall est rempli d'élèves en train de jouer à Go et au mah-jong. Le visage de Mei-Hwa s'illumine lorsqu'elle joue une chanson de pop entraînante et originaire de Taïwan sur l'ordinateur portable de David. Elle danse sur sa chaise et cherche à convertir autant d'étudiants que possible à sa passion.

« *Ālǐ Shān De Gū Niáng.* »

Elle discute en mandarin et ses mains fines gesticulent.

« Ce n'est pas mauvais, dit David. Pas mauvais. »

Je secoue la tête pour essorer mes cheveux. Un coursier maigrichon portant un gilet de sécurité orange arrête son vélo à côté de moi et remonte un paquet enveloppé de papier marron sous son bras.

« *Xiǎojiě, wǒ zhǎo Woo Kwāng Míng.*

— Je vais le lui apporter. »

Je prends le paquet, qui est plus lourd qu'il n'en a l'air. Des autocollants en forme de lapins adorables sont collés sur les parties supérieure et inférieure et, entre eux, le nom et l'adresse de Rick sont écrits à la main en anglais et en chinois, tout comme les coordonnées de l'expéditrice.

Jenna Chu.

La boîte m'échappe des mains. Je la rattrape par les ficelles avant qu'elle ne tombe par terre et qu'elle n'explose. Je la serre dans mes bras et me précipite vers le réfectoire.

Il sera ravi. Bien entendu. C'est tellement agréable d'avoir des nouvelles de sa petite amie, même pendant un programme d'été de l'autre côté de l'océan.

À une table près des fenêtres, Rick, Marc, Spencer et Sophie, mais pas Xavier, mangent le festin quotidien. De la vapeur sort d'une tour ronde en bambou remplie de *xiǎolóng bāo*, un des plats au succès universel. Si Sophie a du chagrin, elle ne le montre pas : elle fait rire tout le monde dans leurs tasses de thé en racontant une histoire élaborée sur la fois où elle s'est vengée d'un garçon qui a eu la malchance de la plaquer. Je glisse discrètement le sac de lanternes en papier sous sa chaise.

« Rick, tu as du courrier. »

Je pose la boîte sur ses genoux comme si elle pesait deux cent vingt kilos, puis m'assois deux chaises plus loin, à côté de Spencer, et me verse une tasse de thé rouge oolong.

Les yeux de Rick passent du paquet à moi.

« Ah, cool. »

Il a l'air content, mais pas autant que je l'imaginais. Et il faut *vraiment* que j'arrête de l'analyser à ce point.

Je mets du bar à la vapeur dans mon assiette et contrôle mon regard indiscret lorsqu'il arrache le papier. Je suis peut-être juste obsédée par les garçons indisponibles, pour ne jamais avoir à prendre de risque. Peut-être que c'est tout ce qui se passe avec Rick, et que c'est pour cette raison que je n'arrête pas de penser au moment où je lui ai pris le bras au bar.

« Sympa », dit Spencer, et je lève les yeux.

Rick dénoue des rubans couleur lavande autour d'une boîte blanche qui présente des rangées de chocolats en forme d'écureuils, d'oiseaux et de glands. Ils sont faits à la main, apparemment. Des confettis argentés tombent sur ses genoux lorsqu'il les retire du colis le plus charmant que j'ai jamais vu. J'imagine Jenna, avec ses doux cheveux noirs tirés en chignon, en train de verser du chocolat fondu dans des moules avant de les couvrir de confettis. Elle a même inclus de la neige carbonique pour les empêcher de fondre. Pas étonnant qu'elle ait choisi une livraison rapide.

« Ouah, si seulement quelqu'un m'envoyait un paquet comme ça, dit Spencer.

— Elle a dû y passer des *heures*, dit Sophie.

— Pas des *heures*, répond Rick. Elle est très efficace. Elle aime préparer ce genre de choses. »

Il est tellement protecteur.

Il offre des chocolats à tout le monde. Je prends un gland, qui s'avère contenir une boule de framboise parfaite à l'intérieur.

« C'est délicieux. »

J'enfonce ma baguette dans ma côte de porc et essaie d'en découper un morceau. Je suis ravie que Rick soit aimé à ce point. Je jette un regard noir à ma côtelette. Pourquoi est-elle aussi dure ce soir ?

Sophie décapite un oiseau avec ses dents.

« Combien de nourriture est-ce qu'elle peut t'envoyer avant de devoir payer une taxe d'exportation ? »

Alors ce n'est pas le premier colis.

« *La ferme, Soph.* »

Rick la fusille du regard.

« Je lui manque. C'est tout. »

Il met une lettre épaisse dans son sac à dos, fait passer le dernier plateau de chocolats à une table de moniteurs reconnaissants, puis tend la main vers le poisson cuit à la vapeur.

Le soleil est haut dans le ciel le lendemain, quand le bruit de notre porte difficile en train de s'ouvrir me réveille. Sophie entre, portant le tee-shirt noir de Xavier. Je me redresse sur mon lit. La veille, elle a quitté le Club Elektro bras dessus bras dessous avec lui. Ses cheveux sont ébouriffés et ses lèvres, gonflées. Elle s'agenouille entre nos lits et déroule un tapis en soie rouge. Des motifs chargés représentant des plantes grimpantes et des fleurs blanches sont dessinés sur le tissu luxueux.

« Ouah, il t'a acheté ça ? »

Je me frotte les yeux, aussi abasourdie par son état que par son cadeau extravagant.

« Il l'a laissé devant la porte pour moi. »

Elle retire une épingle à nourrice dorée qui, je suppose, scelle une lettre d'amour torride.

« C'est *magnifique*. Il a très bon goût.»

Est-ce sa manière de se rattraper après leur dispute ? C'est un très beau cadeau, le plus beau jusqu'ici, et le fait qu'elle ne lui a pas demandé de lui acheter ne le rend que plus précieux.

« Ça a dû lui coûter une fortune. »

Elle lisse le tissu.

« Je veux dire, il pourrait acheter le marché tout entier, mais quand même.

— Alors, vous vous êtes réconciliés ? Comment ?

— Mon charme féminin. »

Elle agite ses bras et ses hanches tout en souriant d'un air mystérieux, puis s'affale sur son lit.

« *Oh*, Ever. Sans déconner, je pourrais porter une douzaine de ses bébés. »

Elle se redresse et me montre le menu du dîner de ce soir.

« Et tout va passer au niveau supérieur dans quelques heures. Pour les couverts, or ou argent ?

— Argent. »

Je prends un des sacs de friandises en soie que nous remplissons et y mets une poignée de bonbons. Mon rôle consiste à jouer l'amie qui la soutient tandis qu'elle impressionne Xavier avec sa famille, puis de les occuper pour qu'elle puisse s'éclipser avec lui et passer une soirée de séduction dans le jardin privé sur le toit de la maison de sa tante. Je suis déterminée à faire en sorte que ce week-end soit parfait pour elle.

« Poisson ou steak ? Ou les deux ?

— Les deux ? Un repas terre et mer ? »

Je noue le ruban en satin, pose le petit sac sur la montagne grandissante sur le bureau de Sophie et en prends un autre. Elle est vraiment un mélange du côté adorable de Pearl et de l'énergie surexcitée de Megan, même si Sophie Ha est unique.

« Je ne pense pas que ça aura de l'importance.

— Ever, qu'est-ce que je ferais sans toi ? »

Elle me tend une pile de papier à lettres très mignon.

« J'ai trouvé ça hier. Prends-en », dit-elle.

Voilà encore une marque de sa générosité quotidienne.

« Tu sais, si Xavier venait seul, il y aurait trop de pression. Tu sais comment sont les familles asiatiques quand elles rencontrent les partenaires. En particulier mon oncle. Il admire beaucoup la famille Yeh.

— Mes parents péteraient un plomb si j'amenais un mec pour le présenter à la famille.

— C'est pour ça que ce week-end, j'invite juste des amis du programme. Je veux dire, bien entendu, ils savent que c'est mon petit ami. Mais si Rick et toi êtes là, ça équilibre à la perfection. »

Je passe en revue la pile tandis que Sophie se dirige vers son miroir tel un cyclone de nervosité. Elle n'a pratiquement rien avalé depuis des jours. Et l'argenterie, les menus élaborés, les sacs de friandises… est-ce qu'elle sait vraiment ce qu'elle veut obtenir grâce à ce week-end ?

« Qu'est-ce que c'est que ça ? »

Sophie se rue vers la porte, puis agite une feuille de papier d'origami.

« Ever ! L'admirateur secret a encore frappé.

— Quoi ? Pas possible. »

Je descends de mon lit. Un nouveau dessin. Des taches de couleur – bleu, rouille, vert – qui forment une image quand on tient la feuille à bout de bras… une image de moi. Elle me représente sur le rebord en briques dans la cour, hier, les bras écartés, une jambe levée, ma robe turquoise flottant d'un côté à cause de la brise.

« C'est *incroyable*. »

Mais qui l'a dessiné ? Rick, Marc et un groupe de garçons étaient en train de faire un match amical de football et ils avaient un public. N'importe qui aurait pu le faire.

« J'aurais bien voulu que quelqu'un me dessine comme ça ! C'est le quatrième, c'est ça ?

— Oui. »

Je le retourne, à la recherche d'un indice sur l'identité de l'artiste.

« Je devrais avoir les jetons, non ?

— Ce mec, il n'est pas louche. Il est romantique. Peut-être que c'est Marc. Tu lui plais, c'est clair.

— Pas de cette façon. »

Et lui, il me donne la sensation d'être un frère, beaucoup plus que Rick.

« En plus, je crois qu'il aime les garçons. C'est peut-être quelqu'un que je n'ai pas encore rencontré. »

Ou Rick... Et s'il faisait semblant de m'aider à trouver ce type, mais que c'était lui, en réalité ? J'imagine facilement à quel point mes parents seraient heureux si c'était le cas et un nouvel accès de colère me submerge. Je ne leur donnerai jamais une telle satisfaction.

« Eh bien, qui que ce soit, dit Sophie en ouvrant notre porte, qui a encore plus gonflé à cause des tempêtes récentes, il ne pourra pas – elle tire – cacher ce talent pour toujours ! »

Je prends ma serviette et ma brosse à dents avant de suivre Sophie vers la salle de bains. Nous passons devant Grace Pu et Matteo Deng, qui dorment comme des chats sur le grand canapé. Il s'avère que Matteo a effectivement mauvais caractère. Il se dispute à grands cris avec Grace dans le couloir et finit généralement par casser quelque chose, comme un tableau d'affichage, une lampe ou son orteil. De toute évidence, ils ont quand même fini par se réconcilier. Dans la salle de bains, Laura lève les yeux du lavabo sur lequel elle est penchée dans sa chemise de nuit à fleurs. Ses draps sont en boule dans ses bras et elle frotte une tache provoquée par ses règles. Quand nous entrons, son visage devient rouge vif.

« Coup dur », dis-je.

Au même moment, Sophie ajoute :

« C'est David qui devrait les laver. »

Le visage de Laura prend une teinte plus foncée, couleur aubergine. Son regard se tourne vers moi, puis vers Sophie.

« Oh, *non*. Je ne peux pas lui faire faire ça. »

Oh.

Ce n'est *pas* une tache due aux règles.

Mon propre visage rougit et Sophie croise mon regard dans le miroir. Je suis vraiment un bébé.

« Fais attention, c'est tout. »

Sophie passe sa brosse à dents sous le robinet.

« Une fille est rentrée chez elle enceinte il y a quelques années…

— *Ai-Mei ? Nǐ zài nǎlǐ ma ?* »

Quelqu'un frappe à la porte et m'appelle.

« Merde, c'est Mei-Hwa. »

Laura serre ses draps trempés contre sa poitrine et se cache dans un cabinet, mettant de l'eau partout au passage. Depuis Xavier et Mindy, personne ne s'est fait prendre en train d'enfreindre la règle qui interdit la présence de filles et de garçons dans la même chambre, mais personne ne veut devenir le sujet de la prochaine leçon non plus.

« Euh, une minute ! »

Je prends du papier toilette pour essuyer le sol, puis me place devant le cabinet de Laura, et Sophie ouvre la porte. Mei-Hwa passe la tête dans l'ouverture et lisse nerveusement sa longue tresse. Elle se mord la lèvre et a l'air de vouloir disparaître. Elle me regarde.

« *Nǐ shēngbìngle ma ?* Tu es malade ?

— Non, ça va. »

Je coupe l'eau du troisième robinet et me maudis pour avoir attiré son attention dessus.

« Tu as raté des cours toute la semaine. »

Elle parle en anglais ; je vais avoir des ennuis.

« Nous sommes passés aux nouvelles options lundi et tu n'as pas assisté à un seul cours de calligraphie. »

Mei-Hwa joue nerveusement avec le ruban vert de sa tresse. Mon cœur sombre. Sophie a raté des cours aussi. Pas autant que moi, mais quand même, personne n'est venu la chercher.

« Gao Laoshi est sur le point d'appeler tes parents.

— Oh ! »

Le Dragon frappe encore.

« Ce n'est pas la peine. »

Je passe devant elle pour me rendre dans le couloir et l'éloigner de Laura.

« J'étais justement en chemin pour aller au cours de calligraphie. »

Je prends un petit pain aux graines de sésame dans le réfectoire, puis je sors dans la cour où une carpe en pierre de la taille d'un béluga crache de l'eau dans un bassin. Le soleil de l'après-midi tape sur mes cheveux, mais l'air est lourd et annonce de la pluie. Tandis que je tourne au coin en direction de la salle de sport, un long bâton me décapite presque. Je me baisse et l'air déplacé par le bâton tire mes cheveux, puis je tombe en arrière contre le mur.

« Qu'est-ce que...

— Oh, désolé, Ever. »

Rick me relève en me tirant le bras et affiche un sourire en coin. Il tient un bâton *bō* orné de rayures de tigre dans sa main. Il crie et se baisse tandis qu'un autre bâton fonce vers nous. Il le relance à un garçon que je ne reconnais pas et ses épaules se soulèvent sous son tee-shirt bleu. Il s'accroupit en position de combat avant de charger son partenaire. De ce côté de la cour, les craquements des bâtons *bō* en rotin s'élèvent dans les airs tandis que des binômes de combattants s'affrontent en suivant les instructions de Li-Han.

Je suis tombée sur l'option de combat au bâton. Je les regarde avec envie, émerveillée par ce qu'ils font.

Ils tournent, pirouettent, donnent des coups. Ils attaquent et contre-attaquent.

Rick bloque un autre coup.

« Tu t'es réveillée tôt », dit-il.

Quel salaud ; il est un peu plus de treize heures.

« Trop tôt. »

Je lui fais un doigt, discrètement, et son partenaire pousse une exclamation de surprise. Puis, je les contourne et me dirige vers la salle de sport sous les rires de Rick derrière moi.

Le cours de calligraphie occupe quatre tables dans la salle de sport, près des gradins. En chemin, je croise les élèves de l'option de danse au ruban. Debra et les autres filles font onduler les rubans en soie accrochés à des bâtons et dessinent des spirales et d'autres formes jaunes, rouges et orange dans les airs. Leur gracieuse professeure leur montre une chorégraphie de base et je me surprends à l'améliorer : si elles tournaient en sens inverse deux fois, si elles élargissaient l'arc de leurs rubans…

Certaines des filles sont en forme et ont un bon sens du rythme. Je devrais danser avec elles, mais avec Madame Szeto et le *Lac des cygnes*, je me fraie un chemin.

Les tables du cours de calligraphie sont divisées en deux postes individuels : des piles de grandes feuilles de papier de riz, des pierres à encre et des pots en bambou contenant des pinceaux à long manche. Je m'assois. Des exemples de calligraphie sont présentés sur des chevalets près des gradins. À ma grande surprise, ils ne ressemblent pas aux tableaux de caractères démoralisateurs de mon école de chinois. Ce sont des œuvres d'art.

« Ever Wong. »

Une voix familière chante mon nom. Xavier tire la chaise à côté de moi. D'un mouvement brusque de la tête, il écarte ses cheveux ondulés de ses yeux. Son bras effleure le mien et mon visage s'enflamme. Il est trop près.

« Ton père a dû choisir tes options aussi. »

Je m'éloigne de quelques centimètres. Je dois être amicale, mais distante. Nous n'avons pas passé de temps ensemble sans Sophie depuis qu'ils sont en couple.

« Quelque chose comme ça. »

Ses yeux sombres me lancent un défi et me regardent comme au premier jour.

Au secours. Au secours.

Je cherche quelqu'un pour me soutenir autour de moi, mais je ne connais pas bien les élèves de cette classe.

« Alors, dit-il. On va chez la tante de Rick et Sophie cet après-midi.

— Oui, dis-je. Ça va être sympa. »

Puis je lui tourne le dos et feuillette mon livre de caractères sophistiqués.

✥

Il y a une technique pour tenir un *máo bǐ*, un pinceau de calligraphie avec une garniture en poils de lapin, de chèvre ou de loup. Les gauchers sont encouragés à utiliser leur main droite, sans quoi la fin des coups de pinceau n'est pas correcte, mais notre professeure est gauchère elle aussi et me laisse faire comme je veux. Nous nous entraînons à faire des coups de pinceau lents et rapides. Elle me donne une courte leçon sur la manière de moudre l'encre, ce que je fais au rythme des chansons de la danse au ruban. J'aurais voulu que ma professeure à l'école de chinois de chez moi nous laisse utiliser des pinceaux et des pierres à encre au lieu de copier des centaines de caractères. J'aurais peut-être supporté ses cours plus longtemps.

Dans la cour, les élèves de l'option de combat au bâton se donnent à fond : les claquements de bâtons *bō* s'entendent à travers les portes en verre. Mes doigts ont envie d'en faire tourner un, mais je suis coincée avec les pinceaux. Bercée par la musique de la danse au ruban, je me concentre sur les caractères pour bien dessiner les traits.

« Xiang-Ping, c'est très bien, mais je vous ai demandé de *copier le poème.* »

La professeure parle d'une voix fatiguée. Ils ont déjà eu cette conversation.

Xavier a dessiné un seul caractère sur sa page : un carré avec un tiret au milieu. C'est le caractère qui signifie *soleil*. Et il l'a tourné en ridicule en esquissant des rayons tout autour comme s'il s'agissait du dessin d'un enfant.

Il hausse les épaules et ne semble pas avoir l'intention de prendre son pinceau. C'est sans doute lui qui a le plus de croix, car il a refusé de rendre tous les devoirs en cours de mandarin et de médecine chinoise.

« Je crois qu'on en a tous marre d'être traités comme des bébés », a dit Sophie pour le défendre quand il a abordé le sujet, un soir.

Maintenant, notre professeure de calligraphie rit d'un air impuissant et se tourne vers un autre élève.

Avant que je puisse détourner le regard, Xavier m'adresse un sourire paresseux qui me rappelle son baiser sur mes doigts.

Puis il trempe son *máo bǐ* dans l'encrier et commence à peindre sur une nouvelle feuille de papier de riz. En voyant la rondeur de ses coups de pinceau, j'en déduis qu'il ne dessine pas des caractères.

« Tu vas encore t'attirer des ennuis », murmuré-je.

Non pas que cela l'inquiète.

Effectivement, il hausse les épaules. Je m'approche un peu, mais il cache son dessin à l'aide de son bras.

« Qu'est-ce que tu peins ? » demandé-je enfin.

Son sourire taquin fait apparaître de petites rides autour de ses yeux.

« Je vais te montrer dans une minute. »

Il me fait attendre cinq minutes de plus. Mais finalement, il me montre la feuille.

J'ai l'impression d'être frappée par la foudre. Des blocs de couleur familiers représentent la salle de sport. Les *máo bǐ* pendent comme un rang de roseaux sur les supports de séchage. Les danseurs au ruban virevoltent sur les côtes.

Et au centre du dessin, une fille est peinte dans un style que je reconnaîtrais les yeux fermés…

C'est moi.

17

« C'est *toi,* l'artiste. »

Des picotements descendent le long de mon dos. Xavier me dessinait avant même que Sophie et lui ne soient ensemble. Je ne serais pas humaine si je niais qu'une partie de moi est incroyablement flattée. Un des garçons les plus convoités de la croisière de l'amour a dessiné mon portrait cinq fois.

Ce mec a envie de toi, a dit Sophie.

Il sourit.

« Tu croyais que c'était Mister Bouffe Bio ?

— Bien sûr que *non* », dis-je… trop vite.

Son regard vacille. Je *savais* que ça ne pouvait pas être lui. Mais pourquoi est-ce que je suis déçue ? Je ne veux *pas* du jeune prodige qui ferait le bonheur de mes parents. Et si Rick avait vraiment été l'artiste alors qu'il sort avec Jenna et qu'il m'avait envoyé ce message indicible tout en faisant semblant de m'aider à découvrir de qui il s'agissait, mon respect pour lui aurait diminué.

« Pourquoi ? demandé-je à Xavier.

— Pourquoi quoi ?

— Pourquoi est-ce que tu me dessines ?

— Est-ce que je suis bon ? »

Juste comme ça, il me force à examiner le dessin : ma main minuscule fait glisser un *máo bĭ* sur le papier de riz. Le premier coup de pinceau d'un caractère attend un compagnon. Des cheveux noirs tombent en cascade le long de mon visage, qui est tourné non pas vers le papier, mais vers les combattants au bâton *bō* derrière les portes vitrées.

Je suis en train de regarder Rick.

Je rougis. Il m'a surprise en train de faire quelque chose dont je n'avais pas conscience.

« C'est incroyable. »

Il voit le monde dans une explosion de couleurs et de formes, et non pas selon des contours dignes d'un livre de coloriage.

Xavier pousse un soupir. Il attendait mon verdict et y accordait de l'importance. Mais pourquoi ? À ce moment précis, tout ce que je vois, c'est le garçon qui essaie de me séduire avec ses dessins, et qui a presque réussi.

Presque.

Je lui rends la peinture.

« Tu ne peux pas me peindre. »

Il sourcille.

« Pourquoi pas ? »

Ma voix devient plus cassante.

« Tu es avec Sophie. Tu devrais peindre *Sophie*. »

Ce serait un rêve devenu réalité pour elle, tout comme elle était trois fois plus enthousiaste que moi à l'idée de recevoir ses photos glamours.

« Peut-être que je n'ai pas envie de dessiner Sophie. Et peut-être que je ne suis pas avec elle.

— *Peut-être* ? »

Je recule ma chaise et racle le sol.

« Je ne devrais même pas avoir cette conversation ! »

La professeure nous regarde et je baisse la voix.

« Peut-être que le fait de coucher avec quelqu'un, ça ne veut rien dire pour toi, mais ça signifie quelque chose pour la plupart des filles, d'accord ? »

Ses lèvres s'étirent en un demi-sourire.

« Parfois, les choses ne sont pas ce qu'elles semblent. »

Nous tournons en rond. C'est dangereux. Le week-end que Sophie a mis tant de temps à planifier et pour lequel elle s'est fait une dépilation de tout le corps approche, et elle a fait tout ça pour Xavier.

Megan ne saura jamais le martyre que j'ai vécu quand elle m'a annoncé qu'elle sortait avec Dan et il est hors de question que je fasse la même chose à Sophie.

Xavier se penche vers moi. Je sens l'odeur épicée de son eau de Cologne et écarte brusquement mon bras. Je déteste la partie de moi qui prend plaisir à voir son intérêt évident. J'ai horreur de cette curiosité qui me pousse à me demander ce que je ressentirais si ses douces lèvres se posaient sur les endroits de moi qu'il a dessinés.

Je déchire le dessin de Xavier en deux, puis en quatre, puis en huit. J'ai l'impression de piétiner un papillon pour m'en prendre à la brute qui l'a fait sortir de son cocon, mais je ne le montre pas.

Xavier observe mes mouvements, mais il n'essaie pas de m'en empêcher. L'expression de son visage ne change pas. Le cours se termine. Les élèves accrochent leurs pages humides de calligraphie à une corde à linge pour qu'elles sèchent.

Je laisse tomber les morceaux sur son cahier, pose mes mains tachées de peinture sur la table et me dresse devant lui.

« Ne pense même pas à dire un mot de tout ça à Sophie, dis-je avec férocité. Tu es *son* petit copain. Tu lui as acheté ce *tapis*. »

Il pince les lèvres. Il a l'habitude d'être accusé, et pour une bonne raison.

« Juste pour info, dit-il, je n'ai jamais couché avec Sophie. »

Quoi ?

L'incertitude volette en moi comme un papillon de nuit. Les morceaux de la peinture tournent au-dessus de sa main.

Mais j'ai entendu tous les détails de sa bouche moi-même, et toutes les autres filles aussi. Je ne sais pas pourquoi, mais il doit mentir. Heureusement, Rick n'a jamais découvert que Xavier était mon artiste. Il l'aurait dit à Sophie, et que ce serait-il passé ensuite ?

« Tu sais quoi ? Ça n'a pas d'importance. »

Je prends mon livre de calligraphie d'un geste brusque.

« Et pour info, tu es un salaud. Arrête de me dessiner. »

Je me dirige furieusement vers la corde à linge, y accroche ma feuille et m'enfuis par la porte.

Mais je ne peux pas échapper à la peur que notre week-end vienne de devenir soudain beaucoup plus compliqué.

18

« Où est Rick ? »

Sophie tire impatiemment sur sa robe à rayures orange, qui a un tel décolleté qu'il arrive même à me distraire. Nous sommes sur la dernière marche à l'extérieur de Chien Tan et le chauffeur est en train de mettre ses bagages dans le coffre de la fourgonnette Mercedes de Tante Claire. Elle chiffonne sa robe d'un geste nerveux. Ce week-end est tellement important pour elle. Quant à moi, les règles des Wong passent au second plan pour que je puisse la soutenir. De toute façon, il ne me reste que la règle *Pas de garçon/Ne pas embrasser de garçon* à enfreindre et à ce rythme, cela ne mène à rien.

« Tante Claire nous attend. »

Elle monte dans la fourgonnette et Xavier en fait de même de l'autre côté, posant un sac à dos orange Osprey à ses pieds. J'évite de le regarder.

« Rick ferait mieux de se dépêcher.

— Je vais aller le chercher », proposé-je.

Elle me prend la main et m'attire contre elle pour chuchoter à mon oreille.

« *S'il te plaît*. Il faut que Rick vienne. Oncle Ted va cuisiner Xavier s'il n'est pas là pour intervenir.

— Je le traînerai par les cheveux s'il le faut. »

Je pose mon sac de danse à ses pieds, mais quand Xavier tend la main vers celui-ci, probablement pour l'ajouter à la pile de bagages, je le reprends comme s'il essayait de le voler. Sophie est trop occupée à appeler sa tante pour le remarquer.

« Ever », dit Xavier, mais je m'éloigne, ravie de mettre de la distance entre lui et moi tant que je peux le faire.

C'est curieux d'avoir un week-end où l'on ne va *pas* faire le mur pour aller en discothèque. C'est presque un soulagement, pour être franche. Le hall est rempli d'étudiants munis de leurs sacs à dos qui vont rendre visite à leurs familles. Il y en a tout autant qui restent et se préparent pour le spectacle de talents à la fin du programme. Deux garçons jouent avec des yo-yos chinois. Deux autres font des tours de magie avec un énorme ballon de baudruche.

« Vous avez vu Rick ? » demandé-je à Debra et Laura, qui grattent leur guitare et leur cithare.

Les doigts de Debra dansent sur les cordes.

« Non, désolée.

— En haut, peut-être ? » dit Laura en écartant sa frange de ses yeux.

Cinq minutes plus tard, je frappe à la porte de Rick. Elle s'ouvre avec un léger déclic. Je vois son bureau : il y a la boîte bleue d'un appareil dentaire, un tube à moitié vide de médicaments contre l'acné et un savon. Ils sont séparés de la montagne de collations chinoises et américaines dont il a fait des réserves : des sachets de fruits secs, des noix, des gâteaux du soleil, une boîte de Pringles et six cannettes de thé glacé. La moitié de la pièce qui appartient à Xavier est plus simple : un panier à linge, une couverture à peine chiffonnée. On dirait que Xavier essaie de faire comme s'il n'était pas là.

« S'il te plaît, calme-toi, dit Rick. Je te l'ai dit. Mon téléphone est encore cassé. Je me suis trompé dans le décalage horaire. »

Rick est debout devant sa fenêtre, au-dessus du sac de riz en toile de jute qu'il a acheté pour utiliser en guise de poids. Ses cheveux noirs, humides après la douche, assombrissent le col de son tee-shirt vert forêt. Il appuie son téléphone fixe contre son oreille. Son pouce passe le long de la cicatrice de ses doigts. C'est le même geste tendu que je commence à reconnaître.

Même d'ici, j'entends la fille à l'autre bout du fil :

« J'en ai *marre* de tes excuses débiles ! Toi et toute ta *famille*...

— Jenna, j'ai dit que j'étais désolé. Si tu pouvais venir...

— Si tu veux me *baiser*, Rick Woo, ce n'était pas la peine d'aller à Taïwan. Tu aurais pu faire ça ici, dans ma chambre. »

Je grimace. J'essaie de ne pas laisser ses mots peindre des images non désirées dans ma tête. Je m'attends à moitié à ce qu'il explose contre Jenna, mais je l'appréhende aussi.

« Jenna, je sais que c'est dur d'être séparés. Il faut que tu sois patiente. S'il te plaît. Jenna ? *Jenna,* attends ! »

Rick jure et lâche son téléphone. Sa posture décontractée est remplacée par un corps raidi par le stress. J'ai envie de m'approcher et de le faire disparaître.

Puis il donne un coup de poing dans le sac de riz. Des grains cliquettent en tombant de la toile déchirée. Il me voit et fait un bond en l'air de trente centimètres, heurtant sa lampe dans un grand fracas au passage. La porte se claque derrière moi dans un coup de vent qui fait voleter les pages du cahier d'activités posé sur son bureau.

« Pardon », dit-on en chœur.

Je ne sais pas qui est le plus mal à l'aise, lui ou moi. Il redresse sa lampe, s'agenouille et commence à empiler le riz.

« Je suis désolé que tu aies entendu ça.

— Qu'est-ce qui ne va pas ? »

Je saisis la poubelle et y dépose des poignées de riz.

« Je ne sais pas. Ça ne lui plaisait pas que je fasse ce voyage. Nous n'avons jamais été séparés plus de quelques jours.

— Vraiment ? »

Même moi, je suis partie de chez moi une semaine pour des voyages scolaires. Est-ce que c'est ça, le problème ? Elle doit vraiment dépendre de Rick. Je ressens une certaine compassion. Il y a quelques filles comme elle dans mon groupe de danse : intelligentes, amusantes, jolies, mais curieusement, elles ne peuvent pas sortir de chez elles sans leur petit ami et semblent toujours avoir besoin qu'il soit dans les parages.

« Elle n'a pas envisagé de participer au programme aussi ?

— Elle ne pouvait pas. Elle fait du volontariat dans un camp équestre pour des enfants handicapés. J'essaie de la convaincre de venir ici une semaine, mais elle a très peur de prendre l'avion.

— Le billet est *très* cher.

— Pas pour elle. Son père est cadre à Bank of China Hong Kong.

— Oh. »

Je rougis. Toute ma compassion s'évapore : acheter un billet d'avion pour un vol international sans hésiter, et sans avoir à vendre son collier de perles. Je ne peux même pas l'imaginer. Je me relève et me frotte les mains pour me débarrasser des grains de riz.

« Sophie et Xavier attendent en bas.

— Merde. »

Il dépose la dernière poignée de riz dans la poubelle.

« J'ai complètement perdu la notion du temps. »

Je secoue le sac pour faire tomber les grains de riz restants au fond, le plie en deux et le pose sur son bureau, à côté d'un tas de cartes postales. Celle du dessus porte le nom de Jenna et plusieurs lignes d'une écriture épaisse et carrée. Les quatre pages couvertes de l'écriture cursive de Jenna sont juste à côté. Je ne peux pas m'empêcher d'y jeter un œil. La dernière page se trouve au-dessus des autres et à la fin, je lis :

Coquilles et je suis allée à Sweet Connections aujourd'hui. Si seulement tu étais ici. J'essaie encore de comprendre pourquoi il a fallu que tu partes. J'ai trouvé une chanson cool pour toi. Je vais la garder et nous pourrons l'écouter ensemble à ton retour.

Je t'aime pour toujours. Jenna

Un polaroïd représente Jenna qui passe un bras autour d'une fille de l'âge de Pearl avec des couettes et les yeux couleur ambre de Rick. Elles sourient comme deux complices derrière leurs glaces. Shelly. La sœur de Rick. Cette fille est follement amoureuse de lui. Sa douceur semble en décalage avec la Jenna que j'ai entendue au téléphone, et pourtant la fille qui écrit des lettres et qui est l'amie de la petite sœur de Rick doit être celle qu'il aime, et voilà que je lis son courrier personnel.

Rick fixe son téléphone du regard, comme s'il pouvait la faire venir par télépathie.

« Rick ? »

Je me racle la gorge.

« Est-ce que tu viens quand même ? »

Il sursaute.

« Oh, mince. »

Il prend son sac de Chien Tan, ouvre son tiroir et y fourre des chaussettes et des caleçons. Puis il le pose brusquement sur sa commode et ferme le tiroir.

« Je ne peux pas supporter ma famille là, maintenant. »

Je fronce les sourcils.

« Qu'est-ce que tu veux dire ?

— Noël dernier, ma sœur et moi sommes venus avec ma mère. J'en ai entendu de toutes les couleurs de la part de cinq tantes et oncles : *Rick, tu dois laisser tomber cette fille comme une enclume et trouver la bonne.*

— Ils l'ont rencontrée ?

— Oui. L'été précédent, aux États-Unis. Ma mère a fait un *jeûne* de trois jours pour essayer de me faire rompre avec elle.

— Un jeûne ? »

En ce qui concerne la culpabilité, la mère de Rick a de l'avance sur la mienne et son collier de perles noires. Mon estomac se serre en pensant à Dan qui descend notre allée en courant. Comment osent-ils essayer de nous donner des ordres en ce qui concerne les personnes que l'on aime ?

« C'est n'importe quoi, Rick. Mes parents ne me laissent jamais sortir avec personne non plus.

— Oh, ils *veulent* que je sorte avec quelqu'un. »

Il rit, un rire nerveux qui ne lui ressemble pas.

« Ma famille est plus traditionnelle que la dynastie Qing. J'ai vingt-deux cousines et je suis le seul garçon qui porte le nom des Woo. Ils comptent tous sur moi pour passer notre nom de famille aux générations futures. »

Il promène une main sur son visage, démoralisé de nouveau.

« Mais pas avec elle.

— Pourquoi est-ce qu'elle ne leur plaît pas ?

— Pour des raisons à la con. »

Je serre les dents.

« Je n'en doute pas.

— Cette année, ça va être : *Et à la croisière de l'amour ? Deux cent cinquante gentilles filles sino-américaines, COMMENT PEUX-TU LAISSER PASSER UNE OCCASION PAREILLE ?* »

J'ai sérieusement envie de tuer quelques membres de la famille Woo.

« Est-ce que je peux faire quelque chose pour t'aider ?

— Il n'y a rien à faire. »

Son pouce triture ses cicatrices.

« La seule chose qui peut les pousser à laisser Jenna tranquille, c'est que je ramène une fille qui n'est *pas* Jenna. »

Il s'allonge sur son lit, plus de quatre-vingt-dix kilos qui n'ont pas l'intention d'aller où que ce soit. Sophie attend en bas. Devrais-je lui dire que Rick ne va pas venir et gâcher son week-end parfaitement équilibré ? Même si sa mère n'est pas là pour faire un jeûne, une visite à sa famille ressemble à une torture. Mais c'est mieux que de se morfondre tout seul après cet appel. Et j'ai vraiment envie de l'aider. Il m'a ramenée dans ma chambre alors que j'étais ivre et n'a jamais rien dit sur le sujet. Il m'a offert l'éventail, même si je l'ai donné à Sophie, a essayé de m'aider à trouver qui était mon artiste, il s'est même fait passer pour mon petit ami pour me sauver du mec de la discothèque…

Le mec de la discothèque.

« Et si tu ramenais vraiment une fille de la croisière de l'amour ? demandé-je. Fais comme si c'était moi, comme tu l'as fait pour moi en boîte. Ils te laisseront tranquille comme ça, non ? »

Dès que la proposition sort de mes lèvres, je sais que c'est une erreur. Mais Rick lève la tête de son oreiller. Il m'adresse un coup d'œil inquisiteur.

« Tu veux dire que tu veux que je te présente comme ma petite amie à ma tante et à mon oncle ? »

Je recule vers la porte.

« C'est une très mauvaise idée. Oublie ce que j'ai dit.

— Non ! Non, en fait, c'est parfait. »

Rick se redresse. Il prend son ballon de football et le fait tourner sur son genou. Il plisse les yeux.

« C'est vraiment parfait. Ma famille va t'*adorer*.

— Vraiment ? »

Est-ce un compliment ou une insulte ?

« Carrément. »

Il se lève et laisse tomber son ballon.

« Ils ne pourront pas dire que je n'ai pas essayé. Et quand je vais rompre avec toi dans un mois, ce sera l'excuse parfaite pour leur annoncer que je suis de nouveau avec Jenna. Comme ça, ils pourront nous laisser tranquille de manière permanente. »

Il écarquille les yeux d'un air sérieux et curieusement désespéré.

« Ever, ça ne te dérange vraiment pas ? »

Moi et mes idées débiles. Sa famille doit être une bande de trolls pour lui inspirer quelque chose d'aussi dingue. Et je suis tout aussi folle.

« On ne va pas vraiment *agir* comme si on était ensemble, pas vrai ? »

Je grimace en entendant mon rire suraigu. Mais je ne peux pas. Je ne peux pas tenir la main du jeune prodige.

« Bien sûr que non. C'est la croisière de l'amour. En particulier si Sophie amène Xavier. Si on leur dit qu'on est ensemble, ils nous croiront. Ever, je t'en dois une. Tu es géniale. »

Non, je suis une imbécile. Mais sa gratitude est comme une barre chocolatée. Je ne peux pas y résister.

« Je vais devoir partir tôt dimanche pour aller à mon audition.

— Pas de problème. Je t'accompagne, n'est-ce pas ?

— Oui.

— Alors, pas de problème.

— Et si Jenna le découvre ? »

Ou mes parents ? Après toutes les règles que j'ai enfreintes, j'ai l'impression que la plus risquée, c'est de faire *semblant* d'enfreindre *Pas de garçon*. C'est là que j'ai le plus à perdre.

Il prend son ordinateur portable et ouvre sa boîte mail.

« La seule personne qui pourrait le lui dire, c'est Shelly. Je vais lui demander de ne pas répéter un mot de ce qu'elle entend. »

Je lutte contre la panique et prends son sac de Chien Tan sur sa commode avant de me diriger vers la porte.

« Eh, je le prends. »

Il tend la main, mais je fais un mouvement brusque en arrière et déchire une sangle.

C'est mauvais signe, mais je suis déjà en train de me diriger vers la porte.

« C'est à ça que servent les petites sœurs. »

19

Deux gardes aux vêtements bleu vif ouvrent un portail en fer forgé qui donne sur une large allée. Notre chauffeur passe et touche son front du bout des doigts pour les saluer.

Sophie n'exagérait pas. La résidence des Zhang se trouve au cœur de Tianmu, un des quartiers les plus chers de Taipei. Le long des murs en pierre, des rosiers rose pâle – *importés d'Angleterre,* souligne Sophie – bruissent dans la brise. Des dalles bleu-gris et du gazon anglais couvrent le terrain jusqu'au manoir sur deux niveaux en stuc blanc orné de volets verts.

« Sophie, il faut que je te dise quelque chose. »

C'est la quatrième fois que j'essaie d'attirer son attention. Rick et moi avons essayé de prévenir Xavier et elle à propos du changement de notre statut relationnel depuis que nous avons démarré, mais elle a passé tout le trajet à donner les dernières nouvelles de sa famille à Xavier et maintenant, elle parle du manoir.

Notre fourgonnette s'arrête au pied d'un escalier en pierre aussi large qu'un estuaire. Un portier aux gants blancs ouvre la portière de Sophie et elle descend de la voiture comme un rayon de soleil en criant :

« Tante Claire ! On est arrivés ! »

Nous devrons le lui dire plus tard. Deux shibas inu aboient et deux enfants aux cheveux noirs d'environ 5 ou 6 ans se jettent sur Rick. Le garçon clame des statistiques de football dans un anglais britannique hésitant. En dépit de sa robe à imprimés roses impeccable, la fille pleure et bredouille. Apparemment, sa mère vient de lui dire qu'elle était trop jeune pour épouser Rick.

« Salut, Felix ! Tu as fait des recherches ? »

Rick soulève le garçon, le passe sur son épaule et se met à tourner, ce qui le fait crier. Il tire les couettes de la fille.

« Fannie, tu ne veux pas épouser un troll vieux et moche comme moi.

— Si ! »

Fannie zozote ; elle a perdu deux dents du bas. Je ris. Rick sera un très bon père. *Oups, ne pensons pas à ça.* Ce n'est pas comme si j'étais vraiment sa petite amie et que j'évaluais ses qualités de partenaire de vie potentiel. *Pouah !*

Pour mettre de l'espace entre nous, je suis Sophie et monte l'escalier jusqu'à un hall haut de plafond avec du carrelage et des piliers en marbre, d'énormes vases, un grand bonsaï et un escalier courbe. Tout brille à la lumière d'un lustre de la taille d'un grand piano. Un bassin japonais construit avec des pierres plates dans le sol est rempli de carpes orange.

« Tante Claire ! »

Sophie se précipite vers une petite femme enceinte et l'embrasse sur les deux joues. Puis elle prend le bras de Xavier.

« Je te présente *Xavier Yeh*.

— Bienvenue ! »

Tante Claire est splendide avec son gros ventre, sa *qipao* bleu-vert et son collier d'émeraudes. Elle offre le même accueil royal à Xavier, puis à Rick, qui est encore plié en deux tandis que Fannie et Felix s'accrochent à son dos et à son cou comme des singes. Rick s'extirpe des bras de ses cousins, me prend la main et m'attire vers elle.

« Et je te présente Ever Wong. »

Le ton de sa voix est régulier et d'une certaine façon, il a l'air… fier. Comme s'il m'avait créée lui-même.

« Ma petite amie. »

Un silence stupéfait suit cette déclaration. Je ne peux même pas regarder Sophie et Xavier. Puis Fannie pousse un cri et se précipite à l'étage en pleurant à chaudes larmes. Tante Claire écarquille les yeux. Je suis terrifiée à l'idée qu'elle réprimande Rick. *Comment oses-tu amener une telle souris chez moi alors que ta cousine amène* l'Héritier de l'empire Yeh *?!*

Puis elle enroule ses bras autour de moi. Du parfum au jasmin remplit mes narines.

« *Goà-khò !* » crie-t-elle en hokkien.

Ça alors !

« Sophie, tu aurais dû me *prévenir* ! »

Elle me tient à bout de bras et m'examine de ses yeux splendides.

« Rick, c'est *toi* qui aurais dû me prévenir ! Ever, ma chère, tu es ici chez toi. Est-ce que tu as un plat préféré ? Je vais envoyer ma domestique au marché.

— Non, non. »

Je retrouve ma voix.

« Non, tout me convient. »

Et qu'arrivera-t-il à son enthousiasme quand je vais larguer son neveu chéri ? Sophie fronce les sourcils et un autre accès de culpabilité me submerge.

Puis Rick passe un bras chaud et possessif autour de ma taille.

« J'étais sûr qu'elle te plairait.

— Je vais te donner la suite Eleanor », me dit Tante Claire.

Elle commence à monter les escaliers, puis se retourne.

« Rick ! crie-t-elle d'une voix exaspérée. Porte son sac ! »

Tandis que Tante Claire pénètre davantage dans le manoir, je m'écarte brusquement de Rick et lui prends mon sac des mains. Mon cœur bat dans ma gorge. Sa main et son bras ont marqué ma peau à travers le tissu de mes vêtements.

« On fait *semblant*, tu te souviens ? »

Je lui donne un coup dans le ventre avec mon sac et lui coupe le souffle. Le garde étouffe un rire.

« Désolé, murmure Rick honteusement. Je voulais avoir l'air convaincant. Tout ça va être répandu sur le réseau téléphonique d'urgence de la famille dès ce soir. Ça n'arrivera plus.

— Vaudrait mieux pas », dis-je sèchement.

Puis je suis Tante Claire vers la plus grande suite de son manoir-musée.

En plus du jacuzzi en porcelaine, ma chambre est dominée par une boîte en acajou aux moulures dorées : un lit digne d'une impératrice sur lequel se trouve une couette à rayures. Trois côtés sont ornés de rails en bois avec des gravures de plantes grimpantes, de dragons et de fleurs de lotus, et il est couvert d'un baldaquin en treillage. Des rideaux en brocart couleur améthyste entourent de grandes fenêtres qui donnent sur une piscine scintillante. Près de la porte, je passe ma main sur une fente fermée qui est conçue pour le service de chambre.

Sophie entre en trombe et ferme la porte derrière elle. Tandis que son regard admire le lit royal, je me mords la lèvre. Avait-elle destiné cette chambre à Xavier ? À présent, cet avantage m'a été donné pour rien, et Rick et moi lui avons volé la vedette pour le week-end.

« Qu'est-ce qui se passe ? siffle-t-elle.

— Au début, Rick ne voulait pas venir. »

J'essaie de lui expliquer comment nous en sommes arrivés à faire semblant de sortir ensemble, mais Sophie secoue la tête.

« Et il croit vraiment que Jenna ne va pas en entendre parler ? »

Je fronce les sourcils.

« Il a dit que personne ne le lui dirait.

— Cette famille jase comme personne. »

Un poids se loge dans mon estomac. Il avait eu l'air sûr de lui. C'est le problème de Rick. Mais je suis tellement distraite que je dois nouer et dénouer les rubans de mes ballerines deux fois avant de réussir à les accrocher sur le baldaquin pour qu'elles me rappellent l'audition de dimanche.

Si les membres de sa famille n'aiment pas Jenna, ils n'ont pas de raison de lui parler de sa nouvelle petite amie, si ? Il faudra juste que je soutienne deux fois plus les projets de Sophie, ce qui signifie faire profil bas, ne pas trahir la vérité et montrer Xavier et elle sous un bon jour.

« Comment ça va, avec Xavier ? » demandé-je prudemment.

Un nerf palpite près de son œil et elle le touche du bout des doigts pour l'immobiliser. Puis elle sourit.

« Super ! Carrément *génial* », dit-elle.

En bas, la sonnette retentit sur le rythme de *Ce n'est qu'un au revoir*.

Xavier et la famille se sont réunis dans un vaste salon au plafond très élaboré : des panneaux d'encadrement carrés en treillage sombre sur lesquels des scènes de la mythologie chinoise sont peintes. Il y a des sculptures en jade dans toute la pièce : des dragons et des phénix. Un bateau à cinq mâts, qui plairait à mon père, vogue dans les nuages. Un écran en jade et en cyprès adouci par des bandes qui laissent la lumière du soleil passer à travers le genre de stores en bois blanc que ma mère a toujours voulu.

Rick me prend la main et murmure :

« Tante Claire a appelé tout le clan. Je suis tellement désolé.

— Pour quoi ? »

J'essaie de ne pas me concentrer uniquement sur la poigne de sa main lorsqu'il m'attire vers une série de canapés en velours. Puis la sonnette retentit de nouveau et notre après-midi échappe à tout contrôle.

Des tantes et des oncles affluent tandis que les domestiques de Tante Claire sortent le service à thé en porcelaine sur lequel sont gravés des paysages chinois. Elle a une collection de plus de cent thés, mais nous n'avons pas le choix : sa domestique verse un *Dà Hóng Páo* parfumé.

« Chaque once vaut plus cher que de l'or, me murmure Sophie à l'oreille.

— Oh, ouah, dis-je tandis qu'un oncle aux cheveux grisonnants et portant un polo Oxford tellement amidonné qu'il pourrait couper du fromage avec prend la main de Rick.

« Guang-Ming ! Et tu dois être Ever ! »

Il me serre vigoureusement la main. J'aurais dû mettre un plus beau chemisier. Une jupe à la place de mon short.

« As-tu visité le Musée national du palais ? Penses-tu que ces merveilleux trésors appartiennent à Pékin ou Taïwan ?

— Je, euh…

— Ne l'embarque pas dans ta politique, Jihya, crie Tante Claire en allant ouvrir la porte après un nouveau coup de sonnette.

— Et Bao-Feng ! »

Jihya serre Sophie dans ses bras.

« Tu vas aller à Dartmouth pour te trouver un mari ? »

Sophie rit et l'embrasse sur la joue.

« Exactement, tonton. Mais laisse-moi te présenter Xavier… »

Des douzaines d'autres cousins, tantes, oncles, grands-tantes et grands-oncles se rassemblent autour de nous. Chaque fois que quelqu'un arrive, la conversation est interrompue par des présentations, des poignées de main, des doigts qui ébouriffent les cheveux de Rick, qui prend tout cela avec bonne humeur. Deux grands-mères élégantes parlent en japonais et tous les autres discutent en mandarin et en hokkien à toute vitesse. Je comprends quelques mots : *jolie, trop mince, sexy !* Rick me sourit, plus amusé que confus. Pas étonnant qu'il ne voulait pas affronter leurs critiques à l'encontre de Jenna : chacune de ces personnes très éduquées a une opinion, même la petite Fannie, qui joue avec une grenouille.

« *Trop vieille* », déclare-t-elle catégoriquement. En anglais, pour que je comprenne.

« Je ne parle pas mandarin, chuchoté-je à l'intention de Rick. Ils ne voient pas que je ne viens pas d'une famille riche ? »

Je me sens curieusement nerveuse dans l'attente de leur approbation.

« Est-ce qu'ils vont me le reprocher ? Ou te le reprocher à toi ?

— Ne t'inquiète pas. »

Il serre mon bras d'un geste rassurant qui envoie des ondes de plaisir à travers mon corps. Son affection ne semble pas correspondre au jeune prodige sombre et bourru. Je suis sur le point d'écarter brusquement mon bras, mais je me souviens que toute la famille nous regarde, comme des faucons. Comment est-ce que je me suis retrouvée dans ce pétrin alors que j'aurais adoré pousser Rick du haut d'une falaise il y a une semaine ?

Sur le canapé, Sophie se blottit contre Xavier, qui est assis bien droit. On dirait plutôt un chat appuyé contre un pilier qu'un couple. Il écarte la main de la sienne pour prendre sa tasse de thé. Était-ce délibéré ? Elle se mord la lèvre et se retourne pour prendre son cousin dans ses bras : Su, qui est venu de Californie avec sa fiancée, Kade, une championne de tennis qui porte une veste en cuir noir.

« Nous nous sommes rencontrés pendant la croisière de l'amour aussi ! »

Su me serre si fort dans ses bras qu'il fait sortir tout l'air de mes poumons.

« On va se marier l'an prochain !

— Sophie m'a parlé de vous, haleté-je. Félicitations ! »

Lorsque je me rassois, je croise le regard de Xavier, froid et sardonique.

« On dirait qu'on est tous les deux sur la sellette.

— On dirait. »

Je prends ma propre tasse de thé et souffle dessus. J'ai envie de lui demander pourquoi il est venu. Il connaît Taïwan mieux que moi, il devait se douter que la famille réagirait ainsi. J'espère qu'il croit que Rick et moi sommes vraiment ensemble. Cela fera une raison de plus pour qu'il arrête de peindre mon portrait.

Mais curieusement, j'en doute.

« Et quels sont tes projets d'avenir, jeune homme ? »

Oncle Ted, un homme bien habillé d'une cinquantaine d'années, remplit à nouveau la tasse de thé de Xavier. C'est le mari de Tante Claire et même s'il n'a pas parlé d'une voix particulièrement forte, toutes les conversations cessent brusquement. Tout le monde tend l'oreille.

Xavier pose sa tasse sur la table basse.

« Je ne sais pas. »

Oncle Ted fronce les sourcils. Il gratte sa barbe poivre et sel bien entretenue. *Je ne sais pas* n'est de toute évidence pas sur sa liste de réponses approuvées.

« Xavier peut faire ce qu'il veut, intervient Sophie. Il pourrait être banquier. Ou avocat. Ou médecin. Ça dépend uniquement de ce qu'il souhaite.

— J'ai rencontré ton père. »

Oncle Ted lève son verre de vin.

« L'immobilier. L'électronique. Les voitures intelligentes. Les Yeh touchent à tous les secteurs clés d'Asie. »

Il ne sourit pas. J'entends les poumons de Sophie hurler désespérément, attendant le jugement. Puis Oncle Ted tend son verre de vin à l'intention de Xavier.

« Ils sont brillants. J'imagine que tu suivras leurs traces. »

Sophie sourit. L'empire incroyable des Yeh surmonte tous les obstacles. Les connaissances d'Oncle Ted rendent la famille de Xavier encore plus glamour que ce que Sophie m'a raconté. Mais à la mention de son père, Xavier lève brusquement la tête.

« Je ne compterais pas trop là-dessus, dit-il. Car moi, je ne vais même pas aller à l'université. »

Une vague de surprise s'écrase sur les cousins très instruits. Sur Sophie aussi. J'aurais pu rire, mais en réalité, pour le meilleur et pour le pire, Chien Tan est un programme sélectif et tous les participants sont destinés à aller à l'université. Je pensais que c'était aussi le cas de Xavier. Alors, pourquoi n'en est-il pas ainsi ? Est-ce lié au fait que son père l'a traité d'imbécile et à la dispute dont j'ai été témoin ?

« Xavier suit son propre chemin, intervient Sophie. Il a beaucoup d'options, il doit choisir la bonne et ne pas s'enfermer dans une voie trop tôt. »

Oncle Ted rit.

« Commencer à travailler directement ? Je suis d'accord. Un garçon qui va hériter de l'entreprise familiale n'a pas besoin de perdre son temps avec de grands diplômes. Du moins, pas pour le moment. »

Xavier se tourne vers Sophie. Elle l'a surpris, en bien.

« Quelque chose comme ça. »

Elle le couvre, et de manière si subtile que je pense que sa famille ne l'a pas remarqué. Elle ferait vraiment une ambassadrice exceptionnelle.

« Et toi, Ever ? Est-ce que tes parents vivent à Taïwan depuis longtemps ? »

Tante Claire se tourne vers moi. Elle doit avoir seulement une dizaine d'années de plus que nous. Je comprends pourquoi Sophie l'a décrite comme étant la belle tante qu'elle admirait. Et en entendant sa question, tout le clan pivote vers moi comme des fleurs vers le soleil. Xavier sourit d'un air suffisant. C'est mon tour.

« Ma famille n'est pas de Taïwan. »

Je rougis sous leurs regards scrutateurs tandis que j'explique que mes parents ont émigré de Fujian à Singapour, puis aux États-Unis.

« Nous sommes tous des êtres humains, dit Tante Claire en faisant un geste de la main comme pour effacer toutes les différences. Mais tes parents doivent être très courageux et intelligents, comme ceux de Rick et Sophie. D'habitude, seuls les meilleurs étudiants d'ici peuvent aller aux États-Unis. C'est pour ça que vous, les enfants, vous vous en sortez bien. C'est dans vos gênes et dans votre éducation.

— Benji dit à tout le monde que son père est chauffeur de taxi et il a réussi à entrer à Princeton », dit Rick, mais Tante Claire le fait taire et attend ma réponse.

Devrais-je faire preuve de modestie chinoise ou est-ce irrespectueux envers mes parents et un signe de mauvaise éducation ? Je coupe la poire en deux en me raclant la gorge. Quoi qu'il en soit, elle s'approche un peu trop du sacrifice dont j'ai entendu parler toute ma vie. Si mes parents étaient restés en Asie, ils auraient été entourés d'une famille comme celle-ci et nous n'aurions pas été isolés en Ohio. Nous aurions été respectés, intégrés, nous n'aurions pas couru le risque d'entendre quelqu'un crier *Retournez en Chine !* dans le parking, comme une flèche tirée de nulle part. S'ils étaient restés, mon père aurait pu être médecin. Je le sais. Bon sang, je le sais, mais le fait d'être ici rend tout cela réel. À mon grand soulagement, une domestique nous interrompt en apportant un plateau avec des moitiés de mangues découpées en cubes et retournées pour en faire des carapaces de tortues faciles à manger. Jihya mentionne une bagarre entre deux législateurs rivaux au parlement de Taïwan. Apparemment, il s'agit d'un évènement habituel et le clan se lance dans un débat animé en mandarin, en hokkien et en anglais, qui se finit presque par un combat à coups de mangues.

Je ris, mais Rick grimace.

« Désolé, ils sont horribles, murmure-t-il.

— Non, ce n'est pas vrai. »

Je suis déjà presque sous le charme des membres de sa famille, même de Fannie. Ils sont tellement énergiques, tactiles et agités, contrairement à ma famille.

« Ça suffit, nous ennuyons Ever. »

Tante Claire croise délicatement les jambes sous sa *qipao*.

« Alors, Ever, dis-nous. Je savais que j'allais épouser Oncle Ted dès que j'ai posé les yeux sur lui, mais vous, les jeunes d'aujourd'hui, vous ne semblez pas pressés. De tous les garçons convoités de Chien Tan, pourquoi as-tu choisi notre *Guang-Ming* ? »

Rick laisse tomber sa moitié de mangue.

« Oh, eh bien...

— *Tiām-tiām, Guang-Ming.* »

Elle pose une main sur son genou.

« Je veux entendre Ever nous le raconter.

— Eh bien... »

Le plus sûr est de m'en tenir le plus possible à la vérité.

« Rick a été le premier garçon que j'ai rencontré.

— Oh ? »

Son sourire s'affaisse quelque peu, alors j'essaie autre chose.

« Enfin, honnêtement, je connais Rick depuis toujours. Au début, je le détestais.

— Vraiment ? Pourquoi ça ?

— Mon père lit le *World Journal* religieusement. Environ une fois par an, ils écrivaient un article sur ce garçon... *incroyable.* »

Rick grogne lorsque Tante Claire et ses cousins murmurent d'un air approbateur.

« Je trouvais tout le temps des articles de *Woo Guang-Ming* sur mon oreiller. Le dossier que mes parents avaient sur Rick était plus épais que celui qu'ils avaient sur moi.

— Sans blague ? » murmure Rick.

Je croise son regard et souris.

« Je l'appelais le *jeune prodige*.

— Je le savais. »

Un cousin frappe le bras de Rick.

« Nous, on l'appelle Football Man.

— La ferme », dit Rick, et tout le monde rit.

Au moins, j'amuse sa famille en parlant de la légende de Woo Guang-Ming aux bons vieux États-Unis.

« Champion d'orthographe national. Piano. *Yale*. Rick Woo était la référence à laquelle aucun enfant ne pouvait se mesurer, y compris moi. »

Rick émet un bruit étouffé. Mais c'est lui qui bénéficie le plus de cette comédie, alors je le laisse souffrir.

« Bien entendu, tous les parents chinois des États-Unis veulent que leur fille épouse Rick », ajouté-je pour faire bonne mesure.

Il me l'a dit lui-même.

« Tu ne t'imagines même pas le nombre d'appels que je reçois pour me demander d'arranger une rencontre entre mon neveu et la fille de quelqu'un. »

Tante Claire affiche un grand sourire. *Et il t'a choisie, toi.* Toute cette mise en scène et l'attention accablante de la famille sont conçues pour me faire la cour au nom de Rick Woo. Et ça fonctionne un peu trop.

Je me dépêche de continuer.

« Mais quand je suis descendue de l'avion et que je l'ai *reconnu*, tout ce ressentiment s'est envolé. Pourquoi rivaliser alors que je peux me joindre à lui ? »

Rick ne sait plus où se mettre, et je souris d'un air satisfait. Il le mérite pour m'avoir embarquée dans cette histoire ridicule.

Puis une étincelle malicieuse brille dans ses yeux. Il me prend la main et passe ses doigts entre les miens, faisant frémir tout mon corps au passage.

« Je ne savais pas que tu avais ressenti ça », murmure-t-il d'une voix rauque.

J'essaie de libérer ma main, mais sa prise est dure comme l'acier. Je sens mes joues brûler et le maudis silencieusement. Sa bouche forme un sourire satisfait que je n'avais encore jamais vu chez lui. Je lui envoie une menace de mort du regard.

Tante Claire soupire tout en jouant avec son alliance.

« Rick, je suis *tellement heureuse*.

— *Enfin* », dit un cousin.

Rick se raidit. Ses doigts se desserrent autour des miens, mais il ne me lâche pas. Le nom de Jenna flotte dans l'air. *Et bon débarras*. Tante Claire et les cousins n'ont pas d'autre choix que de m'apprécier, car n'importe quelle fille est mieux que Jenna.

Pourquoi la rejettent-ils autant ?

« Et quels sont tes projets pour l'an prochain ? » intervient Tante Claire.

J'ouvre la bouche pour lui parler de Northwestern. Mais je dis autre chose :

« J'ai été acceptée dans une école de danse. »

Pourquoi pas ? Rien de tout cela n'est réel, de toute façon.

Je me prépare à la déception. Au contraire, elle prend la main d'Oncle Ted.

« Oh, c'est charmant ! Ted fait partie du comité du Théâtre national de Taipei.

— Vraiment ? Là où ils ont joué *Roméo et Juliette* ? »

J'ai vu des brochures.

« Oui, et beaucoup d'autres. Le ballet du théâtre Mariinsky… C'était le ballet impérial russe au dix-huitième siècle. La compagnie Suzuki du Togo, l'opéra taïwanais Yang Li-hua. Tu ne les connais probablement pas. Oh, Yo-Yo Ma. »

Elle claque des doigts.

« Le violoncelliste américain. Nous n'avons pas le moindre talent, mais nous adorons assister aux spectacles, pas vrai, Ted ? »

Son mari l'embrasse sur la joue, une marque d'affection en public que je n'ai jamais vue entre mes parents à la maison, et encore moins devant des inconnus.

« Nous allons souvent au théâtre le week-end.

— Vous êtes des mécènes des arts », déclare Sophie.

Tante Claire agite une main modestement, mais je bouge sur le bord de mon siège.

« Oh, *ouah.* »

Je n'ai jamais rencontré une famille pareille.

« C'est incroyable.

— Comment en es-tu arrivée à choisir la danse ? Quels sont tes projets ? »

Face au déluge de questions de Tante Claire, je leur parle de Tisch, de la chance d'apprendre grâce à des chorégraphes et à des professeurs qui ont collaboré avec des compagnies de danse dans le monde entier. Je sens le regard de Rick posé sur moi et sur mes mains agitées.

« Je mets en place des numéros pour le groupe de mon école depuis des années. Un jour, j'espère que j'aurai l'opportunité de chorégraphier quelque chose d'incroyable, comme une comédie musicale de Broadway.

— Eh bien, j'espère que nous aurons la chance de te voir danser.

— C'est possible, dis-je avant de pouvoir m'en empêcher. Je vais danser le *Lac des cygnes* en août.

— Nous serons là. »

Le regard de Tante Claire brille.

« Tes parents doivent être très fiers. »

Je soupire quand nous faisons enfin une pause afin d'admirer la dernière acquisition de Tante Claire : une peinture inspirée de Matisse qu'elle a achetée aux enchères à Londres. Est-ce que mes parents sont vraiment fiers de moi ? Ils ne le seraient pas s'ils savaient ce que j'ai fait cet été.

Essayant de ne pas penser à eux, je m'écarte du groupe pour admirer les peintures de Tante Claire représentant des tigres du Bengale, des cathédrales espagnoles, des cavaliers chinois, des enfants français. L'Est et l'Ouest se mélangent. J'aime les voir juxtaposés ainsi. Je m'approche de fleurs rouges sur un arbre en jade et en cornaline. Elles sentent le jasmin. Mon sixième sens me fait lever les yeux. Je croise le regard de Xavier, qui se trouve de l'autre côté de la pièce, à côté de Sophie et de ses cousins, un verre de vin à la main. Je fronce les sourcils pour le prévenir : il vaudrait mieux que je ne trouve pas de dessin de moi avec mon nez dans ces fleurs.

« Tu as choisi mon préféré, à ce que je vois. »

Tante Claire met un paquet enveloppé dans du tissu entre mes mains.

« Juste un petit cadeau.

— Oh, non, je ne peux pas accepter. »

J'essaie de le lui rendre. On dirait une écharpe ou un vêtement doux.

« S'il te plaît. Rick est le fils de mon *A-hia*, de mon grand frère. Leur famille est aux États-Unis, alors je n'ai pas l'occasion de le gâter autant que je le voudrais. »

Elle passe ma main sous son bras.

« Tu sais, ma chère, je pensais vraiment ce que je disais. Je me suis sentie tellement chanceuse quand Ted m'a trouvée. Même au début, quand il n'était encore qu'un inconnu, je savais que tout était sur le point de changer. Je suis tellement heureuse que Rick t'ait rencontrée. »

Une partie de moi irrationnelle a envie d'enrouler son enthousiasme autour de mes épaules comme une couverture chaude. Mais la partie rationnelle et dominante n'arrive toujours pas à croire qu'ils sont prêts à accepter que je sois la femme de sa vie. Ils sont vraiment aussi traditionnels que la dynastie Qing.

Et c'est là que je soutiens subtilement la cause de Rick.

« Je n'arrive pas à y croire moi-même, dis-je. Je sais que l'ancienne petite amie de Rick était très intelligente. Qu'elle venait d'une famille formidable. Et qu'elle était jolie, ajouté-je, même si j'ai l'impression d'avoir du sable dans la bouche à présent.

— Je n'aime pas dire du mal d'autres filles. Mais tu dois le savoir. Rick est comme l'arbre généreux dans le livre pour enfants américain. Il n'arrête pas de donner. Il la conduisait partout. Il lui parlait jusqu'à trois heures du matin parce qu'elle était inquiète, il restait debout jusqu'au matin ensuite pour finir ses devoirs. L'amour devrait être réciproque. Un partage et des compromis à parts égales. Je ne sais pas si Rick te l'a dit, mais il essaie d'être transféré à Williams. Il dit que c'est son idée, mais ses parents sont certains que c'est Jenna qui insiste pour qu'il le fasse.

— Il a retiré sa candidature de Yale ? »

Il n'en a jamais parlé. Mais est-ce bien vrai ? Je me souviens du ton de sa voix quand il a dit à Marc que le nom de l'université n'avait pas d'importance. En y repensant, il n'a jamais parlé de Yale, c'est Sophie qui l'a mentionné, puis tous les autres.

Est-ce que c'est pour ça que sa famille déteste Jenna ? Du snobisme de l'Ivy League ? *Qu'ils aillent se faire voir*. Il est prêt à s'opposer aux attentes de sa famille, sans parler des lecteurs bien moins importants du *World Journal*, et tout ça par *amour*.

« Est-ce que tu monopolises Ever ? »

La main de Rick effleure le bas de mon dos puis disparaît, laissant derrière elle un étrange fourmillement de déception. Mais il se comporte respectueusement, il fait exactement ce que je lui ai demandé. Pourquoi est-ce que je suis déçue ?

« Une conversation entre filles. »

Tante Claire pose une main affectueuse sur ma joue.

« Bon, si ça ne te dérange pas, je veux lui faire visiter. Je suis venu tellement souvent quand j'étais petit que c'est comme une deuxième maison pour moi.

— Tu es ici chez toi, chéri. »

Tante Claire l'embrasse sur la joue.

« Allez-y.

— Désolé. »

Rick me prend par la main et m'attire dans le couloir.

« Ce n'est rien, je l'aime bien. »

Je ne pense vraiment pas qu'il soit nécessaire que nous nous tenions la main *tout* le week-end, si ? J'ai envie de lui poser des questions sur Yale et Williams, mais je n'ai pas l'impression que c'est le bon moment.

« Elle est tellement *bienveillante*. Tellement optimiste. »

Il y avait une certaine intimité dans la manière dont elle prenait mon bras, touchait ma joue, parlait des compromis dans les relations.

C'était très différent du caractère distant de ma mère.

« J'adore ta famille.

— Vraiment ? Jenna dit qu'ils sont bruyants et énervants. »

Il rougit.

« Pardon. Je n'aurais pas dû dire ça. »

Parce qu'il nous compare ?

« Je suppose que c'est vrai », ajoute-t-il.

Il protège Jenna de nouveau.

« À quoi tu joues, Rick ? » dit sèchement Sophie.

Elle vient du salon avec Xavier sur les talons. Elle pince les lèvres. J'écarte ma main de celle de Rick, qui sourcille d'un air surpris. Heureusement, il n'insiste pas pour jouer le jeu.

« Je n'aurais pas supporté un autre week-end à les entendre critiquer Jenna, avoue-t-il. Ever m'aide. »

La gratitude dans son regard me donne l'impression qu'il a repris ma main dans la sienne.

« Je t'en dois une.

— Ils t'adorent, dis-je. Je suis sûre qu'ils changeront d'avis. Tu n'avais pas besoin que je fasse ça. »

Sophie ouvre les portes-fenêtres qui mènent à la piscine d'un bleu éclatant entourée de chaises longues blanches.

« Ils *vénèrent* Rick. C'est pour ça qu'ils s'en prennent à Jenna. Tu viens de voir tout le clan uni par un accord universel. Imagine-les en train de hurler des obscénités et ça te donnera une idée de l'été dernier. Mais *ça*... »

Elle pince le cadeau de Tante Claire sous mon bras.

« Elle l'a acheté pour son propre mariage.

— Oh, s'il te plaît, récupère-le... »

Je lui mets le paquet entre les mains, mais Rick a déjà pris la parole.

« Je ne pensais pas qu'elle prendrait tout ça aussi sérieusement. Ou qu'elle inviterait tout le clan...

— Tu es le seul garçon de la famille Woo ! Bien sûr que si !

— Mais quand Ever me larguera pour un homme meilleur, la famille laissera Jenna tranquille. Ils ne pourront pas dire que je n'ai pas essayé pendant la croisière de l'amour. »

Il me sourit, imperturbable. Tout se déroule comme prévu.

Sauf que je n'arrive pas à imaginer un homme meilleur.

« Alors, Ever fait le sale boulot parce que Rick n'a pas le cran d'affronter sa famille. »

Xavier fait tourner une pièce entre ses doigts.

« Bizarrement, ça ne me surprend pas. »

Une étincelle brille dans le regard de Rick.

« Personne ne t'a posé la question.

— C'était mon idée, dis-je. Je suis ravie de l'aider. »

Xavier saisit sa pièce. Je me prépare à une pique, mais il la met dans sa poche et se tourne vers Sophie.

« Kade veut me montrer sa moto.

— Oh, pas cette machine débile. »

Elle passe un bras sous le sien.

« Je dois encore te montrer la terrasse sur le toit.

— Xavier, tu viens ? »

Kade passe sa tête par le portail de l'autre côté de la terrasse.

Sophie se mord la lèvre quand Xavier s'écarte d'elle. Il avance d'un pas nonchalant, la main dans la poche, comme s'il avait perfectionné un rythme lent pour défier ceux qui ont essayé de le presser au cours de sa vie. Je ne comprends toujours pas ce qu'il fait là.

Sophie secoue légèrement la tête à mon intention, puis lance le paquet de Tante Claire à Rick.

« Tu ferais mieux d'espérer que Jenna n'entende pas parler de tout ça. Enfin, si tu ne veux pas qu'il y ait une autre...

— On est à *Taïwan*. Personne ne va le lui dire. »

Il me remet le paquet dans les mains avant que je ne puisse protester.

« Tante Claire voulait te le donner.

— Ça ne m'étonnerait pas de Jenna qu'elle engage un détective privé, dit Sophie.

— *Arrête ça tout de suite.* »

Le grondement dans sa voix a atteint la magnitude cinq sur l'échelle de Richter.

« Arrêter quoi ? De te répéter à quel point elle te mène par le bout du nez ?

— Juste parce que j'essaie de bien me conduire avec ma petite amie.

— Le fait qu'elle insiste pour que tu lui envoies des cartes postales et que tu l'appelles tous les jours, c'est la *définition* même de…

— La ferme, Sophie ! Ferme-la et laisse-la tranquille, pour une fois ! J'en ai *marre* de tes conneries ! »

Rick serre les poings. Des défenseurs de première ligne auraient sans doute reculé devant un regard aussi noir, mais Sophie passe ses cheveux derrière son dos d'un air provocateur.

« Et *moi*, j'en ai marre que tu la couves comme si elle allait se briser si tu éternues. »

Je m'agrippe à mon paquet, souhaitant désespérément pouvoir suivre Xavier. Mais je suis d'accord avec Sophie. Pourquoi Rick, qui est si sûr de lui dans tous les autres aspects de sa vie, se comporte-t-il complètement différemment avec Jenna ?

Parce qu'il est amoureux d'elle.

Les yeux de Rick se tournent vers moi. Il pince les lèvres. Il avait oublié que j'étais là.

« Tu ne sais pas de quoi tu parles, Sophie. »

Il part en trombe vers le manoir et se heurte presque à Tante Claire, qui sort avec un plateau de milk-shakes à la goyave et à la mangue. Il la contourne et disparaît à l'intérieur.

« Ça va, les enfants ? »

Tante Claire pose le plateau sur un banc en pierre.

Sophie frappe un moustique sur son bras.

« Tu nous connais.

— Alors, laisse ce pauvre Rick tranquille. »

Tante Claire pose une main sur son ventre rond d'un air strict qui ne lui ressemble pas.

« Si tu continues de donner du fil à retordre comme ça aux jeunes hommes… »

Elle regarde autour d'elle et baisse la voix.

« Personne de bien ne voudra de toi, Sophiling. »

Aïe. Même mes parents ne seraient pas allés aussi loin. Elle plaisante, bien entendu.

Mais la transformation de Sophie est choquante.

Elle baisse les yeux. Deux taches rouges apparaissent sur ses joues tandis que ce qui reste de sa flamme s'éteint, comme si sa tante l'avait aspergée avec un extincteur.

Tante Claire ne plaisante pas.

Tout comme son oncle ne plaisantait pas en parlant de son *MRS* à Dartmouth.

Ma famille est manipulatrice, mais le fait de ne jamais parler de garçons signifie qu'ils ne m'ont jamais demandé de les satisfaire non plus. La famille de Sophie n'est pas traditionnelle en ce qui concerne certaines choses, mais très traditionnelle pour d'autres, en particulier quand il s'agit du mariage. Pas étonnant que Sophie soit obsédée par le fait de trouver un garçon. Pour la première fois, j'ai un peu pitié de ma camarade de chambre glamour.

« Et si vous veniez m'aider à préparer le dîner, les filles ? »

Tante Claire serre mon bras.

« Est-ce que tu veux appeler ta famille d'abord, ma chère ?

— Je les ai appelés ce matin », dis-je, bien que ce soit faux, tout en prenant un milk-shake.

Pearl me manque terriblement. Je dois lui envoyer un e-mail.

« Mais merci.

— Tu es une gentille fille. »

Tante Claire me caresse les cheveux d'un geste affectueux tandis que je suis Sophie en faisant de mon mieux pour ne pas baisser la tête d'un air coupable.

20

Je passe une heure et demie à baigner des tranches collantes de *niángāo* dans de l'œuf battu et à sculpter des fleurs de radis avec Tante Claire et Sophie, qui en termine dix dans le temps qu'il me faut pour en faire trois. Comment peut-elle travailler aussi vite ? Ensuite, je cherche Rick dans le manoir : je jette des coups d'œil entre les sièges inclinables en cuir du studio de cinéma au sous-sol, me déplace avec assurance dans les couloirs aux sols couverts de tapis en soie et monte les escaliers jusqu'à la terrasse sur le toit, où fleurissent des gardénias et un goyavier duquel émane une odeur douce. Une brise chaude souffle dans mes cheveux et les plaque contre mon visage tandis que j'admire la ville à l'horizon, où le gratte-ciel Taipei 101 s'élève au-dessus du reste de la capitale. Mon corps me demande de faire quelque chose de cette vue, de danser, mais je me retourne et redescends les escaliers.

Je frappe sur la porte en chêne de la chambre de Rick une deuxième fois, mais personne ne répond. Il a dû sortir. Lorsque je passe devant la chambre de Xavier, j'entends de légers gémissements et des baisers à travers la porte.

« Je l'ai fait pour toi », murmure Sophie.

Je n'entends pas la réponse de Xavier, mais elle rétorque par un grognement énervé, puis une chaise racle brusquement le parquet, comme s'ils se séparaient.

« Qu'est-ce qui ne va pas chez toi ? »

Sa voix passe à l'octave supérieure.

« Tu ne t'es pas retenu avec Mindy d'après ce que j'ai entendu dire.

— Je ne crois pas qu'on devrait faire ça, c'est tout », répond Xavier.

D'autres meubles raclent le sol. Un bruit sourd, comme un livre qu'on jette. Des pages qui se froissent. Mes pieds sont immobilisés sur le tapis en soie.

Puis la porte s'ouvre brusquement. Sophie sort en trombe. Elle s'arrête en me voyant. Elle remet en place les bretelles de sa robe à rayures orange sur ses épaules et la porte de la chambre de Xavier claque, faisant voler sa jupe entre ses jambes.

« Ça va ? demandé-je, alarmée.

— C'est un abruti. »

Elle retire sa boucle d'oreille.

« C'était vraiment con d'entamer une relation avec lui.

— Tu ne le penses pas vraiment, dis-je.

— C'est fini. »

Elle jette violemment la boucle d'oreille contre la porte dans un bruit métallique et celle-ci disparaît sous une horloge à pendule.

« Je vais m'asseoir près de la piscine jusqu'au dîner. »

Elle donne un coup de pied dans un ours rose, entre dans sa chambre et claque sa propre porte. Les plans qu'elle a minutieusement établis pour le week-end viennent de s'envoler par la fenêtre. Je lève le poing pour frapper à sa porte quand celle de Xavier s'ouvre d'un coup. Il est en train de passer un tee-shirt noir par-dessus sa tête. L'éclairage se reflète sur son torse bronzé. À travers l'ouverture, les draps de son lit à baldaquin sont chiffonnés, la couverture est retournée, le sac à dos orange est par terre.

Il croise mon regard et s'immobilise. Je me demande quelle image de moi il voit cette fois, paralysée par la gêne.

« Ever. Ce n'est pas ce que tu crois. »

L'absence de sourire suffisant et de moquerie dans sa voix me serre l'estomac. Xavier le Séducteur est plus facile à affronter que la version sérieuse.

« Sophie et moi...

— Ce ne sont pas mes affaires. »

Évitant le sujet, je fonce vers les escaliers et descends les marches deux à deux.

« Ever, attends », crie-t-il, mais je suis hors de portée de voix.

Cinq minutes plus tard, je trouve Rick en train de courir sur un chemin bordé de bambous dans Tianmu Park, à quelques pâtés de maisons du manoir de Tante Claire. La nuit tombe, le ciel violet est strié de nuages roses. L'odeur de camphrier flotte dans l'air et un groupe d'hommes et de femmes pratique des mouvements de tai-chi en dessous, comme des moines de Shaolin.

La sueur de Rick dessine un vase sur son tee-shirt gris, qui se colle à son torse. Son corps est raide comme s'il avait utilisé toute sa force de volonté pour semer ses démons, quels qu'ils soient. La détermination, c'est grâce à elle qu'il est devenu le jeune prodige.

Il m'aperçoit et ralentit.

« Salut.

— Salut. »

Il essuie son visage avec sa manche et désigne le chemin d'un mouvement de tête.

« Tu veux marcher un peu ? »

Un accès de nervosité m'envahit.

« Bien sûr. »

Je le suis. Nous descendons le chemin en pierre et laissons la voie libre à un pousse-pousse aux roues grinçantes.

« Xavier a raison. »

Rick met ses mains dans ses poches.

« Ce n'était pas juste de te demander de faire ça pour moi. Je suis un lâche.

— C'est moi qui l'ai proposé.

— Il faut juste que j'arrive à faire en sorte qu'ils arrêtent de la détester. »

Son dos se voûte et ses poings se baissent davantage.

« Je n'aurais peut-être pas dû venir cet été.

— Pourquoi est-ce que tu es venu ?

— Je te l'ai déjà dit. C'est un rite de passage. J'avais besoin de faire une pause.

— De Jenna aussi ?

— Non, bien sûr que non. »

Il écarquille les yeux et secoue la tête.

« Oui. Oui, peut-être.

— Comment est-ce que vous vous êtes rencontrés ?

— Elle a emménagé dans la maison d'à côté en sixième. Ses parents m'ont demandé de l'accompagner jusqu'à l'école et elle a commencé à m'attendre après les cours aussi. Plus tard, elle déposait des trucs à grignoter après mes entraînements de football et je l'ai invitée au bal des anciens élèves en troisième. On est ensemble depuis.

— Est-ce qu'elle sait que ta famille la déteste à ce point ?

— Oui. J'ai essayé de le lui cacher, mais il y a des petits signes qui ne trompent pas. »

Son pouce s'enfonce dans les cicatrices de sa main.

« Nous avons eu de grosses disputes. La famille de Tante Claire est venue à la maison une fois, alors qu'on était en train de se disputer, et forcément, les ragots ont circulé. »

Il fronce les sourcils.

« C'est pour ça qu'elle ne plaît pas à Sophie ?

— Pas exactement. Il y a des choses qui pèsent sur Jenna. Du stress à cause de ses amies. Les notes. C'est une enfant unique et elle se sentait plutôt seule en grandissant. Ses parents voyagent souvent pour le travail et lui en demandent beaucoup. Et chaque petit stress est comme une pierre qu'elle coud à ses vêtements, et elle s'accroche à tout ça. En première, elle a perdu sept kilos. Elle venait chez moi tous les soirs et s'endormait dans mon lit pendant que je faisais mes devoirs.

Je jonglais entre l'école et le football, et Sophie n'aimait pas le fait qu'elle me prenne autant de temps. J'ai essayé d'encourager Jenna à développer des intérêts. Avant, elle faisait du volontariat dans une clinique pour enfants, mais elle a arrêté. Elle voulait se concentrer uniquement sur ses notes et sur moi. Ce n'est pas ce que je voulais non plus.

— Ta tante dit que tu as demandé à être transféré à Williams pour elle.

— Je ne savais pas qu'elle était au courant. »

Il fronce davantage les sourcils.

« Williams n'a pas encore finalisé mon transfert, c'est pour ça que je n'ai rien dit. Sophie ne le sait même pas. »

Il se tourne vers un oiseau dans l'herbe qui est en train de s'attaquer aux restes d'un petit pain au porc.

« J'ai conscience que ma famille est contrariée, mais Jenna a du mal à être seule. Elle va entrer en classe préparatoire de médecine…

— En prépa de médecine ? »

Je grimace.

« Ses parents veulent qu'elle devienne médecin aussi ?

— Non, c'est elle qui en a envie. Elle veut devenir oncopédiatre pour travailler avec des enfants qui ont un cancer. Elle serait très douée. Mais elle gère mal l'incertitude. Elle tuerait pour avoir le genre de certitude de ton programme de licence et de docteur en médecine. L'an dernier, c'était l'enfer. Elle a envoyé sa candidature à tout un tas de programmes de ce genre, et elle a été mise sur liste d'attente partout. »

Je cueille une pêche dans un arbre et fais rouler le fruit duveteux entre mes paumes. Alors, c'est pour ça qu'il a demandé un transfert. Jenna a besoin de Rick, le mec solide et fiable, à ses côtés quand elle gérera le stress de la classe préparatoire de médecine avec toutes ces pierres cousues à ses vêtements tandis qu'elle essaiera d'entrer en école de médecine. Je ne veux pas participer au snobisme de l'Ivy League de sa famille, mais il y a quelque chose qui cloche. Était-il vraiment nécessaire qu'il laisse tomber l'idée d'aller à Yale ? Je ne sais rien sur les relations à distance et peut-être que c'est insoutenable. Mais Megan et Dan ont réussi à faire fonctionner la leur en étant séparés par six états. Williams et Yale ne sont qu'à quelques heures de distance. Et le football ? A-t-il peur de perdre Jenna à ce point ?

Il est encore en train d'essayer de peler ses cicatrices de ses doigts. Je lui touche la main.

« Est-ce que tu étais avec elle quand tu t'es fait ça ? »

Sa main s'immobilise.

« Comment tu le sais ?

— Tu fais ce geste chaque fois que tu penses à elle. »

Il serre le poing, comme pour effacer toutes les fois où il s'est trahi.

« Oui. C'était un accident. »

Son ton me fait penser à un mur en briques qui m'interdit le passage. Quoi qu'il arrive, ce souvenir a éteint quelque chose en lui. Je laisse tomber.

« Est-ce que ses parents le savent ? »

Sa voix devient plus cassante.

« Quoi ?

— Qu'elle est déprimée à ce point.

— Non. »

Il baisse son poing.

« Non, elle n'est pas proche d'eux. Elle m'a fait promettre de ne rien dire. Son père l'accuserait d'être faible ; ils lui disaient toujours de ne pas pleurer quand elle était petite.

— Peut-être qu'ils ne comprennent pas. »

Est-ce que *je* me sentirais à l'aise à l'idée de parler d'une chose pareille à mes parents ?

« Mais tu ne peux pas la porter tout seul. »

Je lève les yeux vers lui.

« Tu l'aimes vraiment, hein ? »

Il soupire.

« Oui. Oui, bien sûr. »

La pêche est acide dans ma bouche. Je la jette à la poubelle lorsque nous arrivons à la sortie du parc et nous nous retournons pour revenir sur nos pas.

Nous repassons devant le club de tai-chi, dont les membres font une pause et boivent dans des thermos en métal. Un homme aux cheveux blancs distribue des bâtons *bō* aux hommes et aux femmes, qui les font tourner jusqu'à ressembler à un champ de moulins. Nous nous assoyons sur un banc pour les regarder. Je tends la jambe d'un côté et saisis mes orteils pour essayer de me recentrer grâce à un étirement familier.

« Tu as dit à ma famille que tu allais à Tisch. »

Rick ne me laisse pas me recentrer.

« Je plaisantais. Évidemment.

— Vraiment ? Parce que chaque fois que tu parles de l'école de médecine, on dirait que tu as perdu le Rose Bowl pour toujours.

— Ouah, est-ce que c'est l'équivalent de l'apocalypse ? »

Il sourit.

« Pire. »

Son sourire s'estompe.

« C'est une vraie question. »

Je lâche mes orteils.

« Quand j'étais petite, je suis tombée de mon vélo et me suis ouvert le genou. Mon père l'a recousu et a dit : *Quand tu seras médecin, tu t'en occuperas toute seule.*

Tous les jours, il rentrait à la maison après avoir poussé un chariot dans la clinique de Cleveland. Il était découragé et sentait l'antiseptique, et je courais pour le serrer dans mes bras. Il me parlait des opérations qu'il avait aperçues ou de la vie qu'un médecin avait sauvée, et il me confiait qu'il était fier que je devienne moi aussi médecin un jour. Le médecin qu'il n'a pas pu être. Cette dernière partie, il ne le disait pas, mais je l'ai toujours su. J'allais donner un sens à sa peine, et il ne serait plus aussi découragé.

— Quand est-ce que tu as envoyé ton refus à Tisch ?

— La veille de mon départ pour venir ici.

— Tu pourrais essayer de les appeler. »

Il se redresse.

« Explique-leur que tu avais l'impression que c'était ce que tu devais faire.

— C'est trop tard.

— Les cours ne reprennent pas avant un mois. Dis-leur que tu avais des problèmes de famille. Que tu pensais que ce n'était pas possible. Tu pourrais prendre ces cours de danse et de chorégraphie. Tu vivrais près de Broadway…

— *ARRÊTE* ! »

Je pose ma main sur sa bouche. Il rouvre les cicatrices que j'ai eu tant de mal à guérir.

« Quelle est la probabilité qu'une autre fille avec le même profil que moi se retire avant le mois de septembre ? »

Une autre fille sino-américaine, si Marc disait vrai à propos des quotas.

« Inférieure à zéro. De plus, tu vas abandonner le football pour quelqu'un que tu aimes. Alors qui es-tu pour me dire ce que je dois faire ? »

Je le lâche et il se mord la joue. Je sens encore la fine barbe de son menton sur ma paume. Il écarquille les yeux, comme si je lui avais donné un coup de taser. Sa peau bronzée a pâli. Puis il détourne le regard.

« Je ne sais pas. »

Au bout d'un moment, je dis :

« L'école de médecine, c'est tout ce pour quoi j'ai travaillé. Mes parents aussi. »

Tous les repas que ma mère a préparés pendant que j'étudiais le soir, toutes les fois où elle s'est occupée de mes corvées pendant les examens, où elle a fait office de femme de chambre, où mon père a été mon chauffeur pour m'emmener à mon stage, toutes leurs inquiétudes liées à mes candidatures parce que mon avenir est aussi le leur. Ils ont payé mon acompte et le premier trimestre de mes études. Ils ne m'ont jamais demandé de payer un centime, contrairement aux parents de Megan. Je suis une Wong avant d'être Ever, tout comme Rick est un Woo qui porte le nom de sa famille.

Une nuée d'oiseaux passe au-dessus de nos têtes et leurs ailes remuent l'air chaud. Nous devons tous les deux voir les choses sous un meilleur jour. Alors que les moulins du groupe de tai-chi tournent leurs bâtons au ralenti, je me lève et m'approche de l'homme aux cheveux blancs.

« On peut essayer ? demandé-je dans un mandarin qui n'est plus si minable.

— Bien sûr, petite sœur. »

Il m'offre un des bâtons en rotin ; je ne comprends pas le reste de ce qu'il me dit en mandarin. Je le soulève d'un geste expérimental. C'est un bâton simple et fonctionnel : il mesure un mètre cinquante, fait environ quatre centimètres de diamètre et le bois est légèrement usé au bout. Le poids familier me rappelle la hampe de mon drapeau et me réconforte.

« Tu veux essayer le tai-chi ? »

Rick affiche un petit sourire.

« J'ai une meilleure idée. »

Je pointe le bâton vers son torse. Un vrai sourire étire ses lèvres.

Toutes les heures que j'ai passées avec mon équipe de porte-drapeaux sont sur le point de payer.

« Je te provoque en duel. Si je gagne, tu arrêtes de faire la tête tout le week-end. Si tu gagnes, tu peux t'apitoyer sur ton sort autant que tu en as envie. »

Il cligne des yeux et hausse un de ses épais sourcils.

« Tu ne suis même pas le cours.

— Joue le jeu.

— Il s'avère aussi que je suis le meilleur combattant au bâton de la classe. J'ai un talent inné. »

Je renifle d'un air hautain.

« C'est moi qui en jugerai, Football Man. »

Il hausse encore plus les sourcils, puis se lève et me regarde du haut de son mètre quatre-vingt-cinq, m'obligeant à pencher la tête.

« Je serais ravi de t'anéantir, dit-il d'une voix traînante. Mais je pèse deux fois plus lourd que toi.

— Donne-toi un désavantage. »

Je tourne autour de lui et le dirige vers le chariot rempli de bâtons.

« Tu ne peux pas utiliser ton poids. »

Puis, juste pour me la jouer, je fais tourner mon bâton à trois cent soixante degrés à la perfection. Rick en est bouche bée.

« On peut dire que tu sais ce que tu fais. »

Le vieil homme donne une tape malicieuse dans le dos de Rick tandis que celui-ci choisit un bambou robuste dont le centre a été usé par de nombreuses mains. Il le tient à bout de bras, contre sa jambe, d'un air très compétent.

« Je ne vais pas y aller doucement.

— Je ne m'attendais pas à ce que tu le fasses.

— Et si je gagne, tu danseras au spectacle de talents.

— *Quoi ?* »

Je baisse légèrement mon bâton.

« Ce n'est pas juste. Je ne vais pas y participer.

— Je ne vois pas pourquoi. Cinq cents élèves et vingt-cinq moniteurs, c'est sans doute le même nombre de personnes qui iront admirer *Le Lac des cygnes* à Taipei. Plus, même. Et ce serait ton propre public.

— D'accord, mais tu ne vas pas gagner.

— C'est ce qu'on verra. »

Il m'adresse une révérence moqueuse.

Je commence à faire tourner mon bâton. Mon groupe s'entraînait souvent sans les drapeaux, alors pour moi, le manier est aussi facile que de croiser les jambes. Les yeux de Rick ne se détournent pas de moi un seul instant.

« Tu essaies de me distraire. »

Mes mains dansent habilement et font tourner le bâton pour former un flou hypnotisant.

« Ya ! »

Je charge.

Rick bloque mon coup nonchalamment et en souriant d'un air satisfait. Le bruit de la collision des bouts de bois remplit l'air et le craquement vibre dans mes mains. Je donne un autre coup. Puis un autre. Je l'oblige à reculer jusqu'à ce qu'il soit dos au mur en briques.

Je souris d'un air moqueur.

Puis il me repousse, son bâton vole et toutes ses années d'entraînement sportif s'abattent sur moi.

Quelques minutes plus tard, j'ai le souffle court.

« Tu te rends ? me taquine Rick.

— C'est ce qu'on va voir. »

Je donne un coup de bâton vers sa tête. Il se baisse, mais l'air déplacé par mon coup sépare ses cheveux au milieu.

« Ha ! »

Je lis l'expression dans ses yeux plissés : *C'est passé beaucoup trop près*. Il est hors de question que Rick laisse la petite Ever Wong le battre à un combat de *bō*.

Il se jette sur moi, mais je fais un pas de danse sur le côté.

« Crâneuse. »

Mon sourire s'élargit. J'imite chacun de ses mouvements et me les approprie. Il est fort et rapide, mais je suis plus agile. Nous nous baissons, tournons, nous poussons d'un côté puis de l'autre dans l'herbe, formant une danse qui satisfait mon corps. L'énergie de nos pas unis crépite entre nous.

Juste à côté du chemin, je frappe son *bō* avec le mien et lance le poids de mon corps en même temps pour l'obliger à reculer.

« Erreur tactique », halète-t-il.

De la sueur coule le long de son cou.

« Aucun homme ne peut déplacer une montagne. Et aucune femme non plus. »

Je l'ignore et pousse plus fort. Nos visages se rapprochent au-dessus de nos bâtons croisés. Son regard couleur ambre, moucheté par les rayons du soleil et à une distance d'une main, soutient le mien.

Le coin de ses lèvres s'étire en un sourire. Nous sommes assez proches pour nous embrasser.

Cette prise de conscience me frappe au visage comme le bout d'un bâton. Paniquée, je recule et le libère. Il écarquille les yeux et trébuche en avant. Instinctivement, je donne un coup vers le bas et frappe ses jointures.

« Aïe ! »

Son bâton tombe par terre dans un grand bruit tandis qu'il agite sa main.

« Je me rends !

— Je suis désolée ! »

Je prends son poignet d'un air horrifié.

« Je voulais frapper ton bâton.

— Je préfère que tu frappes mes doigts que mon *bâton.* »

Son ton est sournois, cela ne lui ressemble pas. Je laisse tomber son poignet comme une braise chaude et rougis intensément.

« Oh, tu vas te prendre beaucoup de coups pour ça ! »

Je fais semblant de le frapper à la tête et Rick se baisse sous son bâton, fait une roulade pour se redresser, bloque mes coups, les esquive et rit. Mon corps chante au fil de nos mouvements. Toutes les fibres de mes muscles sont en vie et synchronisées.

Puis, il saisit mon bâton.

Soudain, je suis collée à lui et nos armes sont croisées. De la sueur brille sur son front et mon propre cou est humide. Son odeur chaude et herbeuse remplit mes poumons et les battements de mon cœur accélèrent.

Le bâton de Rick tombe par terre.

Puis mon menton se retrouve entre ses doigts forts. La pulpe de son pouce suit le contour de mes lèvres, provoquant des vagues de frissons délicieuses dans tout mon être. Nos corps se serrent fortement par-dessus mon bâton, que j'ai encore à la main, et mes doigts se referment sur son bras comme si ma vie en dépendait. Il baisse la tête, nos nez s'effleurent, sa légère inhalation aspire l'air de ma bouche…

Et il recule.

La tentative de baiser crépite entre nous.

Jenna.

Un espace froid s'ouvre et mon bâton n'est plus tenu que par ma main.

Rick avait envie de m'embrasser.

Et en ce qui me concerne… Il doit avoir tout lu sur mon visage aussi. Je ne me suis jamais sentie aussi dénudée, pas même quand j'ai pris les photos glamours. C'est *Rick Woo*. Le jeune prodige célèbre du *World Journal* et le mec dont rêvent toutes les filles.

« Ever…

— *Xiǎo mèimei, Xiǎo dìdì, Chīfàn la.* »

Rick sursaute. Une domestique en uniforme noir et blanc, un panier tressé sous le bras, descend le long du sentier et nous demande d'aller dîner. Elle nous regarde tous les deux d'un air amusé. Elle est ravie pour le jeune maître Woo et sa nouvelle petite amie.

De grosses gouttes de pluie commencent à tomber lorsque Rick ramasse son bâton, dissimulant son visage. Je pose ma main sur ma bouche, sur les lèvres qu'il n'a pas embrassées.

« Ever…

— Elle a de la chance de t'avoir, dis-je d'une voix étranglée. J'espère qu'elle en est consciente. »

Je lance mon *bō* à l'homme aux cheveux blancs et dépasse Rick en courant, puis sors du parc alors que les nuages s'ouvrent. Mes pieds frappent le sol à un rythme irrégulier sous la pluie. Rick ne me suit pas et je ne m'attendais pas à ce qu'il le fasse.

Je n'aurais pas dû venir.

Ni ce week-end. Ni au parc. Je n'aurais pas dû proposer cette mascarade et je n'aurais pas dû accepter de le faire comme une idiote.

Car avant que je ne parte de chez moi, je savais à quoi ressemblerait ma vie : la faculté de médecine, la fille qui n'est jamais à la hauteur aux yeux de ses parents, l'envie d'être avec Dan vécue de loin. Et aujourd'hui, pendant un après-midi parfait, j'ai eu autre chose : un avenir dans la danse, une famille qui m'accepte, un petit ami que j'admire et respecte…

Et rien de tout cela n'est réel.

21

La chanson populaire taïwanaise qui se joue ce soir se faufile comme un ruban dans les replis de mon cerveau. Une danse se forme pour l'accompagner : deux cercles de filles vêtues de robes colorées, les mains jointes, tournant dans des directions opposées autour de deux amants. Mon corps a envie de danser.

Il est impossible que je m'endorme quand je suis dans cet état.

Je suis seule dans mon lit à baldaquin d'impératrice et les draps en coton sont enroulés autour de mes jambes. Le clair de lune passe entre les sculptures ajourées, illuminant les chevaux, les guerriers féroces au combat et mon édredon à rayures. L'air est chaud et immobile. Sous ma tête, mon oreiller est trempé de sueur.

C'est ma deuxième nuit dans le manoir de Tante Claire, après le numéro d'équilibriste précaire du week-end : Sophie a ignoré Xavier et a flirté avec un cousin éloigné, et j'ai évité Rick tout en faisant semblant d'être sa petite amie, le tout en préparant des raviolis chinois dans la cuisine spacieuse de Tante Claire, en jouant à Go avec des pierres blanches et noires, en recevant des massages magiques sur une table matelassée et en mangeant des repas dans des services en cristal et en argent : du homard en morceaux, des pancakes aux huîtres et l'ormeau le plus frais de l'île.

Mais ce soir, j'ai mal à la tête à cause des tournées de shots que j'ai bus avec les cousins, les tantes et les oncles de Rick. Les taquineries sur les petits-enfants, jusqu'à ce que Rick intervienne en disant : *C'est bon, ça suffit*.

Je me redresse et prends la tablette sur la table de chevet. C'est Tante Claire qui me l'a prêtée. Sa lumière blanche poignarde mes rétines tandis que je cherche des variantes de *bourse d'études de danse* sur Internet et que je lis tout ce que je trouve à propos de la bourse des arts du spectacle des États-Unis et de la fondation Young Arts.

Mais comme je l'ai dit à Rick, c'est trop tard.

Mon mouvement fait balancer mes ballerines au bout de leurs rubans, accrochées au pied de mon lit, et elles frappent légèrement le bois. Je les décroche et m'allonge sur mon oreiller en les serrant contre ma poitrine, comme Floppy, mon vieux lapin en peluche. Mon audition aura lieu demain, c'est là-dessus que je dois me concentrer. La dernière danse d'Ever Wong.

Je ferme les yeux et imagine des piqués tournés : les orteils au genou puis à terre, on tourne, on se positionne, on tourne, on se positionne, un tour, un tour, un tour, un tour, deux tours.

Qu'est-ce qu'il faudrait que tu fasses pour devenir une danseuse professionnelle ? Tu pourrais les appeler…

Je laisse tomber mes chaussons, qui frappent le sol avec deux bruits sourds.

J'ai laissé Rick aller trop loin. Maintenant, sa voix et l'espoir se sont mélangés pour former les secrets les plus intimes au sein de mon cœur, ainsi que le baiser que nous avons failli échanger et auquel je n'arrête pas de penser. Mais il faut que j'arrête. Il faut que je dénoue le ruban qui m'a liée à lui sans que je m'en rende compte.

L'horloge à pendule sonne une fois. Une heure du matin. Je n'arrive vraiment pas à dormir. Je me lève, prends ma chemise de nuit en soie, le cadeau de Tante Claire pour la petite amie qui n'est même pas sa petite amie. Je l'enfile quand même et ouvre ma porte en chêne, puis marche pieds nus sur les tapis dans le couloir.

Dans l'obscurité, tout semble silencieux et désert. La pierre, le verre et les vases asiatiques méticuleusement époussetés et en ordre. Des coquillages énormes me rappellent Pearl, qui les adore. Mais l'odeur du teck et de l'huile de fleurs blanches me rappelle ma mère, et je ressens comme un mouvement de recul en moi.

Dans le salon, des braises orange étincellent. Un feu brûle dans le foyer, même si l'air est chaud et humide. Une bûche craque et un nuage de braises s'en échappe. Je sens l'odeur des cendres.

Quelqu'un est réveillé.

Un rayon de lumière brille à quelques pas du feu.

Xavier me tourne le dos. Son tee-shirt noir est froissé, comme s'il l'avait porté pour dormir. Il a un *tanto* avec une poignée en ivoire à la main. Il avait été porté par un véritable samouraï du Japon féodal, d'après un cousin. Ces soldats ne s'empalaient pas sur leurs épées comme les Romains, mais s'éventraient eux-mêmes.

« Xavier, qu'est-ce que tu fais ? »

Il se retourne. Le petit sabre scintille en décrivant un arc, et la lumière des flammes illumine son visage bronzé.

« Ever. »

Il baisse le *tanto*.

« Je... Je n'arrivais pas à dormir. »

Il me regarde de bas en haut et je remercie silencieusement Tante Claire de m'avoir donné ce peignoir qui cache ma fine chemise de nuit. J'ai envie de me retourner et de courir dans la direction opposée, mais au lieu de cela, mes pieds me font pénétrer dans la pièce.

« Je n'arrivais pas à dormir non plus. »

Les tatamis épais en jonc importés du Japon chatouillent mes pieds. Le sabre brille à nouveau, puis la lumière du feu illumine une ligne sombre qui coule de la paume de Xavier.

« Tu saignes. »

Je suis prise de nausée. J'aurais dû fuir quand j'en avais encore l'occasion. L'épée est ancienne. Ce n'est pas le genre de choses que l'on devrait utiliser pour devenir des frères de sang.

« Cette lame pourrait te donner la gangrène. »

Xavier lève la main, comme s'il était surpris.

« Est-ce que tu essayais de te couper la main ? »

Luttant contre la nausée, je lui prends les doigts et examine la coupure d'où le sang coule rapidement. Au moins, après des années à avoir aidé mon père à guérir des coupures et des écorchures aux pique-niques de l'église, en principe, je sais quoi faire.

Je regarde autour de moi, mais contrairement à chez moi, où il y a des boîtes de mouchoirs partout à cause du rhume des foins de mon père, il n'y en a pas une seule en vue. Je dénoue la ceinture de mon peignoir et la retire, espérant que Tante Claire ne se rendra pas compte que j'ai détruit son cadeau. Puis je me demande pourquoi son opinion compte autant pour moi.

L'immobilité de Xavier pendant que j'enroule ma ceinture autour de sa main me rend encore plus nerveuse que ses dessins. Même dans l'obscurité, je sens le poids de son regard.

« J'ai vu une trousse de premiers secours près de la piscine, dis-je. Attends une seconde. »

À mon retour, avec la boîte en plastique à la main, il est sur la pointe des pieds, en train de remettre l'épée sur ses crochets. Nos regards se croisent. Je rougis et resserre mon peignoir autour de moi.

« Je l'ai », dis-je inutilement.

Je prends une profonde inspiration et commence à dérouler ma ceinture de sa main. Chaque couche de soie est couverte d'une tache qui ressemble à Saturne. Du sang. Du sang. Du sang. Une vague de vertige me submerge et je vacille. Certes, j'ai bu du saké au sang de serpent, mais celui-là est humain.

Je m'oblige à reprendre l'équilibre et tamponne sa coupure avec de l'antiseptique, puis je la bande rapidement avec de la gaze et du sparadrap. Ce n'est qu'alors que je respire enfin.

« Je ne supporte pas la vue du sang », avoué-je.

Son regard vacille.

« Je ne l'avais pas remarqué. »

Mes genoux flanchent. Je chancelle de nouveau et il me prend la trousse des mains, puis je m'assois sur le tatami, mets ma tête entre mes genoux et ferme les yeux.

« Ça va ?

— Oui, donne-moi une seconde. »

Il me tend une bouteille de vin des festivités de la veille. Du vin français avec une étiquette blanche. Je loge le goulot en verre entre mes lèvres et en bois une longue gorgée. Cerises noires, riche et fort. Je prends une deuxième gorgée, puis une troisième, laissant l'onctuosité réchauffer mon corps et effacer les Saturnes sanglants de mon esprit.

Je lève les yeux lorsqu'il dit à voix basse :

« Merci. »

Une honte familière me submerge. Et la peur. Même si j'arrive à emmagasiner toutes les connaissances des livres de la faculté de médecine dans la passoire que j'ai pour mémoire, voilà ce que je devrai affronter tous les jours. La torture.

« Désolée », dis-je d'une voix rauque.

Il soupire.

« C'est moi, l'imbécile qui s'est coupé. Tu vas bien ? »

Sa réaction me surprend, peut-être parce qu'elle est très... humaine.

« Oui, ça va. »

Et j'ai réussi, pas vrai ? J'ai fait un pansement autour de sa coupure sanglante. Avec un peu plus de courage, je l'aide à ranger la boîte.

« Tu es vacciné contre le tétanos, hein ? »

Il hoche la tête. La lumière du feu joue sur son visage et se reflète dans ses yeux. Tandis qu'il me regarde, je referme mon peignoir à nouveau. Je me demande s'il est en train de me dessiner dans sa tête et cette idée, loin de m'énerver cette fois, provoque une sensation de chaleur en moi.

Peut-être que Xavier est exactement ce dont j'ai besoin pour oublier Rick.

Il tend la main vers la bouteille.

« Qu'est-ce qui se passe vraiment entre le jeune prodige et toi ?

— On est ensemble, tu n'as pas entendu ? dis-je amèrement.

— Et ma mère, c'est le Dragon. Je suis son camarade de chambre, tu te rappelles ? J'entends ses appels. Je vois ses cartes postales. »

Il me rend la bouteille.

« Alors... Quoi ? Il vous a, elle *et* toi ? Les sportifs de ce monde obtiennent toujours ce qu'ils veulent, pas vrai ? »

Je ne devrais pas boire autant, pas après ce qu'il s'est passé le premier soir, à la discothèque, mais je prends une autre longue gorgée. J'ignore cette pique à l'intention de Rick. Je n'ai pas du tout l'impression qu'il obtient ce qu'il veut. J'ignore aussi la douleur dans ma poitrine tandis que j'imagine ses conversations quotidiennes et les cartes postales que Xavier a vues.

« Je l'aide, c'est tout.

— Qu'est-ce que tu y gagnes ?

— Rien. »

Sauf du chagrin. Pourquoi est-ce qu'il n'a pas le cran d'affronter sa famille pour Jenna ?

« Qu'est-ce que ça peut te faire ?

— Peut-être que j'ai de la peine quand je vois de l'amour non réciproque.

— Ha. Il n'y en a pas ici. »

Mais je rougis. Je n'aime pas le fait qu'il regarde au fond de mon âme comme ça.

« Qu'est-ce qu'il se passe entre Sophie et toi ? »

Après tout, il est encore là, même si le comportement de mon amie prouve bien qu'elle en a assez de lui.

« Elle plairait à mon père.

— Mais pas à toi ? Franchement, je ne comprends pas. »

Sophie est magnifique et amusante. Très généreuse.

« N'importe quel mec aurait de la chance d'être avec elle. »

Xavier croise mon regard. Il m'observe.

« C'est moi qui ai déposé ce tapis devant la porte de ta chambre, dit-il. J'ai épinglé une feuille sur laquelle j'avais écrit un *E*. Pour toi. »

Quoi ? La scène où Sophie est entrée dans la chambre avec le tapis sous le bras se rejoue dans ma tête.

J'ai supposé... Et elle m'a laissé faire.

« Je ne le savais pas », balbutié-je, mais son regard m'indique qu'il le sait déjà.

Je pose la bouteille à côté de mon pied. Le vin a rendu l'air chaud et immobile étouffant.

« Tu ne mentais pas. »

Il secoue légèrement la tête. Il n'a pas non plus contredit ce qu'a dit Sophie sur lui, il a juste laissé sa réputation de Séducteur avec un grand S, se développer.

« Pourquoi est-ce que tu es venu ce week-end ? » demandé-je.

Il se tourne vers le feu.

« Tu ne pourrais pas comprendre.

— Je fais semblant d'être la petite amie d'un mec pour que sa famille accepte sa vraie petite amie. Essaie toujours.

— Peut-être que le fait d'être avec une fille à qui tu plais est plus agréable que d'être seul et bon à rien. »

Bon à rien ? Xavier Yeh de Longzhou, le mec beau et convoité, riche et célèbre ?

« Pourquoi est-ce que tu dis ça ? »

Cette fois, il détourne le regard. Il tend la main vers un cahier d'activités que je n'avais pas vu, puis il croise mon regard et retire sa main. Xavier Yeh, le rebelle de la classe et le collectionneur de croix, étudie son livre de chinois un samedi soir.

Et on dirait que son livre de lecture murmure un secret.

« Je peux voir ? »

Il va pour prendre la bouteille. Lorsque je la lui tends, nos doigts s'effleurent. Les siens sont chauds. Fébriles.

Il me donne son cahier.

« Lis ça et pleure. »

Il finit notre bouteille, se met sur la pointe des pieds et fouille dans le bar près de la fenêtre.

Seule par terre, j'ouvre le cahier, perplexe.

Les pages semblent fragiles, comme si elles pouvaient se déchirer si je les tournais trop vite. Une écriture que je ne reconnais pas couvre les marges. Il a copié des caractères chinois. Ainsi que leurs traductions en anglais.

Bibent au lieu de *didn't, pensel* au lieu de *pencil, dall* au lieu de *ball.*

Un bouchon saute derrière le bar.

Lorsqu'il revient avec une nouvelle bouteille à la main, je lui demande :

« C'est toi qui as écrit ça ? »

Il se rassoit à côté de moi, plus près cette fois. Sa jambe couverte de poils piquants effleure mon mollet nu. Ses pieds sont longs et fins. Je sens la chaleur de son bras contre le mien, mais mon corps met du temps à réagir et je ne m'éloigne pas, et puis je n'en ai plus envie. J'approche la nouvelle bouteille de mes lèvres et bois un vin plus riche, plus sombre, qui envoie des ondes de chaleur dans mes doigts et mes orteils.

« Les mots ne m'aiment pas beaucoup, dit-il. Ils bondissent sur la page. Je peux les regarder cent fois et je ne comprends toujours pas ce que je vois. »

Comme Pearl. Je me souviens que Xavier refusait d'écrire en cours de calligraphie, mis à part un caractère symétrique. Il me faisait passer d'abord, ou Sophie, lors des exercices en binôme pour pouvoir nous entendre lire à voix haute, puis répéter ce que nous avions dit. Il a si bien caché son secret, et maintenant, il me le montre, à moi, la fille qui a déchiré sa peinture en confettis.

« Tu es dyslexique ?

— Quelque chose comme ça. »

Sa voix est rauque.

« C'est un autre mot pour dire *stupide*. »

Je suis perplexe. J'ai lu que c'était ce que certains jeunes pensaient de la dyslexie, mais ces histoires m'ont toujours donné l'impression d'être comme des capsules temporelles, des idées obsolètes paralysées dans de l'ambre, comme la honte secrète de la femme qui a donné naissance à un bébé en dehors des liens du mariage dans *La lettre écarlate* ou la chasse aux sorcières dans *Les sorcières de Salem*.

« Ce n'est pas de la stupidité, dis-je. Ma sœur est dyslexique.

— Vraiment ?

— Mon père lui donne des cours particuliers. Elle avait un professeur d'éducation spécialisée en primaire. Elle bénéficie de certaines adaptations et elle utilise un logiciel de dictée. Elle adore la musique, mais elle a du mal à lire les notes, alors elle utilise son oreille pour s'aider. Ce n'est pas facile, bien sûr, mais elle fait partie des meilleurs élèves de sa classe. »

Il éclate d'un rire qui ressemble plus à un aboiement.

« Mon père dit que c'est une excuse. L'obsession de l'Ouest pour la psychologie. Les enfants chinois ne sont pas dyslexiques. »

Je jure à voix basse.

« Tu n'as jamais eu de cours spécialisés ? »

Il secoue la tête.

« J'avais un prof particulier ici, à Taïwan, quand j'étais plus petit. Il devait avoir 100 ans. Il a dit à mon père que je n'étais pas capable d'apprendre. »

Il referme ses bras autour de ses jambes.

« Mon père me disait qu'il aurait dû me frapper plus fort pour que ça me passe. Comme ça, j'aurais appris. »

Je referme le cahier d'activités.

« Il t'a *frappé* parce que tu étais *dyslexique* ? »

Xavier vide la moitié de la bouteille avant de me la rendre.

« Avant, ma mère essayait de l'en empêcher.

— Avant ? »

Il garde le silence. Puis :

« Elle est décédée quand j'avais 12 ans.

— Oh ! Je suis désolée. »

Xavier hausse les épaules.

« C'est ma vie, c'est tout. Mon père a tout organisé pour que je vive dans un appartement à Manhattan alors qu'il est resté à Taipei. J'avais un conseiller pédagogique. Mes professeurs pensaient que je n'arrivais pas à lire parce que l'anglais n'était pas ma langue maternelle. Finalement, j'ai découvert un moyen de le cacher. L'argent peut acheter tout ce que tu veux au collège et au lycée. »

Xavier reprend la bouteille.

« En mars dernier, quand mon père m'a rendu visite, il a découvert que je n'avais envoyé aucune candidature pour aller à l'université. Je me suis dit que ça ne servait à rien. Il a renvoyé le conseiller et je ne me suis pas donné la peine de me présenter aux examens. Je n'ai même pas le bac.

— Oh, Xavier. »

Il touche le bas de son dos.

« Mon père m'a donné une nouvelle série de trophées et m'a dit que j'étais la honte de neuf générations. »

Ses lèvres s'étirent d'un air sardonique et il boit une autre gorgée.

Des trophées. Il veut parler de ses bleus.

Mais le message s'est frayé un chemin en lui au fil des ans, si profond que Xavier y croit vraiment.

Un de mes propres souvenirs refait surface. Ma mère avec les baguettes qui frappe l'intérieur de ma cuisse nue, une, deux, trois fois. Je devais être jeune ; je me rappelle avoir pleuré à chaudes larmes, d'avoir frotté mes yeux avec le bord de ma chemise de nuit Hello Kitty. Je ne me souviens même pas de ce que j'avais fait, juste que nous étions dans le bureau. J'avais peut-être bâclé mes exercices d'orthographe. Elle ne sortait pas les baguettes très souvent et ne me laissait pas de cicatrices, mais la honte est restée marquée en moi.

« Qu'ils aillent au diable avec leur honte », murmuré-je.

La lumière du feu fait ressortir ses pommettes, comme des lames. Sa mâchoire se serre. D'un doigt, il suit la ligne de mon nez. Puis chacun de mes sourcils. Puis, d'un côté à l'autre, mes lèvres. Il me dessine. Il me voit.

Il se penche vers moi, m'embrasse.

Sa bouche est douce, sucrée à cause du vin. La gaze du pansement effleure ma joue lorsqu'il passe ses doigts dans mes cheveux et qu'il pose délicatement sa main sur la courbe de mon cou. Sous ses lèvres, je me cambre légèrement.

Qu'est-ce que je suis en train de faire ?

Je commence à reculer, mais il me serre contre son torse. Son bras glisse le long de mon dos, sa bouche me dévore. Il fait une pause pour respirer.

Nous devons arrêter.

« Xavier… »

Sa bouche me fait taire, écarte mes lèvres, me fait haleter à cause du plaisir inattendu de sa langue. Il a le goût du vin, du feu dans le foyer, et je me serre contre lui. J'ai envie qu'il approfondisse de plus en plus ce baiser qui enfreint les règles des Wong, qu'il soigne ce creux en lui et qu'il continue de me donner la sensation d'être désirée…

Puis le cri de Sophie déchire la nuit.

22

« Sophie, dis-je d'une voix étranglée en me libérant des bras de Xavier.

— Tu es mon *invitée.* »

Elle se rue vers nous. Son peignoir à motifs roses tombe le long d'une de ses fines épaules et elle le remet en place brusquement. L'opale de Xavier brille sur le lobe de son oreille ; elle l'a remise.

« Tu es mon *invitée* !

— Soph…

— La ferme ! »

Ma joue explose sous sa paume.

« La ferme, la ferme, espèce de salope ! »

Ma vue se trouble. Je pose ma main sur ma joue en feu. Je ne me suis jamais sentie aussi petite, je n'ai jamais eu l'impression d'être tombée aussi bas. Toute la culpabilité s'embrase sur mes lèvres gonflées.

Mais je pensais que tu ne voulais plus de lui. Je pensais… Je pensais…

Elle lève le bras pour me frapper de nouveau. Xavier saisit son poignet.

« C'est ma faute ! C'est *moi* qui l'ai embrassée. »

La partie de moi qui n'est pas horrifiée est stupéfaite en voyant la vitesse à laquelle il s'est élancé pour prendre ma défense. Sophie tressaille comme s'il l'avait frappée et se libère. Elle agrippe l'avant de son peignoir. Ses yeux marron foncé sont ceux d'un chiot perdu, tellement vulnérable et blessé que même si je sais qu'elle nous a roulés tous les deux, j'ai mal au cœur pour elle.

Puis ses lèvres se tordent.

« Oh, alors *maintenant* tu as du cran ? » crache-t-elle à Xavier.

Elle se retourne comme pour partir, mais marque une pause et son regard balaie le sol. Elle se baisse à toute vitesse et saisit une feuille de papier. Ses lèvres bougent comme si elle essayait de parler, mais qu'elle n'arrivait pas à trouver les mots.

« *Toi.* »

Elle la chiffonne et la jette sur Xavier. La feuille rebondit sur son torse, tombe par terre et se déplie, refusant de garder ses secrets.

Un autre dessin : la tasse en porcelaine bleue de Tante Claire contre mes lèvres.

Dans un sanglot, elle se précipite vers les escaliers. Son peignoir bruit autour d'elle comme les ailes froissées d'un papillon. Une éternité plus tard, j'entends sa porte claquer.

La main de Xavier se pose sur ma taille.

« Ça va ? »

Je m'écarte brusquement de lui, comme s'il m'avait brûlée. Je croyais vraiment que Sophie en avait fini avec lui, mais j'aurais dû être plus avisée. Je suis transportée au moment où Megan m'a dit qu'elle était avec Dan, mais ce que j'ai fait est cent fois pire. Quel genre d'amie suis-je ?

« Ever, s'il te plaît, parle-moi… »

Je pousse un petit cri, me libère et fuis dans le couloir vers la suite Eleanor.

Je me réveille et vois les rideaux en brocart couleur améthyste qui flottent autour des fenêtres. Le soleil est haut dans le ciel, il est presque midi. Les yeux pâteux, je descends du lit et me dirige vers la salle de bains, essayant encore de me débarrasser du poids de la veille. Le beau carrelage en mosaïque de Tante Claire fait résonner mes pas irréguliers. Dans la douche, alors que l'eau coule, une grenouille grise qui était cachée dans un coin bondit et mon petit cri résonne sur le verre.

« Oh, *Fannie*, sangloté-je. Toi, la grenouille, *va-t'en*. »

Elle m'ignore et je la laisse coasser frénétiquement pendant que je me noie sous le jet chaud. Les gouttes tranchantes ébrèchent la douleur que je ressens dans le cœur, jusqu'à ce que l'eau froide finisse par me chasser dans ma chambre en essuyant mes cheveux et mon visage. Je me sens lourde, comme si j'étais enveloppée dans une de ces couvertures en plomb sous une machine à rayons X. Je vais devoir affronter Sophie au campus. Et Xavier. Et Rick…

Mon pied se pose sur un paquet doux emballé dans du papier qui se trouve à côté de ma porte. Du papier de soie orange noué avec un ruban assorti. *Qu'est-ce que c'est que ça ?* Je détache un mot et déplie l'épaisse feuille couverte d'une écriture carrée.

Chère Ever,

Je ne voulais pas que tu ailles te coucher ce soir sans recevoir mes excuses. Tu as tout fait pour m'aider ce week-end.

Et pourtant, je n'ai pas respecté tes limites. Je n'ai pas d'excuses. Je ne veux pas compromettre notre amitié, qui a été une surprise et un cadeau pour moi cet été.

Ton ami, pour toujours,

R.

P.S. J'ai trouvé ça au marché ce soir et je n'ai pas pu m'en empêcher. J'espère que tu prendras ton pied avec en hiver.

Il a dû déposer ce paquet par la fente du service de chambre hier soir. Les yeux me piquent lorsque je déballe une paire de chaussettes bleu ciel et pelucheuses sur lesquelles sont imprimés des danseurs et des danseuses faisant des tours et des pirouettes. Je glisse mes mains dans la chaleur de la laine. Après ce week-end luxueux, après Xavier, ces *chaussettes*. Elles sont tellement drôles, tellement adorables.

Mais il m'a montré la photo de Jenna alors qu'on se connaissait depuis moins d'une heure. Cette note me rappelle que nous sommes amis, rien de plus, et quand Sophie parlera aux membres de sa famille, ces derniers défonceront sa porte avec une bague de fiançailles et le supplieront de la passer au doigt de Jenna au plus vite. Mon succès dépasse toutes ses attentes.

Et qu'est-ce que je peux dire ? Je suis désolée de t'avoir trompé pour de faux ; je suis désolée d'avoir trompé ta cousine, mais ce n'est pas ce que tu crois, je sais que tu m'as dit de ne pas m'approcher de Xavier, mais…

Mes orteils entrent en contact avec une boîte en satin. Ma ballerine rose vole sur la droite, les boucles de mes rubans s'étalent négligemment sur le tapis.

Ma gorge se serre brusquement et mes yeux se tournent vers mon réveil, qui n'a jamais sonné.

« Mon audition. Je l'ai ratée. »

Deux minutes plus tard, avec la lettre, les chaussettes et mes vêtements fourrés dans mon sac de danse, je me rue dans le couloir en direction des escaliers. Mon cœur est trop plein pour donner du sens à autre chose que mon besoin d'aller au studio de danse Szeto.

Lorsque je m'approche de la chambre de Rick, je l'entends parler en anglais, et Tante Claire répondre d'un ton hystérique en hokkien. Ils reprennent tous les deux la langue dans laquelle ils sont le plus à l'aise, comme les membres de ma famille quand ils sont heureux ou stressés. Je n'entends pas la voix de Sophie, mais elle est peut-être à l'intérieur, les mains sur les hanches alors que Rick est assis sur son lit. La honte enfonce ses griffes dans ma poitrine.

Au moins, j'ai déblayé le passage pour Jenna.

« On faisait semblant, c'est tout, dit Rick lorsque je passe devant la porte. Ne rejette pas la faute sur elle. Elle m'aidait…

— Rick, non ! » murmuré-je.

Tu as tout gâché.

Puis, je descends les marches de l'escalier courbe deux à deux.

23

Le soleil est juste au-dessus de moi lorsque j'arrive au studio de danse Szeto, mes poumons s'efforçant de respirer. Une appréhension étouffante pèse sur mes épaules lorsque je passe les portes en trombe. Mon tee-shirt couvert de sueur se colle à ma cage thoracique.

Mais lorsque les murs rose pâle et la climatisation m'enveloppent et que j'entends les accords du *Lac des cygnes*, la sensation d'être à l'abri se referme autour de moi.

Je cours vers la musique.

Les posters de danse familiers – *Coppélia, Casse-noisette* – me semblent banals après avoir vu la collection d'art de Tante Claire. Mais ce murmure déloyal s'efface quand mon regard se pose sur Madame Szeto dans le studio. Le décolleté dans le dos de son justaucorps bordeaux se reflète dans le miroir qui couvre le mur. Devant elle, un homme séduisant aux courts cheveux noirs effectue un tour tonneau splendide, les bras tendus, faisant tourner ses jambes, tandis qu'une fille en justaucorps blanc marche de manière décontractée autour de lui. Prince Seigfried, qui auditionne d'autres élèves espérant obtenir le rôle d'Odette. Je vais la supplier de me faire une place. Je resterai après la fermeture s'il le faut.

Je fonce dans le vestiaire, vide mon sac et saisis mes collants avant que la porte ne se referme.

Mais elle ne se referme pas.

Elle s'ouvre de nouveau pour laisser passer Madame Szeto. Ses cheveux couleur ébène sont tirés en arrière en un chignon gracieux dans sa nuque. Son justaucorps est tendu sur ses épaules droites et ses petits seins.

« Madame, je suis vraiment désolée…

— Tu n'es plus la bienvenue ici. »

Sa bouche, habituellement adoucie par l'affection, se pince comme une pomme fripée.

« Je suis *vraiment* désolée pour mon retard. »

Je balbutie des excuses.

« J'espérais… »

Elle prend mon sac et remet mes affaires dedans. J'entends le mot de Rick se déchirer.

« S'il vous plaît, Madame », dis-je.

Cependant, elle saisit mon bras et me traîne presque à travers la salle de réception tandis que je bredouille des explications et que j'essaie de me reprendre. La main ferme qui m'a montré comment contracter mes abdominaux pince désormais ma peau comme les serres d'un rapace. Elle ne peut peut-être pas donner le rôle d'Odette à la fille qui est arrivée avec une heure de retard, mais pourquoi me met-elle à la porte ?

« S'il vous plaît, je ne comprends…

— Nos jeunes filles ont une réputation à préserver. Nous ne pouvons pas permettre à qui que ce soit de la ternir. Pas même à une fille qui vient d'*Amérique*. »

Elle me laisse tomber comme un vieux torchon devant la porte et pousse mon sac contre mon ventre.

« Je ne peux pas juste danser avec la troupe ? dis-je en pleurant.

— Partez, Mademoiselle Wong. »

Elle ouvre grand la porte.

« Ne m'obligez pas à appeler la sécurité.

— La sécurité ? »

Je m'agrippe à mon sac. Le montant de la porte frappe mon épaule alors que je recule sous le soleil impitoyable.

« Il doit y avoir une erreur. »

Elle me jette une photographie de la taille d'une carte de visite. J'essaie de l'attraper, mais elle m'échappe et tombe sur le ciment.

« Je ne peux pas dire que je sais comment fonctionnent les studios de danse en Amérique, Mademoiselle Wong, mais à Taipei, ça ne se passe pas comme ça. Ne revenez pas. Et il en va de même pour votre amie. »

Mon amie ?

Ma main tremble lorsque je me baisse pour ramasser la photo. La photo d'une fille. Elle est devant une toile de fond blanche, le seul objet dans son monde rectangulaire. Ses doigts sont écartés de chaque côté de son corps comme des éventails. Elle me regarde, le menton levé d'un air audacieux, ses lèvres rouge foncé entrouvertes pour inhaler d'un air séducteur, les boucles de ses cheveux noirs sont relevées pour montrer chaque courbe, depuis le creux de son cou jusqu'à sa cheville inclinée dans un geste faussement pudique, et tout ce qu'il y a entre les deux.

Le monde se vide de son oxygène. Mes photos glamours dénudées.

Sophie a dû aller les chercher au studio de Yannie ce matin, pendant que je dormais.

Et elle les a apportées ici.

La porte grince tandis que Madame Szeto commence à la fermer.

J'en saisis le bord à deux mains.

« Attendez ! S'il vous plaît, laissez-moi vous expliquer. »

Je n'ai pas d'autre choix que de retirer mes doigts lorsqu'elle me claque la porte au nez.

Je n'ai plus d'argent, je marche donc pendant deux heures pour retourner au campus. J'ai perdu une semaine de cours au studio Szeto, mais je ne peux pas lui demander de me rembourser. Mes pieds semblent aussi lourds que les blocs de béton qui bordent le littoral pour le protéger des typhons. Des mobylettes passent à toute vitesse, crachant des nuages de poussière sur moi. Ma poche est bombée par la photo froissée que je ne peux pas me résoudre à regarder. Mes lèvres piquent. Je dois parler à Xavier après l'avoir fui, mais je ne sais pas ce que nous allons faire. Quant à Rick...

Je pose mes doigts sur mon menton. J'y sens encore les siens.

Il faut que je comprenne pourquoi il m'a donné ces chaussettes. Pourquoi il a dit à sa tante que nous n'étions pas vraiment ensemble.

Je dois lui donner des explications.

Je monte péniblement les marches en briques de Chien Tan et entre dans le hall par une porte latérale. Curieusement, il est désert. Des voix paniquées crient dans le salon, à côté, mais je n'arrive pas à rassembler une seule once de curiosité. Le tableau de croix couvre un mur : nos noms chinois forment une longue rangée, les croix pleuvent en dessous. Une longue colonne s'étend sous le nom de Xavier, et une autre sous le mien. C'est tellement puéril.

« Arrêtez ! Arrêtez tout de suite ! crie une fille dans la pièce d'à côté.

— Faites quelque chose ! hurle une autre.

— Les gars ! Du calme ! » exige Marc.

Que se passe-t-il ?

Je remonte mon sac sur mon épaule, tourne au coin et me heurte à un dos en sueur.

Un cercle d'élèves s'est formé autour de deux lutteurs. Les bras de Xavier sont serrés autour du cou de Rick. Ils se baissent et titubent sur Marc, qui essaie de les agripper, gagnant ainsi un coup de poing dans le ventre.

« Arrêtez tout de suite ! Allez !

— Arrêtez de vous battre ! »

D'autres mains les tirent, mais ils sont inséparables : un mélange de rage, de bras et de jambes musclés qui renverse tout sur son passage.

Avant que je puisse crier et plonger vers eux, Rick se libère. Ses épaules se redressent brusquement, puis son poing fait exploser le visage de Xavier.

« Rick, arrête ! » dis-je en pleurant.

Les deux garçons se tournent vers moi avec la même expression furieuse sur le visage. Des filets de sang coulent du nez de Xavier. Rick croise mon regard et tressaille. Puis Xavier agrippe l'arrière de son tee-shirt et ils recommencent, comme deux bêtes sauvages.

« Connard !

— Lâche ! »

Je n'ai jamais été le genre de fille pour qui les garçons se battent, mais je n'ai pas besoin de faire appel à mon ego pour savoir que cette bagarre a un lien avec moi… mais pourquoi ? À cause du baiser ?

« Xiang-Ping ! Guang-Ming ! »

Dans sa robe verte, le Dragon me bouscule pour passer, Li-Han sur les talons. Je n'aurais jamais imaginé me réjouir de sa présence. Elle claque des doigts, aboie des ordres. Li-Han, Marc et deux autres garçons séparent Rick et Xavier. Ils se fusillent du regard. Xavier se frotte le nez et fait tomber des pétales rouges sur son tee-shirt couleur crème. Ses yeux se tournent vers moi, sombres et indéchiffrables, mais Rick ne croise pas mon regard.

Dans un silence abasourdi, j'observe le Dragon qui demande à Li-Han, Marc et Rick d'emmener Xavier à l'infirmerie et d'avoir une discussion. C'est la manière de faire du Dragon. Rick a l'air aussi furieux que si elle lui avait ordonné de faire don de ses deux reins à Xavier.

« *Ai-Mei !* »

Mon nom résonne comme des éclats d'obus entre ses lèvres.

« *Nǐ zài zhèlǐ děng !*

— *Shén me wèntí ?* » demandé-je.

Quel est le problème ?

Elle me fait signe de la suivre dans son bureau. Ce n'est que maintenant que je vois que le Dragon tient à la main une autre photo de moi nue.

Sophie a encore frappé.

24

Je sais en quoi consiste ma punition avant même que le Dragon referme la porte de son bureau, un espace de travail chaotique contenant quatre longues tables et un bureau en acier couvert de documents. L'odeur de pommade chinoise sature l'air. Des collages de photos d'étudiants des années précédentes de Chien Tan couvrent les murs. Je suis sûre qu'aucun d'eux n'a été amené ici pour la même raison que moi.

« *Zuò* », ordonne-t-elle.

Le corps tendu par l'appréhension, je sombre sur une chaise devant le bureau. Elle appelle mes parents. Je les imagine à l'autre bout de la ligne, se redressant brusquement dans leur lit aux draps fleuris, ma mère prenant le téléphone à côté du lit, mon père le sans-fil, tandis que le Dragon parle en mandarin à toute vitesse.

Puis elle me tend le combiné.

Ma main tremble lorsque je le pose contre mon oreille.

« Allô ?

— Comment as-tu pu faire quelque chose d'aussi bête ? se lamente mon père.

— Nous t'avons élevée mieux que ça ! crie ma mère. Tu nous fais honte !

— Tu sais ce que ces garçons pensent de toi maintenant ? » me demande mon père.

Ces mots percent un voile entre nous. Il n'a pas encore reconnu que je mettais des soutiens-gorges, et encore moins que des *garçons* pourraient penser *quoi que ce soit* de moi. La honte de cette petite fille qui a trop écarté les jambes s'abat de nouveau sur moi.

« Et si Northwestern le découvrait ? »

La voix de ma mère monte d'un décibel et je dois écarter le téléphone de mon oreille. Le Dragon entend tout.

« Ils te renverront. Tu viens peut-être de gâcher ta *vie* ! »

Un nouvel élan de panique s'empare de moi comme une coulée de lave. Je serre le téléphone dans ma main.

Sophie ne leur a quand même pas envoyé mes photos, si ?

« Ils ne peuvent pas le découvrir ! dis-je en pleurant.

— Nous avions assez confiance en toi pour t'envoyer toute seule ! crie mon père.

— Je n'ai pas vendu mon collier de perles noires pour que tu fasses une chose pareille ! » crie ma mère.

Elle remet le collier de perles noires sur la table ?

« Je ne t'ai pas *demandé* de le vendre ! dis-je dans un rugissement. Je ne *voulais* pas venir ici ! Tout ce que je voulais cet été, c'était *danser*, et vous m'avez *volé* cette possibilité ! »

De gros sanglots sortent de ma gorge. Le Dragon me tend un mouchoir, mais même si elle voit tout notre linge sale, c'est terriblement *bon* de faire éclater cette vérité au grand jour.

« Comment peux-tu être aussi ingrate ? crie ma mère. Nous avons *tout* fait pour toi. Seigneur, pourquoi m'as-tu maudite avec une telle fille ?

— Comment est-ce que tu peux dire que je suis ingrate ? J'ai renoncé à la danse ! Je vais aller en faculté de médecine ! Vous ne m'avez jamais demandé ce que *je* voulais ! »

Et je ne reçois pas de réponse. Juste le murmure de mes parents qui discutent, puis ma mère reprend la parole.

« Nous allons te trouver un billet pour revenir à la maison. »

Je m'agrippe au téléphone.

« *Non !*

— Va faire tes bagages. Sois prête à partir demain matin.

— Vous ne pouvez pas m'obliger à rentrer maintenant ! Je ne suis pas prête ! »

Je crie, mais ce que je dis n'a pas beaucoup de sens pour qui que ce soit. J'avais oublié que mes parents pouvaient rapidement me reprendre mes privilèges, même à plus de onze mille deux cents kilomètres.

Dans un dernier effort, je fais appel au péché capital de la famille Wong.

« Vous m'avez fait venir ici. Pourquoi me ramener à la maison maintenant ? Ça fait gaspiller de l'argent !

— C'est *toi* qui as pris cette décision stupide ! dit ma mère d'un ton sec. C'est à *toi* d'en subir les conséquences. »

Elle raccroche.

✥

Je me souviens à peine d'être sortie du bureau du Dragon. Ma poitrine brûle comme si mes parents l'avaient remplie de charbons ardents. J'avais commencé à comprendre leur point de vue. J'avais même eu de la compassion pour tout ce à quoi ils avaient renoncé quand ils avaient émigré : un foyer, l'acceptation. J'avais commencé à être reconnaissante qu'ils n'aient jamais insisté pour que je trouve un mari ou qu'ils ne m'aient jamais dit que j'étais la honte de neuf générations.

Tout cela s'est envolé. Je me fiche des valises qu'ils ont traînées derrière eux quand ils ont traversé l'océan. Ils n'ont pas le droit de m'obliger à les porter toute ma vie.

Lorsque j'entre dans le hall, des huées et des sifflements volent dans les airs.

Une centaine d'yeux me lorgnent de tous les côtés : des garçons qui jouent aux échecs chinois, autour du billard ou du baby-foot. Les portes automatiques s'ouvrent pour laisser passer Sophie, guindée dans sa robe couleur mandarine, bras dessus bras dessous avec Chris Chen, un garçon plutôt grand dont les dents commencent à être tachées parce qu'il n'arrête pas de mâcher des noix de bétel, et avec un autre dont le nom m'échappe.

Elle s'arrête dans l'embrasure de la porte, regarde autour d'elle et sourit d'un air satisfait.

Voilà ce que je devrai affronter pendant le reste de mon séjour. Le prix de mes derniers jours de liberté.

Mais alors même que je me tourne vers les escaliers, saisissant la rambarde avec l'intention de me précipiter vers ma chambre, une vague de colère me submerge.

Ces garçons me *connaissent*.

Ils sont sortis en douce avec moi en passant par la passerelle. Ils ont dansé dans les discothèques avec moi, je leur ai donné des conseils sur les écoles de médecine, bon sang.

Comment *osent*-ils me traiter comme si j'étais un morceau de viande maintenant ? Et comment Sophie ose-t-elle se comporter ainsi ?

Je lâche la rambarde et m'approche d'elle d'un pas décidé tout en ignorant les garçons.

« Ces photos étaient à moi, dis-je. Tu n'avais pas le droit. »

Sophie fait des bruits de baisers obscènes.

« *Je t'en prie,* ne joue pas la pauvre petite victime innocente.

— Je suis désolée. »

Mes joues deviennent rouges. Je l'avais sous-estimée. De bien des manières.

« Mais ce tapis en soie dans notre chambre est à moi aussi. Alors, ne viens pas jouer les victimes non plus. »

Elle se raidit.

Je jette un regard sombre sur le hall et soudain, personne ne veut plus croiser mon regard.

« Si vous voulez un jour voir en vrai une fille à qui vous tenez, alors peut-être qu'au lieu de faire cent pompes par jour et de mater une photo qui ne vous appartient pas, vous devriez *grandir un peu* et devenir le genre de mec qui le mérite. Alors, si vous avez ma photo, *rendez-la-moi tout de suite*. »

Je tends la main. J'ai horreur de la voir trembler. Personne ne bouge.

Mon cœur sombre. Sont-ils vraiment aussi grossiers et méprisables ?

Puis David traverse la pièce depuis le baby-foot et pose une photo dans ma paume.

« Désolé, Ever », murmure-t-il avant de s'éloigner.

Tout mon corps tremble, mais je garde la tête haute tandis que sept autres photos s'empilent sur la première. Après tout, il n'y avait qu'une douzaine de garçons dans le hall.

« Combien est-ce qu'il y en a ? »

Je lève la pile. Sophie pince les lèvres. Elle n'a pas l'intention de me le dire.

« Ne pense même pas à les envoyer à Northwestern. Ou Dartmouth recevra une lettre aussi. »

Une lueur vacille dans ses yeux. De la peur ? De la colère ? Encore tremblante, je mets la pile de photos dans ma poche.

« Regarde autour de toi, Sophie. »

Le hall est vide.

« Il n'y a plus personne de ton côté. »

Sur ce, je pars.

✣

Je passe par l'infirmerie et l'infirmière m'annonce que la réserve a été inondée par le dernier typhon et qu'elle a dû envoyer Rick et Xavier à la clinique locale. À cause de ma photo, je suis privée de sortie à vie. Je ne peux même pas les rejoindre.

L'après-midi s'assombrit en début de soirée et j'attends, inquiète, sur les coussins en soie du canapé dans l'espace détente des garçons, à trois portes de la chambre de Rick et Xavier. Je ne sais pas qui reviendra en premier, ou s'ils reviendront ensemble. Tout ce que je sais, c'est que beaucoup de choses ont mal tourné depuis le combat au bâton *bō* et le moment où Rick a posé ses doigts sur mon menton : j'ai perdu Odette et mes parents m'obligent à rentrer à la maison. Et puis il y a Xavier et leur bagarre, et je me demande si Rick est en colère contre moi parce que j'ai fait la seule chose qu'il m'a demandé de ne pas faire, et pourquoi il n'a pas affronté sa famille pour Jenna, et pourquoi j'ai pris cette horrible photo, et combien de clichés sont encore dans la nature. Est-ce que l'un d'eux va être publié sur les réseaux sociaux ou remonter jusqu'à Northwestern ? Est-ce que je me suis sabotée inconsciemment pour perdre le rôle d'Odette parce que la prison en titane de la lanterne aveugle n'en serait que plus insoutenable ? Pourrais-je un jour redevenir la fille que mes parents veulent que je sois ?

Un sanglot de colère s'échappe de ma gorge. Des gouttes de pluie éclaboussent les fenêtres qui donnent sur la nuit. Je prends mon verre de bubble tea, qui se renverse sur la table basse noire et vernie. Le liquide noie les figurines en coquillage représentant des pêcheurs chinois, les mêmes que ceux de la table du salon chez mes parents. Je lui lance un regard noir : une autre invasion de la part des Wong.

Ils ne m'ont même pas donné l'occasion de m'expliquer.

J'ignore le thé renversé, me lève et m'approche des fenêtres. En contrebas, le tuyau bleu s'étend d'un air moqueur le long des eaux noires de la rivière Keelung. Deux bateaux-dragons, brillant comme des chaussons magiques, glissent en dessous. Je n'ai jamais eu l'occasion de monter dans l'un d'eux, de sentir les fines gouttelettes d'eau sur mon visage.

« Ça va, Ever ? »

Spencer s'arrête devant les ascenseurs avec une boîte de mah-jong en bois sous le bras.

Contrairement à Rick, Spencer est vraiment comme un frère pour moi. Tout comme Marc. Et Benji.

« Tu as vu Rick ?

— Il a quitté Taipei.

— Il est parti ?

— Cet après-midi.

— Où est-ce qu'il est allé ?

— Li-Han l'a conduit à l'aéroport. C'est ce que m'a appris Marc. Il va passer quelques jours à Hong Kong.

— À Hong Kong ! »

Il ne m'a jamais dit qu'il avait l'intention de s'y rendre, mais il a mentionné que le père de Jenna travaillait pour une banque là-bas. Quand il reviendra, je ne serai plus là.

Je ne le reverrai jamais.

« Tu sors ce soir ? On va aller sur la terrasse de Gongguan. Rick a dit que c'était la meilleure. Dommage qu'il ne soit pas là pour venir avec nous.

— Oh, je ne peux pas. »

Mes os se sont transformés en gelée.

« Mais amusez-vous bien. »

Je m'enfonce à nouveau dans le canapé tandis que Spencer s'éloigne. Le pincement au cœur que je ressens dû à la perte me surprend. Comment est-ce arrivé ? Il y a une semaine, j'aurais été soulagée d'être débarrassée du jeune prodige, mais maintenant…

Le parquet craque.

« Salut, Ever. »

Xavier. Il porte sa chemise noire préférée et les fils argentés attirent la lumière tamisée. Son nez est violacé, ce qui va bien avec l'image de mec mystérieux et dur à cuire qu'il projette, même si ce n'est pas la vraie personnalité dont il m'a donné un aperçu. Il porte une longue boîte rectangulaire sous le bras, une de celles qui contiennent des rouleaux, avec deux moitiés qui s'ouvrent comme un tube de rouge à lèvres.

Le souvenir de notre baiser de la veille, de sa bouche douce et sucrée qui me dévore, se dresse entre nous.

Je me lève du canapé et tords mes doigts en serrant si fort qu'ils me font mal.

« Tu es de retour.

— Et privé de sortie. Vingt croix, bébé. »

Il affiche un de ses sourires sardoniques et fait mine de me taper dans la main.

Je fais un pas en arrière.

« J'ai entendu dire que Rick était parti à Hong Kong », dis-je.

Il baisse sa main.

« Pour retrouver Jenna.

— Jenna ? »

Alors comme ça, elle a surmonté sa peur de l'avion ? Et pourquoi est-ce que je me sens trahie ? Nous avons fait toute cette comédie pour elle. Il n'a jamais dit le contraire mais, curieusement, je me sens… rejetée. Le regard de Xavier est étrangement doux. Compatissant. Je me souviens de la peinture me représentant en train de regarder Rick se battre avec un *bō*. Xavier voit clairement en moi et hier soir, grâce à lui, je me suis sentie désirée.

« Qu'est-ce qu'il y a dans la boîte ? » demandé-je.

Xavier pose une main dessus. Puis la lâche.

« Rien. »

La manière dont il le dit me rend téméraire. Ou peut-être que c'est le baiser qui m'enhardit. Ou le fait que c'est ma toute dernière nuit à Taipei et que je ne reviendrai jamais.

« Montre-moi. »

Cette fois, c'est lui qui recule.

« Non. »

Je saisis la partie supérieure et il la reprend en poussant un petit cri de panique, puis la boîte s'ouvre et une cascade de pages enroulées en tombe. Xavier les ramasse d'un air désespéré, mais il y en a trop : une demi-douzaine de croquis d'Ever tombe par terre. Ce ne sont pas des dessins hâtifs comme ceux qu'il m'a donnés ; ceux-ci sont en couleurs, détaillés, nuancés, tissés par les ombres et la lumière, le temps et le dévouement.

Je me vois en train de danser au Club Love.

En train d'observer l'étang aux nénuphars, les cheveux au vent. En train de grimacer face aux herbes chinoises noueuses.

À côté de la cheminée de Tante Claire, une bouteille de vin à mes pieds.

Mes yeux remplissent toute la page. Mes lèvres.

Mon corps tremble lorsque je m'agenouille devant ces beaux dessins, des morceaux de son cœur en violet, rouge et vert. Je rassemble délicatement les peintures et les enroule pour les remettre dans le tube doux, puis je les place dans sa boîte, me lève et la lui rends.

« Je suis désolée », murmuré-je.

Il passe ses doigts entre les miens.

« Ever. »

Il y a de la chaleur dans sa voix grave. Une invitation timide. Et c'est ma dernière nuit. La dernière avant que je sois à nouveau emprisonnée dans la camisole de force qu'est mon existence.

Le bras de Xavier s'enroule autour de moi. Il pose ma tête contre son torse. Ses doigts sensibles massent les vertèbres de mon cou. Mon dos se cambre légèrement en sentant le plaisir de son contact, mais je recule pour le regarder dans les yeux.

Le désir que j'y vois fait trembler mes genoux. C'est ma dernière nuit.

Mais si je franchis ce pas, je ne sais pas où cela va mener. Je ne sais pas ce que je ressentirai en laissant derrière moi non seulement mes parents et leurs règles…

Mais aussi moi-même.

Puis je pose ma main derrière la tête de Xavier et attire son visage contre le mien.

25

Lorsque je me réveille, les rayons du soleil passent par la fenêtre à double battant. Je m'allonge sur le flanc dans le nuage de plumes du duvet, nue entre les draps de coton et la couette bleue, sentant le poids du bras de Xavier autour de ma taille. Son corps nu est appuyé contre mon dos, de mon épaule à mes cuisses. Sa respiration réchauffe ma nuque.

Hier soir me revient à l'esprit comme un rêve : la main de Xavier dans mon dos, me guidant vers sa chambre tandis que nos bouches s'unissent, le cliquetis de la porte scellant notre intimité, puis sa bouche sur mes paupières, mes joues, le creux de mon cou, ses mains explorant, arrachant les vêtements entre nous, mes ongles s'enfonçant dans ses épaules.

J'ai mal là où je ne pensais pas pouvoir ressentir de la douleur. Qu'est-ce que j'ai fait ?

Je bouge sous le bras de Xavier et celui-ci se pose sur ma hanche. Lourd, intime, possessif. Son odeur subtile d'eau de Cologne, de transpiration, d'homme, atteint mes narines. Mon corps s'imprègne du sien, et qu'est-ce que cela signifie ? Je n'avais jamais été l'objet d'un désir vorace. Je n'avais jamais imaginé à quel point son attrait était irrésistible. Le sexe n'est *pas* un devoir de procréation à peine supportable, comme ma mère l'a toujours insinué. Il s'agit de deux êtres humains qui s'unissent harmonieusement. C'était peut-être grâce à la danseuse en moi, mais j'ai su instinctivement comment *bouger*…

Je voulais attendre l'amour.

En face de moi, je vois le lit défait de Rick. Rien n'a changé depuis vendredi, mis à part que ses vêtements du week-end sont en tas sur les draps chiffonnés. Ses affaires sont encore là : des sucreries, du savon, le colis de Jenna. Le sac de riz replié sur son bureau, à côté de la pile de cartes postales.

Le bras de Xavier se resserre et m'attire contre lui.

« Tu es tellement douce, Ever », murmure-t-il, encore à moitié endormi.

Comme c'est étrange : il a dit exactement ce qu'il fallait pour me donner envie de partir.

Je m'écarte délicatement de ses bras et cherche mon soutien-gorge et ma culotte. Je n'ai pas envie de regretter ce que j'ai fait, mais je ne suis pas le genre de personne qui peut faire comme si de rien n'était. Mon regard se pose sur une tache rouge qui ressemble à de l'encre de calligraphie, sur un coin de son drap qui pend sur le côté.

Du sang.

Mon sang.

Je retiens un sanglot et sors discrètement de la chambre.

L'avantage de rentrer chez moi aujourd'hui, c'est que je n'aurai plus jamais à faire face à Xavier.

Je n'ose pas retourner dans ma chambre pour y retrouver Sophie, je descends donc les escaliers. Les couloirs sont vides et, même si je les ai traversés des douzaines de fois, je me sens perdue et sans but en les parcourant. Je finis dans le réfectoire. Le bar du petit déjeuner est couvert de petits pains au porc, de porridge avec cinq garnitures différentes, de plateaux de pancakes à l'oignon vert, de tas d'œufs au plat et de saucisses chinoises. Des œufs salés, le plat préféré de mon père qu'il prépare lui-même en mettant des œufs crus dans un bocal rempli d'eau chaude avec du sel.

Rick avait raison : j'ai raté un petit déjeuner génial. Maintenant, c'est mon dernier repas. Je devrais manger, mais je n'ai pas d'appétit. J'ai mis un seul petit pain au porc sur mon plateau quand le Dragon arrive, sa jupe verte flottant autour de ses jambes.

« Ai-Mei, dans mon bureau, s'il te plaît. Tes parents sont au téléphone. »

Elle parle de nouveau en anglais. C'est officiel. C'est fini.

Dans son bureau, Mei-Hwa range des documents au son de la musique de son iPod. Elle l'éteint et croise timidement mon regard. Je rougis.

« C'est ma chanson préférée », s'excuse-t-elle, même si je ne sais pas pourquoi, car elle a de très bons goûts musicaux.

Le Dragon lui demande de la remplacer pour faire son cours, puis elle pousse le haut-parleur du téléphone vers moi. L'odeur de pommade chinoise me fait monter les larmes aux yeux et la climatisation s'abat sur ma tête.

« Allô ? »

J'agrippe le bord du bureau, me préparant à entendre mon numéro de vol, les instructions concernant ce que je devrai faire pendant que je serai dans l'avion, qui viendra me chercher, et les piques blessantes que seule ma mère sait lancer. Mes lèvres fourmillent à cause des baisers de Xavier ; une partie de moi craint que le Dragon ne le voie et que ma mère ne l'entende dans ma voix.

« Ever, on ne peut pas te faire revenir à la maison. »

La voix de ma mère est aussi froide que de la glace pilée.

« Les frais de modification du billet sont trop élevés.

— Quoi ? »

Je croise le regard insensible du Dragon.

« Tu vas rester là-bas jusqu'à ce qu'on trouve un billet moins cher. Mais il est hors de question que tu sortes toute seule de nouveau. Toutes les activités spéciales sont annulées. Gao Laoshi nous a dit que tu ne faisais pas tes devoirs. Tu as plus de croix que les autres élèves. Tu sors après minuit. Tu prends des photos nue ! Mon Dieu, ce sera quoi ensuite ? »

Mes doigts se resserrent sur mes genoux. Ses pires cauchemars en ce qui me concerne sont devenus réalité. Et je ne sais même pas pourquoi, mais j'avais besoin de Xavier hier soir, et peut-être que je l'ai utilisé.

« Tu vas aller te coucher à vingt et une heures. Les moniteurs te surveilleront la nuit.

— Tu n'iras pas à la fabrique de bubble tea, ajoute le Dragon. Tu ne participeras ni au lâcher de lanternes, ni à la course de bateau-dragon, ni au spectacle de talents… »

Je lève brusquement la tête.

« Je ne me suis même pas inscrite au spectacle de talents !

— Tu pourras uniquement assister aux *sorties scolaires pédagogiques*, conclut ma mère.

— Tu ne peux pas me *contrôler*. »

J'ai mal à la gorge comme si j'avais avalé une lame de rasoir. Je baisse la voix pour l'empêcher de se briser.

« J'ai *18 ans*. »

De nouveau, elle me raccroche au nez.

26

J'essaie d'appeler Megan depuis les téléphones du hall, mais elle ne décroche pas. Elle est probablement avec Dan ou en train de voyager avec ses parents. Je me cache dans l'espace détente du cinquième étage toute la journée et rate les cours pour éviter Xavier. Mais le programme dure encore quatre semaines : quinze jours de cours avant le *Tour Down South*. Il faudra que je l'affronte à un moment ou à un autre.

La faim finit par me faire descendre au réfectoire pour dîner. Je cherche Debra et Laura, qui sont assises à une table dans le fond. Je me cache entre elles. En face de moi, Mindy se lève brusquement, passe ses cheveux noirs par-dessus son épaule d'un geste méprisant.

« *Salope*. »

Elle se dirige furieusement vers la table voisine, où elle discute avec des filles du deuxième étage. Elles me jettent toutes des regards meurtriers.

Des larmes me piquent les yeux, mais Laura me serre le bras.

« Tu as été très courageuse. Tu as dit à ces mecs ce que tu pensais.

— Ce qu'a fait Sophie, c'était vraiment naze. »

Debra met du mapo tofu dans mon assiette. Elle sait que c'est ce que je préfère et je mange goulûment, reconnaissante d'avoir quelqu'un pour prendre soin de moi.

« On te *déteste,* tu sais ? »

Laura rit.

« Je veux dire, si j'avais ton corps, je ferais passer mes photos moi-même. »

Elle me tend un paquet enveloppé dans une serviette.

« On en a récupéré six. Combien est-ce qu'il en reste ? »

Elles me soutiennent. J'avale une bouchée de tofu épicé.

« Je ne sais pas, murmuré-je. Il faut que je le découvre. La photographe le sait, mais je ne suis pas autorisée à sortir du campus. Et je ne parle pas assez bien le mandarin pour appeler.

— On va demander à ta place, promet Debra. On les trouvera.

— Merci », dis-je.

Mais à moins de fouiller dans toutes les poches, dans les cahiers et les tiroirs du campus, le seul moyen de les récupérer, c'est que quelqu'un me les donne.

Je me dirige vers ma chambre, espérant éviter Sophie en allant me coucher tôt. Dans l'espace détente, Mei-Hwa est allongée sur le canapé en soie bleu, la tête appuyée sur l'oreiller à rayures rouges, jaunes et vertes qui a été cousu par sa grand-mère. Elle croise mon regard par-dessus son roman et son visage rougit, puis elle se cache entre les pages.

C'est donc ma baby-sitter. Et je suis sûre qu'elle n'a jamais fait quelque chose d'aussi bête que tout ce que j'ai fait au cours des dernières semaines.

Je passe devant elle sans un mot.

« Ai-Mei. Wǒ néng tígōng bāngzhù ma ? »

Sa voix est timide, pas critique. Je marque une pause, dos à elle.

« Je m'appelle Ever.

— Ever. Mon autre nom est Gulilai. »

Je me tourne vers elle. Elle se redresse et pose son roman. Elle retire un de ses écouteurs et j'entends une chanson.

« C'est votre nom tribal ? »

Elle hoche la tête.

« J'oublie toujours que tu ne comprends pas le mandarin.

— Quel nom est-ce que vous préférez ?

— Ils me plaisent tous les deux.

— C'est ce que vous êtes censée dire ? »

Je le dis d'un ton plus hostile que je ne le souhaitais.

« Non, ils me plaisent vraiment tous les deux. D'un point de vue ethnique, je suis une fille des plaines et Puyama, mais je suis aussi taïwanaise. »

Elle est comme moi, à l'envers. Une minorité à Taïwan, comme moi aux États-Unis. D'une manière ou d'une autre, elle arrive à jongler avec toutes ses identités : elle porte des vêtements qui reflètent son héritage, elle a apporté l'oreiller de sa grand-mère et elle essaie de convertir les gens à sa musique préférée, mais elle utilise un nom chinois et lit un livre en anglais.

Je touche son iPod.

« C'est quoi, cette chanson ? »

C'est étrange de parler en anglais au cours de la plus longue conversation que j'ai eue avec elle jusqu'ici.

« *Lán Huā Căo*. »

Elle retire ses écouteurs de son iPod et une voix de fille chante la chanson que Mei-Hwa écoutait dans le bureau du Dragon. Sa préférée.

« C'est une vieille chanson populaire chinoise. *Orchid Grass*. »

Mes orteils remuent en rythme.

« Ça me plaît.

— Vraiment ? »

Elle a l'air surprise, comme moi quand les douze membres de mon groupe de danse aiment mes numéros. A-t-elle été aux prises avec les mêmes insécurités, les mêmes peurs de ne pas être acceptée comme quelqu'un qui n'appartient pas à la culture dominante ? Ai-je donné une image snob moi-même ? Je me surprends à vouloir la rassurer.

« Vos chansons me plaisent vraiment. Elles ont le chic pour rester dans la tête.

— Mes parents jouaient celle-là quand j'étais petite.

— Je ne m'imagine pas en train de faire écouter de la musique à mes parents. »

Elle hausse les sourcils.

« Pourquoi pas ?

— Nous aimons des choses différentes.

— Mes parents me manquent beaucoup. »

Elle le dit avec sincérité et sans gêne. Je l'envie.

« Ils ne vivent pas à Taipei ?

— Nous vivons sur la rive est, dans un petit village. C'est à plusieurs heures d'ici.

— Pourquoi est-ce que vous avez accepté ce poste ? Je suppose que ce n'est pas pour passer l'été à pourchasser des délinquants. »

Son rire est doux et apaisant.

« J'avais envie de rencontrer des jeunes d'autres pays et de les aider à en apprendre davantage sur le mien. »

Elle sourit et touche son iPod. *Orchid Grass* est terminée.

« Si grâce à moi, une seule personne aime une seule de mes chansons, j'aurai réussi. Et puis, ajoute-t-elle d'une voix mélancolique, ma famille a besoin de cet argent. J'ai deux petites sœurs. Ma mère vient d'avoir un bébé. »

Je pense à Pearl. Mei-Hwa est une grande sœur, tout comme moi. Et j'étais comme elle au début de l'été. Stable et responsable. J'arrivais à peine à *imaginer* des ennuis, et je m'en attirais encore moins.

« Est-ce que tu as… envie de parler ? » demande-t-elle d'une voix hésitante.

Je croise son regard. Elle se mord la lèvre, aussi gênée que moi.

Je suis ravie que nous ayons discuté et que nous ayons appris à nous connaître un peu plus. Cependant, même si Mei-Hwa est amicale et sensible, elle n'en représente pas moins les yeux et les oreilles du Dragon.

« Ça va, merci, dis-je. Merci de m'avoir fait écouter votre chanson. »

Sur ce, je m'éclipse.

Dans ma chambre, l'armoire est ouverte. Les vêtements et les cintres ont disparu. Mes robes sont chiffonnées en tas, comme si Sophie les avait mises en boule. Ma jupe en mousseline de soie a absorbé une cannette de bière éventée. Son linge sale est encore dans son panier, mais on dirait qu'elle est partie. C'est un léger soulagement.

Je lave et trie tandis que la nuit tombe, essayant de remettre de l'ordre dans mon univers. Je trouve le tee-shirt couleur lilas avec un col en V et le short en jean que je portais quand je suis arrivée chiffonnés sous mon lit. Je suis tellement différente de la fille qui a embarqué dans la croisière de l'amour. Je me dirige vers ma commode, dans laquelle je trouve la liste des règles des Wong. *Boire, gaspiller de l'argent, les garçons, le sexe.* J'ai consacré toute mon énergie à faire ce que *mes parents* ne voulaient pas que je fasse plutôt que ce que *je* voulais faire.

Je me suis comportée de manière impulsive et bête. Et égoïste.

« Wǒ zhǒ xūyào gēn tā shuōhuà. »

C'est Xavier, dans le couloir.

Mei-Hwa répond en mandarin. Elle hausse la voix, puis quelqu'un frappe à ma porte.

« Ever, c'est moi », dit Xavier.

J'agrippe mon short sur mes genoux. Mon corps se souvient. De tout. Je ne peux pas lui faire face. Pas maintenant. Peut-être que je ne pourrai jamais l'affronter.

« S'il te plaît, ne me repousse pas. »

Il a peur. Et sa peur tire une corde sensible dans mon cœur.

Mais c'est lui qui est censé ne *pas* être blessé. Le Séducteur qui mérite tout. Pourquoi est-ce qu'il faut qu'il soit aussi vulnérable ?

Mei-Hwa le réprimande ; elle a repris son rôle de monitrice à part entière. J'imagine son petit corps déterminé le traînant le long du couloir, prouvant que la taille n'a rien à voir avec le pouvoir, et j'ai presque envie de sortir pour leur épargner cette gêne.

« Je suis désolée, je ne peux pas parler ce soir », dis-je enfin, mais ils sont déjà partis.

J'envoie un e-mail à Pearl pour vérifier qu'elle n'a pas été brûlée par la conflagration à la maison, puis je vide mon cœur dans un e-mail de trois pages destiné à Megan.

Finalement, j'efface tout et écris plutôt :

Tu me manques tellement. J'espère que Dan et toi vous amusez bien.

Le lendemain matin, je me réveille après un rêve de tutu en plumes blanches. Je m'accroche à ses fils alors qu'ils m'échappent : le rire de Rick, les doigts tachés de peinture de Xavier. Pourquoi est-ce que je rêvais d'eux ? La lumière qui passe par la fenêtre est grise. Personne n'est encore réveillé, le silence ne semble pas naturel.

J'examine ma liste de règles des Wong. Une nouvelle liste me vient à l'esprit : à la place d'avoir des A dans toutes les matières, je pourrais travailler sur des projets que j'aime. Au lieu de respecter le couvre-feu, de ne pas boire et de m'habiller comme une bonne sœur, je pourrais faire un peu de tout avec modération.

Mais ces règles sont des réactions, ce qui signifie que cette liste vient encore de mes parents.

Pas de moi.

Je roule les règles des Wong en boule et les jette à la poubelle. Panier. Derrière ma fenêtre, dans la cour, Marc et ses Asiates en colère pataugent dans l'eau de l'inondation qui leur arrive aux mollets. Mes yeux tombent sur les chaussettes de Rick, qui sont soigneusement pliées sur mon bureau. J'enfile la douceur de la laine sur mes paumes et frappe doucement dans les mains. Je ressens un étrange sentiment de perte, comme un creux. Comme si j'avais égaré quelque chose.

Sans la musique des mini-haut-parleurs de Sophie, toute la pièce est immobile, et c'est étouffant. Je clique sur mon radio-réveil jusqu'à ce que je trouve une chanson pop taïwanaise avec un rythme entraînant. Elle est suivie par une chanson américaine des années quatre-vingt.

Presque contre mon gré, la musique s'empare de mes épaules, puis de mes hanches, puis de mes pieds. Lentement, mes bras couverts par les chaussettes dessinent des courbes en l'air et prennent de la vitesse au fur et à mesure que la musique accélère. Mes doigts bougent contre le tricot élastique, mes poignets se plient dans des mouvements parallèles qui suivent le rythme. Je commence à danser. Une chanson. Une autre, encore une autre, mes pieds battent le rythme par terre. Je tourne dans l'espace qui sépare les commodes, l'ombre en forme de cerf que je représente à l'aide de mes longs bras bondit sur les murs jusqu'à ce que je comprenne, au fond de moi, ce que je ne pourrai jamais exprimer avec des mots.

Alors que la cinquième chanson se termine, je tourne lentement sur moi-même. Mes mains bleues dessinent un cylindre autour de mon corps et se resserrent jusqu'à la dernière note de la chanson. Je sens une pulsation en moi tandis que mon sang inonde furieusement les cavités de mon cœur. Peut-être qu'il fallait que je touche le fond ce week-end pour recevoir l'avertissement dont j'avais besoin.

J'ouvre mon cahier et écris une nouvelle liste. Celle-ci n'a pas pour objectif d'obéir à mes parents ou d'aller à l'encontre de leur volonté :

1. *Arranger les choses avec Xavier.*
2. *L'aider à lire.*
3. *Apprendre un peu de mandarin (ce serait sympa de comprendre les messages codés de mes parents).*
4. *Faire la chorégraphie d'une danse originale pour le spectacle de talents, même si je ne peux pas y participer.*
5. *Danser comme une folle jusqu'à ce que j'entre à la faculté de médecine.*

Je plie soigneusement les chaussettes de Rick et les pose sur mon bureau. Je lisse les petites silhouettes de danseurs.

Après un moment, je repose mon stylo sur la page :

6. *Attendre l'amour la prochaine fois.*

J'écris un nouveau titre en haut de la feuille :

Le plan d'Ever Wong

Je dois tirer quatre fois sur ma porte pour l'ouvrir et j'ai l'impression que mes bras vont se déboîter ce faisant. *Oh, je n'y crois pas*. La voix de Sophie résonne dans ma tête et je sens un pincement au cœur.

Je descends les escaliers jusqu'au palier, où une affiche bleue est encore accrochée à l'aide d'un morceau de ruban adhésif.

Tu chantes ?
Tu joues d'un instrument ? Tu jongles ?
Inscris-toi au spectacle de talents !

Je la décroche du mur et retrouve Debra et Laura dans l'espace détente du deuxième étage. Elles sont allongées sur leur tapis de yoga, où elles s'entraînent en écoutant Taylor Swift. J'enroule le poster et le mets dans un tube. Je n'aurais pas pu être plus nerveuse, même si j'étais sur le point d'aborder un garçon pour l'inviter à un premier rendez-vous.

« Salut, Ever. »

Debra finit une série de levers de jambe et décolle son tee-shirt orné d'un dessin de papillon de son sternum.

« Comment ça va ? »

Laura enroule son tapis.

Je montre le poster à mes amies fêtardes.

« Je me demandais si ça vous plairait de travailler avec moi sur une chorégraphie. »

Le thème du spectacle de talents doit être Chien Tan, mais ce n'est pas une restriction, plutôt l'occasion de prendre quelques risques.

« J'ai une chorégraphie basée sur quelque chose que j'ai créé pour une amie et moi aux États-Unis. Je peux intégrer les rubans et les éventails de vos options. En ce qui concerne la musique, je pensais à un mélange de chansons américaines et taïwanaises.

— Cool, dit Debra.

— Ce n'est pas trop bizarre ?

— Non, je suis partante, dit Laura. Je parie que Lena aimerait se joindre à nous. C'est une pro.

— On peut s'entraîner dans le bâtiment B, dit Debra.

— J'ai un aveu à vous faire, dis-je. Techniquement, je ne suis pas autorisée à participer au spectacle de talents.

— À cause des photos ? demande Debra d'un air renfrogné.

— Oui. »

Je sens un creux dans mon estomac.

« Le Dragon ne doit pas savoir que je suis impliquée. Je ne ferai pas partie du spectacle. Je vais juste vous apprendre la chorégraphie. En plus, après cette histoire de photos, il vaut mieux que je ne sois pas sur scène. »

Avec tous ces yeux sur mon corps.

« N'importe quoi », dit Debra.

Je continue avant de perdre courage.

« Nous pouvons commencer demain, après les cours.

— Demain, on a la visite du temple. Jeudi, on va au mémorial de Sun Yat-Sen, me rappelle Laura. Vendredi, on va au Musée national du palais. »

Il y a déjà tellement d'obstacles, notre emploi du temps se remplit au fur et à mesure des semaines. C'est curieux, quand vous vous permettez de désirer, la peur de ne *pas* obtenir ce que vous voulez monte d'un cran.

Mais petit à petit, le Plan d'Ever Wong avance.

« Alors, samedi », dis-je.

✥

Je dois une explication à Xavier. Des excuses et une conversation. Mais je suis soulagée de ne pas le voir dans le réfectoire ; il n'a jamais été du genre à se lever tôt. J'avance le long de la file d'attente du buffet et suis en train de mettre un *bāozi* fourré au porc sur mon plateau lorsque Marc entre par les doubles portes. Il est habillé pour aller courir : short de course et maillot sans manches.

« Marc », l'appelé-je.

Je pose mon plateau et me précipite vers la porte, mais je me heurte au Dragon. Ses bras corpulents sont remplis de livres de lecture. Son parfum fort flotte jusqu'à moi.

« Ai-Mei. »

Son regard évaluateur jauge la longueur de ma jupe et elle pince les lèvres.

Mais avant qu'elle puisse prononcer son jugement, je la dépasse en courant.

« Marc ! »

Il s'arrête au milieu du couloir et se retourne. Il porte la raie au milieu et ses mèches couleur chocolat au lait tombent le long de ses joues. Son regard s'illumine et il agite un paquet enveloppé dans du papier brun qu'il portait sous son bras.

« Salut, Ever. Je te cherchais.

— Est-ce que Rick est allé à Hong Kong pour retrouver Jenna ? »

Marc détourne le regard lorsque j'arrive à sa hauteur.

« C'était une urgence.

— Qu'est-ce qu'il s'est passé ?

— C'est… compliqué.

— Est-ce qu'il est arrivé quelque chose à quelqu'un ? Au père de Jenna ? »

Il me met le paquet dans les mains.

« Il m'a demandé de te donner ça.

— Qu'est-ce que c'est ? »

Je retire l'emballage et découvre un *bō* élégant : le rotin léger est décoré par des rayures de tigre et effilé au bout.

« On était au marché et on attendait que Li-Han le conduise à l'aéroport, c'est là qu'il l'a acheté.

— Pourquoi ?

— Le combat au bâton. »

Je rougis.

« De toute évidence. »

Je passe ma main sur la surface polie. Il n'y a pas la moindre imperfection, aucune écharde. Je le fais tourner sur lui-même. J'aurais pu admirer son équilibre si je n'étais pas aussi déséquilibrée moi-même. Est-ce sa manière de me dire qu'il se souvient du baiser que nous avons failli échanger ? Ça me plaît déjà beaucoup trop et je ne peux pas me le permettre.

« Dis-lui merci de ma part, dis-je sèchement.

— Il m'a demandé de te dire qu'il était désolé et qu'il te parlerait à son retour, dans quelques jours.

— Désolé pour quoi ? »

Pour le baiser ? Le fiasco du week-end ? Peut-être qu'il essaie de compenser parce que Tante Claire me déteste.

Marc hausse les épaules.

« Je pensais que tu le saurais. »

Ce n'est pas le cas. Et je n'arrive pas à déchiffrer sa gentillesse, même si ce n'est probablement rien de plus.

« J'espère que tout le monde va bien », dis-je.

Je cale le bâton sous mon bras et commence à me diriger vers le réfectoire pour prendre mon petit déjeuner, mais je me retourne.

« Qui a commencé la bagarre ?

— Rick. »

Marc se mord la lèvre.

« Mais ça dure depuis le début.

— Mais… pourquoi ? Je n'ai pas…

— Désolé, Ever. Je ne sais pas ce qu'il veut que je dise ou pas. »

Marc met le papier d'emballage en boule d'un air chagriné. « Il reviendra sous peu. Tu pourras lui parler. »

J'évite Xavier en cours de mandarin en m'assoyant à l'avant avec Debra et Laura, et je sors à toute vitesse dès que la leçon est terminée. Les jours suivants passent rapidement : je fais mes devoirs dans une classe vide sous la supervision de Mei-Hwa, qui récompense mes efforts en effaçant une croix. Je parle un peu plus de musique et de sa famille avec elle pendant que tout Chien Tan lance des lanternes gonflables depuis les balcons du Grand Hotel. Je ne peux plus faire le mur pour aller en boîte non plus, mais je m'en fiche. Peut-être que j'ai usé tout mon intérêt pour les discothèques, dis-je à Megan quand j'arrive enfin à la joindre depuis les cabines téléphoniques du rez-de-chaussée. Ou peut-être que tout ce qui s'est passé l'a éclipsé.

« Ou peut-être que tu fais enfin ce que *tu* as envie de faire », dit-elle avec sagesse.

À présent, je bats le rythme sur ma cuisse, sous mon bureau, et imagine la nouvelle chorégraphie pendant que le Dragon nous enseigne les clés qui composent les caractères chinois : trois coches pour l'eau, une explosion à cinq branches pour le feu, un cœur qui saigne pour le cœur. Je récite des vers de poésie, chante *Liăng Zhī Lăo Hŭ,* écoute une présentation de Mei-Hwa sur plus de seize tribus aborigènes qui représentent deux virgule trois pour cent de la population de l'île, soit un peu plus de cinq cent mille personnes, tout en sentant le regard de Xavier dans ma nuque.

Rick est parti il y a trois jours. J'ai horreur de voir que je les compte.

Le soir, dans ma chambre, je fais tourner son *bō*. Un bâton sans drapeau a beaucoup de potentiel et j'expérimente en donnant de grands coups, en faisant des mouvements brusques en avant, en empalant des ennemis invisibles. Le bâton siffle dans les airs et je me souviens d'avoir frappé les doigts de Rick. Je ne m'étais pas attendue à ce que son absence domine mes pensées et même ma danse. Aux États-Unis, il avait été le jeune prodige que je détestais. Et ici ?

Je ne sais pas ce que tout cela signifie. Ou si tout cela signifie quelque chose.

Jeudi, Laura et moi montons les marches du mémorial de Sun Yat-Sen, un bâtiment carré couvert d'un toit jaune dont les coins sont en forme de queue d'hirondelle.

À l'intérieur, la statue haute de deux étages d'un homme qui ressemble à mon oncle Johnny est assise sur une chaise en pierre sculptée. Elle est flanquée de drapeaux taïwanais rouge, blanc et bleu.

« Il était médecin avant de devenir un révolutionnaire, dit Laura.

— On peut dire qu'il était exceptionnellement doué.

— Oui. Ça me rappelle le mémorial de Lincoln.

— Moi aussi. Ou est-ce que c'est l'inverse ? Peut-être que les touristes de Taïwan regardent Lincoln et pensent : *Super ! Ça ressemble à celui du docteur Sun Yat-Sen, dommage qu'ils n'aient pas de sentinelles aux alentours pour faire preuve d'un peu de respect.* »

Laura rit.

Le vendredi après-midi, nous prenons des bus luxueux pour nous rendre au Musée national du palais. De la pluie chaude tombe lorsque nous arrivons devant la splendide porte composée de cinq arches blanches surmontées par des toits bleu-vert. Laura et moi ouvrons nos parapluies et affrontons l'averse pour remonter la vaste avenue de dalles entourée d'arbres feuillus. Le musée en soi est un palais tentaculaire beige niché au pied d'une énorme montagne arborée. Cinq pagodes assorties bleu-vert et orange s'élèvent au centre et de chaque côté.

À mi-chemin, nous croisons Sam et David, qui se mettent à quatre pattes, les cheveux trempés par la pluie. Peter et Marc montent sur eux pour former une pyramide humaine pendant qu'un cinquième garçon les prend en photo avec son téléphone.

« Qu'est-ce que vous faites ? » demandé-je.

Je décide de faire comme si je ne me souvenais pas que David avait vu une de mes photos dénudées.

« On se réapproprie les stéréotypes », dit Marc.

Je ne comprends pas.

« C'est pour une option ?

— Non, nous faisons une déclaration. Au monde entier. Le manifeste du Gang des Quatre. »

Je ris. Ils sont atypiques : Sam est costaud, David est tout sec avec un bouc, Peter a la peau douce et Marc est dégingandé.

« Alors, de quel stéréotype est-ce qu'il s'agit ?

— Tu n'as pas remarqué ? Le père asiatique dans les films qui prend un million de photos.

— Je pensais que vous vous faisiez appeler les Asiates en colère, dit Laura.

— Le Gang des Quatre, c'est mieux, dit le journaliste en herbe. Il s'agissait des officiels incroyables qui ont dirigé la révolution culturelle et qui ont été accusés de trahison par le nouveau gouvernement. Non pas que je les soutienne, mais ils ont un super nom. »

Laura me tend son téléphone.

« Tu peux me prendre en photo avec eux ? »

J'accepte et quelqu'un fait tomber mon sac de mon épaule. Sophie passe dans une vague de soie rouge, bras dessus bras dessous avec Benji. Aux dernières nouvelles, elle sortait avec Chris, se donnant à fond pour trouver un homme. Benji regarde par-dessus son épaule, un air paniqué dans ses yeux de biche.

« Elle n'est pas juste obnubilée par les mecs, dit Laura. Elle est dingue.

— C'est à cause de sa famille. »

Pourquoi est-ce que j'essaie de donner des explications ? *Elle cherche un mari, pas un coup d'un soir.* Laura hausse un sourcil comme si je parlais en pig latin. Plusieurs filles refusent de parler à Sophie, donc d'une certaine façon, j'ai gagné la bataille. Mais au lieu de me sentir innocentée, bizarrement, je me sens responsable, comme si son malheur était ma faute. Elle a fait quelque chose de mal, mais je l'ai blessée aussi et je ne crois pas que l'on s'en remettra.

Quelques garçons approchent par-derrière.

« Taïwan veut être *libre*. »

Spencer parle de politique, comme d'habitude.

« Tout le pays a connu l'oppression : d'abord l'occupation japonaise, puis le KMT. Et est-ce que les États-Unis viendront à leur secours si Pékin s'en prend à eux ?

— Si ça les arrange, répond Xavier.

— Dépêche-toi, Laura. »

Paniquée, j'avance à toute vitesse avant qu'ils ne nous rattrapent.

« Je suis trempée. Entrons. »

Un escalier couvert d'un tapis rouge mène à des galeries de choses incroyables : des globes en ivoire sculptés nichés les uns dans les autres, des noix et des noyaux d'olives sculptés en forme d'animaux, des bateaux, des masques du diable. Une statue en jade représentant un garçon et un ours qui se serrent l'un contre l'autre me fait penser à Rick. Peut-être que Jenna a entendu parler de notre fausse relation et qu'elle a décidé de rompre avec lui ? Peut-être que son père est impliqué. Ou peut-être que je *veux* que quelque chose se passe mal, alors que Rick est en train de se promener main dans la main avec Jenna dans les marchés nocturnes de Hong Kong, et Ever Wong n'est plus qu'un lointain souvenir.

J'essaie de m'immerger dans ces trésors de Chine, qui ont été libérés ou volés par le KMT, en fonction du côté de l'histoire que vous entendez. Je longe le groupe de Xavier près d'une yourte mongole et me place à côté de Laura et de quelques filles pour observer un célèbre chou chinois buriné dans un unique morceau de jade vert et blanc. On nous explique comment distinguer le jade des cailloux en faisant passer un faisceau lumineux à travers.

Pendant le déjeuner, je comprends l'origine des choses que je mettais sur le compte de l'excentricité de mes parents : du jus de pastèque fraîchement pressé et des moitiés de fruits de la passion servis avec de petites cuillères en plastique. Je tombe même sur ce que ma mère préfère : un fruit du dragon violet qui donne du jus sombre, et non pas un fruit blanc et sec comme ceux qui ont été importés par le magasin de denrées chinoises de Cleveland. Son poids dans ma main me rend mal à l'aise et je le repose sur le plateau avant de m'éloigner.

Après le déjeuner, je me retrouve à déambuler seule dans un grand salon où une foule se bouscule vers une vitrine. Des corps couverts de transpiration s'amassent derrière moi et je suis poussée comme du dentifrice dans son tube jusqu'à ce que je sois serrée contre la vitrine. Tout en essayant de respirer, je pose une main sur le verre et vois une tranche de poitrine de porc couleur cannelle sur un plateau en or. La lumière brille sur une couche de gras et sur les striations de la viande charnue. Elle a l'air assez bonne pour y enfoncer des baguettes et la dévorer, et le plus beau, c'est qu'elle est faite en jaspe.

« Cette pierre, c'est vraiment *le* truc que tu devais voir à Taipei, me taquine une voix derrière moi. Et maintenant, c'est fait. »

Mon cœur fait un bond quand Xavier se place à côté de moi. Sa chaîne en or brille sous le col de son tee-shirt ajusté. Il prend mon coude pour me protéger de la foule tandis que nous sortons. Son nez est encore contusionné : il y a une tache jaune foncé sur l'arête.

Son contact et son odeur rappellent à mon corps ses baisers et nos peaux unies.

« Salut, dis-je bêtement.

— Est-ce que ça signifiait quelque chose pour toi ? »

Sa voix grave s'élève sous les grondements de la foule.

« La viande en pierre ? »

Je déglutis avec difficulté.

« C'est drôle comme nos ancêtres vénéraient la nourriture. »

Il sourit, mais il n'y a pas d'humour dans ses yeux.

« Ils avaient beaucoup d'appétits qu'on ne reconnaît pas. »

Je rougis et regarde fixement le vase de cinq couleurs devant moi, décoré avec des immortels, une centaine de cerfs, de fruits, d'animaux et de nuages bleus de bon augure.

« Tu m'évites, dit Xavier.

— Je ne savais pas quoi dire », avoué-je.

Sa posture est nonchalante, mais ses mains sont tendues sur la rambarde qui nous sépare du vase.

« Ce n'était pas un coup sans importance pour moi. »

J'humidifie mes lèvres sèches.

« Je n'ai pas envie de regretter…

— Alors, ne le regrette pas. »

Sa main caresse mes cheveux.

« Tu attends quelqu'un qui a fait son choix. »

Une nouvelle pique d'angoisse. Xavier a entendu tous les appels téléphoniques. Vu toutes les cartes postales. Mais le *bō*... J'aimerais pouvoir *appeler* Rick, mais je n'ai jamais eu besoin de son numéro de téléphone et je ne l'ai pas.

« Pourquoi est-ce que tu t'es battu avec lui ? »

Xavier détourne le regard.

« Il était en colère à cause du baiser chez sa tante. Ce n'étaient pas ses affaires. »

Je ne voulais pas que Rick l'aprenne. Mais il en a fait son affaire.

« Peut-être qu'il n'a pas effectué son choix », dis-je brusquement.

Xavier se tourne vers moi et tend une main d'un air exaspéré.

« Alors, pourquoi est-ce qu'il est avec Jenna à Hong Kong ?

— Comment tu le sais ?

— J'ai entendu son appel à la clinique, d'accord ? Elle allait changer son vol depuis Taipei. Il s'organisait pour aller la chercher à l'aéroport.

— Taipei ? balbutié-je. Elle allait venir à Taipei ? Je ne le savais pas. »

Pourquoi est-ce qu'il ne me l'a pas dit ? Peut-être que Rick a enfin pris son courage à deux mains et a l'intention de forcer sa famille à accepter sa petite amie.

Je suis tellement bête.

Les années d'attirance non réciproque s'écrasent sur moi avec une solitude douloureuse. Après Dan, je n'ai rien appris. Je suis obnubilée par un garçon qui est amoureux d'une autre fille. Un garçon qui m'a dit clairement et à plusieurs reprises qu'il me considère comme une sœur.

Ma poitrine se serre. Je me dirige vers la salle suivante, où les coups de burin sur la pierre résonnent ; un artiste sculpte des sceaux sur une table dans un coin. Le reste de la pièce est occupé par un panorama dessiné sur un rouleau de soie : une chaîne de montagnes appelée mont Lu, avec des pics escarpés et des conifères. Les nuances de bleu sont si riches que j'ai l'impression de pouvoir les goûter.

Lorsque Xavier se place à côté de moi, je commence à m'éloigner, mais sa main se pose sur la mienne, sur la rambarde.

« Est-ce que c'est… Est-ce que j'aurais de meilleures chances avec toi si je savais lire ? » demande-t-il d'une voix faible.

Je lève brusquement la tête.

« Ça n'a rien à voir ! Comment tu peux penser une chose pareille ? »

Il détourne le regard. Ses cheveux ondulés ont poussé depuis le premier jour et il les passe derrière ses oreilles, ce qui lui donne l'air plus jeune. Je repense à mon comportement : je me suis enfuie le lendemain matin, l'ai évité parce que j'avais trop honte pour assumer mon choix. Je n'ai pas été gentille… pas du tout.

« Ton père ne veut pas que tu peignes ? » demandé-je.

Il me jette un rapide coup d'œil et émet un petit rire.

« Mon père achète de l'art si c'est un bon investissement. Mais il est hors de question que son fils débile perde son temps à bricoler comme ça.

— Eh bien, il n'est pas là. Alors, fais-le. Peins comme jamais pendant le reste du voyage. »

Il passe sa main sur la rambarde sans me regarder. Puis il sort son cahier de la poche arrière de son short et le met dans ma main. Il est imprégné de la chaleur de son corps. Je le feuillette à contrecœur. Il y a une certaine timidité dans ces dessins, que je n'ai pas vue dans ceux qui me représentaient, comme s'il les avait dessinés en regardant par-dessus son épaule, attendant le coup de fouet.

Les piliers en pierre d'un temple sur lesquels sont sculptés des dragons couverts d'écailles et des caractères dorés en relief. Un artiste portant une blouse tachée de peinture lève son pinceau vers un chevalet. Un œuf au thé est posé sur sa propre ombre. Pas de filles, alors que je m'étais presque attendue à ce qu'il y en ait. Il y a juste d'autres dessins de moi. Moi en train de repêcher le dernier fil d'aileron de requin dans ma soupe chez Tante Claire. Moi devant le bar du petit déjeuner ce matin, en train de mettre un œuf salé dans mon assiette. Mon profil devant la classe, face à Debra pour l'exercice en binôme.

L'arrière de ma tête sur son oreiller, la courbe de mon épaule nue, les couvertures froissées sous le coude.

Je fais presque tomber le cahier. Ses dessins ont changé.

Ils sont plus profonds. Fervents. Fébriles.

Je lui rends son cahier, les mains tremblantes. Je me dirige vers la table de sculpture de sceaux, où l'artiste est en train de graver les trois caractères de noms chinois dans des stéatites de la taille d'un tube de rouge à lèvres rectangulaire. Ils servent à appliquer les cachets rouges sur les peintures de ce musée et de Tante Claire.

J'en achète un vert pâle sur lequel des filons plus foncés tournoient.

« *Nǐ jiào shénme míngzì* ? »

Le tailleur de pierre me demande quel nom il doit graver dessus, mais je secoue la tête et donne la pierre à Xavier.

« Tu devrais graver le tien, dis-je. Chen Laoshi dit que la plupart des artistes le font. Comme les danseuses qui cousent leurs propres rubans sur leurs ballerines. »

Je prends une profonde inspiration et expire par la bouche.

« Désolée, mais tu ne peux plus me dessiner.

— Pourquoi pas ?

— Tu le sais.

— Non, je ne sais pas. »

Il fait tourner la pierre et passe son pouce contre le bord.

« Ne rends pas les choses aussi difficiles.

— Ce n'est pas moi qui les rends difficiles.

— *Arrête.* »

Je me retourne pour partir, mais son bras s'enroule autour de ma taille pour m'en empêcher.

Ses mots sont à moitié étouffés par mes cheveux.

« Ever, tout ce que je veux, c'est une chance. »

J'ai profité d'un béguin et l'ai transformé en une flamme. Tous les appels téléphoniques. Toutes les cartes postales.

Je me surprends à m'appuyer contre lui. Je pose mon front sur son épaule tandis que ses bras s'enroulent autour de moi. J'ai tellement peur de lui faire du mal.

Mais je n'ai plus la force de le repousser.

« Peut-être qu'on pourrait lire un peu ensemble. »

Ma voix est assourdie par sa chemise.

« Je t'aiderai avec l'anglais, tu m'aideras avec le mandarin ? »

Ses bras se resserrent. Il pose son menton sur mes cheveux.

« Ça me plairait. »

27

« Laura, fais un pas en avant pour qu'on te voie. Lena, c'est parfait. »

Pendant tout le samedi et le dimanche, je me consacre à la préparation du spectacle de talents comme si ma santé mentale en dépendait. C'est peut-être bien le cas. Nous nous entraînons à l'abri des regards, dans la cour du fond, près de la fontaine aux carpes. J'ai adapté la danse que j'avais imaginée pour Megan et moi pour inclure quinze danseuses. Au lieu d'un duo de porte-drapeaux, je les sépare en trois groupes de cinq filles avec des éventails, des rubans et des mouvements de jazz énergiques, puis je les mélange au fur et à mesure de la musique.

« Maintenez les cercles de la même taille pendant ces trois mesures, puis formez des lignes qui s'entremêlent. »

Donner des instructions s'avère naturel chez moi, et les filles sont vraiment douées. Nous avions cinq cents élèves parmi lesquels choisir des danseuses, et nous avons formé un groupe avec les meilleures. Mais à la fin du week-end, la danse n'a pas encore pris forme. Honnêtement, c'est un mélange aléatoire de rubans et d'éventails.

Cependant, tandis que je travaille avec elles, je sens un certain calme en moi, une sensation d'équilibre au fond de mon être. Mes parents m'ont envoyée pour que je découvre mon héritage, mais en chemin, je découvre aussi des parties de moi, même si ce n'est pas ce qu'ils veulent que je sois.

Entre les cours et la danse, je passe un appel de détresse à Pearl depuis le téléphone du hall et lui demande des astuces à transmettre à Xavier.

« Il faut qu'il trouve un professeur de lecture pour dyslexique quand vous reviendrez, dit Pearl. Mais tu peux quand même lire avec lui. Papa le faisait avec moi quand j'étais petite, tu te souviens ? On lisait pendant des heures le soir. Et on utilisait des lettres en pâte à modeler. C'était amusant. »

Quand ma petite sœur a-t-elle grandi ?

« Je m'en souviens. »

Papa était sur le canapé avec Pearl sur les genoux, un livre ouvert sur les jambes maigres de celle-ci. Ils lisaient bien après l'heure du coucher, jusqu'à ce que notre mère lui dise avec colère d'aller au lit et réprimande notre père. Ce dernier est un ours en peluche étourdi quand il se lance dans quelque chose. Mais je n'ai pas envie de penser à lui de cette façon. Cela m'empêche de m'accrocher à ma colère.

Le soir, tandis que les tempêtes s'abattent sur les fenêtres, Xavier et moi travaillons dans l'espace détente du cinquième étage. J'apporte nos livres de lecture. Il apporte une boîte de barbes de dragon.

« *Chuang qian ming yue guang.* »

Je lis le pinyin phonétique du poème qui nous a été donné en devoir.

« Je ne sais pas du tout ce que je viens de déchiffrer. Quelque chose, quelque chose, lune lumineuse, quelque chose.

— *Chuáng qián míng yuè guāng.* »

Il corrige les tons.

« Je suis presque sûr que tu as dit : *Le clair de lune lumineux tombe près de mon lit*. La plupart des enfants chinois apprennent ce poème à l'école primaire.

— Pourquoi est-ce que le Dragon ne nous donne pas la traduction ? marmonné-je. Au moins, on forme une bonne équipe, toi et moi. Je ne comprends pas la moitié de ce que je dis, mais toi…

— Je comprends ce que tu dis, mais je ne peux pas le lire. »

Il sourit. Sa dent de devant est légèrement de travers. Je ne l'avais pas remarqué auparavant.

« C'est plutôt amusant. »

Il est amusant. Il est plein d'autodérision d'une manière ironique. J'espère que je l'aide en lui montrant que ce qu'il pensait à propos de lui est faux. J'ai envie de lui donner quelque chose de positif cet été, même si je ne sais pas si je peux lui donner ce qu'il veut.

Il ne fait pas pression sur moi en dehors de la lecture.

Peut-être qu'il commence à me considérer de nouveau comme une amie. Je l'espère.

Le lundi après-midi suivant, la cinquième semaine à Chien Tan et une semaine après le départ de Rick, ma liste de croix a suffisamment rapetissé pour que je puisse sortir de nouveau, tant que j'en demande l'autorisation au bureau. Lorsque je retrouve les filles dans la cour, je leur dis :

« Vous voulez qu'on s'entraîne devant le Théâtre national aujourd'hui ? Ça pourrait nous inspirer. »

Elles sont partantes. Bras dessus bras dessous en chantant *Orchid Grass*, nous passons devant l'étang et remontons l'allée. Lorsque nous tournons au coin, j'aperçois Sophie qui vient vers nous dans une robe d'été jaune, la carrure de rugbyman de Matteo la faisant paraître minuscule à côté de lui.

« Ce n'est pas vrai, je ne parle *pas* trop. »

Le visage rond de Matteo et son accent italien sont crispés par la colère. D'une main charnue, il tire sauvagement sur le col de son polo à rayures. Le poing de son autre main est serré.

« Je suis désolé, bébé. Tu as raison. Je suis juste de mauvaise humeur, d'accord ? Je te promets que je vais me rattraper. »

Sophie passe sa main sur le coude de Matteo, mais les articulations des doigts de celui-ci sont encore blanches. Ils se sont câlinés pendant les trajets en bus pour aller à l'ancienne résidence de Chiang Kai-shek et au zoo, et j'ai entendu dire qu'ils avaient secrètement emménagé dans une chambre libre. Mais le tempérament explosif de Matteo a poussé Grace Pu à abandonner le programme. Je suis sûre que Rick ne serait pas d'accord. Et il m'a demandé de prendre soin d'elle.

Sophie nous voit. Elle nous balaie du regard. Son maquillage impeccable, y compris son eye-liner vert, et sa jolie robe d'été tranchent énormément avec mon short, mon débardeur et mon visage nu. Je ne me sens plus complexée en le remarquant, mais je me prépare quand même au pire en disant :

« Mei-Hwa a déposé ton linge du pressing. Je l'ai mis dans ton armoire.

— J'irai le chercher. »

Quelque chose qui ressemble à du regret brille dans ses yeux et je ressens la même chose. Je l'ai vue déposer des boîtes de gâteaux à l'ananas dans l'espace détente pour les autres, puis s'éclipser sans s'en attribuer le mérite. C'est la générosité typique de Sophie, mais à présent, ses épaules sont voûtées et ses yeux sont sombres. Nous nous sommes bien entendues dès le premier jour. Elle m'a aidée à me libérer de ma camisole de force. Si seulement je pouvais parler d'elle à Rick.

Elle commence à passer devant nous, puis se retourne.

« Ever ?

— Oui ?

— Il y a des travaux dans le métro. Il vaut peut-être mieux que vous traversiez la rivière et que vous preniez un taxi. »

C'est un bon conseil. Nous éviterons de perdre quinze minutes à retourner sur nos pas et les taxis ne sont pas chers si on divise le prix de la course par quatre.

« Merci », dis-je.

Sophie hoche la tête, passe sa main sous le bras de Matteo et continue d'avancer.

J'ajoute mentalement un élément au Plan d'Ever Wong.

Arranger les choses avec Sophie. D'une manière ou d'une autre.

Nos taxis nous déposent devant la place de la Liberté, une grande place publique devant laquelle se trouve une grande porte composée de cinq arches blanches ornées de toits de pagode bleus. Elle s'ouvre sur une grande avenue flanquée d'arbres sculptés qui mène au temple blanc avec un toit de pagode bleu du mémorial de Chiang Kai-shek.

De chaque côté de l'avenue, deux bâtiments chinois traditionnels sont face à face : le Théâtre national et la salle de concert nationale. Ce sont des œuvres d'art en soi : des marches en pierres larges mènent à une plateforme qui entoure chaque bâtiment, des colonnes rouges maintiennent des toits à deux niveaux orange sur lesquels des dragons, des phénix et d'autres créatures mythologiques chinoises descendent les uns derrière les autres vers les coins en forme de queue d'hirondelle.

Une brise souffle dans l'air humide. Je guide les filles en haut des escaliers, jusqu'à la plateforme du Théâtre national. Une paroi couverte de portes en verre nous renvoie notre image comme les miroirs d'un studio de danse. Des affiches promeuvent les représentations à venir de l'opéra de Pékin et du quatuor à cordes de Julliard.

« On n'aurait pas pu souhaiter un meilleur endroit pour nous entraîner, dis-je avec joie. On dirait Carnegie Hall. Ou le Théâtre national de Washington.

— C'est là que j'ai appris à faire du vélo. »

Lena touche son pendentif en forme de croix et son regard suit un petit garçon qui pédale sur sa propre bicyclette sous le regard attentif de ses parents.

« Vraiment ? »

J'ai appris à en faire dans le parc à côté de chez moi, avec mon père qui agrippait l'arrière de ma selle tout en essayant de suivre le rythme.

« Tu étais en visite ?

— Je suis née ici. »

Dans sa voix traînante du Sud, j'entends désormais une pointe d'accent taïwanais.

« J'ai déménagé aux États-Unis avec ma famille quand j'avais 11 ans.

— J'ai du mal à imaginer le fait de venir ici comme si c'était mon propre jardin. »

Ma mère avait-elle appris à faire du vélo sur une place comme celle-ci ? Mon père était-il comme un de ces garçons qui jouent aux cartes dans le coin ? Écoutaient-ils de la musique pop et flirtaient-ils, ou étaient-ils sérieux et concentrés ?

« Ever, m'appelle Debra. Tu es prête ? »

Mon regard s'était perdu sur la place, à la recherche de fantômes.

« Oui, dis-je. C'est parti. »

Les haut-parleurs de Debra commencent à jouer *Lán Huā Cǎo, Orchid Grass*, la vieille chanson que Mei-Hwa m'a fait écouter. J'adore la simplicité de la mélodie pour commencer la chorégraphie. Mes filles se positionnent sur la plateforme. Leurs reflets dansent dans la rangée de miroirs. Tandis que la musique se confond avec la suivante, j'ajuste la mise en place pour équilibrer les longs rubans qui tournoient, les éventails en palissandre et les danseuses de jazz sans accessoires. La musique passe à une chanson qui n'a pas encore de chorégraphie, les filles se mettent à danser librement de manière spontanée et nous passons autant de temps à rire qu'à répéter.

Finalement, trempées de sueur, nous nous affalons sur les marches et buvons à la bouteille.

« Lena, tu danses comme de l'eau », dis-je, et les filles sont d'accord avec moi.

Elle a un corps semblable à celui de Megan : souple et mince. Je ne l'avais jamais vue danser avant la création de notre groupe, elle n'est jamais venue en discothèque. Elle est très impliquée dans les séances hebdomadaires d'étude de la Bible qu'elle a démarrées au cinquième étage. Je suis surprise qu'elle ait accepté de se joindre à nous. Et je lui en suis reconnaissante.

« Ma mère est danseuse. »

Elle lisse ses cheveux noirs en arrière avec son bandeau élastique rouge.

« Elle a renoncé à sa carrière pour m'élever. J'ai envisagé de devenir danseuse professionnelle aussi, mais j'en ai parlé avec ma mère et le monde de la danse est impitoyable. C'est pire que le sport professionnel, où au moins, tu gagnes ou tu perds le match. La danse, c'est subjectif.

— Alors, qu'est-ce que tu vas faire à la place ?

— J'ai envoyé ma candidature à une faculté de physiothérapie. Je veux travailler avec des danseurs. Comme ça, je pourrais avoir un contact avec ce monde-là et choisir mes horaires, et j'aurai encore le temps de m'entraîner.

— Tu as tellement de chance de pouvoir parler de tout ça avec ta mère. »

Pourquoi est-ce que je ne peux pas le faire, moi ? Est-ce que c'est parce que nous avons grandi dans des cultures différentes ? Si mes parents avaient été élevés en Amérique, ou que j'avais grandi en Asie, comme Lena…

Toutes les questions importantes de ma vie, je les pose à ma meilleure amie ou au documentaliste. Je ne parle jamais à mes parents des livres que je lis ou de la musique que j'adore ou des chorégraphies dans ma tête. J'ai trop peur qu'ils prennent ce petit morceau d'âme que je leur présente et qu'ils le jettent à la poubelle.

« Ma mère m'a dit d'essayer de trouver d'autres moyens d'aborder la danse, quelque chose qui ferait de moi autre chose qu'un beau corps. Mais je ne suis pas comme toi. »

Elle pose une main sur son cœur et des fossettes se creusent sur ses joues lorsqu'elle affiche un sourire malicieux.

« Je suis juste une danseuse. Pas comme toi, une *chorégraphe*. Tout le monde n'a pas cette capacité. »

Je suis trop abasourdie pour nier automatiquement, comme d'habitude. Megan m'a souvent dit que j'étais une chorégraphe. Est-ce vrai ? Et si c'est le cas, qu'est-ce que cela signifie ?

Le soleil commence à se coucher derrière Taipei. Nous devons finir.

« Prête pour les dernières répétitions ? » demandé-je.

Les filles grognent, mais se lèvent de bon cœur et se déploient.

Leurs mouvements s'unissent, leurs bras, leurs jambes et leurs angles sont de plus en plus synchronisés au fur et à mesure des répétitions. Mais il y a encore quelque chose qui cloche et sur lequel je n'arrive pas à mettre le doigt. Tandis que j'observe la dernière danse, je comprends ce qu'il manque.

« Il manque un élément pour parfaire le tout », dis-je tandis que Debra se heurte à Laura.

Les filles ont repris le duo interactif de Megan et moi et la chorégraphie ressemble à une toile informe qui s'agite dans le vent.

« C'est super tel quel, dit Debra. Il faut juste qu'on l'apprenne.

— Sérieusement, c'est génial, Ever, dit Laura.

— C'est génial grâce à vous. »

Je souris, reconnaissante de leur soutien.

Mais la chorégraphe en moi – je mets cette identité à l'essai et elle grince un peu – en veut plus.

28

Mardi soir, je passe un quart d'heure derrière mon bureau pour parler avec ma mère sur Skype. J'essaie de l'aider à s'occuper d'une facture médicale que notre assurance refuse de couvrir. Nous sommes tendues, frustrées par la nécessité de cet appel qu'aucune de nous ne veut endurer. Mon père ne m'a pas adressé la parole depuis qu'ils m'ont téléphoné à propos de ma photo de nu. Le fait qu'il soit encore en colère est plus douloureux que je ne veux bien l'admettre, mais j'essaie de ne pas trop y penser. Au moins, ma mère n'a pas reparlé des photos.

Lorsque nous terminons, elle me dit :

« Ever ? J'ai trouvé un billet de Taipei qui est presque au bon prix. J'attends qu'il baisse un peu.

— *Maman.* »

Il n'en faut pas plus pour que ma tension artérielle s'envole.

« Je me comporte bien. J'ai des A dans toutes les matières. J'ai même des cours particuliers. Je n'ai pas besoin de rentrer plus tôt. En plus, le programme ne dure plus que trois semaines.

— Ton père et moi, nous avons commis une erreur en t'envoyant là-bas pour ton dernier été. »

Ils sont unis, comme toujours.

Je me déconnecte, me lève et réalise que mes jambes tremblent.

J'envoie un message à Pearl :

Est-ce qu'ils cherchent vraiment à me faire revenir à la maison ?

Pearl : Oui. Ils parlent de ta photo tous les soirs.

Je grogne et saisis mon *bō*, le fais tourner d'une manière hypnotisante jusqu'à ce qu'il vrombisse, puis je tourne sur moi-même tout en le faisant tournoyer sur place. C'est un tour que je fais dans mes chorégraphies avec les drapeaux. Une partie de ce mouvement impressionnerait Rick. Il est parti depuis une semaine, a raté la course de bateau-dragon qu'il a organisée lui-même et dont j'ai été exclue. J'ai envie de lui parler de la chorégraphie que j'élabore pour le spectacle de talents. J'ai envie de le battre au cours d'un autre duel. Je sors mon encrier de calligraphie et mon pinceau le plus fin, et peins mon nom chinois sur le bout du bâton :

王爱美

Je souffle sur la peinture jusqu'à ce qu'elle sèche.

Toutes les affaires de Rick sont encore là. Il doit revenir. Il le faut.

Xavier est déjà sur le canapé quand j'entre dans l'espace détente du cinquième étage. Les trois boutons du haut de sa chemise noire sont défaits et son crayon glisse sur le carnet à dessin qui est posé sur ses genoux. Il dessine en public, ce qui est nouveau pour lui. Un livre de lecture et une boîte de barbes de dragon sont posés à côté de lui.

D'un doigt, il écarte ses cheveux ondulés de ses yeux.

« Ça va ? »

Je m'assois lourdement près de lui et ouvre la boîte.

« Mes parents essaient de me faire retourner chez moi après m'avoir forcée à venir ici. Maintenant que j'ai enfin assemblé un groupe de danseuses. »

Maintenant que je me sens enfin chez moi.

« Je ne veux pas que tu partes non plus. »

Il masse ma nuque à l'aide de ses doigts froids et je lutte contre une pointe de culpabilité.

Je m'écarte de lui.

« Ne fais pas ça. »

Il repose sa main sur ses genoux. Au bout d'un moment, il dit :

« S'ils attendent que les prix des billets baissent, je doute que ça arrive.

— Espérons que non. »

Mais je ne lutte pas juste contre le billet. Je lutte contre l'angoisse, la culpabilité qui a débordé comme le sang d'une mauvaise coupure quand j'ai vu ma mère ce soir. Les rides étaient plus profondes autour de ses yeux. La tasse de plantes médicinales qu'elle boit pour les douleurs de dos qu'elle a tout le temps. Son acharnement à maximiser chaque dollar.

« J'ai apporté du riz. »

Je lui montre un paquet enveloppé dans du plastique de la taille de mon poing ; je l'ai obtenu en flattant le personnel de cuisine.

« On peut faire des lettres en pâte de riz. »

L'astuce de Pearl. Nous broyons le riz avec nos genoux pour en faire de la pâte grise et former des lettres sur la table jusqu'à ce qu'elle durcisse.

« Cool. »

Puis Xavier me montre un DVD à l'air ancien.

« J'ai apporté quelque chose de différent pour ce soir. *Fong Sai-Yuk*. Tu as dit que tu allais lui donner une chance. »

Le film de kung-fu.

« J'ai dit *peut-être*. »

Je souris.

« Le premier jour, quand je ne savais pas de quoi je parlais. »

Et il s'en est souvenu.

« Ça marche. »

Xavier met le DVD dans le lecteur et baisse les lumières. C'est un vieux film, le jeu des acteurs est exagéré, mais tandis que l'histoire se déroule à l'écran, je m'enfonce de plus en plus dans le canapé. Je lis les sous-titres : un ambitieux artiste martial chinois rivalise pour obtenir la main de la fille d'un voyou puissant, puis part en voyage pour sauver son père.

« Je n'arrive pas à croire que je suis en train de regarder ça. Je veux dire, mon *père* regarde ce genre de film. Quelques trucs à propos de la fille sont démodés, mais l'histoire est plutôt bonne.

— Je te l'ai dit, les films de kung-fu ont mauvaise réputation. Il ne s'agit pas d'un tas de mecs qui se battent. Ils parlent d'honneur. De gloire. De *sacrifice*. »

Il se frappe la poitrine, ce qui me fait sourire.

J'applaudis pendant le générique de fin.

« Oh, *ouah*. Quand Jet Li a attaché son ami mort sur son dos et qu'il a obligé leurs ennemis à s'aplatir devant lui, c'était franchement…

— La meilleure scène de l'histoire des films de kung-fu.

— Je te jure, j'ai eu des frissons. Tu as raison pour la chorégraphie. Merci. Je n'aurais jamais regardé ça toute seule. »

Il passe une mèche de mes cheveux derrière mon oreille. Ses doigts s'attardent sur mon cou et cette fois, je ne recule pas.

L'heure de mon couvre-feu est déjà passée, mais Mei-Hwa n'est pas encore venue me chercher.

« Pourquoi est-ce que tu me fais confiance ? » demandé-je.

Ses doigts suivent la courbe de mon épaule, la ligne de mon bras jusqu'à mon coude, dessinant mes contours.

« Tu n'as jamais parlé de mes dessins à personne.

— Je l'ai fait avant de savoir que c'était toi.

— Exactement. »

Même si, sur la croisière de l'amour, tout semble à la merci des ragots, je n'ai jamais envisagé de dire à qui que ce soit qu'il était mon artiste.

« Ce n'est pas à moi de révéler ce secret. »

Ses doigts sont arrivés sur le dos de ma main.

« Ça n'empêche pas les gens de le faire, d'habitude. »

Je me libère.

« Je peux voir tes derniers dessins ? »

Il soutient mon regard un moment. Puis il pose son carnet de croquis sur mes genoux et me montre la porte composée de cinq arches du Musée national du palais. La viande de jaspe, les couches crémeuses de gras brillant, aussi délicieuse qu'un vrai morceau. À chaque page, ses dessins révèlent un peu plus de confiance.

« Tu devrais avoir ton propre numéro au spectacle de talents, dis-je.

— Pour de la peinture ? se moque-t-il.

— Oui, pourquoi pas ? Tu pourrais peindre une murale et l'accrocher.

— Je préfère te montrer mes dessins et c'est tout. »

Son regard me fait rougir. Je baisse les yeux vers le tube rectangulaire dont il extrait un petit rouleau.

Il déroule un croquis de trois vieillards coiffés de chapeaux noirs, assis en rang, un vendeur de poêles et de casseroles du marché nocturne derrière eux. Leurs barbes sont grises avec quelques poils noirs. Leurs vêtements en coton sont raccommodés et poussiéreux à certains endroits. C'est un choix inhabituel pour un garçon riche.

« Je les ai vus et j'ai pensé : peut-être que c'est à ce moment-là que tu trouves la paix, quand tu es aussi vieux. Peut-être que le secret, c'est de vivre sacrément longtemps avec les bonnes personnes.

— Oh. »

Il touche une corde sensible dans mon cœur.

« Je l'adore. »

Un nuage de paix s'étend au-dessus d'eux, c'est vrai. De la mélancolie. Il ouvre son âme.

« Je l'ai peint pour toi », murmure-t-il.

Sans m'en rendre compte, je me suis rapprochée et mon genou effleure le sien. Je sens l'odeur du gel et de l'eau de Cologne. Je ferme les yeux et essaie de stabiliser ma respiration. Et si je me lançais sur cette voie avec lui ? Lui, peignant, moi, dansant, nous deux poursuivant notre art et encourageant l'autre ensuite ? Il a peint mon portrait une douzaine de fois et semble très sûr en ce qui me concerne.

« Xavier, je ne sais pas… »

Ses lèvres douces font taire les miennes. Il a le goût du sucre en poudre. Je recule, mais avant que je puisse décider si ce baiser me plaît ou si je suis en colère parce qu'il me l'a volé, j'entends des pas dans les escaliers. La porte s'ouvre brusquement et Sophie traverse la pièce en courant, sa robe couleur mandarine préférée est froissée, comme si elle avait dormi dedans. Sa main est appuyée contre sa pommette. Elle détourne le regard de nous, mais au-dessus de ses doigts, un de ses yeux devient violet comme une tache d'encre humide.

« Sophie, qu'est-ce que… »

Xavier se lève, mais elle passe devant lui. Elle sent l'huile de noix de coco.

Je me lève aussi.

« Xavier, je dois y aller. »

Je suis Sophie à toute vitesse vers notre chambre. La main toujours appuyée sur sa joue, elle bataille avec le thermos d'eau chaude sur notre commode. Je saisis la serviette sur le dos de ma chaise et m'approche d'elle.

« Sophie, est-ce que ça va ?

— Je me suis cognée contre un mur. »

Elle utilise ses deux mains pour ouvrir le thermos. Le blanc de son œil est complètement rouge. Je déglutis avec difficulté tandis qu'elle verse de l'eau chaude sur sa serviette.

« Il te faut quelque chose de froid, pas de chaud. Je vais aller chercher de la glace. Attends une seconde. »

Je sors et trotte jusqu'à la machine à glaçons, près de la sortie de secours, et en profite pour effacer l'expression choquée de mon visage. Cela ne peut pas être vrai, si ? Est-ce que Matteo…

À mon retour dans la chambre, je mets le linge froid dans sa main.

« La chaleur te fera du bien plus tard, mais pas avant quelques jours, balbutié-je. Je me suis donné un coup dans l'œil avec mon drapeau une fois. »

Elle fronce les sourcils ; elle ne veut pas de mon aide. Puis elle grimace et appuie ma serviette sur son visage.

« Tu es sûre que tu t'es heurtée à un mur ? »

Son œil sain me jette un regard noir.

« Tu es vraiment la dernière personne à pouvoir me faire la leçon sur ma vie amoureuse. »

Elle a raison.

« Je suis inquiète pour toi, dis-je douloureusement. Tu dois le dire au Dragon…

— Ce ne sont pas tes affaires. »

Avec la serviette sur l'œil, elle monte sur son lit et tire les couvertures sur sa tête, me tournant le dos. Elle ne bouge pas.

Au bout d'un moment, j'éteins les lumières et monte sur mon propre lit. J'entends sa respiration tremblante ; elle étouffe ses pleurs. Mon poing se serre d'un geste impuissant sur ma taie d'oreiller. Sans Rick, elle est seule.

Je tends le bras par-dessus mon matelas, saisis mon bâton en rotin et le pose à côté de moi sur mon lit. J'ai besoin de son réconfort solide. J'ai envie de le tendre vers elle, de construire un pont entre nous, mais je sais qu'elle ne le prendra pas.

Et si je ne peux pas lui parler, je dois trouver quelqu'un d'autre pour le faire.

❖

Le lendemain matin, Sophie n'est plus là. Son lit est fait. Elle a plié ma serviette humide en quatre et a laissé un mot indiquant qu'elle était sortie avec Matteo et qu'elle reviendrait tard. Elle n'a jamais fait cela auparavant.

Je m'habille et me précipite en bas, mais elle n'est ni dans le réfectoire, ni dans le hall, ni dans la cour. Debra traverse la pelouse et se dirige vers moi, un sac en papier rempli de *bāozis* chauds du 7-Eleven à la main.

« Tu as vu Sophie ? demandé-je.

— Elle est sortie.

— Avec qui ?

— Matteo, Benji et Grace, je crois. Ils allaient passer la journée à Yángmíngshān. »

Les montagnes, une excursion d'une journée depuis Taipei. Au moins, Sophie n'est pas seule avec Matteo, mais après avoir lu son mot, je suis encore plus déterminée à l'aider.

Je monte les marches menant à l'étage de Rick, pour lui demander de l'aide au cas où il serait enfin revenu. Je ressens une certaine douleur au centre de ma poitrine, une douleur que je n'avais jamais ressentie auparavant. Ce que j'ai dit à Tante

Claire à propos de lui était vrai. Depuis que je suis petite, une partie de moi est attirée par ce garçon dont les parents ont émigré de Chine, comme les miens, et qui a réussi à conquérir le monde. En réalité, si j'avais vraiment un petit ami, si je pouvais mettre de côté le fait agaçant que mes parents vénèrent le sol qu'il foule, j'aimerais qu'il soit comme Rick.

Voilà, je l'ai dit.

Et il est avec Jenna.

Personne ne répond quand je frappe à la porte. Le père de Xavier est venu le chercher ce matin pour une journée en famille. Je redescends au rez-de-chaussée et me dirige vers la réception.

« Est-ce que Rick Woo fait encore partie du programme ? demandé-je au réceptionniste en espérant ne pas donner l'impression d'être obsédée par lui. Est-ce qu'il est parti pour de bon ? »

Comme j'étais bête de penser que ses affaires étaient assez importantes pour le faire revenir. Li-Han pourrait les empaqueter et les envoyer aux États-Unis.

Comme j'étais bête d'espérer que j'aurais pu être assez importante, *moi*.

« Je suis désolé, je ne sais pas, répond-il.

— Est-ce que je pourrais avoir son numéro de portable ? »

Il fronce les sourcils.

« Je ne suis pas autorisé à divulguer des renseignements personnels. »

J'aurais préféré ne jamais remettre les pieds dans le bureau du Dragon, mais je tente ma chance avec elle. Li-Han est là, en train de sculpter un sifflet dans un morceau de bambou, qu'il cache quand j'entre.

« Je ne pense pas qu'il soit parti. »

Il gratte son épaisse tignasse de cheveux noirs.

« Et toi, tu ne pars pas ? Tes parents vont changer ton billet, non ?

– Non, dis-je sèchement. Ils devront me kidnapper et me parachuter chez moi. »

Xavier est encore avec son père, nous ne nous voyons donc pas ce soir. Je suis ravie qu'il ne soit pas là. Je n'ai toujours pas décidé ce que je pense de son baiser. Je ne sais pas si je suis prête à me lancer dans cette voie avec lui. Dans ma chambre, je tire mon *bō* des couvertures. Il y a un mouvement que j'adore : une série de tours tonneaux d'un côté à l'autre de la scène, mais c'est un mouvement d'homme du prince Seigfried, dans *Le Lac des cygnes*. Ma chambre est trop étroite pour le faire, je vais donc dans la cour arrière et m'entraîne sous le ciel qui s'assombrit. Je saute de plus en plus haut, améliore mes tours, me délectant de la puissance et du *bō*. Un enchaînement commence à prendre forme et je ris en reconnaissant quelques-uns des mouvements de kung-fu de *Fong Sai-Yuk*. Heureusement, seule la carpe en pierre me regarde : Ever Wong, la danseuse ringarde.

Après ma douche, j'enfile ma chemise de nuit et enroule mes cheveux humides dans une serviette. Alors que je me dirige vers ma chambre, mes pieds pratiquent le nouvel enchaînement : des pas rapides, un saut, un tour sur un pied...

Un cri derrière moi m'arrache à mon rêve.

Sophie se précipite vers moi dans le couloir en enfonçant ses bras dans son chemisier à fleurs. Ses jambes sont nues, elle ne porte qu'une culotte noire et un soutien-gorge en dentelle assorti. Sa jupe bleue volette dans ses bras.

« Espèce de salope ! »

Derrière elle, Matteo fonce dans une stupeur ivre, remontant son pantalon d'une main. Il glisse et se rattrape avec une main et un genou.

« *Putain de salope* ! »

Sophie chancelle.

« Ne t'approche pas de moi ! »

Ils sont de retour.

Je fonce vers notre porte et agrippe la terrible poignée. Je pousse, je pousse… *Pourquoi est-ce qu'il faut qu'elle soit toujours coincée ?* Le désespoir me donne de la force et je l'enfonce, fais passer Sophie et trébuche derrière elle. Elle sent le shampooing pour homme, la transpiration et la peur. Je referme la porte alors que Matteo s'élance, son visage costaud trahissant sa rage, ses yeux injectés de sang crachant des insultes. Le battant tremble sous son poids. Je mets le verrou en place et tiens bon. Derrière moi, la porte convulse tandis qu'il frappe sans arrêt.

« Espèce d'allumeuse ! »

La porte tremble sous ses coups. La charnière du bas vole en éclat et des moutons de poussière tournoient par-dessus mes pieds nus tandis que je prie pour que le bois tienne bon.

« Qu'est-ce que tu fais, Deng ? » gronde une voix à l'extérieur.

Xavier ?

J'écarquille les yeux et Sophie pose une main sur sa bouche.

« Dégage, gosse de riche. Ce couloir ne t'appartient pas. »

Mais les coups de Matteo faiblissent.

La voix de Xavier est douce. Calme.

« Et si on allait boire un verre, toi et moi ? Tu dois te laver un peu. Je te retrouve en bas. »

Matteo marmonne quelque chose que je n'entends pas bien. Puis ses pas s'éloignent. Au bout d'un moment, Sophie écarte ses cheveux de son visage d'une main tremblante. J'ai un bleu sur l'épaule, et Sophie bouge frénétiquement, comme les ailes d'un colibri. La panique la fait écarquiller les yeux, son œil violet est tellement gonflé qu'elle ne peut pas l'ouvrir.

Quelqu'un frappe à la porte. Xavier.

« Les filles, ça va ? »

Le regard de Sophie s'embrase.

« Oui. Très bien. »

Elle me fait signe de ne pas ouvrir la porte.

« Merci, Xavier. Je vais bien.

— Tout va bien, Xavier.

— Il est déjà en train de dormir dans sa chambre. Je serai dans l'espace détente, au bout du couloir. Ne vous inquiétez pas. »

Xavier monte la garde. Je lui en suis reconnaissante.

« Merci », murmuré-je à travers la fissure de la porte.

J'ai de la chance qu'il soit bien plus gentil que Matteo.

Quand les bruits de ses pas s'éloignent, je me tourne vers Sophie.

« J'ai cru qu'il allait te tuer. »

Elle s'affale sur son lit et serre ses jambes contre elle. Du mascara coule sur ses joues et elle l'étale sur son visage, formant une tache grisâtre.

Elle pince les lèvres d'un air déterminé et furieux.

« Je l'ai mordu. »

Je m'assois à côté d'elle et lui prends la main.

« C'était de la légitime défense. Il faut qu'on le dise au Dragon. »

Elle recule en éclatant d'un rire amer.

« Oh, ça va bien se passer, c'est sûr. L'allumeuse a un coquard. À quoi elle s'attendait ?

— *Sophie.* »

Je serre ma chemise de nuit à deux mains. Elle est si forte pour les autres... Pourquoi ne l'est-elle pas quand il s'agit d'elle-même ?

« Aucun mec ne devrait te traiter comme ça.

— O.K., Maman. »

Je la jauge du regard.

« Je crois que tu ne le sais pas. »

Son œil sain est pris d'un spasme et elle le frotte avec impatience. Puis elle serre ses jambes contre sa poitrine et enfouit son visage entre ses genoux. Elle étouffe un sanglot.

« Je ne peux pas le respecter. Je ne peux respecter aucun d'entre eux. Je ne sais pas me taire et c'est pour ça qu'ils me *détestent*. Même si toutes les probabilités étaient en ma faveur sur la croisière de l'amour, Tante Claire a raison. Aucun mec ne voudra jamais de moi. »

Oh, Tante Claire.

« Elle a une vie formidable, mais je ne te souhaiterais jamais une chose pareille. »

Je passe une mèche des cheveux de mon amie derrière son oreille.

« Est-ce que ça compte vraiment autant pour toi de trouver un mec ?

— Un mec *riche*. »

Elle recule.

« Laisse-moi être la personne horrible que je suis, d'accord ? Tu ne sais pas de quoi tu parles. Même Tante Claire ne sait pas de quoi elle parle.

— Essaie de m'expliquer.

— Après le divorce, ma mère est allée travailler dans un hôtel et un connard de responsable lui a mis la main aux fesses. Elle l'a poussé pour qu'il tombe sur les *siennes*, et maintenant, elle nettoie des toilettes. J'ai dû renoncer à mes dîners pour que mes frères mangent. Ma mère rentre à la maison avec un peu plus de cheveux blancs tous les jours. Elle est devenue laide en l'espace d'une seule année. Personne de bien ne veut d'*elle* maintenant. Je ne serai jamais vieille et pauvre et laissée de côté comme elle.

— Tu n'es pas ta mère. *Tu* vas aller à *Dartmouth*, tu te rends compte ? »

Je secoue son épaule.

« Tu négocies comme un *requin* et tu es plus intelligente que quatre-vingt-dix-neuf pour cent de la planète. D'après ce que je sais, ça inclut la plupart des mecs en vie. Alors pourquoi est-ce que tu ne gagnes pas ton *propre* million de dollars ? »

Sophie sourcille comme si j'avais parlé en pig latin. Mais elle baisse les jambes.

« Ma mère m'a dit de ne pas envoyer ma candidature à Dartmouth. Tes parents te soûlent avec tes notes. Ma mère, c'est tout le contraire. Elle m'a dit que je n'arriverai pas à être acceptée, et maintenant que j'ai réussi, elle a peur que je sois vouée à l'échec. Comme elle, je suppose. »

Une pensée flambe dans mon esprit : *Comment sa mère peut-elle être aussi aveugle ?* Mais une autre partie de moi commence à comprendre. Comme mon père, écrasé par le poids de sa propre formation qui ne lui a servi à rien. Mais au lieu de pousser sa fille vers de nouveaux sommets, la mère de Sophie a essayé de l'empêcher d'échouer de la même façon.

« Sophie, tu vas diriger des entreprises, un jour. Tu vas apparaître sur les listes des femmes les plus puissantes du monde. »

J'y crois.

« Fais-moi confiance. »

Elle enroule sa couverture autour de ses poings. Ses yeux sont humides. D'une voix étranglée, elle dit :

« Je n'ai jamais rien fait d'aussi horrible que ce que je t'ai fait.

— Oui, c'était horrible. »

Mais j'ai appris quelque chose à propos de moi. Après avoir touché le fond, je suis assez forte pour me relever.

« Je savais que tu ne le dirais pas, et tu ne l'as pas fait. J'avais envie de te tailler le visage en pièces à cause de ce qui s'est passé avec Xavier. Mais pendant tout ce temps, je savais que tu étais mieux que moi. Je savais que c'était pour ça qu'il te préférait.

— Je ne suis pas mieux que toi. J'étais jalouse. »

Tout comme j'étais jalouse de Megan, je l'étais aussi de Sophie. Et de Jenna.

« Je manquais de confiance en moi et j'ai fini par faire du mal à tout le monde. »

Elle serre les poings sur sa couverture.

« J'ai imprimé vingt photos de toi. J'ai essayé de récupérer le reste, mais je ne sais pas qui les a. Ou si quelqu'un les a. »

Vingt. Je déglutis avec difficulté. Cela signifie qu'il en reste cinq dans la nature, à moins que l'une d'entre elles ait atteint l'infinité d'Internet.

J'ouvre son éventail bleu et le lui donne.

« Tu crois que ça te plairait de te joindre à mon groupe de danse ? »

Elle écarquille les yeux en le prenant. Elle le fait tourner dans sa main.

« Qu'est-ce que je devrai faire ?

— Danser avec nous. »

Elle sourit presque.

« Je t'ai vue. Tu sais bouger. Je peux te mettre au milieu, ou dans le fond, comme tu préfères. Promets-moi juste qu'on parlera de Matteo à Mei-Hwa demain matin.

— Mei-Hwa ? »

Je hoche la tête.

« Ce n'est pas le Dragon, mais elle la connaît. Elle nous aidera à trouver le meilleur moyen de gérer la situation. »

Sophie replie l'éventail et se frotte la joue d'un air incertain.

« Ce n'est pas bien quand les filles rapportent, pas vrai ?

— Ou quand elles font des vagues. »

Nous gardons le silence. Puis elle hoche la tête.

« D'accord. »

Je la serre dans mes bras.

Je trouve Mei-Hwa au petit déjeuner. Sophie, elle et moi allons dans une alcôve du hall. Le visage fin de la monitrice s'assombrit au fur et à mesure de notre récit. Puis elle passe à l'action. Quinze minutes plus tard, nous sommes toutes les trois dans le bureau, face au Dragon. Mei-Hwa raconte toute l'histoire dans un mandarin parfait et rapide, elle lui explique ce qui est arrivé à Sophie et la honte que cela pourrait jeter sur le programme.

Une demi-heure plus tard, elles demandent à Matteo de faire ses bagages. Il a quitté les lieux avant que le personnel de cuisine ne nettoie le buffet du petit déjeuner.

Sophie est au bord des larmes lorsqu'elle serre Mei-Hwa dans ses bras, et moi aussi.

L'après-midi, Sophie, anormalement sérieuse, se joint au groupe de danse dans la cour trempée par la pluie, son œil au beurre noir caché par du maquillage et l'ombre d'un chapeau de paille. La tempête de la veille a dénudé les cyprès et, à l'instar des arbres, aucune de mes danseuses n'a l'air ravie de la voir parmi nous.

« Tu déconnes ? »

Debra lui jette un regard noir sous ses cheveux bleus et me murmure à l'oreille :

« On a travaillé trop dur pour la laisser nous poignarder dans le dos. En particulier après ce qu'elle a *fait*. Réfléchis, Ever. »

Je serre sa main dans la mienne, reconnaissante de son inquiétude, même si elle n'est pas justifiée.

« Tout ira bien », chuchoté-je.

Puis j'élève la voix.

« Les filles ! On répète. »

Mes danseuses sont splendides dans leur Lycra, leurs tee-shirts, leurs shorts et leurs leggings. Quinze corps forts et complètement différents qui bougent en rythme. Sophie est assise sur un banc et observe d'un œil critique. Je ne sais pas bien pourquoi. Elle ne semble pas encline à danser avec nous. Je ne sais pas comment l'inclure, mais j'ai envie de trouver un moyen de le faire. Puis je suis distraite par la chorégraphie. Au fur et à mesure de la répétition, cette lacune, ce qui m'échappait jusque-là, devient de plus en plus évidente à mes yeux. Comme un trou dans un parachute qui empêche le numéro de véritablement prendre forme.

« Tu ne souris pas, Ever, dit Laura lorsque nous terminons. Qu'est-ce qui ne va pas ?

— Je suis désolée. Cet élément manquant…

— Je le vois aussi. »

Lena ajuste son bandeau rouge.

« Et si tu faisais un solo ? Quelque chose qui bouge. Qui couvre la scène. On dansera autour de toi.

— Je n'ai pas le droit…

— Le Dragon n'a pas besoin de le savoir, dit Debra. Pas avant que tu montes sur scène et à ce moment-là, il sera trop tard. Tu es notre meilleure danseuse. Si on veut réussir ce numéro, tu dois en faire partie. Tu le sais. »

Le Dragon a renvoyé Matteo aujourd'hui, mais l'aide qu'elle m'a apportée ne m'immunise pas contre ses tirs. Je l'imagine se précipiter sur scène et me saisir par le col : *Arrêtez la musique !*

J'imagine que le Dragon ne se précipite *pas* sur la scène et que je danse devant ces garçons qui ont lorgné ma photo de nu. J'en ai la chair de poule.

Mais Debra a raison.

« Elle ne peut pas l'apprendre », dis-je.

Les filles m'en font la promesse.

« On devra être encore plus prudentes pendant les répétitions.

— Pas de problème. »

Je commence à improviser autour d'elles, me faufilant entre les trois groupes. Je tire sur les rubans de Debra, traverse les espaces, essaie de nouveaux pas inspirés par le kung-fu. Le plaisir de faire ce que j'aime, entourée par leur énergie, éclipse enfin mes inquiétudes.

« C'est mieux, avoué-je en prenant ma bouteille d'eau. Ça unit les différentes parties. Mais il manque encore quelque chose, de l'énergie, de l'*intensité*.

— Il vous faut un tambour. »

Sophie prend la parole pour la première fois.

« Je demanderai à Spencer. Il est dans le cours de tambour du dragon. Et qu'est-ce que vous allez faire pour les costumes ?

— Je me disais qu'on pourrait trouver des robes au marché nocturne.

— Je vous conseille du bleu, du vert et de l'orange pour les trois groupes, pour que le public s'y retrouve mieux. Et du rouge ou du blanc pour qu'Ever ressorte du lot. Ma tante a un excellent tailleur à Taipei, et ses prix sont raisonnables. Je vais m'en occuper. Et encore une chose. Vous gâchez votre talent en vous contentant du spectacle de Chien Tan. Notre auditorium, ce n'est qu'un tas de chaises pliables et de vieux rideaux. Je vais parler à mon oncle Ted. Le Théâtre national a parfois besoin d'un numéro d'ouverture. »

Je m'étrangle en buvant.

« Le *Théâtre national* ?

— Alors, on ferait *deux* représentations ? »

Une partie de l'animosité de Debra s'envole.

« Une pour Chien Tan. Et une pour Taipei. »

Sophie sourit timidement, surexcitée et émerveillée, comme si elle était entrée dans un stade et qu'elle avait attrapé une chandelle.

Je lui rends son sourire. Puis, je recule pour mieux voir le groupe.

« Bon, on reprend… »

Je me heurte à un corps ferme derrière moi. Un bras chaud. Tous les regards se tournent vers la personne qui se trouve dans mon dos et les filles écarquillent les yeux.

Je sais de qui il s'agit avant même de me retourner.

J'avais oublié à quel point il était beau en chair et en os, même avec ses cheveux noirs ébouriffés par le voyage et son tee-shirt vert olive chiffonné. Il a passé son sac à dos sur son épaule et le maintient en place à l'aide de son bras musclé. Ses écouteurs sont emmêlés et enroulés autour de son cou.

Son regard couleur ambre croise le mien, et de la tristesse y est mélangée avec un nouvel éclat.

« Rick, dis-je d'une voix rauque. Tu es de retour. »

29

Je dois me retenir pour ne pas me jeter sur lui.

« Je n'étais pas sûre que tu reviendrais.

— Je viens d'arriver. »

Il balaie le groupe du regard.

« Qu'est-ce que vous faites ? »

Je souris tellement que les commissures de mes lèvres me font mal. Mon cœur bat la chamade et a un million de questions à lui poser.

« Une danse. Pour le spectacle de talents.

— C'est Ever qui a fait la chorégraphie.

— Sans blague ?

— C'était ton idée, dis-je.

— Je vais aller mettre mes affaires dans ma chambre. »

Il remonte son sac à dos sur son épaule et passe une main dans ses cheveux avec une nervosité qui ne lui ressemble pas.

« Tu veux bien... passer me voir quand tu auras fini ? »

Les filles échangent des regards et je ramasse un éventail par terre. J'ai envie de cacher mon visage avant de trahir la nervosité qu'il a provoquée en moi.

Je m'efforce de parler d'une voix nonchalante.

« On est encore en train de répéter. J'arrive dans quinze minutes. »

Sept minutes plus tard, je frappe à la porte de Rick. La porte s'ouvre dans une bouffée de vapeur. Rick passe la tête dans l'embrasure, vêtu d'un caleçon à carreaux bleu, une serviette blanche sur ses épaules nues, les cheveux humides et lisses à cause de la douche. Mon regard glisse le long de son torse bronzé et de son ventre musclé – *ouah* – et remonte brusquement vers ses yeux couleur ambre.

« Désolée, dis-je, les joues rouges. Je n'arrivais pas à me concentrer. Je suis venue plus tôt que prévu. »

Il est tout aussi gêné que moi.

« Pas de problème. Attends, je vais me changer. »

Je sens l'odeur de sa peau fraîchement lavée tandis que la porte se referme derrière moi. Je me retourne vers la porte en bois et me tords les mains. Il est revenu. Bien sûr qu'il est revenu. Il l'avait bien dit. Et il a dit qu'il me parlerait à ce moment-là.

« Pourquoi est-ce que tu es allé à Hong Kong ? dis-je brusquement en regardant le mur. Pourquoi est-ce que tu es parti aussi longtemps ? Est-ce qu'il y avait un problème ?

— Oui et non. Tout est réglé. »

J'ai plus de facilité à le regarder maintenant qu'il porte un tee-shirt à rayures.

« Est-ce que Jenna était avec toi ? »

Il sourcille, surpris.

« Tu en as entendu parler ?

— C'est Xavier qui me l'a dit. »

Rick fronce les sourcils.

« Il a dû m'entendre parler avec elle au téléphone. Tiens. »

Il glisse un paquet de photos dans ma main, retournées pudiquement.

« J'ai passé l'espace détente des mecs au peigne fin, mais ensuite, tout est arrivé et je n'ai pas eu l'occasion de te les donner. Je suis désolé. J'aurais dû appeler pour te le dire.

— Oh. »

Mon visage s'enflamme. Les coins me coupent les paumes tandis que je les compte du pouce. Il y en a quatre. Je les mets dans ma poche, hors de notre vue. Je ne sais pas ce qui est pire : le fait qu'il m'ait aperçue tout entière, des épaules aux orteils, ou qu'il ait vu tout de moi et qu'il soit aussi indifférent que s'il s'agissait de la statue de la Liberté. Mon regard est rivé sur ses genoux.

« Je ne voulais pas qu'elles sortent au grand jour.

— Je m'en suis douté. Ça va ? Marc t'a fait passer le message, pas vrai ?

— Oh, *Marc*. »

J'éclate de rire.

« Il m'en a dit juste assez pour me rendre parano. »

Je ferme brusquement la bouche ; je n'avais pas eu l'intention de l'admettre. Je n'arrive toujours pas à le regarder.

Puis il pose sa main sous mon menton et me fait lever la tête. Je ne vois pas de jugement dans son regard. Juste de l'inquiétude. Et une question.

Puis il me lâche. Il prend sa casquette et la pose sur sa tête.

« Allons quelque part où on peut parler. Il y a un de mes endroits préférés de l'autre côté de la rivière. »

Je sens encore la brûlure de son contact sur mon menton.

« Je n'ai pas le droit de sortir du campus. »

Rick regarde par la fenêtre, en direction de la cour en contrebas.

« Je vais te faire sortir. »

Fan-Fan, le gardien qui se trouve dans la cabine en haut de l'allée, se contente d'adresser un clin d'œil à Rick lorsque nous passons. Ça doit être tellement facile de mener la vie Rick Woo. Mais je ne suis plus agacée.

La réputation, ça a de l'importance. Elle peut vous rendre la vie plus facile ou plus difficile. Rick a gagné la sienne à l'ancienne.

Le soleil brûle au-dessus de nos têtes tandis que nous traversons plusieurs rues remplies de voitures et de mobylettes qui klaxonnent, ainsi qu'une passerelle au-dessus de la rivière Keelung. Je parle à Rick de la manière dont j'ai perdu le rôle d'Odette, de la nouvelle chorégraphie avec les filles, de mes parents qui m'ont menacée de me faire rentrer chez moi. En ce qui concerne Sophie, il passe de la colère au sérieux quand je lui explique ce qui est arrivé avec Matteo.

« S'il était encore là, il aurait affaire à moi. »

Rick m'écarte du chemin d'un scooter.

« Ma famille a le pire palmarès. Le mariage de la moitié de mes tantes et de mes oncles a explosé parce que quelqu'un a trompé ou frappé quelqu'un d'autre. Y compris mes parents. Et ceux de Soph. Parfois, je me demande si c'est pour ça qu'elle et moi avons fini comme ça.

— Comme ça ? De quoi tu parles ? »

Il détourne le regard.

« Je te le dirai quand on sera arrivés. »

La circulation diminue lorsqu'il me mène le long d'un trottoir en direction d'un complexe fermé. L'entrée est formée par une porte de style taïwanais avec des poutres en bois sombre sur lesquelles sont accrochées des lanternes en papier rouge. Les quatre coins du toit s'élèvent à la manière d'une queue d'hirondelle, comme le veut la tradition, délicat et élégant dans un mélange de marron foncé et de couleur crème.

« Merci d'avoir pris soin de Sophie. Je suis content que… »

Il hésite.

« Xavier et toi ayez été là. »

Xavier. Mon estomac se serre. Rick semble attendre une réponse, mais je le dépasse et avance sur le seuil du complexe.

Les portes en bois sculpté s'ouvrent sur un terrain baigné par les rayons du soleil. Je n'ai jamais rien vu de tel : un labyrinthe en rochers irréguliers, des ponts arqués construits en briques rouges sur des pierres grises, un labyrinthe de murs blancs et arrondis incrustés de fenêtres sans vitre en forme de fleurs, de grenades, de nuages et même de papillons. Un manoir en briques long et bas s'étend dans la cour et plusieurs autres bâtiments plus petits se trouvent à sa droite. Quelques familles se promènent sur le monticule herbeux.

« Je ne savais même pas que cet endroit existait.

— C'est Lin An Tai. L'ancienne résidence d'une vieille famille du nom de Lin, des années 1700. Je venais ici quand j'étais petit. »

Rick se dirige vers une arcade asymétrique et courbée comme le pied d'un clavecin.

« J'avais l'impression de tomber dans le monde de Narnia, version chinoise.

— Oh, c'est exactement ça. »

C'est tellement beau que j'ai envie de danser.

« Je viens ici pour réfléchir. C'est une sorte d'endroit secret. »

Je le suis vers les chemins en briques et sous l'arcade circulaire.

Celle-ci donne sur un étang où flottent des fleurs blanches et des nénuphars. Des carpes orange nagent en dessous. Deux pavillons couronnés de toits de pagode couleur rouille sont situés le long de la berge. Nous entrons dans l'un d'eux et je m'agrippe à la rambarde en bois. Mes pieds se déplacent doucement au rythme de la musique des insectes et du gargouillis d'une cascade lointaine. Rick est debout à côté de moi. Nos coudes se touchent et aucun de nous ne recule.

« Pourquoi est-ce que tu t'es battu avec Xavier ? » demandé-je enfin.

Il jette un caillou dans l'étang et les ondulations de l'eau se heurtent aux nénuphars. Un deuxième caillou suit le premier. Puis un troisième. Je me demande combien il en faudrait pour remplir cet étang, avec les choses qu'il décide de ne pas dire.

« Lors du premier jour à Chien Tan, David n'arrêtait pas de parler des filles dans l'album de classe et Xavier a fait savoir qu'il te ciblait, toi. À la manière d'un vrai salaud. »

Je ressens un accès d'angoisse. Je ne veux pas savoir ce que Xavier le Séducteur a dit pour que Rick me mette en garde contre lui, même si je ne le vois plus de cette manière.

« Je lui ai dit de ne pas s'approcher de toi. Quand Tante Claire a piqué une crise à cause de ce qui s'est passé entre lui et toi, je suis allé le chercher, mais il était déjà parti. Lorsque je suis revenu sur le campus et que j'ai découvert tes photos partout, et que je suis tombé sur lui, j'ai supposé que… que… Et je crois que j'ai perdu la tête. »

Mes pieds sont cloués sur place et s'enracinent dans les planches.

« Mais Xavier et moi avons… parlé. À l'infirmerie. J'ai vu un de ses dessins de toi. Par accident. Et j'ai compris que c'était lui, ton artiste. Peut-être qu'il s'était juste donné un genre devant les autres. Et je suppose que tu savais déjà que tu lui plaisais vraiment et que tu pouvais te défendre toute seule. Et ça… »

Il marque une pause.

« Ça me donne une meilleure opinion de lui. »

Je ne peux pas m'empêcher de grimacer en imaginant la conversation : Rick tenant de la glace sur le nez de Xavier, se renseignant sur lui pour moi, comme le grand frère qu'il m'a promis d'être.

« Tu n'aurais pas dû dire à Tante Claire qu'on faisait semblant, dis-je soudainement. Tu as tout gâché.

— Je ne pouvais pas laisser ma famille penser des choses sur toi qui n'étaient pas vraies. »

Il croise les bras et fronce les sourcils d'un air entêté.

« Tu me rendais un service. C'est moi qui avais trop la trouille pour les affronter. »

Il y a de la vérité là-dedans. Et je suis soulagée que Tante Claire sache que je n'ai pas trompé Rick.

« Mais elle doit penser que j'ai trompé Sophie.

— Sophie a ignoré Xavier tout le week-end. »

Il fronce les sourcils.

« Quoi qu'il en soit, tu as gagné l'affection de Fannie. Elle était déçue que tu n'emmènes pas sa grenouille de compagnie.

— C'est son animal de compagnie ? »

La terreur coassante de ma douche était un *cadeau* ?

« Mais tu as amélioré la situation, poursuit-il. Il a fallu que je te défende pour me rendre compte que je ne le faisais pas pour Jenna. Que je n'avais pas envie de le faire pour Jenna. C'était mal. »

Un quatrième caillou suit les autres dans sa tombe d'eau.

« Qu'est-ce qui s'est passé à Hong Kong, Rick ? »

Son front se couvre de rides. Puis il commence à s'éloigner du pavillon et les planches craquent sous son poids. Une libellule vole au-dessus de l'herbe derrière lui en effectuant des mouvements brusques pour aller de fleur en fleur. Je le suis dans le manoir de style Qing et nous traversons les portes coulissantes qui mènent à la cour intérieure, où la lumière du soleil baigne les corniches festonnées et un carré de sol terreux. D'autres portes lambrissées et sculptées couvrent trois côtés et s'ouvrent sur des chambres dans lesquelles des meubles historiques chinois sont exposés. L'odeur d'herbe sèche et de bois vernis flotte dans l'air, mais malgré l'environnement apaisant, mon esprit tournoie comme les feuilles devant nous.

Rick m'attire vers un banc.

« Pendant toutes ces années, j'ai piétiné Jenna. Nous avons fait tout ce que je voulais, jamais ce qu'*elle* voulait. »

Pour être franche, c'était ce à quoi je m'étais attendue de la part du jeune prodige avant de le rencontrer.

« Est-ce que tu lui as demandé ce qu'elle souhaitait ?

— J'ai essayé. Elle ne voulait jamais rien. Et moi… Eh bien, je suppose que je désirais le monde entier.

— Et tu te donnes à fond. Et c'est… »

Je ravale ma fierté.

« C'est quelque chose que j'admire chez toi.

— Je t'ai dit que Jenna a besoin de certitudes. De stabilité. J'étais tout le temps en train de faire des folies à ses yeux : voyager pour des matchs, des compétitions, des championnats. Passer l'été ici. Je l'ai rendue très nerveuse et je me sentais vraiment coupable. Tout le temps. »

J'ai craint qu'il ne brise Jenna. Est-il en train de dire qu'il l'a fait ?

« Il y a un an, j'ai essayé de la quitter. Je lui ai dit que sur le long terme, ce serait mieux. Nous deviendrions plus forts si nous étions séparés plutôt que si nous étions ensemble. On était dans sa cuisine. On était en train de couper une miche de pain qu'on avait achetée. Et elle… »

Il passe son pouce sur les cicatrices blanches en dessous de ses doigts.

« Elle a commencé à pleurer et à dire qu'elle n'en pouvait plus, qu'elle ne pouvait plus supporter ses parents, l'école, la *vie* sans moi. Elle a pris le couteau et… »

Oh, non. *Non.*

« Je l'ai saisi. »

Il ouvre sa main à la lumière du soleil. La cicatrice longue de dix centimètres se révèle sous les rayons jaunes et rudes.

« Oh, Rick. »

Je pose mes doigts dessus. Du tissu ferme et dense. Il s'est coupé jusqu'à l'os. Je me souviens de la facilité avec laquelle il avait éloigné le mec de la discothèque de moi. À présent, je l'imagine terrifié, s'agrippant à la lame de toutes ses forces.

« Alors, tu es resté avec elle.

— Je ne pouvais pas prendre le risque qu'elle finisse par le faire pour de vrai.

— Mais, est-ce que tu as pensé qu'elle...

— Me manipulait ? »

Je déteste ce mot.

« Et si ce n'étaient que des mots ?

— Tu vas peut-être croire que je suis victime du syndrome de Stockholm, mais ce n'est pas une manipulatrice. Pas intentionnellement. Elle était horrifiée quand je me suis fait ça. »

Il referme ses doigts sur les cicatrices.

« Elle ne se l'est jamais pardonné, ce qui n'a fait qu'ajouter une autre grosse pierre à son ensemble d'échecs. Une partie de moi pense qu'elle a peut-être fait ça parce que j'étais là et qu'elle savait que j'allais l'en empêcher. Dans tous les cas, je ne pouvais pas prendre le risque de la quitter.

— Et tu ne l'as dit à personne ? Pas même à ses parents ? »

Il baisse la tête.

« Elle m'a fait jurer. J'ai dit à tout le monde que c'était un accident. Que nous étions en train de couper des légumes. Le couteau est tombé et je l'ai rattrapé bêtement. »

Je ne peux même pas imaginer ce qu'ils ont traversé. Comment s'est-elle sentie au moment où la ligne a été franchie ? Et Rick ? La culpabilité monte dans ma gorge. Toute sa famille, même Sophie et moi avons détesté Jenna alors qu'elle a besoin d'aide avant tout. Je pose une main sur son bras.

« Tu étais en colère ?

— Terrifié, plutôt. Je suis resté et les choses se sont améliorées. Elle a même commencé à faire du bénévolat au camp équestre. Au bout d'un moment, dans ma tête, nous étions destinés à être ensemble. On a grandi ensemble. On est ensemble depuis toujours et bizarrement, la seule chose qu'on n'a pas faite, c'est coucher ensemble. C'est peut-être la seule chose que j'ai faite de bien. Même si je pensais… j'ai conscience que ça a l'air dingue, mais je pensais que j'allais l'épouser. »

Je m'écarte de lui.

« Ouah, mais qu'est-ce que vous avez, dans cette famille ? Rick, tu as *18* ans.

— Et je prends soin de ma mère et de ma sœur depuis que j'ai 14 ans. J'ai ouvert un compte en banque avant de savoir conduire. Je suis le fils aîné du fils aîné d'un fils aîné. Tu sais quels ont été les derniers mots que mon père m'a dits avant de nous quitter ? Il a dit : *Tu vas devoir être l'homme de la maison, maintenant*. Je l'ai détesté pour ça. Parce qu'il a abandonné ma mère alors que sa polyarthrite rhumatoïde avait échappé à tout contrôle et que la situation était difficile. Mais j'ai pris ce qu'il a dit à cœur.

Et je ne pouvais pas être comme lui. Pas avec Jenna. Je ne pouvais pas lui faire une chose pareille. »

Je n'aurais jamais imaginé qu'il était piégé à ce point, et encore maintenant, non seulement par Jenna, mais par ses propres principes, par le niveau d'exigence qu'il s'impose, et par son intégrité. Cette nuit-là, sur le balcon sous le croissant de lune, il avait été inquiet pour elle.

« C'est pour ça que tu as demandé ton transfert à Williams. »

Rick cueille un long brin d'herbe et l'enroule autour de son doigt. L'odeur de verdure de l'herbe écrasée flotte dans la brise légère.

« Chaque fois que je suis venu à cet endroit pendant le séjour, j'avais envie de te le montrer. Je me disais que c'était parce que tu me rappelais ma petite sœur. Tu t'embarques dans des situations complètement folles les unes après les autres. Et tu t'en sors. »

Il a complètement recouvert son doigt avec le brin d'herbe. Il le lâche et celui-ci se libère brusquement tout en gardant la forme d'un ressort souple.

« L'autre soir, sur le balcon, quand on est descendus par le tuyau, j'ai... j'ai failli t'embrasser. Je suis désolé d'avoir été aussi impoli. J'étais en colère contre moi-même. Je me suis dit que c'était parce que tu étais jolie et que j'étais juste un salaud comme tous les autres.

Mais chez ma tante, j'ai enfin admis qu'il y avait autre chose. J'ai appelé Jenna et je lui ai dit qu'on devait rompre. »

Curieusement, son regard se perd dans le vide, comme s'il avait enfoui tous les autres sentiments en essayant d'enterrer celui-là. Il sort son téléphone et me montre une photo en noir et blanc d'un rouge-gorge allongé sur le sol.

« Elle m'a envoyé ça hier soir. »

La photo est sinistrement belle : l'oiseau allongé sur le flanc, comme s'il dormait, son petit bec se dessinant dans la terre, ses ailes déployées en avant pour cacher pudiquement ses pattes.

« Est-ce qu'il est...

— Mort. »

Ma bouche devient sèche.

« Qu'est-ce que ça signifie ?

— Quand on était petits, elle enterrait tous les oiseaux qu'elle retrouvait noyés dans l'étang, derrière chez nous. Elle signalait leurs tombes avec un caillou et les pleurait. Elle a dit qu'elle avait pris cette photo parce qu'il avait l'air paisible. J'avais terriblement peur qu'elle fasse quelque chose... d'irréversible... Et je me suis rendu compte que c'était stupide d'essayer de m'occuper d'elle tout seul. J'ai appelé sa mère et lui ai tout dit. Elle n'en avait pas la moindre idée.

Ensuite, ses deux parents m'ont appelé. Son père était à Hong Kong, alors je me suis organisé pour aller le retrouver là-bas en personne. Jenna avait acheté un billet pour Taipei et l'a changé pour aller à Hong Kong aussi. J'étais d'accord pour l'attendre, mais finalement, elle n'est pas venue. Elle a essayé trois fois au cours de la semaine, mais elle n'a pas réussi à monter dans l'avion. »

Je ne peux pas m'empêcher d'avoir de la compassion pour elle. Je ne me suis jamais sentie aussi impuissante. Aussi fragile.

« Je n'arrive pas à y croire… toutes ces semaines et toutes ces années. »

Ce n'est pas le jeune prodige que j'avais imaginé et détesté, mais un enfant effrayé qui essaie de faire ce qu'il faut.

« Est-ce que tu es venu à Taïwan pour avoir un peu d'espace ? »

Il écarquille les yeux. Il a l'air d'être sur le point de vomir.

« C'est plutôt horrible, hein ? Elle a terriblement peur de prendre l'avion, alors je suis allé là où elle ne pouvait pas me suivre. Un jour, elle m'a dit que je n'avais pas d'âme. Peut-être qu'elle avait raison. »

J'ai pensé la même chose un jour, et j'en ai honte maintenant.

« Tu es resté avec elle *parce que* tu as une âme. Plus que la plupart des gens. Mais tu n'as jamais… »

Je m'interromps.

« Est-ce qu'elle a un thérapeute ?

— Elle en a vu un quelques fois. Elle le détestait. »

Se débattre avec tout cela toute seule… Pas étonnant qu'elle se soit accrochée à Rick.

« Il faut du temps pour trouver le bon. Mon père est un grand fan de la thérapie, peut-être à cause de la dyslexie de Pearl.

— Son père a dit qu'il ferait tout ce qu'il pourrait pour lui trouver le meilleur. »

Je me lève et me dirige vers l'embrasure de la porte, face à la cour. Le vent balaie l'herbe sèche jusqu'au labyrinthe de rochers irréguliers près de l'entrée. Je ne lui demande pas pourquoi il ne l'a dit à personne d'autre. Je connais cette philosophie : on ne parle pas de la famille en dehors du cercle familial. On ne peut pas faire confiance à la police et aux autorités : et s'ils nous emmenaient ? Mais il a été *piégé*. C'est pour cette raison qu'il était aussi déterminé à s'évader que moi.

Jenna n'était pas la seule à porter des pierres sur les épaules.

Je le sens plus que je ne l'entends approcher par-derrière.

Sans me retourner, je lui demande :

« Alors, tu ne me considères pas comme… une petite sœur ? »

Sa main se pose sur mon épaule et je me retourne lentement pour être face à lui. Je ne sais pas qui bouge en premier. Mais un instant plus tard, je suis dans ses bras. Ses doigts s'agrippent à ma nuque. Son autre main se referme sur la soie dans le bas de mon dos et sa fine barbe égratigne mon menton lorsque sa bouche se pose sur la mienne.

Son baiser me touche profondément. Ses lèvres parfaites, sa chaleur, ses bras qui me serrent contre lui. Il n'y a rien de doux ou de tendre dans ce baiser : il est assez fort pour me casser en deux et mes doigts se glissent dans ses cheveux épais lorsque je me colle à lui. Il a un goût d'eau de source et de menthe, sa langue s'empare de ma bouche et réveille quelque chose au fond de moi que je n'aperçois que lorsque je me perds dans une danse. Cela me fait peur et me donne des frissons.

Mais finalement, nous nous arrêtons pour reprendre notre souffle. Il pose son front sur le mien et soutient mon regard. Il halète légèrement, au même rythme que moi. Ses lèvres sont roses et gonflées par le baiser. Ses mains se glissent jusqu'à l'intérieur de mes coudes. Ses yeux couleur ambre sont assombris par un désir qui fait flancher mes genoux.

« À quoi tu penses ? murmuré-je.

— Ce timing n'a aucun sens. »

Sa voix est rauque.

« Je ne devrais pas avoir envie d'être avec qui que ce soit… après tout… »

Sa bouche se presse à nouveau sur la mienne. Mon sang palpite dans mes veines. J'ai envie de claquer la porte, de l'allonger sur le sol et de le laisser étancher sa soif avec moi.

Mais je pose ma main sur la sienne et me libère délicatement. Je frémis dans le vide qui se crée entre nous. Cependant, il faut que je le dise :

« Tu viens de rompre, dis-je avec difficulté. Et la relation a été dure. »

Il repose ses mains sur mes bras.

« Je ne suis pas sous le coup de la déception amoureuse, Ever. Si je ne t'avais pas rencontrée, je ne l'aurais pas su, mais c'est le cas, maintenant. Je veux être avec quelqu'un comme toi. Je veux être avec *toi.* »

Je le crois. Le jeune prodige sait toujours ce qu'il veut…

« Je ne souhaite pas t'enfermer dans une autre relation. Tu as besoin de temps.

— Je ne serai pas enfermé. »

Ses mains se resserrent sur mes bras.

« Ever, je ne me suis jamais senti aussi libre qu'avec toi. »

Je fais appel à toute ma retenue pour m'empêcher de me jeter dans ses bras. Mais je ne peux pas. Je ne le ferai pas.

Je recule.

« Est-ce que c'est à cause de Xavier ? C'était lui, ton artiste. Il… »

Je pose un doigt sur les lèvres de Rick pour le faire taire.

« On peut passer du temps ensemble, d'accord ? Le *Tour Down South* a lieu dans quelques jours. »

Ses sourcils épais se froncent.

« Alors, on va être des copains de voyage de classe ? »

Je grimace.

« *Copains de voyage de classe*, c'est peut-être pire que *petite sœur*. Mais c'est mieux que *fausse petite-amie*. Ça, c'était la pire idée de la planète.

— C'était la tienne. »

Son sourire en coin me fait presque changer d'avis. Une roulade résonne dans les chevrons tandis que deux oiseaux descendent en piqué, formant une danse naturelle.

Pourquoi est-ce que je résiste ?

Puis, quelque chose me vient à l'esprit.

« J'ai une idée. J'espère juste que ce n'est pas la deuxième pire idée du monde. »

Soudain, il a l'air inquiet.

« Quoi ?

— Et si on était des partenaires de danse ? Pour mon numéro du spectacle de talents. »

Il plisse le nez.

« Laisse-moi deviner. Un hippopotame en tutu ? *Fantasia ?* Je vais le faire, bien sûr, mais je ne veux pas gâcher ton spectacle. »

Je ris.

« Non. »

Je me permets de le serrer dans mes bras brièvement, puis le lâche.

« Est-ce que tu veux bien faire un combat au bâton avec moi ? »

30

« Ever, je t'adore, mais c'est une très mauvaise idée », dit catégoriquement Debra.

Elle croise les bras et s'appuie sur le bassin de la fontaine en forme de carpe, dont le jet d'eau incessant éclabousse joyeusement tout autour de la statue. Il est presque vingt et une heures, après la première répétition de mon groupe de danse avec Rick. Les autres danseuses sont parties, mais Debra, Lena, Rick et moi sommes encore dans la cour du fond. Au-dessus de nous, le ciel nocturne est tacheté d'étoiles.

« J'élargis la définition du mot *danse*. »

Je fais tourner mon *bō*, puis le lève rapidement pour parer un coup nonchalant de Rick.

« Mulan l'a fait. »

Je suis exaltée par l'heure que nous avons passée à expérimenter avec agilité. Un autre garçon aurait pu se paralyser en se lançant d'un coup, mais Rick a pris le train en marche et nous nous sommes jetés l'un sur l'autre comme deux tigres, brandissant nos bâtons, tournant l'un autour de l'autre pour remplir l'espace entre les danseuses. Et le courant entre nous, ce crépitement d'énergie…

« Je ne parle pas du combat au bâton. Ça, c'est génial. Je parle de vous deux. »

Debra nous montre du doigt.

« Il faut bien que quelqu'un le dise. Ici, c'est la croisière de l'amour. Si vous rompez...

— On ne sort pas ensemble. »

J'évite un petit coup de Rick qui avait mon abdomen pour cible.

« C'est ça, et mes cheveux bleus ne poussent pas. Si vous vous disputez, ce sera la fin de ce numéro et on a toutes beaucoup travaillé dessus.

— Arrête, Deb. »

Lena, la diplomate, passe un bras autour de mon cou et l'autre autour de Debra.

« Le numéro est parfait maintenant, tu l'as dit toi-même.

— Et on ne va *pas* se disputer. »

Je fais tourner mon bâton aussi vite que possible et l'air ébouriffe mes cheveux.

Debra se tourne vers Rick.

« Qu'est-ce que tu vas dire quand les mecs vont te charrier parce que tu danses avec un groupe de filles ?

— Marc l'a déjà fait. »

Il fait tourner son *bō*, qui lui échappe.

« Sur dix kilomètres en remontant et en redescendant la rivière Keelung.

— Vraiment ? »

Je baisse mon bâton, consternée.

« Je lui ai dit d'aller trouver son propre groupe de danse s'il était aussi jaloux. »

Je ris, mais Debra passe son sac sur son épaule, les sourcils encore froncés.

« C'est l'heure de l'inspection des chambres, Ever. »

Alors que Debra et Lena s'éloignent, je lève les yeux vers Rick tout en riant.

« C'était exactement ce dont la danse avait besoin. Comme le dernier engrenage d'une horloge. »

Rick fait à nouveau tourner son *bō* et il lui échappe des mains, encore une fois.

« Je vais y arriver », jure-t-il.

Je fais tourner le mien à trois cent soixante degrés.

« Tu as *vraiment* l'esprit de compétition. »

Nous commençons à nous diriger vers les dortoirs ; il jette son bâton en l'air et le rattrape.

« Je ne veux pas gâcher ton spectacle.

— Ça n'arrivera pas. »

Il fait un grand geste du bras et me fait le câlin le plus humide de l'histoire.

« Pouah, tu es trempé ! »

Je le pousse et il agrippe mon bras avant de secouer ses cheveux couverts de sueur, ce qui me fait crier :

« Rick ! Arrête ! »

Les portes du hall s'ouvrent dans un léger grincement. Xavier s'éloigne de la lumière de la lampe et entre dans les ombres de la nuit. Il baisse les yeux vers le carnet à dessin dans ses mains. Le vent ébouriffe ses cheveux noirs et ondulés qui tombent sur son visage ainsi que sa chemise noire.

Puis il lève la tête et croise mon regard, et je m'écarte des bras de Rick.

« Xavier… »

Le carnet à dessin tombe lorsqu'il tourne les talons.

« Xavier, attends ! crié-je, mais il est déjà parti.

— Je suis désolé. »

Le bâton de Rick s'est immobilisé.

« C'est ma faute. Je vais aller le chercher pour toi. »

Ma main tremble lorsque je ramasse le carnet à dessin de Xavier et essaie de lisser les coins.

« Non, c'est ma faute. J'aurais dû lui parler plus tôt. »

« J'ai de bonnes et de mauvaises nouvelles, dit Sophie tandis que son coiffeur applique une montagne de shampooing dans ses cheveux secs. Laquelle tu veux en premier ? »

Mon propre cuir chevelu est massé si fort qu'il se décolle de mon crâne, et c'est merveilleux. Les petits salons de coiffure comme celui-ci sont une autre spécialité taïwanaise où nous nous entassons pour fêter la fin des cours, et notre dernière nuit avant le *Tour Down South*.

Et en ce qui concerne les bonnes et les mauvaises nouvelles, les mauvaises me font penser à cette dernière photo manquante. Même si Rick et les filles m'aident, personne ne sait qui l'a, ni même si quelqu'un l'a, d'ailleurs.

« La bonne, dis-je.

— Ta robe est presque prête pour ton solo. Le tailleur est prêt à accepter la moitié du paiement en espace publicitaire, alors c'est carrément abordable. Elle est rouge, comme on en a parlé. Tu vas être *trop* sexy. »

C'est peut-être parce que je pense à mes photos, mais je n'ai pas envie d'être sexy sur scène. Pas avec tous ces yeux sur moi. J'aurais voulu pouvoir superviser moi-même la confection des costumes, mais entre les répétitions et la fin des cours, je n'ai pu qu'envoyer des photos d'Internet de ce que j'aimais à Sophie.

« Est-ce que c'est décolleté ? Est-ce que la jupe est très courte ? »

Je parle comme ma mère. Mais ce n'est pas elle qui parle cette fois, c'est moi.

« Je ferai attention à ce que ça ne le soit pas trop. Promis.

— Et la mauvaise nouvelle ?

— Le Théâtre national n'a pas le moindre créneau de libre. Oncle Ted essaie de nous faire passer en première partie d'une séance en matinée, mais ce n'est pas bien parti. »

Je suis plus déçue que je ne l'imaginais. Trois niveaux remplis par mille quatre cent quatre-vingt-dix-huit sièges en velours : le Théâtre national aurait été la plus grande salle dans laquelle j'allais danser. Le point culminant de la dernière danse d'Ever Wong.

« On peut faire quelque chose pour les convaincre ? »

Elle secoue la tête.

« J'ai demandé à Oncle Ted si on pouvait le faire un jour de semaine. Il a dit qu'il pourrait *peut-être* nous trouver un créneau un lundi, mais il n'y aura que nous. Pas de public, mis à part Oncle Ted et Tante Claire. »

Je me mords la lèvre.

« Est-ce qu'ils savent que c'est moi qui fais la chorégraphie ? »

Est-ce qu'ils nous soutiendraient si c'était le cas ?

« Je ne le leur ai pas dit », répond Sophie.

Nous gardons le silence.

Nos coiffeurs rincent nos cheveux avec de l'eau chaude venant de la douchette et parviennent à ne pas nous noyer. Tandis qu'ils essuient nos cheveux, je dis :

« Si on le faisait un lundi, on pourrait organiser *tout* le spectacle de talents là-bas. Le Dragon sauterait sur l'occasion.

— Tout le spectacle ? »

Sophie fait la moue.

« Aucun spectacle de talents de Chien Tan n'a jamais eu lieu au Théâtre.

— Eh bien, peut-être que ça devrait être le cas. Mike Park va faire un numéro de stand-up qui est passé sur sa chaîne locale. Debra a rencontré un mec qui a joué du piano à Carnegie Hall. Il y a cinq cents élèves ici où ils peuvent puiser du talent. »

Mon sourire se crispe. Xavier devrait montrer son travail. J'ai son carnet à dessin, d'autres chefs-d'œuvre, mais beaucoup plus de pages blanches. J'ai essayé de lui parler en cours de mandarin et de calligraphie, mais maintenant, c'est lui qui m'évite. Il ne veut pas m'adresser la parole, même pas pour me dire qu'il a réussi son dernier examen hier, comme je l'ai vu quand le Dragon a publié nos notes. Vingt pour cent de la note était basée sur une conversation en mandarin, qu'il a dû réussir et que j'ai pu faire grâce à *ses* cours particuliers.

Nous étions en train de construire une amitié et à présent, ce lien est perdu.

« Je vais parler à Li-Han. Et au Théâtre. »

Sophie fronce les sourcils.

« Il nous faudra le feu vert du Dragon. Je veux dire, elle *devrait* être d'accord, mais étant donné que ça vient de nous...

— Elle ne peut pas refuser si c'est pour le bien de Chien Tan. »

Mais je suis inquiète aussi.

« On verra le moment venu. »

Nous remercions nos coiffeurs et leur donnons un pourboire avant de nous mettre en route en direction du campus.

« Tu sais, tu es douée pour ça, dis-je. Tu arrives à faire bouger les choses.

— Tu crois ? »

Sophie met son bloc-notes dans son sac.

« Ça doit être de famille. »

Rick et ses milliards de compétitions, de championnats, et même son voyage à Hong Kong.

« Tu as l'air aussi heureuse en faisant ça qu'en essayant des robes. Ou en concluant des marchés intéressants. »

Je souris, mais pas elle.

« Ma mère et Tante Claire m'ont dit... »

Elle grimace.

« Que les filles bien ne sont pas autoritaires. »

Pourrons-nous nous libérer un jour ? Je la serre férocement dans mes bras.

« Être une fille bien, c'est surfait. »

Le *Tour Down South* se déroule à toute vitesse.

Rick et moi sommes assis l'un à côté de l'autre au fond du bus A, l'un des onze bus de luxe qui transportent les élèves de Chien Tan tout autour de l'île. Notre caravane parcourt les autoroutes surélevées sur de longs pilotis en béton, nous faisant rouler à hauteur de la cime des arbres. Un panache de fumée s'élève des villes voisines à l'horizon et les bâtiments modernes sont accentués par les toits en forme de queue d'hirondelle et par l'architecture chinoise. Le paysage urbain laisse sa place à des terres arables et à des serres aux toits vitrés. Des digues en béton retiennent des cours d'eau bleu argenté. Les montagnes ressemblent à d'énormes tas de feuilles vertes.

Près des gorges de Taroko, notre bus nous dépose entre deux falaises gigantesques couvertes de mousse couleur émeraude qui sont traversées par une rivière aux tourbillons bleu-vert, turquoise et saphir. Rick et moi nous précipitons en avant. J'arrive à peine à y croire : l'eau bleue féérique, mes pieds qui bondissent gracieusement sur les rochers et Rick qui saute à côté de moi. Tout cela est réel.

« Tout ce qu'il y a à savoir sur Ever Wong : tu dois répondre le plus vite possible, dit Rick. Tu joues ? »

Un barrage s'est ouvert en lui. Nous n'arrêtons pas de parler.

« Tu dois répondre aussi, dis-je.

— Ça marche. Ton livre préféré ?

— *Harry Potter.*

— *Histoire d'un Chinois d'Amérique.*

— Oh, je l'adore.

— Plat préféré ?

— Les mangues.

— Un steak à la milanaise frit. Avec de la sauce.

— Sérieusement ? C'est vraiment mauvais pour ta santé.

— Pas de commentaire !

— C'est vrai, pardon.

— Tu as fait le test du marshmallow ?

— Le quoi ?

— Tu sais, le test qu'on faisait quand on avait, genre, 5 ans. Tu peux en manger un maintenant, ou attendre et en avoir deux, ce qui est mieux.

— Je… euh… J'ai mangé le premier. Et toi ?

— Ma mère a dû sortir pendant dix minutes. J'ai attendu jusqu'au bout.

— Frimeur.

— Et ouais. Ta plus grande peur ?

— Me blesser et ne plus pouvoir danser. »

Je fronce les sourcils.

« Ne parlons pas de ça. »

❖

Dans les marchés nocturnes, nous goûtons de la cuisine de rue : des mochis grillés, de la glace pilée, des oreilles de porc sur des bâtonnets. Rick me fait goûter du tofu puant frit. Je riposte avec de la langue de canard. Nous plions des feuilles de bambou pour former des sauterelles. Il achète une horloge de grand-père miniature pour sa mère, qui collectionne les maisons de poupée. J'achète un ornithorynque en peluche pour Pearl. À la moindre occasion, il trouve une excuse pour me toucher : il met de l'argent dans ma main, passe sa paume le long de mon dos, autour de ma taille.

« On est des copains de voyage de classe, tu te souviens ? »

Je le tape et fais semblant de le réprimander.

« Rien de plus !

— Désolé, j'avais encore oublié. »

Il met ses mains dans son dos et sourit comme Macaron le glouton. Il porte le tee-shirt jaune poussin, celui que j'ai porté en revenant du Club KISS, et même s'il lui donne l'air d'avoir la jaunisse, je ne peux pas m'empêcher de lui reprendre les mains.

Nos bus passent par le tropique du Cancer lorsque nous descendons vers le point le plus au sud de Taïwan, qui est en forme de queue d'hirondelle. Les doigts de Rick s'attardent sur mon bras tandis que nous parcourons les chemins de terre entre les champs recouverts de végétation d'un vert profond jusqu'à atteindre l'eau bleu canard. Nous sommes à la jonction de trois mers, même si on dirait qu'il n'y en a qu'une seule, sans aucun signe des séparations humaines attribuées aux flux et reflux. Le vent a un goût de sel. Nous rions en voyant le Gang des Quatre, qui s'est agrandi depuis et s'appelle désormais le Gang des Cinq, comprenant Sam, David, Benji et son visage de bébé, Peter et Marc. Ils sont alignés et ont joint le bout de leurs doigts, priant devant un rocher qui ressemble à Nixon.

« Qu'est-ce que vous êtes maintenant ? demandé-je tandis qu'un ami les prend en photo. Quel stéréotype est-ce que vous vous réappropriez cette fois ?

— Cinq sages asiatiques, répond Marc sans ouvrir les yeux.

— Nous, les Asiatiques, entonne Sam, nous sommes *tellement* sages. »

Je ressens une pointe d'affection. Je ne suis pas la seule à prendre en main mon identité cet été.

Je lève l'appareil photo de mon téléphone.

« Souriez pour la collection de photos de réappropriation des clichés ! »

Cinq sages font une grande révérence.

« Bien dit, mon enfant. »

Nous avons de moins en moins de temps pour répéter la chorégraphie. Avec toutes les tombes, les grottes et les temples à explorer, nos bus arrivent en retard à chaque hôtel cinq étoiles, puis nous cherchons un endroit pour nous entraîner à l'abri du regard du Dragon.

Devant les miroirs muraux d'une salle de bal au sous-sol de notre logement au parc national de Kenting, Debra branche des haut-parleurs à son téléphone et notre groupe de seize danseurs répète toute la chorégraphie. Spencer et Benji ont été recrutés par Sophie et apportent des tambours en bois aussi grands qu'eux dans des charrettes.

« Ouah, où est-ce que vous avez trouvé ça ? »

Mes doigts dansent sur la peau des tambours et les font chanter.

Spencer sourit.

« On trouve de tout sur le marché nocturne. »

Mes danseuses se remettent en place. Spencer et Benji frappent les tambours à la force de leurs bras et le son résonne sur les murs, ponctué par les craquements du bâton de Rick et du mien. Emportés par notre combat, Rick et moi tournons, esquivons, feintons. Il rate un pas, puis jette son *bō* en grognant ; je saute et lui donne un coup de pied dans le ventre, il agrippe ma cheville et me fait sautiller frénétiquement tandis que je cherche à garder l'équilibre, puis mes danseuses le frappent avec leurs rubans et il rit, et je ris, et nous rions tous ensemble.

Nous reprenons une fois de plus et à la fin de la chorégraphie, des applaudissements résonnent. Entre les doubles portes, une foule s'est rassemblée, comprenant les membres du personnel de l'hôtel dans leurs chemises à carreaux et un groupe de femmes de Hollande. Je ne m'étais pas rendu compte que nous avions un public.

« C'est vous qui avez créé ça ? » demande une femme aux cheveux blonds portant un pantalon de yoga.

Sophie me montre du doigt.

« C'est elle qui l'a fait.

— C'est incroyable. »

Les yeux de Lena brillent.

« C'est ce que je te disais, Ever. Tout le monde n'est pas capable de mettre en place un truc pareil. »

Je rougis. Un battant de la lanterne d'aveugle s'est fissuré. Les rayons de lumière de la supernova s'échappent.

« J'ai encore du mal à croire que c'est en train d'arriver. »

Ou que c'est moi qui l'ai fait.

Sophie fait passer une boîte de biscuits au thé vert, puis je vérifie qu'il n'y a pas de moniteur dans le couloir et les membres de l'équipe sortent deux par deux.

« Tu es prêt, Rick ? »

Spencer fait glisser le chariot sous son tambour.

« Oui. »

Rick me serre brièvement dans ses bras. Puis il recule et je me retrouve avec une lettre dans la main. Par-dessus son porte-bloc, Sophie nous regarde d'un air songeur.

Lorsque Spencer et lui sortent de la pièce, je ramasse les quelques verres qui restent de notre goûter. Puis je prends le dernier biscuit et sors avec Sophie.

Nous dépassons un chariot du personnel d'entretien couvert de couvertures et de draps quand Mei-Hwa passe à côté de nous, sa jupe rouge, vert et jaune voletant autour d'elle. Elle m'adresse un petit sourire.

« *Wǎn' ān.* »

Bonne nuit.

Puis elle avance avec une telle grâce qu'elle semble glisser sur le sol. Pendant un instant, j'ai envie de l'appeler, de lui dire que nous dansons sur *Orchid Grass*, sa chanson préférée. Celle qu'elle m'a fait écouter le soir où j'ai touché le fond. Mais Mei-Hwa est là pour travailler et si elle découvrait ce que nous sommes en train de faire, elle serait obligée de le dire au Dragon, comme elle l'a fait à propos de Matteo.

« Est-ce qu'elle t'a vue danser avec nous ? » murmure Sophie tandis que nous nous hâtons de monter les escaliers.

L'heure de mon couvre-feu est passée depuis quelques minutes.

« Non, bien sûr que non », dis-je, même si je n'en suis pas si sûre.

Devant les ascenseurs, Sophie appuie sur le bouton. Elle touche la lettre de Rick dans ma main.

« Que s'est-il passé avec Jenna ? »

Je m'étrangle sur un morceau de biscuit.

« Il ne te l'a pas dit ? Ils ont rompu.

— Et elle l'a accepté ? Juste comme ça ? »

Je sourcille.

« Je suppose. Je veux dire, qu'est-ce qu'elle aurait pu faire d'autre ?

— J'ai du mal à croire qu'elle l'a laissé partir sans rien tenter. »

Je fronce les sourcils. Il a déjà essayé de rompre avec elle auparavant. Sophie le sait. Mais elle ne sait pas ce qui s'est vraiment passé à l'époque.

« Pourquoi est-ce que tu as été aussi dure avec eux ?

— Je ne sais même pas par quoi commencer. »

Elle fait la moue.

« Jenna est une fille intelligente. Elle aime la science. Elle a dirigé le club de chimie à l'école et elle fait aussi partie du club de tricot. Shelly la *vénère*. Tu pourrais croire qu'avec son physique, son intelligence et son argent, elle devrait avoir plus confiance en elle. Mais même si Rick n'arrête pas de lui répéter qu'elle est belle, elle s'est fait opérer pour agrandir ses yeux. Elle a arrêté son bénévolat à la clinique pour enfants parce qu'un mec a fait une blague là-dessus.

— Vraiment ? »

Je comprends ce qu'elle ressent. Mes propres paupières, tout comme celles de Sophie, ne forment qu'une ligne au lieu d'une double ligne avec un pli supérieur. Avant, j'évitais de me regarder dans le miroir avec mes amis caucasiens parce que mes yeux semblaient tout petits par rapport aux leurs. Si j'avais eu les moyens et l'occasion d'empêcher Cindy Sanders de tirer sur le coin de ses yeux chaque fois qu'elle me croisait en primaire, l'aurais-je saisie ? Il y a six mois, peut-être bien. Mais maintenant que je suis là, entourée de beaux yeux comme ceux de Sophie, je ne les échangerai pour rien au monde.

« Je sais. Qui suis-je pour juger, hein ? dit Sophie. Mais j'en avais marre qu'il la traîne partout comme si elle était infirme. Elle s'accrochait à lui comme s'il était sa bouée de sauvetage. »

Sans doute parce que c'était le cas.

« Il s'inquiète pour elle…

— Elle a 18 ans. Il va falloir qu'elle grandisse. »

Elle appuie à plusieurs reprises sur le bouton.

« C'est l'ascenseur le plus lent de toute l'île. »

J'ouvre la bouche et la referme. Aux yeux de Sophie et de toute la famille de Rick, Jenna est une petite amie extrêmement possessive. Pas une personne qui a des ennuis.

Je veux qu'ils connaissent la vérité, mais ce n'est pas à moi de révéler son secret.

« Je n'aurais jamais imaginé que Rick se joindrait à un numéro de *danse*, poursuit Sophie. Je ne l'ai pas entendu rire comme ça depuis nos 11 ans, quand j'ai failli mettre le feu à la penderie de ma tante.

— Quoi ? Comment ça ?

— Je regardais les étiquettes de prix. Dans l'obscurité, avec une bougie. Rick ne me laissera jamais l'oublier. »

Je souris en imaginant Rick et Sophie, comme Felix et Fannie, en train de faire des bêtises. Puis mon sourire s'estompe. Je serre la lettre de Rick contre ma poitrine.

« Comment était Rick avec Jenna ?

— Tu veux dire, est-ce qu'il lui achetait des cadeaux ? Est-ce qu'il la touchait chaque fois qu'il respirait ? Est-ce qu'il se pavanait comme s'il venait d'être couronné ? »

Mon cœur sombre.

« Oui.

— Non. Elle était plutôt comme sa petite sœur, tu vois ? »

J'étouffe un rire.

« Non, je ne vois pas.

— Un jour, elle m'a demandé s'il aimait les garçons, parce qu'il l'embrassait à peine. »

Le sourire de Sophie s'estompe.

« Elle manquait toujours tellement de confiance en elle quand elle était avec lui. Il y a un mois, je lui aurais dit de ne pas s'inquiéter. Il ne laisserait jamais tomber quelqu'un qui compte sur lui. »

C'est ce que j'aime chez Rick. Cependant, je ressens aussi une certaine inquiétude. Est-ce qu'il est en train de la laisser tomber ?

« Attends, où est ton *bō* ? demande soudain Sophie.

— Oh, non ! »

Je me retourne vers les escaliers. Quelques clients en train de rire et de discuter apparaissent. Mon estomac se serre.

« Je l'ai oublié dans la salle de bal.

— On devrait aller le chercher. »

Sophie se tord les mains en regardant l'horloge.

« Sinon, le personnel de l'hôtel va le donner au Dragon et il y a ton nom dessus. Ils vont lui dire qu'on était en train de danser. Elle va comprendre ce qui se passe et on sera cuites. »

L'ascenseur sonne. À point nommé, le Dragon en sort, ses talons cliquetant de manière saccadée comme pour nous avertir. Ses yeux sombres se tournent vers nous.

« Ai-Mei, l'heure de ton couvre-feu est passée », dit-elle en mandarin.

Sophie jure entre ses dents. C'est trop tard.

« Ever, tu as oublié ça. »

Mei-Hwa sort de nulle part, sa jupe voletant autour de ses jambes. Le Dragon fronce les sourcils, peut-être parce qu'elle m'a appelée par mon nom américain, mais Mei-Hwa me met un objet enroulé dans une couverture dans les bras. Il est rigide et volumineux, comme un portemanteau plein à craquer.

« Oh ! »

C'est mon *bō* qu'elle a dissimulé.

« Au lit. Tu es en retard. »

Mei-Hwa me pousse vers les portes ouvertes de l'ascenseur avant que je puisse dire quoi que ce soit. Puis elle prend le bras du Dragon et lui pose une question sur l'emploi du temps de demain. Les yeux de cette dernière se tournent vers le paquet dans mes bras. Je remercie silencieusement Mei-Hwa, prends le poignet de Sophie et la tire dans l'ascenseur, hors de portée de la cracheuse de feu.

Chère Ever,

Je suis désolé d'avoir mis autant de temps à répondre à ta question sur les devoirs. Je n'ai sans doute pas vu ta lettre quand elle est arrivée, il y a sept ans. Dans le cas contraire, peut-être que le cours de ma vie aurait changé beaucoup plus tôt.

J'ai bien peur de ne pas avoir beaucoup de conseils à t'offrir à ce sujet, mis à part que je me tue à la tâche. Et j'ai choisi des cours pour lesquels je suis prêt à consacrer des heures. Je crois que je suis un peu perfectionniste ; mon professeur de physique préféré m'a dit que c'était une bonne chose pour l'école, mais une mauvaise chose pour moi. J'espère que tu trouveras un moyen plus efficace de les faire.

J'ai besoin de conseils aussi. J'espère que tu pourras m'aider. Je ne suis pas très doué pour exprimer mes sentiments. Pas avec des mots. Mais il y a une fille… Quand je l'ai rencontrée pour la première fois, j'ai senti un choc étrange, comme si je la reconnaissais. Comme si j'avais rêvé de son visage une centaine de fois auparavant, mais que je le voyais clairement pour la première fois.

Quand je repense à toutes les qualités que j'ai admirées chez les gens que j'ai connus, je me rends compte que je les retrouve toutes chez elle. Elle n'a peur de rien. Elle est forte et gentille. Elle aime tellement sa famille qu'elle a du mal à les laisser tomber, même si c'est pour son propre bonheur. Quand j'ai rencontré un problème, elle s'est jetée la tête la première pour m'aider. Elle me fait douter de l'exactitude des mathématiques. 1 + 1 a toujours été égal à 2. Avec elle, 1 + 1 est exponentiel. Et quand je danse avec elle, je comprends enfin. Pour danser, il faut que les deux personnes soient en équilibre.

J'ai vacillé au bord du gouffre toute ma vie. À présent, je parcours encore des chemins fous, mais j'ai repris mon équilibre. Pour la première fois, je peux lever les yeux vers le ciel. Et il est rempli d'étoiles.

~

Ever, quand j'ai commencé à t'écrire cette lettre, je pensais que ma question serait : comment puis-je te convaincre que tu comptes pour moi ? Mais à présent, je vois bien que ce n'est pas la bonne question. Je n'ai pas l'intention de partir. Je t'attendrai tout le temps qu'il faudra.

Bien à toi,
Rick

Je plie la lettre et lance une recherche sur Google : *Comment savoir si je suis en train de tomber amoureuse ?*

31

Les typhons deviennent de plus en plus violents, couvrant les fenêtres de notre bus d'eau de pluie et brouillant ma vue de la campagne que nous traversons. Les passagers de notre bus se taisent tandis que nous dépassons tout un village puyuma submergé : les toits en étain dépassent de l'eau boueuse telles des îles dont la vie a été balayée. Des débris flottent un peu partout : la roue en train de tourner d'un pousse-pousse renversé, des poissons morts qui montrent leurs ventres argentés, une poupée boueuse dont les cheveux et la jupe à rayures rouges, jaunes et vertes sont étalés autour d'elle.

« Est-ce que quelqu'un a été blessé ? » demande Debra sans détour.

Notre guide répond par la négative et les conversations reprennent.

Au cours du dernier jour du voyage, nous arrivons à la station thermale dont Sophie n'a pas arrêté de parler depuis le début de l'été. Un portail en bois s'ouvre sur des bosquets luxuriants. Des haut-parleurs cachés jouent *Lán Huā Cǎo* et mes pieds ont envie de danser tandis que Rick et moi descendons le chemin en pierre. L'eau de l'inondation nous arrive aux chevilles, les feuilles de palmier gouttent comme des peignes incurvés. Nous traversons un bosquet de bambous jusqu'à atteindre un hôtel à toit plat. Rick et moi marchons main dans la main depuis qu'il m'a donné sa lettre, mais nous ne nous sommes pas encore embrassés, comme si le barrage céderait si nous le faisions.

« J'adore les Jacuzzis », lui dis-je tandis que nous traversons les couloirs en direction de ma chambre. Après six jours à parcourir à pied la rive sud de Taïwan et la rivière de l'Amour, sans parler des répétitions de danse, mon corps endolori a envie de plonger dans les piscines chauffées.

« Hélas, les hommes et les femmes sont séparés dans les sources chaudes. »

Lorsque nous arrivons devant la porte, il me donne mon sac, qu'il insiste pour porter.

« C'est plutôt démodé.

— Ces fichues règles. »

Il me décoche un sourire espiègle qui me fait donne envie faire des bêtises dans le noir. Il pose sa main sur le bas de mon dos et m'attire contre lui, son nez contre le mien. Je ferme les yeux, impatiente ; j'ai envie de sentir ses lèvres sur les miennes.

Puis, il recule et m'adresse un sourire taquin. Je fronce les sourcils.

« Tu sais quelque chose que je ne sais pas et tu veux faire le malin ?

— Les règles sont les règles. »

Il descend le couloir, refusant d'en dire davantage.

« Et je continue de les enfreindre », crié-je.

Sophie et moi enfilons des *yukatas* vert pâle et nous dirigeons vers les sources chaudes pour femme au rez-de-chaussée. Dans un petit bureau de la réception, un employé au visage potelé nous donne des serviettes duveteuses, puis désigne son corps de bas en haut à l'aide de ses deux mains. Il a à peu près notre âge et me rappelle mon cousin George. Il parle mandarin et très vite.

« Pardon ? »

Je me penche vers lui, ne voulant pas rater les instructions importantes.

« Toute nue ! »

Il agite les mains avec un enthousiasme alarmant.

« Comme au Japon. »

Sophie rit et nous passons entre deux rideaux en lin sur lesquels sont peintes des grues bleues en plein vol.

« Il faut être nue pour utiliser ces sources chaudes. Il connaît le mot-clé pour les touristes.

— Rick m'a dit qu'elles n'étaient pas mixtes. *Hélas*. »

Je ris en repensant à son ton espiègle.

« *Toute nue*. Pas étonnant. »

Debra et Laura sont déjà en train de retirer leurs peignoirs dans le vestiaire. Des miroirs muraux reflètent une rangée de casiers dans lesquels nous déposons nos peignoirs et nos chaussons. Une théière de thé rouge oolong infuse dans un jardin de tasses en porcelaine. De l'air chaud flotte à travers la porte munie de rideaux et amène jusqu'à nous le gargouillis séduisant de l'eau et l'odeur de minéraux.

« Je suis au paradis, soupire Sophie.

— Moi aussi. »

J'enroule une serviette autour de mon corps quand le Dragon entre, corpulente dans son *yukata*, ses cheveux poivre et sel cachés sous un bonnet de bain en plastique. La clé de mon casier tombe dans un grand fracas quand ses yeux se posent sur moi.

« Ai-Mei, me réprimande-t-elle. Mei-Hwa ne te l'a pas dit ? Pas de sources chaudes pour toi. »

Mes propres inquiétudes à propos de la dernière photo de nu encore dans la nature ne représentent pas une punition suffisante. Mes parents ont encore frappé.

« Oh, s'il vous plaît, laissez-la rester, dit Sophie. C'était ma faute…

— Laisse tomber, Soph. »

Je suis déjà en train de ressortir mon peignoir du casier.

Pour ce que j'en sais, le Dragon a demandé à ses espions de surveiller notre groupe de danse et la dernière chose que je veux entendre, c'est : *Pas de spectacle de talents pour toi*. J'espère que Mei-Hwa ne s'est pas attiré d'ennuis.

Debra et Laura m'adressent des regards chargés de compassion. Mais sous ma déception coule également un courant plus profond de tristesse. Mes parents essaient de me maîtriser de la seule manière qu'ils connaissent.

Mais ils ne peuvent rien faire contre les changements qui s'opèrent en moi cet été.

« On se voit plus tard », dis-je.

« Ever. »

La voix de Xavier me fait sursauter et je fais presque tomber un vase rempli d'orchidées violettes. Il sort d'une chambre et s'appuie contre l'encadrement de la porte ; un sourire narquois se dessine sur ses lèvres, comme au début de l'été. Son tee-shirt est taché de peinture et sa longue boîte de croquis est calée sous son bras.

« Xavier. Salut. »

J'agrippe mon sac ; j'ai besoin de m'accrocher à quelque chose.

« J'avais raison, hein ? Les sportifs de ce monde obtiennent toujours ce qu'ils veulent, pas vrai ? »

Je rougis. Mais au moins, il me parle.

« Ce n'est pas pour ça qu'il me plaît.

— Alors, quoi ? Ses larges épaules ? Yale ? Le fan-club de lèche-bottes ?

— Ce n'est pas juste et tu es bien placé pour le savoir. Rick… »

J'essaie de résumer ce que je ressens, mais il y a tant de choses : sa générosité, son humilité, sa gentillesse, son dévouement. Mais j'ai aussi l'impression que je n'ai pas à me justifier.

« Parfois, il n'y a pas de raisons. On aime ce qu'on aime. »

Le regard de Xavier vacille. Je me prépare à une moquerie.

« Je sais.

— Tu sais quoi ?

— On ne peut pas s'empêcher d'aimer la personne qu'on aime. »

Il croise les bras sur sa boîte et son regard s'assombrit. Si seulement nous pouvions retrouver une certaine aisance amicale, mais elle a disparu, aussi insaisissable que la lumière du soleil pendant la saison des typhons.

Je relâche mon sac.

« Merci de nous avoir aidées avec Matteo l'autre soir. »

Je lui dois ces remerciements depuis longtemps.

Il grogne.

« N'importe quel mec convenable aurait fait la même chose. »

C'est exactement ce qu'il est. Un mec convenable.

« Je te dois des excuses, dis-je. Pour ce qui s'est passé le soir après notre séjour chez Tante Claire.

— Ne t'excuse pas. »

Il serre la mâchoire.

« Tu l'as dit toi-même. On était tous les deux d'accord. »

Il prend la boîte qu'il porte sous le bras et sort un dessin enroulé.

« Tu as oublié ça. »

Les trois vieillards. Je tiens le papier rigide et gondolé, suivant le bord du doigt, admirant les détails de leurs barbes, les pièces sur leurs coudes, la mélancolie qu'il a capturée.

« Je l'adore. Mais je ne peux pas l'accepter. »

Il redresse un coin plié.

« Pourquoi pas ?

— Il a trop de valeur. Tu pourrais faire tellement plus avec. »

Il regarde le dessin d'un air impuissant.

« Comme quoi ? »

Ma gorge se serre.

« Tu… le sauras. Quand le moment viendra.

— Tu es tellement fataliste. »

Sa voix est rauque tandis qu'il remet le dessin dans le tube.

« Enfin, peut-être que je le suis aussi. Si seulement je t'avais rencontrée en premier.

— Xavier… »

Ma main retombe le long de mon corps, impuissante. Y avait-il une raison pour laquelle un lien s'est créé entre Xavier et moi cet été ? En apparence, nous vivons la même chose : nous nous battons pour notre art en dépit de l'opposition de nos parents. Et il m'a permis de me sentir attirante quand j'avais l'impression de ne pas l'être. Nous aurions pu en rester là, mais j'ai laissé les choses aller trop loin.

« Nous devons repartir de zéro. »

Est-ce que c'est possible ?

« Je veux qu'on soit amis. Je veux qu'on reste amis. »

Il s'appuie contre l'assise de la porte. Puis il dit :

« Attends une seconde. »

Il rentre dans sa chambre. Lorsqu'il en ressort, il prend ma main et y dépose une petite photo. Puis il referme mes doigts dessus.

« Je suis désolé. C'était mal de ne pas te la rendre. »

Ma photo. Ma main tremble.

« C'était *toi* qui avais la dernière.

— L'an dernier, je suis sorti avec une fille qui m'a dit que je paierais pour toutes les filles auxquelles j'ai fait du mal. Je suppose qu'elle avait raison.

— Xavier, s'il te plaît. Ne…

— On reprend à zéro. Je suis en train d'essayer, d'accord ? »

Il fixe ses orteils des yeux et enfonce son pied dans la moquette.

« Je travaille sur une murale. Je vais peut-être écouter tes conseils et l'accrocher pour le spectacle de talents. »

Son sourire ne se reflète pas dans ses yeux lorsqu'il retourne dans sa chambre et qu'il ferme la porte.

« Tu ne peux pas rater les sources chaudes. C'est ce qu'il y a de mieux à Taïwan. »

La main de Rick sur mon coude me guide vers la file d'attente du buffet de l'hôtel. Un arôme alléchant émane d'une rangée de chauffe-plats argentés sur de petites flammes bleues.

« Tu as dit que Snake Alley était ce qu'il y avait de mieux à Taïwan, dis-je en feignant de me plaindre. Et la glace pilée. Et les terrasses. *Et* les marchés nocturnes. »

Maintenant que je suis de nouveau avec Rick, la douleur cinglante de l'interdiction et de l'échange avec Xavier s'estompe déjà. Je mets de l'aubergine dans mon assiette et laisse passer les palourdes aux haricots noirs tandis que Rick en prend une douzaine.

« Tout ça, c'est ce qu'il y a de mieux. »

Sa chaleur se niche dans le bas de mon dos, un aimant qui attire tout le fer de mon corps, tandis que nous faisons la queue.

« Marc et moi avons trouvé des bains publics quand on est allés courir aujourd'hui. Je te ferai entrer en douce après l'extinction des feux.

— Toute nue ?

— C'est la règle. »

J'étais sur le point de rétorquer quelque chose avec malice sans pouvoir m'en empêcher, mais je ressens un frisson. Certes, enfreindre les règles entraîne des conséquences, et parfois elles sont en place pour une bonne raison. Mais faire le mur n'est plus une question de rébellion. Il s'agit de saisir ce que je veux.

Et je veux une nuit seule avec lui.

« Où sont les *onsee* ? »

Une voix d'homme extrêmement articulée avec un accent britannique ou sud-africain résonne par-dessus le grondement des conversations du restaurant. Un touriste et sa femme brune passent par les doubles portes. À côté d'eux, un réceptionniste de l'hôtel au crâne dégarni écarte les mains d'un air impuissant tout en parlant en mandarin. Le touriste agite son chapeau blanc comme s'il était dans l'outback australien. Sa femme resserre fermement un châle en soie chinois autour de ses épaules.

« *Où* sont les *onsee* ? »

L'homme se tourne vers Mei-Hwa lorsqu'elle entre dans la pièce tel un oiseau dans son chemisier rouge. Elle retire un écouteur de son oreille.

« Pardon ? »

Il répète sa question d'une voix inutilement forte.

Mei-Hwa fronce les sourcils d'un air confus et passe sa longue tresse par-dessus son épaule.

« Désolée, je ne comprends pas. »

Il hausse le ton avec impatience.

« Nous *cherchons* les onsee *extérieures*.

— Elle ne comprend pas non plus. Allons-nous-en. »

Sa femme lui tire le bras.

« Ils ne sont même pas capables de parler anglais correctement, dit-il assez fort pour que tout Taipei l'entende. Ici, personne ne connait un seul mot d'anglais. »

Le visage de Mei-Hwa pâlit. Le silence d'abat comme un rideau lourd, toutes les conversations cessent. Je vois rouge. C'est vrai, la plupart des membres du personnel de cet endroit rural ne parlent presque pas anglais, contrairement aux établissements à Taipei. Cependant, la plupart des touristes occidentaux que j'ai rencontrés se sont montrés respectueux, plus encore que certains des élèves de Chien Tan. Mais le *ton* de cet homme... Je l'ai déjà entendu auparavant : la femme du McDonald's qui a hurlé sur ma mère, le vendeur du magasin qui a traité mon père de chinetoque débile.

Mon instinct me dit de faire comme si ce n'était pas arrivé, comme je l'ai fait toute ma vie, pour épargner un moment de gêne à Mei-Hwa. Si on ne fait pas attention au manque de respect, peut-être qu'il n'existe pas.

Mais ensuite, je pose mon assiette sur le buffet et me dirige vers eux à grands pas.

« Vous lui devez des excuses. »

Mes poings se serrent.

« Ce n'est pas votre servante. Personne ici ne l'est. »

Le visage de l'homme devient rouge vif. Au moins, quelqu'un parle parfaitement anglais.

« Ce n'est pas à toi qu'on s'adressait.

— Vous vous adressiez à tout le restaurant. Et, flash spécial, le fait qu'ils ne parlent pas votre langue *dans leur propre pays,* ça ne fait pas d'eux des gens moins intelligents que vous. »

Rick pose sa main dans mon dos. Il irradie de désapprobation envers l'homme, qui fronce les sourcils en regardant le running back de quatre-vingt-dix kilos face à lui.

Au bout d'un moment, il crache à l'intention de Mei-Hwa :

« Pardon.

— Pas de problème, monsieur. »

Mei-Hwa est vraiment trop gentille.

« J'espère que vous trouverez ce que vous cherchez. »

Sa femme me décoche un regard noir en le suivant d'un pas rapide. Mei-Hwa pose ses mains sur ses joues et m'adresse un sourire hésitant. Elle dit quelque chose en mandarin, puis s'interrompt.

« Ah, j'oublie tout le temps que tu ne comprends pas... Merci.

— Vous voulez vous joindre à nous ?

— Mes parents ont téléphoné. Il faut que je les rappelle, mais je me joindrai à vous ensuite. »

Elle dépose un baiser qui sent les fleurs sur ma joue et s'éloigne.

Dans la file d'attente du buffet, Rick me tend mon assiette et la reprend en voyant que je suis sur le point de la faire tomber. Mes mains tremblent. Les clients du restaurant parlent à voix basse.

Je n'aurais peut-être pas dû faire d'histoires.

Mais lorsque nous arrivons à notre table, Spencer et Marc sont derrière nous. Sophie parle à Xavier là où il est assis, puis nous rejoint.

« Une femme a crié à mon père de retourner en Chine, dit Rick. On était juste en train de marcher sur le trottoir. J'avais 6 ans.

— C'est arrivé à ma mère aussi, avoué-je.

— Mon père n'a rien dit à l'époque, ajoute Rick. Je l'ai détesté pour ça à ce moment-là. Mais maintenant, je crois qu'il en avait marre de lutter contre ce genre de choses. »

Nous brisons un autre tabou en parlant du racisme, mais je viens d'en briser un plus grand encore en affrontant cet homme devant tout le restaurant au lieu de suivre la tradition non conflictuelle des Asiatiques. Cependant, ces règles doivent être enfreintes. Les enfants sont marqués quand ils voient leurs parents être traités de cette façon. Et les parents aussi.

« C'est comme des milliers de petites morts, dis-je. Comme c'est étrange d'avoir dû venir jusqu'à Taïwan pour le comprendre. »

Rick me prend la main et la serre.

« Ma famille a toujours eu du mal à traverser la frontière entre le Canada et les États-Unis, ajouté-je. Une fois, ils nous ont détenues toute une nuit, ma mère, Pearl et moi, alors qu'on revenait de chez mon oncle. »

Des interrogatoires brusques tandis que je fixais du regard les pistolets dans leurs étuis, ma mère qui était tellement terrifiée qu'elle a fait tomber et cassé ses lunettes, une nuit dans une chambre de motel sordide que l'on ne pouvait pas se permettre.

« Quand j'ai eu l'âge de conduire, j'ai pris le relais pour traverser la frontière. Ils étaient plus indulgents envers moi. On apprend à contrôler l'expression de son visage et sa voix pour qu'ils nous laissent tranquille, pas vrai ?

— Ou on joue au football pour qu'ils nous respectent », dit Rick à voix basse.

Mes doigts se serrent sur les siens. La danse m'a appris à séduire, comme un bouclier de défense. C'est peut-être un autre point commun qui nous a unis, pour le meilleur et pour le pire.

« Ce n'est pas si terrible à Los Angeles, dit Marc. Dans certains endroits, les Asiatiques forment la majorité, même ceux qui ne le sont qu'à moitié, comme moi. Le pire que j'ai vécu, ce sont les insultes sur le terrain de basket, mais tous les gamins sont méchants.

— Certains vivent des trucs encore pires que ça. »

Spencer met son biscuit au sésame en morceaux.

« Un de mes amis porte un costume quand il passe par le portique de sécurité à l'aéroport. Il dit que sinon, en tant qu'homme noir, il se fait fouiller et que ça prend trop de temps. La première chose que je ferai quand je serai au Congrès, ce sera de remanier le département de la Sécurité intérieure.

— Je ferais bien un don pour ta campagne, dit Marc, mais je vais devenir un journaliste sans le sou. Et si je réalisais un reportage sur toi ? *Un vote pour* Hsu, *c'est un vote pour VOUS*.

— Rick va financer ta campagne, dit Sophie.

— Sophie va *organiser* ta campagne, dis-je.

— Je pourrais. »

Elle passe ses cheveux par-dessus son épaule.

« Et une fois que tu seras dans le Bureau ovale, Ever sera ta ministre de la Santé.

— Mon père aurait une crise cardiaque tellement il serait heureux. »

Quant à moi, je peux m'imaginer en train de conseiller le président des États-Unis en tant que médecin-chef. Pas besoin de voir du sang, je n'aurai qu'à dispenser des perles de sagesse. Je mentirais si je disais que cette idée n'avait pas quelque chose d'exaltant.

Mais pour la première fois, je me rends compte que c'est exaltant quand je l'imagine pour quelqu'un d'autre. Pas pour moi.

« Si elle veut le faire, elle en est capable. »

Rick m'embrasse sur l'oreille, surprenant tout le monde autour de la table. Comment est-il possible qu'il ne sache pas encore quelle est ma couleur préférée, mais qu'il comprenne cette partie de moi aussi bien, voire mieux que moi ?

Je lui souris.

« Ma priorité, ce sera d'ajouter des étiquettes d'avertissement sur le saké au sang de serpent. C'est beaucoup trop dangereux pour la santé. »

Tout le monde rit. Ce ne sont que des rêves, bien évidemment. Les vies de tous nos parents ont été marquées par les difficultés.

Néanmoins, nous avons envie d'y croire.

Le fracas familier du vent fait trembler le bâtiment, et les lampes en papier se balancent au-dessus de nos têtes. Le rythme des gouttes de pluie sur les fenêtres accélère. Puis les lumières s'éteignent et la pièce sombre dans l'obscurité.

Des cris consternés s'élèvent en chœur.

« Panne de courant », dit Sophie.

Un briquet s'allume dans la main de Rick et illumine son menton. Des lueurs semblables apparaissent autour des tables voisines.

Le gérant de l'hôtel s'adresse à nous en mandarin et Rick traduit pour moi.

« Il y a un autre typhon au-dessus de Taitung, sur la côte sud-est. Six villages ont été inondés.

— *Six* villages. »

Je me souviens de la poupée en train de flotter dans l'eau boueuse.

« Où vont aller les familles ?

— Qui sait ? dit Spencer. Notre guide a dit que le littoral change toutes les saisons à cause des typhons. Ils sont frappés sans arrêt.

— Comment est-ce qu'ils peuvent vivre comme ça ?

— On est vraiment privilégiés », dit Rick.

Même si nous venons de parler du racisme, il a raison.

Nous sommes d'humeur sombre en sortant du restaurant. Le couloir est illuminé par l'éclairage d'urgence jaune pâle. Je tombe sur Mei-Hwa, qui tire un sac à roulettes. Le tissu est tellement usé qu'elle l'a attaché avec une corde pour le maintenir en place, ce que ma mère aurait fait aussi pour éviter de le remplacer et ainsi économiser de l'argent.

« Vous ne partez pas, quand même ? » demandé-je, consternée.

Elle n'a pas cillé quand le touriste lui a crié dessus, mais à présent, ses yeux se remplissent de larmes.

« Ma maison à Taitung a été frappée par le typhon. Tout mon village est détruit. Je vais aller aider mes parents.

— Oh, non ! Vos sœurs. Vos parents… Est-ce qu'ils sont en sécurité ?

— Oui, mais nous avons tout perdu : nos vêtements, nos photos, nos meubles… Tout a disparu. »

Comme une scène abandonnée par ses danseurs, toute sa joie s'est envolée. Un sanglot saccadé s'échappe de sa gorge. J'enroule mes bras autour d'elle, inhale son parfum floral tandis qu'elle s'agrippe à moi.

« J'ai une bourse universitaire, dit-elle. Je ne sais pas comment je vais pouvoir me permettre de rester. Comment est-ce qu'ils vont survivre ? Qu'est-ce qu'ils vont faire ? »

J'imagine ses parents, qui gagnent déjà à peine de quoi vivre au quotidien, une minorité dans leur propre pays, qui ont tout sacrifié pour donner un coup de pouce à leur fille. Si le hasard n'avait pas voulu que je naisse aux États-Unis, j'aurais pu être comme Mei-Hwa.

Le vent ouvre grand la porte et une rafale nous couvre de pluie.

Je me sens impuissante lorsque je lâche Mei-Hwa.

« Nous dansons sur *Orchid Grass*, dis-je. Merci de nous l'avoir fait écouter. »

Un sourire sincère se dessine sur ses traits, puis son visage s'assombrit de nouveau.

« Merci, Ever.

— Dites-nous si on peut faire quelque chose. »

Elle hoche la tête, essuie ses larmes et traîne sa valise sous la pluie incessante.

32

Le gargouillis de l'eau résonne dans l'obscurité. Rick allume une bougie. Elle illumine les dalles du sol entourées par une palissade solide en bambou et un toit de pagode qui couvre en partie l'espace carré de ces bains publics, à environ quatre cents mètres du bâtiment principal.

Rick a déjà promis cent dollars de ses propres économies pour la collecte que j'organise en faveur de Mei-Hwa. C'est un début. Mais sa famille et elle, ainsi que la conversation que nous avons eue pendant le dîner, pèsent sur mon esprit tandis que je saisis la ceinture nouée de mon *yukata*. Je trempe le bout de mon pied dans les deux piscines en pierres plates. La plus petite est chaude et la plus grande l'est davantage, plus chaude encore que n'importe quel Jacuzzi. Elles sentent les minéraux. De l'eau coule dans les coins pour les rafraîchir de manière continue.

Rick referme les portes japonaises.

« Toi d'abord. Je te promets que je ne vais pas regarder. »

Je perçois son sourire à travers l'obscurité que seules quelques bougies viennent éclairer. Certaines de mes inquiétudes cèdent leur place à l'enthousiasme d'être là avec lui. Peut-être que le fait de lutter contre le malheur dans le monde consiste en partie à saisir le bonheur lorsqu'on en a l'occasion.

Il me tourne le dos pour examiner une rangée de trois douches face à plusieurs outils en pierre pendant que je retire mon peignoir et que je plonge dans l'eau divinement douce. Une chaleur délicieuse en émane. Mes pieds nus glissent sur les pierres polies ; je trempe mes épaules et trouve un rebord sous l'eau sur lequel m'asseoir. Les murs en bambou et les portes fermées nous séparent du reste du monde.

« Humm, murmuré-je. On devrait rester ici pour toujours. »

Rick se glisse à côté de moi. Son bras effleure le mien. J'essaie de ne pas penser à son torse nu, aux muscles fermes de son abdomen. À notre nudité cachée, sans rien d'autre que l'eau entre nous.

« C'est la première fois que nous sommes seuls depuis ton retour de Hong Kong.

— Et quand nous étions dans ma chambre pendant trois minutes ? On aurait dû rester là-bas. Pourquoi est-ce qu'il a fallu que je te montre le manoir Lin ?

— Parce que c'était ce qu'il y a de mieux à voir à Taipei, dis-je d'un ton moqueur.

— C'est vrai. »

Rick s'immerge un peu plus jusqu'au menton. Sa voix prend une intonation espiègle.

« Tu sais, certaines *onsen* se qualifient de non sexuelles. Juste pour que ce soit clair. Même si elles ne sont pas mixtes depuis que la restauration de Meiji a ouvert le Japon à l'Occident.

— Comment est-ce que tu peux savoir autant de choses, jeune prodige ?

— Tu trouves que je sais beaucoup de choses ? Je suppose que c'est parce que je lis tout ce que je trouve. Et que je me souviens de tout un tas de choses inutiles.

— Ce n'est pas *inutile.* »

Je l'éclabousse.

« Alors, théoriquement, Professeur Woo, si deux personnes s'adonnaient à une telle activité interdite dans les environs, elles iraient à l'encontre de nombreuses années de tradition ?

— Cent trente ans, pour être exact. Et elles iraient à l'encontre de la réglementation. Ce serait une enfreinte aux règles très sérieuse.

— Dommage. »

Le clair de lune illumine son sourire taquin. Il se tourne vers moi et passe une mèche de mes cheveux derrière mon épaule. Il enroule une boucle autour de ses doigts.

« Je suis obsédé par tes cheveux... est-ce que ça fait de moi une personne superficielle ?

— Je ne savais pas que tu l'étais.

— Ils ne sont pas juste noirs. Ils sont bleu, marron et rouge. Sous la lune, il y a même des parties argentées.

— Qu'est-ce que tu penserais de moi si j'étais chauve ? »

Il m'embrasse sur le front.

« Je suppose que tu as d'autres qualités. Des qualités importantes. Comme ton épaule. »

Sa main glisse le long de ma peau nue à cet endroit.

« Ton cou. »

Je le repousse délicatement.

« Et si j'avais un accident et que j'étais défigurée ? Que je perdais la tête ? Je ne suis pas en train d'essayer d'être morbide. Juste réaliste. Rien n'est certain dans la vie. »

Sa main agrippe ma hanche et attire mon corps contre lui jusqu'à ce que ma cuisse se heurte à son genou.

« Tu te souviens quand je t'ai dit que le timing n'avait aucun sens ? Et pourtant, te voilà. On dirait que tu es enfin arrivée alors que je ne me rendais même pas compte que je te cherchais. »

Sa voix est devenue sérieuse.

« Peut-être que certaines personnes sont censées faire partie de ta vie. Et peut-être qu'on ne peut contrôler ni le moment où elles arrivent ni les choses qui pourraient les faire disparaître de nouveau. Si je ne pouvais plus te parler… »

Ses lèvres effleurent le bout de mon nez et s'immobilisent juste au-dessus.

« La partie de moi qui a besoin de te parler mourrait. »

Je l'embrasse.

Ses bras se referment autour de moi, ses mains fortes agrippent mon dos. Mes lèvres s'entrouvrent pour se délecter de sa bouche chaude et de sa langue qui a un goût de menthe et de prune. Je passe ma main entre nous, le long de son torse, de ses côtes, explorant son corps, ses abdominaux musclés. Ses doigts fermes glissent le long de ma peau humide jusqu'à ma taille, puis reviennent s'emmêler dans mes cheveux et s'arrêtent derrière ma tête.

Je ne sais ni combien de temps s'écoule ni quand les étoiles ont commencé à s'agglutiner au-dessus de nous, en telle quantité que leur lumière dégouline dans le ciel.

Nous nous séparons enfin, étourdis, haletants.

« Pourquoi est-ce qu'on n'a pas fait ça plus tôt ? murmuré-je.

— Et ce n'est pas fini. »

Sa voix est langoureuse, traînante.

« Tu es tellement imbu de toi-même.

— Hum hum. »

Nous nous immergeons un peu plus et appuyons nos têtes sur le bord tout en écoutant le doux chant des grillons dans la nuit. J'ai envie de rester dans la chaleur de ce moment avec lui pour toujours.

Cependant, un souvenir du dîner transperce mon esprit. Une connexion se fait et je me redresse brusquement, l'éclaboussant légèrement au passage.

« Comment tu as appelé cet endroit ?

— Les sources chaudes ? »

Il se tourne vers moi, la tête encore appuyée contre le bord.

« Tu as utilisé un autre mot. Le terme japonais.

— *Onsen*.

— C'est ce que ce touriste cherchait. Il s'est trompé de mot. *Les* onsee *extérieures*. »

Et il s'en est pris à Mei-Hwa alors que ses parents sont en train d'essayer de sauver leurs vies malgré l'inondation. Ma gorge se serre. Je ne sais pas pourquoi je suis si triste en réalisant que le touriste s'est trompé sur deux fronts.

« Qu'est-ce qui ne va pas ? »

Rick se redresse, alarmé.

« Est-ce que je t'ai fait mal ?

— Non. Ses parents... »

Horrifiée, j'entends un sanglot s'échapper de ma gorge.

« *Mes* parents...

— Viens là. »

Il m'attire contre son torse et je sanglote, serrée contre lui.

« Je suis vraiment désolée, dis-je d'une voix étranglée entre deux hoquets. Je ne sais pas ce qui m'arrive. C'est le seul soir que nous avons ensemble et moi, j'augmente la salinité des sources chaudes. »

Son rire résonne sur l'eau.

« Je n'ai jamais rencontré quelqu'un comme toi, Ever. Ne t'inquiète pas. Nous avons quand même notre soirée ensemble. »

Il dépose un baiser sur ma tête, sur ma joue.

« À quoi tu penses ? »

Je pose ma tête sur son épaule. Je ne voulais pas l'accabler alors qu'il a déjà porté un tel poids sur ses épaules quand il était avec Jenna. Mais c'est Rick : solide et fiable. Alors peut-être que je peux me reposer sur lui. J'essaie de rassembler mes pensées, de comprendre ce qui m'a troublée, pas juste ce soir, mais aussi au cours de nombreuses nuits.

« Mon père a 55 ans. Il est plus vieux que les parents de la plupart de mes amis. Il n'a pas eu de chaussures avant ses 9 ans. Sa mère préparait des nouilles avec des bouts de viande parce qu'ils ne pouvaient pas se permettre d'avoir plus que ça. Quand il est arrivé aux États-Unis, il admirait énormément les routes car il n'avait vu que des routes en terre. Quand j'étais petite et que je recrachais de la viande, il la mangeait parce qu'il ne supportait pas de gâcher des protéines. Et maintenant, l'Asie s'est développée et pendant ce temps-là, aux États-Unis, mes parents avaient les agents d'immigration sur le dos, des fruits du dragon séchés et ma mère a vendu son collier pour m'envoyer ici pour que j'en sache plus sur leur culture. Chaque fois que je les déçois, j'ai l'impression de leur cracher au visage comme ce touriste.

Je déteste ça quand ils me rappellent qu'ils ont souffert. Comme la famille de Mei-Hwa. Et tout le monde s'en fiche. Ce soir, lorsque Sophie a dit que je pourrais devenir ministre de la Santé… Tu sais ce que ça signifierait pour mon père ? Il rêve tout le temps de grands exploits comme ça quand il pousse son chariot d'aide-soignant, c'est comme ça qu'il tient bon. C'est comme ça qu'il s'est blessé : il a marché droit dans une flaque à la clinique de Cleveland et il ne l'a même pas vue.

Mais je ne suis pas capable d'arriver aussi loin. Et ensuite je me suis demandé ce qu'il se passerait si je ne devenais pas médecin. Et si je devenais danseuse à la place. Le simple fait d'y penser me donne l'impression de les trahir. »

Rick coiffe mes cheveux mouillés d'un geste doux et réconfortant.

« Tu crois qu'ils veulent que tu sois malheureuse ? »

Même si j'étais en colère contre eux, je n'ai jamais douté qu'ils voulaient ce qu'il y avait de mieux pour moi. Le manuel de biologie moléculaire était un cadeau pour mon avenir. Mon bonheur.

« Non », avoué-je.

Je lève les yeux vers un horizon que je ne vois pas.

« Mais je ne peux pas leur parler. S'ils étaient américains, peut-être que ce serait possible. Comme Megan avec ses parents. Si j'étais chinoise, peut-être que je voudrais la même chose qu'eux, comme mes cousins en Chine. Ils ne reçoivent pas de messages américains déroutants sur l'individualisme et sur la réalisation personnelle. Mais ils sont à plus de onze mille kilomètres et même si nous étions dans la même pièce en train de prononcer les mêmes mots dans la même langue, ces onze mille kilomètres seraient toujours là. C'est une ligne de partage des eaux. Entre nous.

— C'était le contraire dans ma famille. »

Son pouce effleure ma cuisse et disparaît.

« Ils avaient raison à propos de Jenna. Et je n'étais pas capable de l'entendre. Je ne voulais pas l'entendre. Si je l'avais fait, je lui aurais trouvé de l'aide plus tôt. »

Il enfouit son nez dans mes cheveux, derrière mon oreille, et inhale mon odeur.

« Peut-être que je ne me sentirais pas aussi coupable maintenant.

— Coupable de quoi ?

— D'être heureux. Plus grand. Comme la plus grande des poupées russes et non pas la plus petite version de moi-même. Pas à cause d'elle, mais à cause de ce que nous étions ensemble. »

Sa voix est étranglée.

« Je ne savais pas que c'était censé être comme ça. Entre deux personnes. »

Parce qu'il est le fils aîné du fils aîné d'un fils aîné et qu'il porte tout le poids de son nom. Pas pour son propre bonheur, mais pour celui des autres.

« Ever. »

Ses doigts effleurent mon ventre nu.

« Je sais que tu crois que je ne suis pas prêt…

— Chut. »

Je lui prends la main. Puis je la pose sur ma poitrine.

Son contact est hésitant. Timide. Je pose ma main sur la sienne, la serrant contre moi.

« Ever, tu es sûre ? »

Nous allons trop vite, murmure une petite voix dans ma tête. Mais je n'ai pas envie d'arrêter.

« J'ai envie que tu me touches. »

Il saisit mon sein, me faisant frissonner. Mes doigts le trouvent sous l'eau, l'explorent, et nous découvrons les muscles, les courbes et les contours l'un de l'autre. Sa bouche se pose à nouveau sur la mienne et nous bougeons ensemble dans un brouillard de désir et de chaleur. À un moment, je réalise qu'il m'a poussée dans un coin. Mes épaules se serrent contre les bords en pierre tandis qu'il embrasse ma bouche, mon menton, l'arrière de ma mâchoire, mon cou, et ses mains continuent de m'explorer sous l'eau.

« J'ai chaud », murmuré-je.

Il me soulève par la taille pour m'asseoir sur le bord. Il se tient entre mes genoux, m'embrasse tandis que j'enroule mes jambes autour de sa taille et m'accroche à ses cheveux courts et soyeux.

« J'ai quelque chose à t'avouer, murmure-t-il entre deux baisers. Le premier jour, quand j'étais assis à côté de toi dans la fourgonnette, j'avais déjà envie de t'embrasser.

— C'est pour ça que tu t'es comporté comme un salaud ?

— C'est ce que j'ai fait ?

— Oh, oui. Où ?

— Où quoi ?

— Où est-ce que tu avais envie de m'embrasser ? »

Sa voix est rauque.

« Partout.

— Alors, fais-le », haleté-je.

Sa respiration accélère tandis qu'il émet un son étranglé pour toute réponse. Ses lèvres effleurent ma clavicule, se posent sur chacune de mes épaules. Je passe ma main dans ses cheveux tandis qu'il baisse la tête vers mes seins. Un rire s'échappe de mes lèvres.

« Chut. »

Il se redresse en m'éclaboussant légèrement. Ses lèvres effleurent mon oreille.

« À moins que tu veuilles que les moniteurs se joignent à nous ?

— Non. Et ne t'arrête pas », dis-je.

Il me pousse délicatement jusqu'à ce que je sois allongée sur les pierres, regardant les étoiles au-dessus des corniches, les jambes encore dans l'eau. Il pose ses mains de chaque côté de mes coudes, embrasse à nouveau mes lèvres, un point de contact unique et chaste qui fait brûler le reste de mon corps de jalousie.

« Attends là, dit-il d'une voix haletante.

— Attendre quoi ? »

Sa bouche dessine une ligne brûlante jusqu'à mon nombril. Mon corps frémit comme un instrument à cordes très tendues. Les éclaboussures résonnent lorsqu'il se glisse à nouveau dans la piscine.

Et sa bouche continue de descendre. Mon Dieu. Est-ce qu'il…

Mon estomac se tord lorsque ses mains écartent mes genoux. Il fait glisser ses épaules entre mes jambes ; ses mains passent sous mes cuisses et agrippent mes hanches. Il dépose des baisers à l'intérieur de chaque cuisse, sa respiration est chaude sur ma peau, si proche et intime. Mes paumes s'appuient sur les pierres, tout mon corps palpite. Je n'arrive pas à y croire. Il me demande la permission de continuer et je murmure un *oui* qui se perd dans le gargouillis de l'eau chaude.

Il prend son temps. La tension monte sans arrêt, jusqu'à ce que j'agrippe les pierres, que mon dos se cambre, que mes orteils plongent dans l'eau et que mon corps mûrisse dans ses bras.

Jusqu'à ce que les étoiles au-dessus de moi explosent en un milliard de supernovas lumineuses.

33

Lorsque je descends pour le petit déjeuner le lendemain matin, Rick se lève d'une table pour deux près d'une fenêtre qui donne sur un jardin de pierres. Le corps ferme que j'ai exploré hier soir est désormais vêtu d'un tee-shirt vert et d'un short de sport. Il tire une chaise et l'espièglerie dans son regard chaleureux, le petit sourire sur ces lèvres qui m'ont fait des choses merveilleuses, me fait rougir.

« Tu t'es levée tôt », me taquine-t-il.

Et quand je m'assois sur la chaise, il fait semblant d'être surpris et reprend :

« Je vois que tu es de bonne humeur ce matin.

— J'ai passé une bonne nuit. »

J'ouvre le menu en chinois.

« Tu sais, le Dragon serait fière. Je comprends quels plats sont des soupes, de la viande ou des légumes…

— Une bonne nuit ? Tu as passé une bonne nuit ? »

Rick saisit ma taille et se penche vers moi pour m'embrasser. Le menu me tombe des mains.

« Quand on sera au lac du Soleil et de la Lune ce soir, je te montrerai ce que c'est, une *bonne* nuit. »

Il m'embrasse et je passe ma main dans ses cheveux ; ils me rendent vraiment folle. Notre nappe glisse et nous attirons l'attention d'un couple plus âgé assis à une table voisine, mais je m'en fiche. J'ai envie de voir Rick perdre le contrôle, mais nu, ivre de plaisir. Ivre de *moi*.

« Qui aurait cru que le jeune prodige était aussi doué avec sa langue ? » murmuré-je.

Il sourit d'un air suffisant.

« J'ai gagné le concours oratoire en première.

— C'était un gâchis de ton talent.

— Salut, salut. »

Sophie approche une troisième chaise de notre table, rayonnante dans sa robe à rayures orange.

« Je nous ai obtenu un créneau ! J'ai entendu dire que le typhon avait retardé des vols, alors j'ai rappelé le Théâtre national, et j'avais raison ! Une troupe d'acrobates de Singapour a dû annuler et maintenant, le théâtre est dans le pétrin. Vendredi soir, à notre retour de Taipei, c'est notre moment ! Mon oncle et ma tante seront là et Li-Han est d'accord pour changer l'emplacement de tout le spectacle de talents et l'ouvrir au public. Il ne me manque plus que le feu vert du Dragon.

— Ouah, Sophie. »

Je m'écarte de Rick pour pouvoir respirer. Tant de bonnes choses m'arrivent.

« Je n'arrive pas à y croire. Enfin, si, je peux. Le Théâtre national. Tu as réussi. »

Elle passe ses cheveux noirs par-dessus son épaule.

« Ils vont accrocher des affiches dans les fenêtres de la billetterie et envoyer un e-mail à leur liste. Ils ont dit qu'on pouvait même faire payer l'entrée.

— Sérieusement ? »

Je rapproche ma chaise.

« On pourrait donner les bénéfices à la famille de Mei-Hwa. À toutes les familles de son village qui ont été touchées par le typhon.

— Un spectacle de bienfaisance, dit Rick. Parfait.

— J'aurais dû y penser plus tôt. »

Je le serre dans mes bras, puis en fais de même avec Sophie.

« Ce sera un moyen de la remercier un peu.

— Et si on ajoutait une vente aux enchères ? propose Rick. Ça permettra de récolter des fonds. Et n'importe qui pourrait participer, même sans être sur scène.

— Sophie, tu peux l'organiser, j'en suis certaine. On pourrait demander à tout le monde de donner quelque chose. Même Xavier. »

Je froisse le bord de la nappe.

« Peut-être qu'il accepterait de nous donner certaines de ses peintures. »

La main de Sophie se pose sur son oreille, cherchant involontairement sa boucle d'oreille en opale. Une petite ombre passe sur son visage.

Puis elle bondit sur ses pieds.

« Le Dragon est là. Ever, *viens*. »

Le Dragon met des moitiés d'œufs salés sur son gruau de riz tandis que Sophie lui explique la situation. Je passe le poids de mon corps d'un pied à l'autre. À un moment, le Dragon pose un doigt sur son nez et un pouce sous son menton, comme ma mère quand elle écoute.

« *Hăo ba,* dit-elle enfin.

— C'est bon ! »

Sophie commence à m'entraîner derrière elle.

« Ai-Mei », dit le Dragon.

Je me retourne prudemment.

« Wei ? »

Son regard perçant passe à travers moi.

« C'est très bien, ce que vous faites. »

Elle prend son assiette et continue d'avancer le long du buffet du petit déjeuner.

« Ça ne va pas lui sembler si bien quand je vais monter sur scène, murmuré-je à Sophie avant de retourner auprès de Rick. En particulier si nos costumes sont aussi sexy que tu le dis.

— À ce moment-là, il sera *trop tard,* chantonne Sophie.

— *Ai-Mei.* »

Li-Han me tend une feuille verte de l'hôtel lorsque j'arrive près de Rick.

« *Nĭ bàba dă diànhuà lái le.*

— Mon père a appelé ? »

Je lutte contre un accès de panique. Je ne lui ai toujours pas parlé depuis le coup de fil à propos de ma photo de nu.

Li-Han donne une autre feuille à Rick, qui fronce les sourcils.

« Jenna ? Je pensais qu'elle ne voulait plus me parler. »

Je résiste à l'envie de réduire les deux feuilles en confettis et dis à voix haute :

« On dirait qu'on a tous les deux des appels à passer. »

Cet hôtel n'a pas de quatrième étage ; c'est l'équivalent du numéro treize qui représente la malchance, car le mot *quatre* en mandarin ressemble au mot *mort*. Ma chambre est au cinquième étage, ce qui signifie qu'en réalité, elle est au quatrième, et je sens tout le poids de cette malchance lorsque j'ouvre ma porte.

Il ne va pas s'immiscer dans le spectacle de talents. Hors de question. Pas même si je dois avaler un billet d'avion à destination des États-Unis.

Je consulte d'abord mes e-mails, pour voir si Pearl m'a envoyé un avertissement. Et elle l'a fait, ma fidèle petite sœur. *Papa essaie de te joindre. Je ne sais pas pourquoi. Ils parlent en chinois. Maman est inquiète.*

Mon père décroche à la première sonnerie.

« Bonjour, Ever. »

Je l'imagine à l'autre bout de la ligne, avec sa casquette des Indians de Cleveland. Sa voix est beaucoup plus calme que lors de l'appel à propos des photos glamours mais cela ne veut pas dire qu'il n'est pas sur le point de m'annoncer une mauvaise nouvelle.

« J'ai demandé à l'hôpital d'avancer mon vol de quelques jours. Je vais prendre l'avion ce soir et je passerai te chercher demain après-midi. On rentrera ensemble dimanche. »

C'est mieux que me menacer de me faire rentrer à la maison, mais pas de beaucoup.

Il vient me surveiller en personne au cours des derniers jours.

« Je ne reviendrai pas au campus avant samedi soir, tard. »

Quand il se rendra compte que je suis au Théâtre national, comme l'a dit Sophie, il sera trop tard.

« Oh, d'accord. »

Il a l'air déçu.

« Je passerai te chercher au campus dimanche matin. Laisse ton portable allumé, d'accord ? Je t'écrirai sur WeChat. »

Je m'étais attendue à ce qu'il soit en colère, mais sa voix est douce. Presque implorante.

Est-ce que je l'ai échappé belle ?

« Super, Papa. »

Je raccroche, mais ma main reste enroulée autour du téléphone. Il est sur le point de prendre l'avion et j'ai oublié de lui souhaiter un bon vol. Le rituel familial, le sel par-dessus mon épaule, sans quoi la malchance pourrait s'abattre. Mon père étourdi qui rêve de la vie de médecin au fil des jours. Il va oublier sa valise à l'aéroport ou foncer dans un mur sans ma mère pour faire attention où il met les pieds.

« Bon voyage », murmuré-je.

J'espère que ça compte.

Quelqu'un frappe à la porte et je l'ouvre pour laisser Rick entrer. Il a passé son sac à dos sur son épaule, prêt à partir.

« Elle n'a pas décroché, alors je lui ai laissé un message. Tout va bien ? »

Alors, nous sommes tirés d'affaire. Je devrais en être ravie. On peut mettre ma paranoïa sur le compte de toute une vie passée à m'attendre au pire.

Sa main s'attarde sur ma taille et je me mets sur la pointe des pieds pour l'embrasser.

« Tout va bien. »

Quand nous descendons des bus sur les rives de sable blanc du lac du Soleil et de la Lune, notre dernière escale, les nouvelles du concert de bienfaisance se sont répandues. Debra et Laura proposent d'inviter des officiels taïwanais qu'elles ont rencontrés en tant que boursières présidentielles. D'autres talents surgissent d'un peu partout, y compris un groupe de musique *a cappella* et l'imitation de Martin Luther King par Spencer, que Sophie ajoute à la liste de plus en plus longue de numéros.

« Aux mecs et moi, il nous faut sept minutes. » Marc lui adresse un clin d'œil et n'en dit pas plus.

Une brise chaude enroule ses bras autour de nous tandis que le Gang des Cinq pose sur le bord de l'eau pour prendre une autre photo de réappropriation des clichés : ils lèvent leurs bras et leurs jambes dans la position du coup de pied de la grue, leurs poings du dragon sont serrés et pliés, et ils montrent les dents. Des maîtres des arts martiaux magiques qui font hurler de rire tout notre bus.

Je ris aussi et ajoute leurs noms à la liste.

« Je crois que tu as une autre vocation en tant que dénicheuse de talents. »

Rick m'embrasse dans les cheveux et je souris.

« Peut-être qu'on peut faire beaucoup de choses différentes. »

Sophie et moi trouvons Xavier assis contre un palmier, sous les feuilles basses. Il est en train de dessiner sur un carnet posé sur ses genoux. Des vagues blanches remontent sur le sable pour lécher ses pieds.

Il sursaute quand il croise mon regard et cache son dessin de la main.

« Qu'est-ce que vous voulez ? »

Son ton est acerbe.

Avec son porte-bloc à la main, Sophie s'assoit courageusement à côté de lui dans le sable, sans se soucier de sa robe orange. Je prends place à côté d'elle et la laisse expliquer la vente aux enchères, l'objectif qui consiste à aider le village inondé. Xavier ne parle pas, mais il ne nous dit pas non plus de le laisser tranquille.

« Je suis sûre que tes peintures se vendraient à bon prix, conclut Sophie. Et c'est pour une bonne cause. »

Xavier pose son carnet dans le sable.

« Ma grand-mère était indigène. D'où les cheveux bouclés. »

Il donne une chiquenaude à une de ses mèches à l'aide de son crayon. Il me jette un coup d'œil, puis baisse les yeux vers ses sandales.

« J'ai peut-être quelques peintures.

— O.K., tiens-moi au courant. »

Sophie est très professionnelle, une façade devant les choses plus profondes qu'elle ne peut ni dire ni montrer.

« J'invite toutes les familles locales, et les collectionneurs d'art de ma tante. Je ferai en sorte que ton travail soit vu par les bonnes personnes. Si tu le fais, je ne te laisserai pas tomber. »

Une lueur de surprise brille dans le regard de Xavier. Il esquisse un petit sourire.

« Je n'en ai jamais douté. »

Mei-Hwa pleure quand je l'appelle avec le téléphone de Li-Han.

« Tu es sûre ?

— Complètement sûre. Beaucoup de gens veulent aider. Ils ont juste besoin de savoir comment faire.

— Mes parents ne vont pas y croire. Ma mère est en train de donner le sein à ma nouvelle sœur. Je vais attendre pour le lui dire, sinon elle risque de la faire tomber ! Dis merci à tout le monde. De la part de tout mon village.

— Promis, dis-je. Vous devriez danser avec nous aussi.

— J'ai deux pieds gauches ! Mais merci, Ai… Je veux dire, Ever.

— Vous pouvez m'appeler Ai-Mei. Les deux me plaisent.

— *Hǎo de,* dit-elle en riant. *Xièxiè, Ai-Mei.* »

Je cherche Rick dans la foule et vois enfin son tee-shirt vert près du compartiment à bagages du bus. Il me tourne le dos et se tient dans une position étrange. Son téléphone est collé à son oreille. Son corps est tendu par le stress ; je ne l'avais pas vu ainsi depuis son retour de Hong Kong. Son pouce s'enfonce dans ses doigts, un geste nerveux familier.

La peur transperce mon cœur.

Je cours vers lui sur le sable.

« S'il te plaît, j'arrive à peine à comprendre ce que tu dis, dit-il. Tu es là ? Comment ça ? Où ?

— Qu'est-ce qui ne va pas ? »

J'agrippe son bras et glisse dans le sable.

« Qui est là ? »

Rick colle son téléphone à son torse, les épaules raides, comme des rochers qui s'écroulent le long d'une ligne de fracture. Je suis choquée de voir que ses doigts sont couverts de sang tant il a trituré ses cicatrices.

« Elle est là, dit-il, abasourdi. Elle dit qu'elle essaie de me joindre depuis des jours.

— De quoi tu parles ? »

Ses yeux se tournent vers la route, où une Porsche argentée s'arrête sur la plage. Une jolie fille sort par la portière arrière. Ses cheveux sont coupés élégamment et s'agitent autour de sa mâchoire. Sa robe noire froissée prouve qu'elle voyage depuis des heures.

« Rick ! »

Elle retire ses sandales et court vers nous sur le sable.

Abasourdie, je la reconnais.

En personne, elle est encore plus belle que sur sa photo : de beaux traits avec des sourcils parfaits, un petit nez et des lèvres en bouton de rose. De grands yeux de star de cinéma.

Dans ma tête, j'avais imaginé qu'elle avait une présence imposante. Dans la vie réelle, elle a des épaules étroites et elle est petite et fragile comme du tulle. Je suis horrifiée en pensant au désespoir qu'elle doit ressentir pour avoir affronté sa peur de l'avion et entrepris un voyage aussi long.

« Rick, il faut qu'on parle. »

Elle s'arrête devant lui et n'a d'yeux que pour lui. La chevalière de remise des diplômes ornée d'un saphir brille au bout d'une chaîne autour de son cou. Elle est légèrement haletante, mais l'expression de son visage est calme, voire noble, comme celle d'une princesse. Pas étonnant que personne ne s'imagine ce qu'elle garde enfoui au fond d'elle.

Mais ensuite, ses traits se déforment, comme un rideau de scène qui s'écroule.

Elle passe ses bras autour de lui, colle son visage au sien et éclate en sanglots.

34

« Allez, tout le monde ! Les spectateurs arrivent dans deux heures ! »

Sophie passe par une fente entre les rideaux du fond et monte sur la scène du Théâtre national avec son porte-bloc à la main. Elle porte une tenue professionnelle : un pantalon chic et un chemisier blanc à manches courtes. Le théâtre en lui-même vibre au son des roues du chariot que Spencer et Benji utilisent pour apporter leurs tambours du dragon, des chaussures de mes danseuses qui tournent sur elles-mêmes dans leurs robes aguichantes aux couleurs de pierres précieuses : émeraude, saphir, topaze.

Tout est en place.

Une couche de cire vient d'être appliquée sur la scène pour couvrir les éraflures et les marques des numéros précédents. Depuis ma place, au centre, les coulisses de chaque côté de la scène semblent être à des kilomètres. Six projecteurs mélangent des halos doubles au-dessus de moi. Dans la cabine des techniciens au fond de la salle, un régisseur entièrement vêtu de noir hurle des instructions. Sophie a fait en sorte que le théâtre filme tout le spectacle.

Je suis debout devant mille quatre cent quatre-vingt-dix-huit sièges séparés en trois niveaux, là où le ballet du théâtre Mariinsky a dansé, où les spectacles de Broadway ont été joués, et où Yo-Yo Ma a joué du violoncelle. Je devrais avoir envie de sauter de joie. C'est la plus grande soirée de ma carrière de danseuse, mais tout mon être est endolori comme si un pont s'était écroulé sur moi.

Sophie va vérifier les micros et me prend le bras au passage.

« Il va venir. »

Elle passe une main dans ses cheveux et soupire.

« Je me sens vraiment coupable de ne pas l'avoir su. Aucun de nous ne le savait… »

Rick a quitté le lac du Soleil et de la Lune avec Jenna hier après-midi. Il avait peur de la laisser retourner à Taipei seule. Il a appelé ses grands-parents à Hong Kong et maintenant il attend qu'ils arrivent.

La partie égoïste de moi avait envie de s'accrocher à lui aussi fort qu'elle : *Ne pars pas. J'ai besoin de toi aussi.* J'avais envie d'insister pour que Rick lui impose des limites claires et nettes, comme Megan insistait toujours pour que je le fasse avec mes parents. Mais je n'ai pas pu. Pas en voyant Jenna dans cet état.

De quoi ont-ils parlé pendant les longues heures du trajet jusqu'à Taipei ? Ils ont passé la nuit au Grand Hotel. Il a sans doute porté le sac de Jenna jusqu'au hall luxueux, avec ses tapis rouges et ses colonnes. Les années qu'ils ont vécues ensemble ont-elles ressurgi entre eux ? A-t-il découvert qu'il ne pouvait pas se libérer d'une personne qui a besoin de lui comme elle a besoin d'air pour respirer ?

Et si *elle* ne peut pas le laisser partir, la vie que Rick a passée à mettre de côté ce qu'il désire au profit de ses rôles de fils aîné du fils aîné d'un fils aîné, de grand frère et de petit ami, l'autorisera-t-elle à lâcher prise lui-même ?

Je dois croire qu'il y a un certain ordre dans l'univers, même si nous ne le voyons pas, et que sa conception fondamentale est bonne. La raison d'être d'un humain n'a jamais été d'en porter un autre sur ses épaules. Rick et tout ce qui s'est passé cet été m'ont donné le courage de prendre en main mon avenir.

J'espère juste avoir fait la même chose pour lui.

Et s'il décide qu'il veut être avec elle, alors c'était leur destin qui était en jeu cet été et non pas le nôtre.

« Est-ce que Rick va venir ? demande Debra tandis que j'exécute le solo plutôt que le combat au bâton lors de notre répétition générale.

— Il va venir », dis-je.

Les filles échangent des regards. Debra avait peut-être raison : je n'aurais pas dû demander à Rick de danser avec nous et je n'aurais pas dû construire le numéro autour du combat au bâton.

Mais j'adore ça. J'adore danser ainsi avec Rick. Et si on ne fait pas ce qu'on aime, alors quel est l'intérêt ?

« Il va venir, dis-je de nouveau. Et s'il ne vient pas, je ferai le solo. Allez. La mise en place est faite. Allons voir s'ils ont besoin d'aide pour la vente aux enchères. »

Dans l'atrium baigné de lumière naturelle, les filles du groupe d'étude de la Bible de Lena mettent des nappes blanches sur des tables rectangulaires et montent deux douzaines de chevalets qui ont été apportés par la tante de Sophie. Sur une table de desserts, d'autres étudiants dressent des plateaux de mochis, de *niángão,* et d'autres aliments enveloppés dans du film alimentaire qui ont été offerts par les élèves de l'option de cuisine de Chien Tan.

Sophie réserve trois chevalets pour Xavier. Elle expose sa peinture de deux bateaux-dragons sur la rivière Keelung de manière à capturer la lumière au mieux.

« Il a vraiment beaucoup de talent. »

Elle s'étrangle.

« J'étais tellement bête, Ever. »

Un nœud se forme dans ma gorge.

« Nous l'étions tous.

— Salut, les filles. »

Xavier arrive, vêtu d'une chemise noire en soie, tout en ajustant un long rouleau de papier sous son bras.

« J'ai apporté la murale. »

Ses cheveux ondulés sont lissés derrière ses oreilles. Il voit ses peintures et serre la mâchoire ; j'ai peur qu'il ne nous demande de les retirer. Ou qu'il parte en courant.

Puis il redresse le tableau des trois vieillards aux chapeaux noirs, que Sophie a pris la liberté d'intituler sobrement *Trois vieillards*.

« Quand tu les exposes comme ça, on dirait presque que c'est un vrai artiste qui les a peintes.

— *C'est* un vrai artiste qui les a peintes. »

Je me place à côté de lui.

« Mais tu ne les as pas signées. »

Il croise mon regard ; l'expression de son visage est indéchiffrable.

« Si quelqu'un les achète, je le ferai. »

Xavier et Sophie accrochent sa murale au fond de la scène. Un dragon chinois vert et fin vole à travers un collage de souvenirs de Chien Tan : les cinq portes du Musée national du palais. Une urne dorée avec des bâtons d'encens fumants. Des danseurs sous des lumières stroboscopiques. Le lac du Soleil et de la Lune, des caractères chinois intégrés intelligemment dans sa forme de soleil et de lune. La confluence en forme de Y d'eaux bleues et grises dans les gorges de Taroko. L'eau bleue est peuplée d'enfants sino-américains et l'eau grise, de familles aux cheveux noirs de tous les âges.

« C'est une analogie. »

Le coude de Xavier effleure le mien. Je me suis arrêtée en dessous de la murale.

« C'est nous. »

Je penche la tête, lisant sans mots. Nous sommes en train de nous frayer un chemin à travers les rochers, jusqu'à ce que nous rejoignions la plus grande rivière de la vie. Le flux d'eau me brise le cœur, mais le répare aussi : c'est ce que l'art est censé faire.

« C'est magnifique. »

La joie me serre la gorge.

« Je l'adore. »

Il me tend un rouleau de papier plus petit autour duquel est attaché un ruban marron.

« Tu m'as dit de ne pas te dessiner, mais je me suis dit que ceux-là ne te dérangeraient pas.

— Oh ? »

Je déroule quatre dessins : Rick et moi assis ensemble sur un rocher orange dans les gorges de Taroko. Rick et moi devant les lumières du marché nocturne. Rick et moi en train de nous battre avec les bâtons devant la forêt du parc national de Kenting, ma tête penchée en arrière tandis que j'éclate de rire.

Et un autre. Sophie et moi assises au bord du lac du Soleil et de la Lune, la tête de Sophie penchée sur son porte-bloc. Mes bras sont enroulés autour de mes jambes. Nous étions en train de parler de ce moment avec Xavier.

« Tu avais raison. À propos de beaucoup de choses. »

Il touche le petit *bō* dans ma main, sur la peinture.

« C'est à ça que ressemble le bonheur. »

Sophie nous rejoint.

« Je vais mettre aux enchères ta murale en dernier.

— Anonymement, dit Xavier. Dis juste qu'elle a été faite par un étudiant.

— D'accord », dit Sophie.

Puis elle pousse un petit cri en voyant la peinture nous représentant.

« C'est magnifique.

— Les couleurs. »

J'ai mal à la gorge tandis que tout ce qui était enfoui en moi se libère.

« Je n'ai jamais vu de couleurs aussi belles. »

En coulisses, dans le vestiaire aux murs couverts de miroirs, j'enfile ma robe couleur rubis. Des mancherons découvrent mes bras et une ceinture noire attachée sur le côté met en valeur ma taille. La jupe tombe pudiquement au niveau de mes genoux, mais la soie se colle à mon corps. En me regardant dans le miroir, je voûte instinctivement les épaules pour cacher mes courbes. Puis je m'oblige à me redresser.

Cependant, tandis que je mets mes vêtements dans mon sac, j'imagine tous les yeux de Chien Tan sur moi et mon ventre se transforme en boule de nerfs. Une photo de nu tombe, celle que Xavier m'a rendue. Je ressens l'électrochoc habituel, mais pour la première fois, je me permets de l'examiner.

Et quelque chose de fou se produit : la photo est bien mieux que je ne l'avais craint. La lumière souligne mes pommettes et les mets en valeur, la courbe de ballerine de mon cou, ma bonne posture. Je préférerais quand même me jeter sous un pousse-pousse plutôt que de les faire passer parmi les étudiants, mais je ne suis plus morte de honte à la vue de mon propre corps.

Sophie entre et ouvre son nécessaire de maquillage devant l'un des miroirs.

« C'est de la folie, dehors », dit-elle.

Je regarde par la fenêtre. Une foule se bouscule contre l'entrée munie de cinq panneaux sur la place de la Liberté, attendant leur tour. Les spectateurs sont tellement nombreux qu'ils empiètent sur la rue. Une barrière de policiers en uniformes bleus les empêche d'entraver la circulation en les concentrant sur le trottoir d'en face. Des voitures et des motos klaxonnent tout en passant comme des tondeuses sur du gazon.

« On dirait que la moitié de Taipei est venue, dis-je.

— C'est le cas, jubile Sophie. Debra a dit que des VIP du gouvernement vont venir. C'est pour ça qu'ils ont renforcé la sécurité. »

Je sais qu'il y a peu de chance que je le voie, mais je cherche quand même les épaules larges de Rick dans la foule, brandissant son *bō*.

À sa place, dans la foule qui se trouve de l'autre côté de la rue, c'est une casquette des Indians de Cleveland familière qui attire mon regard.

Même parmi une centaine de Chinois, je reconnais sa posture voûtée. La manière dont il baisse sa casquette et se recroqueville. La distance à laquelle il tient sa carte en papier pliée de ses yeux. On dirait le personnage d'un numéro qui monte sur la scène de la mauvaise représentation.

Mon père.

Je sors mon téléphone et, bien évidemment, il m'a envoyé des messages :

Papa : Je suis à Chien Tan. Tes camarades ont dit que tu faisais un pique-nique au mémorial de Chiang Kai-shek.

Papa : Je suis sur la place de la Liberté, mais tout est bloqué. Il y a un évènement de bienfaisance au théâtre.

Papa : Est-ce que tu es encore au mémorial ? Je vais essayer de passer.

Il a tapé ce dernier message il y a vingt minutes. À quoi pensaient mes camarades en l'envoyant à la mauvaise attraction touristique dans le bon complexe pour me couvrir ? Je lui écris :

Papa, je ne suis pas là. Ils ont dû se tromper. Je te retrouve au campus demain, d'accord ?

Mon message tourne, tourne, tourne et ne s'envoie pas. Je n'ai pas de signal. Le timing n'aurait pas pu être pire.

« Sophie, mon père est dehors. »

Je prends une veste noire accrochée à un portemanteau et l'enroule autour de ma robe.

« Il me cherche. Je dois aller le voir quelques minutes.

— Tu ne peux pas. »

Sophie agrippe mon bras.

« Il va t'empêcher de participer au spectacle. Tu l'as dit toi-même. C'est ton apothéose. La dernière danse d'Ever Wong ! »

Je la serre dans mes bras.

« Il n'arrêtera pas de me chercher jusqu'à ce qu'il me trouve et je ne peux pas le laisser faire ça toute la nuit. Je vais lui dire de me retrouver sur le campus demain.

— Et si tu es bloquée par la sécurité ?

— Je suis une des danseuses. Ils ne peuvent pas m'empêcher de passer.

— Mais…

— Tiens. »

Je prends son porte-bloc et saisis un des laissez-passer en coulisses qu'elle va vendre aux enchères ce soir.

« Je passerai grâce à ça. »

Il y a un entrain inattendu dans mes pas lorsque je descends à toute vitesse les marches du théâtre alors que la nuit tombe. Mon père est là. Mon père un peu maladroit, qui m'a emmenée faire du patinage quand Pearl est née pour que je ne me sente pas exclue pendant que ma mère la nourrissait. Mon père, qui m'a appris à conduire sur le parking de l'école à ses risques et périls, qui a quitté les rivages de l'Asie quand il n'avait que quelques années de plus que moi maintenant pour vivre loin de sa famille et de ses amis.

Je n'ai pas été complètement sincère quand j'ai dit à Sophie que je ne voulais pas qu'il déambule dans la ville toute la nuit. Je comprends pourquoi mon père a pleuré quand les Huns ont envahi la Chine dans *Mulan*.

Son pays lui manquait. Et *il* m'a manqué.

Les cinq portes qui mènent à la place de la Liberté sont barricadées. Les spectateurs passent par une entrée étroite, ouvrant leurs sacs pour que les agents de sécurité en bleu les inspectent. Je me faufile entre eux et montre mon laissez-passer en coulisses à un agent au visage rond.

« Je reviens. *Wǒ hěn kuài jiù hùi huílái le.* Ne m'oubliez pas ! »

Il me fait signe de passer et je plonge dans la foule qui s'étend devant moi comme un champ de maïs. Je ne vois rien au-delà des visages qui avancent vers moi. Sous mes pieds, le sol vibre à cause du grondement des voitures qui roulent à toute vitesse. Une cavalcade de mobylettes défile rapidement tout en crachant de la fumée.

Je m'approche de la rue et un fourgon blanc passe en trombe.

Puis la casquette des Indians de Cleveland est en face de moi, de l'autre côté de la chaussée.

Il est pris au piège entre un homme grand à sa gauche et une famille à sa droite, et il est écrasé derrière une femme forte portant une jupe à fleurs qui n'arrête pas de lui rentrer dedans tandis que la police oblige la foule à dégager la rue. La chemise bleue à rayures qu'il a portée le jour de ma remise des diplômes est sortie de son jean. Il plisse les yeux en regardant sa carte, puis tend le cou dans plusieurs directions, essayant peut-être de trouver un autre chemin pour traverser la place. Il a l'air fatigué. Dans l'Ohio, le soleil se lève et comme moi, il ne s'est jamais bien adapté au décalage horaire. Je suis sûre qu'il est resté éveillé toute la nuit dans l'avion.

« Papa ! »

Une voiture noire passe à toute vitesse, créant un mouvement qui tire sur ma chemise.

Mon père se tourne dans tous les sens, cherchant d'où provient ma voix.

« Papa, ici ! »

Je lui fais un signe de la main.

Son regard fatigué croise le mien, puis s'illumine comme un feu d'artifice.

« Ever ! »

Il me fait signe et essaie de contourner la femme qui le sépare de la rue.

« Ever ! »

Elle le pousse en arrière.

« Attendez votre tour ! » lui dit-elle sèchement en mandarin.

Impatiente, je me fraie un chemin jusqu'à lui. Il continue de me faire signe, affichant un sourire jusqu'aux oreilles. Il contourne la femme et se précipite vers moi. Toute son attention est fixée sur le fait de me rejoindre, avec cette détermination qui le caractérise.

Puis tout arrive d'un coup.

La surprise se peint sur le visage de mon père. Il fonce en avant, agitant les bras pour garder l'équilibre.

Il se retrouve sur la chaussée. Sur le chemin d'une voiture qui arrive.

« Papa, attention ! »

Un klaxon hurle sans fin. Au milieu de la route, mon père s'immobilise comme un animal acculé. Il n'a jamais été vif.

En un clin d'œil, la collision se joue dans mon esprit et dans mon cœur. Le corps qui a poussé un chariot d'aide-soignant pendant vingt ans. L'impact sans pitié de l'acier, le poids de la vitesse excessive.

Je dois choisir si je descends du trottoir. Je dois choisir de mettre en péril le numéro de ce soir, et tous mes numéros à venir. Mais c'est un choix, et non pas une main qui me force à me sacrifier ou la menace d'une punition, ou même le poids de la culpabilité et de l'obligation.

Et je le fais de tout mon cœur.

« Papa, *bouge* !

— Ever, non ! crie-t-il. Arrête ! »

Puis je me précipite vers lui sur la chaussée. À ma gauche, le reflet du chrome et la lueur des phares foncent sur moi. Ma main se referme sur son bras tandis qu'un autre coup de klaxon me crève les tympans.

35

Le monde est rempli de vibrations. De tonnerre. De particules.

Mon père et moi fonçons sur la femme vêtue d'une jupe à motifs. Elle crie et je perds mes chaussures, puis mon bras se tord dans son articulation, et mon corps s'embrase. Nous ne sommes plus qu'un enchevêtrement de cheveux et de membres qui heurtent le trottoir. Nous roulons, nous couvrant de bleus au passage, tandis que le klaxon devient plus grave derrière nous avant de s'affaiblir.

« Ever ! Tu t'es fait mal ? »

Mon épaule et mon bras me brûlent. Je n'arrive pas à les bouger. La douleur vient par vagues qui menacent de me submerger, mais je me rends compte peu à peu que je suis allongée sur mon père. Il tâtonne le sol. Il a perdu ses lunettes et je saisis les montures métalliques par terre. Un des verres épais est fissuré, mais je mets les lunettes dans ses mains et il les pose sur son nez.

« Ever. »

Il y a plus de grains de beauté sur son visage que dans mes souvenirs et la touffe de cheveux grisonnants est ébouriffée sur sa tête.

« Ever, est-ce que ça va ? »

Quelque chose cloche dans mon corps. Cependant, je me mets péniblement à genoux et enroule mon bras indemne autour de lui. Je crois que je n'ai pas fait ça depuis que je suis petite. Il sent le savon, la lessive Tide et le journal.

Il porte l'odeur de la maison.

« Tu as failli *mourir* », dis-je dans un sanglot.

Autour de nous, les gens bredouillent, se poussent, s'agenouillent et s'agitent. Mais je me concentre sur la main de mon père, qui caresse timidement l'arrière de ma tête. Je crois que ce n'est pas arrivé non plus depuis mon enfance.

« C'est ma cheville, c'est tout. Mieux vaut ça que ma tête, et c'est grâce à toi », ajoute-t-il quand je recule.

Un accès de douleur brouille ma vue.

« Ever ! »

Mon père agrippe mon bras lorsque je crie.

« Qu'est-ce qui ne va pas ?

— Mon épaule, dis-je d'une voix rauque. Mon épaule…

— Elle s'est déboîtée. »

Il agrippe mon omoplate et son autre main saisit fermement mon coude. L'inquiétude sur son visage cède la place à une concentration calme que j'ai vue dans les parcs et les évènements, quand il s'agenouille face à une urgence médicale et qu'il sait quoi faire.

« Ne bouge pas, ça va être douloureux. »

Il tire d'un coup sec et remet mon bras en place. Je ressens un soulagement extrême et m'effondre contre lui.

« Ça va aller. »

Il me frotte le dos d'une main hésitante.

« Dans quelques semaines…

— Tu as perdu ça. »

Un homme me tend ma chaussure.

« Les ambulanciers sont en chemin. »

Effectivement, une ambulance blanche ornée d'une croix rouge et de lumières rouges clignotantes se dirige vers nous.

Mon père me prend la main. Ses mots sortent de sa bouche comme s'il les avait retenus pendant tout le vol et pendant qu'il me cherchait, comme s'il avait besoin de les prononcer avant l'arrivée des ambulanciers.

« Dans l'avion, je me suis souvenu d'un jour où nous t'avons emmenée au parc. Tu avais 4 ans. Un homme jouait du violon et tu t'es mise à danser pieds nus dans l'herbe. Tout le monde s'est approché pour te regarder. Une femme nous a dit de t'inscrire à des cours de danse. C'est là que nous t'avons inscrite au studio Zeigler. »

Tout ce que je voulais cet été, c'était danser.

Mon père m'a écoutée.

Je ne me souviens pas de ce jour, quand j'avais 4 ans. Je ne savais même pas que c'était la raison pour laquelle j'avais atterri dans le studio qui était devenu comme un deuxième foyer à mes yeux. Mais cette histoire est un cadeau. La danse a toujours fait partie de moi, et mon père l'a vu.

« Je suis désolée de t'avoir déçu. »

Ces retrouvailles n'ont rien à voir avec celles de Mulan et son père. Je ne lui apporte pas le blason de l'empereur. De son point de vue, il a envoyé sa fille aînée à l'étranger et elle a perdu la tête. Et il n'a pas complètement tort.

« Je suis désolée pour les photos.

— Tu parles plus à tes amies et à ton conseiller d'orientation qu'à nous, dit-il. Certains jours, quand tu rentres à la maison, tu parles anglais si vite qu'on ne te comprend pas. Parfois, on a peur de ne pas t'avoir bien éduquée. Tout ce que je voulais, c'était que tu aies une vie meilleure. J'ai peur que nous soyons allés aux États-Unis pour ça et que nous t'ayons perdue.

— Mais tu ne comprends pas ? »

Je me blottis contre lui, appuyant mon épaule contre son torse.

« J'ai déjà une vie meilleure. Grâce à Maman et toi. »

Le visage de mon père est pris d'un spasme. Je crains qu'il ne se mette à pleurer.

« C'est ce que tu penses ? »

Puis les ambulanciers nous posent une centaine de questions.

« Ma cheville est cassée, leur dit calmement mon père.

— Oh, non, Papa. »

Fidèle à lui-même, il n'a rien dit.

« Mais, ton travail…

— Ne t'inquiète pas pour ça. »

Ils vérifient ses constantes. Ma cheville est sensible, mais je n'ai pas d'entorse. Un ambulancier me donne un comprimé blanc, un ibuprofène assez fort pour être prescrit sur ordonnance, et une bouteille d'eau. Un autre examine la cheville de mon père, qui plaisante en disant que leur ambulance est mieux équipée que certains hôpitaux aux États-Unis. Sa voix est plus forte, plus assurée que dans mes souvenirs.

Et quelque chose d'autre se produit, quelque chose d'incroyable. Ils parlent mandarin et je comprends les grandes lignes.

La foule a commencé à se disperser, dirigée vers la place de la Liberté et le théâtre. Un homme portant une blouse blanche se fraie un chemin, s'agenouille à côté de mon père et lui serre la main. Ses cheveux sont ébouriffés et grisonnants, comme ceux de mon père.

« Andy, je suis venu dès que j'ai reçu ton message.

— Je te présente le docteur Jason Lee, me dit mon père. Nous sommes allés à la faculté de médecine ensemble. C'est lui qui me fait venir ici pour des consultations dans son hôpital depuis quelques années.

— Ton père, c'est un don du ciel. »

Le docteur Lee me serre la main.

« Grâce à lui, nous fournissons les meilleurs soins de Taipei. »

Le docteur Lee prend la situation en main et sous peu, mon père est assis sur un brancard avec un bandage temporaire autour de la cheville. En dépit de ses protestations, ils déclarent qu'il est déshydraté à cause de son long voyage et ils insèrent une intraveineuse dans son bras. Je fais tourner mon bras délicatement. La douleur n'est plus aussi forte, mais je sais qu'il vaut mieux ne pas demander à mon père si je peux me battre avec un *bō*. Ça devrait aller.

« *Wong Yīshēng ?* »

L'ambulancier en chef tend une tablette électronique à mon père.

« La ville va couvrir vos frais. Si vous voulez bien signer ici. »

Wong Yīshēng. *Docteur Wong*. Il utilise son titre. Après toutes ces années.

Puis j'entends la voix de Sophie.

« Je dois lui parler. C'est urgent ! »

Elle apparaît derrière un ambulancier, le visage prêt pour la soirée : faux cils, fard à paupières bleu foncé et lèvres rouge framboise. Une veste noire couvre sa robe à carreaux. Des mèches de cheveux s'échappent de son chignon.

« Docteur Wong ! Bonjour ! Je suis la camarade de chambre d'Ever à Chien Tan. J'ai entendu dire que vous alliez bien. J'en suis *ravie* ! Euh, étant donné que vous allez bien, est-ce qu'Ever peut venir avec moi pour une urgence concernant un projet scolaire ? »

Elle joue sa carte maîtresse. Bien vu, Sophie. Elle m'adresse un regard craintif tandis que mon père retire ses lunettes et les frotte avec le bord de sa chemise.

« Tu devrais laisser ton bras se reposer, Ever.

— Il ne me faudra que quelques heures, Papa. »

Je prends un autre ibuprofène dans la trousse de l'ambulancier.

Le regard de mon père m'indique qu'il a envie de protester. Mais il hoche la tête.

« Jason veut que j'aille à l'hôpital pour faire des radios et me mettre un plâtre. J'irai à l'hôtel ensuite. C'est quoi, ce projet ?

— Juste un truc pour la fin de l'été. »

Je minimise automatiquement les choses. Je le serre dans mes bras, puis suis Sophie, qui me fait signe de la main avec impatience.

Dépêche-toi, dépêche-toi ! hurlent ses sourcils froncés.

Mais quelque chose m'empêche de m'éloigner du trottoir.

Je me retourne. Sur le brancard, le visage couvert de grains de beauté que je n'ai jamais su déchiffrer de mon père me regarde derrière ses lunettes. Ce gouffre entre nous qui sera sans doute toujours là.

Mais à présent, je sais que l'ennemi, c'est cette ligne de partage des eaux. Il est possible que mon père ne comprenne jamais pourquoi j'ai pleuré en regardant *Mulan*, mais ce n'est peut-être pas juste de lui demander de le faire.

Et pour que cette ligne de démarcation soit franchie un jour, ou du moins rétrécie, tout ce que je peux faire, c'est changer mon comportement. Il ne s'agit pas d'oublier la partie de moi qui est américaine.

Mais de m'ouvrir à mes parents.

Je fais un pas vers lui et mes doigts se serrent sur ma veste noire. Il ne m'a jamais vue danser en dehors de mes récitals de danse ennuyeux. Pour tout un tas de raisons, je n'ai jamais été capable de partager cette partie de moi avec lui.

« En réalité, j'aide à organiser l'évènement de bienfaisance ici. »

Je désigne le toit orange en forme de queue d'hirondelle du Théâtre national.

« C'est un spectacle de talents. J'ai créé une chorégraphie. Si tu peux tirer tes ficelles de médecin et faire en sorte qu'ils te laissent partir, je serais heureuse que tu y assistes. »

Mon père sourcille derrière ses lunettes.

« Oh. »

Il retire l'intraveineuse de son poignet.

« Docteur Wong, s'il vous plaît, faites attention ! »

L'ambulancier en chef bondit en avant.

« Si vous voulez bien me trouver un fauteuil roulant pour le moment. »

Mon père est déjà debout, s'appuyant sur la portière de l'ambulance. J'avais aussi oublié à quel point il pouvait être têtu.

« Je vais accompagner ma fille. »

36

Les rideaux en velours rouge étouffent le rugissement de voix qui s'élève derrière. De manière peu professionnelle, je jette un coup d'œil dans la salle. Les élèves et les moniteurs de Chien Tan s'entassent à l'avant et les autres rangs jusqu'au balcon le plus haut sont remplis d'inconnus.

« La salle est pleine ! murmuré-je.

— Et plus notre spectacle sera de qualité, plus les gens participeront à la vente aux enchères. Ils seront dans l'ambiance. »

Sophie me serre dans ses bras.

« Il va venir. »

Programme à la main, elle passe entre les rideaux.

Le spectacle dure une heure sans compter l'entracte et notre numéro est le dernier. Rick a encore le temps de revenir. Je refuse de m'inquiéter. Ma cheville m'élance. On dirait que je me suis fait mal, après tout. Je la frotte et prends le deuxième comprimé en espérant que ce soit suffisant pour que je puisse tenir jusqu'au bout du spectacle. Je lisse ma tresse jusqu'au lacet rouge au bout, puis j'ajuste le décolleté de ma robe. Chaque repli et chaque tour moulent mes formes. Je ne peux pas cacher mon corps dans cette robe, et au lieu de souhaiter avoir les jambes de Megan ou les courbes de Sophie, je me sens belle à ma façon. Ce soir, je vais montrer ce que je sais faire, pas juste à Taipei et Chien Tan, pas juste à Tante Claire et Oncle Ted…

Mais à mon père.

« *Dàjiā hǎo !* »

Le micro fait résonner la voix de Sophie, qui souhaite la bienvenue au public.

« *Bonjour, Taipei* ! »

Le rugissement qu'elle reçoit en réponse fait trembler la scène sous mes pieds.

❖

Depuis les coulisses, j'observe le spectacle avec Debra et Laura tandis que Sophie annonce leur numéro : yo-yos chinois, arts martiaux. Le numéro de comédie de Mike fait rire le public. Un garçon du bus G joue *Études-Tableaux* de Rachmaninoff, son corps et ses mains s'enfonçant sur les touches du piano avec une telle ardeur et une telle passion que je comprends maintenant ce que Rick a ressenti quand il est passé de la musique au football.

À l'entracte, Sophie encourage tout le monde à prêter attention aux dernières minutes des enchères silencieuses. Je couvre à nouveau ma robe rouge d'une veste noire et sors pour jeter un œil aux progrès de la vente. Des centaines de personnes affluent vers les tables et écrivent leurs offres sur les feuilles, puis les enchères prennent fin. Je souris en voyant la foule rassemblée autour des chevalets de Xavier. Il est assis à côté de ses œuvres, ses cheveux noirs et ondulés tombant dans ses yeux tandis qu'il pose son sceau sur une pierre à encre puis sur chaque peinture.

Il les a toutes vendues. Et il a sculpté son sceau. Le monde s'est emparé de *Trois vieillards*, cette petite tranche d'espoir.

Comme s'il pouvait sentir mon regard, Xavier lève les yeux vers moi et me rend mon sourire.

❖

La deuxième partie de notre spectacle démarre sur les chapeaux de roue. Spencer a tapé dans le mille, car l'indépendance est un sujet que les Taïwanais ont à cœur et son interprétation tonitruante de *I Have a Dream* reçoit un tonnerre d'applaudissements qui fait vibrer les lustres.

« Un vote pour Hsu, c'est un vote pour vous ! » crie une voix.

Debra et Laura jouent un duo à la cithare. Un trio d'élèves et un moniteur du bus D improvisent un numéro de jazz avec un clavier, une basse, des percussions et un instrument à vent construit à la main avec du bambou.

Puis Sophie annonce le numéro du Gang des Cinq, le dernier avant le nôtre.

Je me glisse dans les vestiaires et dans le couloir derrière la scène, mais je ne trouve Rick nulle part. Lorsque je pose mon *bō* contre le mur, mon estomac se serre. Cinq minutes avant le début de notre numéro.

Il viendra.

« Où est Marc ? murmure Debra. C'est son tour, mais je ne l'ai pas vu de la journée. »

Je plie mon genou vers l'arrière et masse ma cheville douloureuse.

« Je ne l'ai pas vu de la soirée », dis-je.

De la musique de défilé de mode résonne dans le théâtre, un mélange de piano électronique et de rythme synthétique qui réclame toute notre attention. Je tends le cou vers la scène quand une grande fille se pavane sous les projecteurs, vêtue d'un manteau de fourrure court au-dessus de ses bas résille. Des cheveux noirs et épais encadrent un visage ferme, des lèvres en cul de poule rouge cerise et des yeux maquillés pour être irrésistibles.

« Ouah, elle a une sacrée poitrine », chuchote Debra.

C'est vrai, et elle en est fière. Son soutien-gorge en dentelle rouge est couvert uniquement par le bouton du milieu de son manteau. Elle prend une pose exagérée de mannequin : le bras en l'air, le poignet plié, la poitrine en avant, et reçoit des rires hésitants et quelques sifflements.

« Euh, c'est qui, ça ? demande Debra.

— Je ne sais pas. »

Sophie croise les bras sur son porte-bloc.

« Spencer a fait passer des messages à Marc. Je ne lui ai pas parlé moi-même. »

Elle serre la mâchoire.

« Il vaudrait mieux que ce soit bien, sinon je vais faire un massacre. »

Je fixe la fille du regard.

« J'ai l'impression de la connaître. »

Mais je suis certaine de ne jamais l'avoir vue. Est-ce une amie de Marc ? Je ne connais toujours pas les cinq cents élèves, mais une fille comme elle aurait attiré mon attention. Et où est le Gang des Cinq ?

La musique accélère lorsqu'une deuxième fille sort des coulisses. Celle-ci a l'ossature fine et semble délicate dans sa robe rose sur laquelle sont brodées des fleurs de cerisier plus foncées et ses longs gants blancs. Elle est suivie par une troisième fille en robe léopard avec un décolleté assez plongeant pour noyer quelqu'un. L'odeur forte de son parfum atteint mes narines.

« Est-ce que c'est *Sam* ? » demandé-je.

Debra a le souffle coupé. J'examine la première fille tandis qu'une quatrième et une cinquième portant des *qipaos* en soie se mettent en rang à côté des autres.

J'agrippe la main de Sophie.

« Je crois que c'est Marc, là. Et David.

— Mais non ! » s'écrie-t-elle.

La première fille prend le micro. Sa voix contralto chaleureuse remplit le théâtre.

« Mesdames et messieurs, je m'appelle Marquette et je suis ravie de vous présenter les délicieuses Sammi, Vida, Ben-Jammin' et Petra. Bienvenue au concours de beauté de Miss Chien Tan ! Candidates, veuillez vous mettre en rang. Spectateurs, préparez-vous à voter ! »

Le public les acclame et des sifflements suraigus se font entendre. Marc. Avec Sam, David – qui a rasé son bouc – Benji et Peter. Le Gang des Cinq se réapproprie le stéréotype des hommes asiatiques efféminés à sa manière.

Je crie si fort que j'ai mal à la gorge. C'est trop génial. Trop fou. Rick devrait être là pour voir ça. Je jette un coup d'œil au public, me demandant comment les adultes le prennent. À ma grande surprise, au premier rang, le Dragon applaudit, les mains levées au-dessus de sa tête. Elle est entourée par deux dignitaires qui applaudissent tout autant.

Qui l'aurait imaginé ?

Le concours de beauté de Miss Chien Tan dure bien plus longtemps que prévu et les aspirantes au titre de reine de la soirée se pavanent dans leurs accoutrements. Mais le public est en flamme. Ils éliminent les candidates les unes après les autres jusqu'à ce qu'il ne reste plus que Ben-Jammin' et Marquette en lice. Cette dernière retire son manteau de fourrure et ce qui s'avère être un justaucorps en fausse peau pour révéler…

La *qipao* verte du Dragon.

Celle-ci se lève de son siège au premier rang, sa *qipao* assortie brillant sous les lumières de la scène. En souriant, elle lève ses mains jointes au-dessus de sa tête, les secouant tout en tournant sur elle-même pour recevoir les applaudissements. Sur scène, Marquette est couronnée et hissée sur les épaules de ses camarades qui défilent avec elle tout en lançant des confettis.

J'essuie mes larmes. Marc a anéanti le maquillage minutieux de Sophie.

« On ne va jamais faire mieux », dis-je en me tournant vers Sophie.

Mais elle n'est plus là.

À sa place, Rick sort des coulisses. Ses cheveux noirs et humides brillent comme les ailes d'un corbeau sur sa tunique et son pantalon noirs, qui lui ont été donnés par Sophie. Lorsqu'il jette ses tennis à la poubelle, je vois que les semelles se décollent comme des gueules d'alligator. Il tient son *bō* à la main, prend le mien qui est appuyé contre le mur et me le lance. Ébahie, je l'attrape.

« Qu'est-il arrivé à tes chaussures ? dis-je d'une voix rauque.

— J'ai couru depuis l'hôtel. Il y avait des embouteillages. Désolé pour le retard. Je viens de me doucher. »

Il sourit.

« Je ne pouvais pas laisser Marc nous ridiculiser.

— Tu as usé tes chaussures. »

Je n'arrive pas à y croire.

« Je les ai achetées à Snake Alley. On dirait que je me suis fait avoir. »

Il s'agenouille pour faire les lacets de ses chaussons de danse noirs.

« Le vol de ses grands-parents a pris du retard. J'ai fini par appeler son père. Sa mère et lui sont venus pour être avec elle. Ils sont ensemble maintenant. »

Il me prend la main et affiche soudain un air si sérieux que mon cœur a un raté.

« Je lui ai dit que je m'étais engagé à être ici. Je lui ai dit qu'elle devait me laisser partir. »

Le laisser partir.

Le bonheur lutte contre la culpabilité. Je sais à quel point cela a été dur pour lui.

« Est-ce que… Est-ce que tu crois que tout ira bien pour elle ? »

Il y a un poids sur ses épaules, le garçon qui assume ses responsabilités avec la maturité d'un homme plus âgé, prenant une décision sans savoir si tout ira bien.

« Nous avons beaucoup parlé. Nous nous sommes rendu compte qu'elle était plus forte que nous le pensions. Elle a été surprise elle-même d'avoir pris l'avion toute seule. C'était la première fois que nous parlions ouvertement de sa dépression. Je lui ai dit que tu avais suggéré de trouver le bon thérapeute. Enfin, je ne lui ai pas précisé que ça venait de toi, je lui ai juste donné le conseil. Elle n'a pas dit oui, mais elle n'a pas non plus dit non. Elle m'a rendu ça. »

Il lève la main. La lumière se reflète sur le saphir de la chevalière du collier de Jenna.

« En fait, c'est la mienne. »

Elle l'a donc vraiment laissé partir.

Un sanglot étranglé s'échappe de mes lèvres.

« J'avais peur que… »

Je laisse ma phrase en suspens, incapable de dire de quoi j'avais peur. Il me serre contre la chaleur de son torse et enroule ses bras autour de moi. Il approche sa bouche de mon oreille.

« Quand j'étais petit, mon prof a demandé qui ne croyait pas qu'il y avait de la vie dans l'espace. J'étais le seul à lever la main. Pas parce que je n'y croyais pas, mais parce qu'après avoir lu tous les livres Urborne, j'avais peur de croire que quelque chose d'aussi incroyable soit vrai. Quand je suis avec toi, je le sais. Il y a de la vie tout autour de nous. Et nous pourrions la trouver un jour. »

Ses yeux couleur ambre se baissent vers moi et il sourit. Un miracle de l'ordre du big bang.

Mais Sophie est en train de s'adresser à la foule.

« Je me suis fait mal à la cheville. Et à l'épaule aussi.

— Qu'est-ce qui s'est passé ?

— Je me les suis tordues, c'est tout. »

J'ajuste le col de Rick et l'embrasse sur le front avant qu'il ne puisse protester.

« Ne t'inquiète pas. Je vais y arriver. »

Mes danseuses se mettent en rang en coulisses, leurs cheveux noirs se balançant librement autour de leurs visages. Leurs robes aux couleurs de pierres précieuses, leurs rubans et leurs éventails sont cachés sous de fines surchemises noires boutonnées jusqu'au cou.

Debra fait un signe du pouce à Rick.

« Merci, Marquette, et merci à nos généreux bienfaiteurs, dit Sophie. Les enchères sont clôturées et nous annoncerons le montant des bénéfices à la fin du spectacle. Pour ceux d'entre vous qui sont déçus de ne pas avoir gagné, nous avons un élément de plus : la magnifique murale derrière moi, qui sera vendue aux enchères après le numéro final. Tous les bénéfices seront reversés aux familles de Taitung qui ont été touchées par le typhon. »

Je fais tourner mon bâton pour me concentrer.

« Et maintenant, mesdames et messieurs ! Je suis ravie d'annoncer la toute première représentation internationale de *Voyageur*, une danse originale créée et mise en scène par notre très chère Ever Wong ! »

37

Les premières notes de *Lán Huā Cǎo* s'élèvent dans les airs et mes filles forment trois groupes identiques : l'une d'elles fait une pirouette, les bras en l'air, et quatre autres tournent autour d'elle comme les pétales d'une fleur noire. Trois projecteurs les illuminent. Leurs visages sont neutres, pour le moment. Avec les mouvements lents de leurs hanches et de leurs bras, elles dessinent des formes changeantes au doux rythme des percussions.

Une de mes caractéristiques préférées de la chorégraphie, c'est qu'il y a une histoire. De mon point de vue, en tout cas. L'histoire de cette danse a évolué à chaque répétition, chaque fois que nous avons ajouté de nouveaux éléments.

Tandis que la musique accélère, les filles retirent leurs surchemises noires pour créer une explosion de couleurs saphir, émeraude et orange. Les rubans en soie s'envolent, les éventails bleus s'ouvrent, les mains s'agitent. Leurs jupes et leurs cheveux se déploient comme des pétales lorsqu'elles tournent : le bleu, le vert et l'orange se mélangent sur scène.

Puis les tambours de Spencer résonnent à contretemps. Le bleu, le vert et l'orange se fondent comme une composition florale et j'apparais en rouge en faisant tourner mon *bō*. Le trac fait battre mon cœur. Cela n'a rien d'anormal, mais cette fois, c'est différent : mon père est dans le public.

Et il est sur le point de me voir danser. Avec un garçon.

Concentrée sur mes danseuses, je réalise des figures de huit entre elles. Leurs rubans en soie fouettent mes bras et mes pieds frappent le sol au rythme du contretemps de Spencer tandis que je cherche un foyer : ma place est-elle parmi les danseuses au ruban sans ruban ? Auprès des danseuses à l'éventail sans éventail ? Ou avec les danseuses de jazz qui joignent les mains et me poussent sur le côté ?

Mes danseuses forment une vague qui ondule en alternant le bleu, le vert et l'orange. Elles m'empêchent de passer. Mon *bō* tournoie dans les airs et je virevolte dans ma robe rouge en dessous, l'attrape et cherche une place dans le rang.

Mais je n'en trouve aucune.

Puis, une fanfare de percussions et de voix annonce un nouvel arrivant : Rick monte sur scène et son *bō* tourne sur lui-même comme le mien. Les lumières de la scène se reflètent sur ses cheveux noirs.

Un murmure s'élève dans le public.

Feignant l'indignation, je me jette sur lui. Mon bâton siffle lorsque je l'abats sur le sien et un craquement résonne. Tenant le *bō* à deux mains, je me lance dans une série de tours tonneaux pour traverser la scène, puis reviens vers lui.

Mais en sentant une douleur aiguë dans ma cheville, j'arrête de tourner. J'expire. *Tiens bon.* Mes danseuses forment une phalange derrière moi et, toutes les seize, nous avançons en même temps tandis que je donne un coup de bâton vers la tête de Rick. Il le bloque. Il contre-attaque. Il vise ma tête, mon pied, ma taille ; je l'évite et lui cède du terrain.

Crac, crac, crac ! Rick sourit en nous faisant reculer. Les craquements vibrent dans mes mains lorsqu'il met fin à notre combat au fond de la scène. Vaincues, mes danseuses reculent et forment un rang qui vrombit.

J'oublie le public et ma cheville lorsque je me place au centre de la scène avec Rick. Il imite chacun de mes coups de bâton et chaque craquement est renforcé par les percussions. Aucun de nous ne prend le dessus : nous feintons, esquivons, frappons et crions.

Nous croisons nos bâtons, marchons en cercle de plus en plus vite, puis Rick m'arrache le *bō* des mains. Ne voulant pas m'avouer vaincue, je lutte pour lui prendre son arme et la jette sur le côté dans un grand fracas. Ses mains s'enroulent autour de moi, la mienne glisse le long de son visage et mes danseuses forment un double cercle aux couleurs de l'arc-en-ciel autour de nous, tournant dans des directions opposées.

Puis, ma cheville flanche.

J'étouffe un cri en me précipitant en avant. Mon pied glisse sur le sol ciré et je tombe vers Rick, sur le point de m'écrouler pitoyablement à ses pieds.

Mais avec la souplesse de la soie, Rick me prend par la taille. Il me soulève comme si j'étais aussi légère qu'une plume, tourne sur lui-même dans un mouvement que nous n'avons pas répété, et les lumières se fondent jusqu'à former des couleurs. Je vole et me laisse aller. Je me cambre fortement en arrière, mes cheveux battent au vent, mes bras et mes jambes s'abandonnent à la danse, souples et libres.

Finalement, Rick me serre dans ses bras, tourne encore quelques fois et me pose de manière que je m'appuie contre lui. Sa poitrine humide se soulève au rythme de sa respiration contre la mienne, nos cœurs battent plus fort que les tambours du dragon tandis que nos regards se croisent, et le reste du monde disparaît.

C'est un tonnerre d'applaudissements qui me fait reprendre mes esprits.

Mes danseuses saluent. Rick et moi nous séparons brusquement tout en nous tenant la main et nous les imitons. Je sens mon cœur battre dans mes oreilles et je souris tellement que j'ai mal aux joues. Le public est un méli-mélo de visages.

Mis à part l'homme qui bondit de son fauteuil roulant. Ses lunettes en écaille de tortue glissent sur le bout de son nez ; il les remet en place et continue d'applaudir tandis que le public se lève aussi pour nous acclamer.

Mon père.

Nous nous inclinons une deuxième puis une troisième fois, mais les applaudissements ne cessent pas. Finalement, à mon signal préétabli, les percussions résonnent pour annoncer un rappel.

Rick et moi allons chercher nos bâtons et nous nous lançons dans un dernier combat sur scène. Ma cheville tient bon. Le public tape dans les mains en rythme et mes danseuses forment un demi-cercle derrière nous.

Et tandis que je plonge en avant tout en faisant tourner mon *bō*, dansant au son des tambours antiques, je sens toutes les parties de mon être s'unir : je suis heureuse qu'une partie de moi soit chinoise, qu'une autre partie soit américaine et que le tout forme la personne que je suis.

✥

À la demande de Xavier, Sophie vend la murale aux enchères de manière anonyme. Je suis assise sur un tabouret en coulisses tandis que Lena enroule un sac de glace autour de ma cheville douloureuse. Les enchérisseurs du public rivalisent de plus en plus jusqu'à ce qu'elle déclare que l'œuvre est vendue pour sept mille cent dollars américains.

« Ouah, c'est son père qui a gagné, dit Debra.

— Tu plaisantes ? »

Je tends le cou pour regarder l'homme familier à l'allure militaire. Il n'y a pas un seul pli sur sa veste d'un blanc immaculé et une raie sur le côté sépare ses cheveux argentés. C'est plutôt ironique. Il ne peut pas savoir qu'il vient d'acheter l'œuvre de Xavier.

« J'aimerais bien voir la tête que fait Xavier, dis-je.

— Mesdames et messieurs, déclare Sophie, au nom du fonds de secours pour faire face aux dégâts du typhon, nous tous à Chien Tan vous remercions de votre soutien. Je suis ravie de vous annoncer que nous avons récolté plus de cinq cent mille dollars de Taïwan ! »

Seize mille dollars américains !

Avant même que les rideaux ne se referment sur la scène, nous poussons des cris de joie et nous nous embrassons dans un enchevêtrement de corps en sueur et de cheveux laqués. Debra, Spencer, Marc, Laura. Lena pleure. Spencer tape dans la main de tout le monde. Sam embrasse Benji. Nous sommes submergés par un sentiment de fierté et de réussite.

Li-Han agite ma main de bas en haut, puis arrête quand je grimace.

« Je suis fier de vous tous. Quand vous êtes arrivés, je pensais que vous étiez un groupe d'Américains gâtés. Je, euh…

— C'est ce qu'on était », dis-je avant de le prendre dans mes bras aussi.

Sophie passe entre les rideaux et retire une de ses chaussures, puis l'autre. Elle jette son porte-bloc en l'air et lève les bras, aussi rayonnante que les lustres.

« Seize mille ! »

Je me jette à son cou.

« Pas mal pour une fille qui n'a aucun talent !

— Harvard Business School, me voilà !"

Xavier monte les marches de la scène et se dirige vers nous, un pouce accroché à sa poche, comme d'habitude. Mais il y a une nouvelle lueur dans son regard. Il agite une poignée de cartes de visite.

« Des collectionneurs d'art, et mon *père*. »

Il secoue la tête ; il n'arrive pas à y croire.

« Un jour, je lui dirai.

— J'en suis contente. »

Je serre fortement sa main dans la mienne.

« Vraiment, vraiment contente. »

Sophie passe en revue ses cartes de visite.

« Pas ce mec. »

Elle chiffonne l'une d'elles.

« Ma tante le connaît. C'est un arnaqueur. Mais ces deux-là… »

Elle remet les cartes dans ses mains.

« Ils sont réglos. »

Il marque une pause, surpris, et un sourire se forme sur sa bouche.

« Merci. »

Puis, ils se dirigent vers le Dragon, de l'autre côté de la scène. Sophie l'autoritaire a surpassé Sophie la coquette ce soir, mais je suis ravie qu'elle ait ces deux qualités.

Nous sommes forts.

Nous pouvons être ce que nous voulons : des filles, des fils, des mères, des pères, des citoyens, des êtres humains. Nous l'avons montré à Taipei ce soir. Et à l'avenir, nous le montrerons au monde entier.

Une main familière se pose sur mon épaule.

Je lève la mienne pour la prendre tout en me retournant.

Rick sourit.

« On a réussi.

— On a réussi. »

Je lui rends son sourire, puis je vois mon père sortir de l'ascenseur de la scène dans son fauteuil roulant.

« Attends une seconde, Rick. Salut, Papa. »

J'avance vers lui.

Il tend les bras en roulant vers moi.

« Ever, ton bras ! Quand je t'ai vue monter sur scène, ta cheville qui a cédé…

— Je devais le faire.

— Tu risques d'avoir endommagé ton corps pour de bon ! »

Mon père tend la main vers ma cheville et je la place sur ses genoux. Il l'examine de ses doigts experts, la pose et se lève pour vérifier que mon épaule va bien. J'ai mal, mais sans plus, et il finit par s'asseoir de nouveau dans son fauteuil.

« Tu dois laisser ton bras et ta cheville se reposer pendant un mois. *Au moins.*

— Promis », dis-je.

Et je suis sérieuse. Certaines règles ne se discutent pas. Il me prend la main.

« Tu as été incroyable. Et tu es tellement belle. Peut-être que tu pourrais m'apprendre à faire tourner un bâton quand on sera de retour à la maison. Je l'ai vu faire dans un film de kung-fu. »

Ma gorge se serre.

« D'accord. »

Rick attend en retrait. À présent, je lui prends la main pour qu'il approche. Mon père écarquille les yeux et je me demande combien d'autres surprises il pourra supporter ce soir. Mais je n'en ai plus qu'une.

« Papa. »

Je souris.

« Tu te souviens du jeune prodige ? »

ÉPILOGUE

L'aéroport international Taïwan-Taoyuan de Taipei est rempli de milliers de voyageurs, mais cette fois, cette effervescence semble chaleureuse et non pas menaçante. Il y a des choses qui ne me manqueront pas : trop de mobylettes, l'humidité étouffante... Mais je me suis prise d'affection pour les gens, le marché nocturne, la nourriture de rue un peu partout. L'intensité de mes amitiés de la croisière de l'amour me manquera et je suis heureuse de les avoir. L'anonymat que me confère l'effet de groupe me manquera, mais peut-être que je n'étais pas faite pour l'anonymat.

Et en ce qui concerne le mandarin, j'apprécie désormais beaucoup plus le bilinguisme de mes parents. Je n'arrive toujours pas à lire plus de quelques douzaines de caractères. Mais les panneaux, les journaux et les magazines ne sont plus remplis de symboles qui semblent imprimés au hasard. Maintenant, ils ont un sens : portes, yeux, mains, hommes, viande, eau, dague-hache, terre, pluie, arbres, soleils et lunes, bois, feu, électricité, or et oiseaux à queue courte.

Pour l'instant, le fait de savoir qu'il y a un sens dans tout cela est suffisant.

Je marche à côté de mon père, qui est assis dans son fauteuil roulant, et pose ma main sur son épaule, ce qui est nouveau pour nous deux.

Il pose la sienne sur la mienne et me sourit.

« Prête à rentrer à la maison ?

— Je suis prête. »

J'ai acheté un troisième *bō* pour Pearl, ainsi nous pourrons nous entraîner avec notre père, et j'ai une surprise pour ma mère : un petit fruit du dragon violet que j'ai fait passer en douce dans deux paires de chaussettes dans ma valise. Après avoir été harcelée pendant des années par les agents de la douane à la frontière, je suppose qu'ils m'en doivent bien une.

Son visage habituellement sévère s'adoucit.

« Ever, c'est mon…

— Préféré. Je sais. »

Je souris. Ce n'est pas un collier de perles, mais cela prouve quand même que j'ai pensé à elle.

Quelques semaines après mon retour, une fois que je me suis remise du décalage horaire et après mes retrouvailles joyeuses avec Megan et Dan, ainsi qu'un appel à Mei-Hwa qui est retournée à l'université grâce à nous, je prépare un thé rouge oolong et pose trois tasses sur le plan de travail de la cuisine.

« Maman ? Papa ? Est-ce qu'on peut parler ? »

Derrière la table de la salle à manger, ma mère lève les yeux d'un tas de factures. Mon père plie son journal, retire ses lunettes, les essuie avec le bord de sa chemise et les remet sur son nez.

Après un été plein de premières fois, voilà la première fois où je les aborde avec des nouvelles de ma part. Je leur ai infligé de petites déceptions tout l'été, même s'ils n'en savent pas la moitié. Je me suis déçue aussi, parfois.

Mais je suis encore debout.

Et à présent, je suis prête à les décevoir plus que jamais.

Je m'assois en face d'eux.

« J'ai beaucoup réfléchi à Taïwan, dis-je. Ça ne va pas être facile à entendre, mais je ne vais pas aller à Northwestern en septembre. »

Les lunettes de mon père glissent à nouveau. Ma mère pose sa tasse.

« Everett…

— Écoutez-moi, s'il vous plaît. Je ne veux pas être médecin. Dans le fond, je l'ai toujours su, mais j'avais peur de le reconnaître. »

Je souris.

« J'ai la tête qui tourne quand je vois du sang. Ce n'est pas très encourageant pour commencer une carrière dans la médecine.

— Ça ne devrait pas t'empêcher de continuer, proteste mon père, mais je pose ma main sur la sienne.

— Je pourrais le surmonter, tu m'as élevée comme ça. La véritable raison, c'est que… »

Je prends une inspiration pour me donner du courage.

« Je veux danser. Je veux créer des chorégraphies. Et je suis douée pour ça. Je vais prendre une année sabbatique et travailler pour le studio Zeigler en tant que professeure de danse et je vais envoyer ma candidature à des écoles de danse et à des programmes de bourses pour l'automne prochain. J'ai un film de la chorégraphie que j'ai montée à Taïwan et je vais l'inclure à mon dossier.

— La danse, ce n'est pas une carrière réaliste. »

Ma mère est aussi froide que l'air matinal.

« Recommencer de zéro, ce n'est pas réaliste. Qu'est-ce que tu feras si tu ne trouves pas de travail après être allée dans une école de danse ? Aucune école de médecine ne voudra de toi. Non, tu as travaillé trop dur. Tu vas finir tes études de médecine et la danse sera un loisir.

— Maman, tu ne m'as pas écoutée, dis-je. Je ne vais pas aller en faculté de médecine. »

Je sors une enveloppe qui est arrivée aujourd'hui et leur tends la lettre de Northwestern. Un chèque est joint à celle-ci.

« J'ai appris à négocier cet été, grâce à ma camarade de chambre. Je leur ai demandé de nous rendre l'acompte. »

Ma mère met son tas de factures de côté et prend la lettre. Elle croise mon regard. Avec un pincement au cœur, je remarque de nouvelles rides autour de ses yeux et sur son front. Elles s'approfondissent.

« C'est une bêtise. »

Ses mains usées se posent sur la table et elle se lève.

« La danse, ça ne permet pas de se nourrir ! Comment est-ce que tu peux nous faire une chose pareille ? Comment est-ce que tu peux faire ça à ton père ? Tu es encore ingrate, après tout ce qu'on a fait ?

— Paula..., dit mon père, mais elle le fait taire.

— Ce n'est pas pour ça qu'on l'a élevée. Nous avons tout donné pour elle. Tout ! »

Je reste assise, les mains enroulées autour de ma tasse chaude. Au début de l'été, ses mots auraient mis mon âme en pièces. Au milieu de l'été, j'aurais peut-être rugi : *Dans ce cas, je mourrai de faim, et puis c'est tout !*

À présent, son regard noir fait peser un poids sur mon estomac comme si j'étais arrivée en bas des montagnes russes.

Mais ensuite, je continue d'avancer pour franchir la côte suivante.

Je mourrais pour ma famille s'il le fallait. J'émigrerais vers un autre pays et je renoncerais à la chance de danser pour défaire des pansements trempés de sang toute la journée si cela signifiait que je pouvais fournir de la nourriture et un abri à ma famille. Mais grâce à eux, ce n'est pas nécessaire. Je n'ai pas besoin d'être comme mon père, qui pousse un chariot, qui empeste l'antiseptique et qui désire être ailleurs, là où mon âme peut vivre.

« Maman, Papa, vous avez eu le courage de venir aux États-Unis sans vos familles. Papa a renoncé à la médecine pour que nous puissions grandir ici. Il a fallu avoir du courage, et c'est ce que j'ai appris grâce à vous. Vous avez renoncé à la sécurité et vous avez pris des risques pour avoir une meilleure vie. C'est ce que je fais aussi. Je veux utiliser ma danse pour attirer l'attention sur les gens à qui personne ne s'intéresse. »

Ma mère sort de la pièce en trombe.

Mon père a encore l'air ébahi, mais ne semble pas en colère. Le petit bout de confiance que nous avons eu tant de mal à gagner existe encore entre nous.

« Elle changera d'avis. »

Il serre ma main dans la sienne, puis la suit.

Cette conversation longue et difficile s'étend sur plusieurs jours, interrompue par les repas, le travail, le récital de Pearl et sa Sonate en *do* majeur de Mozart, qu'elle réussit haut la main, puis par son premier jour de collège et un adieu déchirant avec Megan. Mais je suis ravie d'avoir cette conversation. Pendant trop longtemps, j'ai caché mon amour pour la danse et mes grands rêves aux yeux de mes parents.

Je ne veux plus le faire.

Ma mère cesse de me parler. Mais je sais que même si elle se trompe en ce qui concerne ce dont j'ai besoin, elle veut ce qu'il y a de mieux pour moi. Mon père ne dit pas grand-chose, comme d'habitude, mais sous son silence, c'est du soutien que je perçois et non pas un jugement. Peut-être qu'il en a toujours été ainsi.

Mon père sait ce que ça fait de renoncer à ses rêves. Et à présent, je comprends que le fait de rejeter leur souhait n'équivaut pas à les rejeter, *eux*.

Je lutte contre un autre type de culpabilité. Suis-je la fille qui recule devant la science et les carrières traditionnellement réservées aux hommes ? La réponse est non. J'aime que mes parents n'aient jamais considéré mon genre comme un obstacle dans ma réussite professionnelle. Cela m'a permis d'avoir des choix que Sophie n'a jamais eus.

J'ai le choix.

Et je ne décide pas aveuglément. J'ai pris en compte toute l'ampleur de cette décision et maintenant, je sais que je serai mille fois plus heureuse en dansant sur la scène d'un théâtre communautaire plutôt que de conseiller le Bureau ovale en tant que ministre de la Santé.

Sophie m'appelle pendant sa journée d'orientation à Dartmouth : comme Spencer, sa camarade de chambre veut se présenter aux élections un jour et mon amie a déjà l'ambition de devenir présidente du club d'entrepreneurs. Xavier, à qui Sophie parle une fois par semaine, a refusé une place dans un lycée privé et chic dans le Massachusetts où son père l'a fait entrer grâce à un don considérable et il a déménagé à Los Angeles pour travailler sur le décor d'un théâtre indépendant, un emploi qu'il a obtenu grâce à l'acheteur de *Trois vieillards*.

« Et tu ne vas pas y croire, dit Sophie. Jenna a été admise dans le programme de médecine de Northwestern.

— Tu déconnes ? »

Je serre le téléphone dans ma main.

« Elle a eu ma place.

— Marc avait raison, pas vrai ? »

Sophie est exaspérée.

« Une Asiatique ou un autre, peu importe. Mais elle a différé son acceptation.

— Vraiment ?

— Elle va prendre une année sabbatique pour travailler avec un thérapeute. Elle a dit qu'elle n'était pas encore prête.

— C'est super, dis-je. Pour tout un tas de raisons. »

Le 24 août, Rick me rend visite de Yale et mon père a une nouvelle à annoncer aussi. Il marche encore avec des béquilles et ses tâches ont été allégées au travail.

« J'ai décidé d'arrêter de travailler à la clinique de Cleveland et de devenir consultant à plein temps. Le docteur Lee m'encourage à le faire depuis longtemps et il m'a obtenu un autre contrat à Taitung. »

Je me lève pour le serrer dans mes bras.

« Papa, c'est génial. Félicitations.

— C'est risqué, admet-il. Si les choses tournent mal, je pourrais gagner moins d'argent qu'à l'hôpital. Le timing ne m'a pas l'air très bon, étant donné que tu ne vas pas en faculté de… euh… étant donné que tu changes de voie. Mais j'y pense depuis dix ans. Et tu es tellement heureuse. Peut-être que nous ne pouvons pas cacher qui nous sommes.

— On ne peut pas », dis-je.

Rick propose à mon père de l'aider à installer son bureau à distance et ils passent plusieurs jours à étudier la configuration d'un amplificateur de Wi-Fi, d'une batterie externe et d'un écran de télétravail.

« Merci. »

Je passe mon bras autour de la taille de Rick et il en pose un sur mon épaule tandis que nous admirons le résultat.

« C'est le bal des anciens élèves en octobre », me rappelle Rick alors que mon père branche sa lampe de bureau.

Pendant qu'il a le dos tourné, Rick et moi nous embrassons en silence.

« Je serai là. »

Ma mère fête le premier contrat de mon père en se permettant d'acheter les stores d'intérieur blancs qu'elle a toujours voulus.

« Ça aidera ton père à se concentrer quand il aura besoin d'être tranquille », se justifie-t-elle. Mais tandis que je danse dans le salon au rythme d'une chanson dans ma tête en me préparant à donner un cours au studio Zeigler, je la surprends assise sur le canapé, en train d'admirer ses stores en souriant.

Nous avons tous fait du chemin.

J'ouvre la porte, descends les marches en dansant, et fais une pirouette. Le soleil brille dans un ciel sans nuages. Je n'ai pas ouvert les battants de ma lanterne d'aveugle. Je les ai arrachés de leurs gonds.

Ils ne peuvent plus contenir la supernova.

NOTE DE L'AUTRICE

Écrire un roman en anglais avec trois dialectes chinois différents a été plus compliqué que je ne l'imaginais. Je n'avais pas beaucoup de matériel sur lequel me baser, alors j'ai pris mes propres décisions concernant l'orthographe, l'utilisation de l'italique et les marques de tonalité. Je ne sais pas si tout est correct, mais j'espère avoir rendu la lecture aussi facile que possible.

La plupart des dialogues en chinois de cet ouvrage ont été écrits en *Hànyǔ pīnyīn*, le système de romanisation officiel du mandarin standard. En ce qui concerne les mots chinois utilisés couramment en anglais, comme *qipao, pinyin* et *dim sum* (cantonais), j'ai décidé de ne pas utiliser de marques de tonalité pour qu'ils se fondent dans le texte en anglais. Il en va de même pour les noms de personnages et de lieux, comme *Mei-Hwa* et *Ai-Mei*, qui apparaissent souvent dans les phrases en anglais, même si on les retrouve parfois dans des phrases contenant des mots en *Hànyǔ pīnyīn*.

Chien Tan est l'orthographe choisie par le campus lui-même et utilise le système Wade-Giles, l'ancien système de romanisation principal à Taïwan.

Le pinyin *hokkien* est basé sur le système de romanisation Peh-ōe-jī, l'un des nombreux systèmes pour le hokkien taïwanais.

REMERCIEMENTS

Beaucoup de monde m'a aidée au cours de mes douze ans de carrière littéraire. Je n'ai pas assez d'encre pour tous les remercier.

Je suis reconnaissante envers les personnes suivantes qui m'ont aidée à donner vie à ce roman.

Mon équipe chez HarperCollins :

Ma merveilleuse éditrice, Kristen Pettit, dont la vision, l'énergie et la créativité ont permis d'écrire un livre magnifique. Merci pour toutes les manières dont tu changes notre monde.

Jenna Stempel-Lobell, Corina Lupp, Janice Sung et Jennet Liaw, merci pour l'incroyable couverture et pour votre travail en général.

Cindy Hamilton, Ebony LaDelle, Jane Lee, Sari Murray, Clare Vaughn, Michael D'Angelo, l'équipe d'Epic Reads, Shenwei Chang, Jessica Gold et toute l'équipe de marketing et de publicité qui font connaître ce roman au monde.

Ma famille de New Leaf :

Jo Volpe, qui, dix ans avant de devenir mon agent, m'a encouragée en tant qu'écrivaine en herbe quand elle m'a envoyé un exemplaire de mon premier manuscrit avec des annotations à la main. Avec toi, les possibilités sont infinies.

Pouya Shahbazian, qui m'ouvre les rideaux d'Hollywood.

Meredith Barnes, merci d'avoir connecté toutes mes vies quand je n'étais pas sûre de pouvoir le faire.

Mia Roman, Veronica Grijlva, Abigail Donoghue, Jordan Hill, Kelsey Lewis, Mariah Chappell, Hilary Pecheone, Cassandra Baim et toute l'équipe de New Leaf. Suzie Townsend, merci pour ton accueil chaleureux !

Ma communauté VCFA :

Shelley Tanaka, A.M. Jenkins, Lyn Miller-Lachmann, Rachel Yeaman, Monica Roe, Gena Smith, Suma Subramaniam, Heather Hughes, Lianna McSwain, Laura Atkins. Susan Korchek, merci pour nos conversations sur la dyslexie.

Mes partenaires de la critique : Sabaa Tahir, Stephanie Garber, Stacey Lee (une autre famille de deux membres de la croisière de l'amour), Kelly Loy Gilbert, I. W. Gregorio, Sonya Mukherjee. Votre générosité et votre foi en moi ont permis à ce livre d'exister.

Ma communauté d'écrivains de San Francisco : les auteurs de SCBWI NorCal, Melanie Raanes, Angela Mann et tous les libraires de notre cher Keplers Books. Je vous suis profondément reconnaissante pour votre amitié au cours de toutes ces années.

Mes amis de l'université et de ma communauté, qui sont tous pleins de sagesse : ma camarade de chambre Judy Hung Liang, Chienlan Hsu, Emily Sadigh, Jennifer H. Wu, Paula Fernandez, Kavitha Ramchandran. Quand nous nous sommes rencontrées, il y a tant d'années, nous voulions changer le monde, et c'est ce que nous sommes en train de faire.

Yang-Sze Choo et James Cham, merci pour des années de patience et de conseils.

Olivia Chen, pour ses idées de marketing créatives et illimitées pour la visite de l'usine de bubble tea.

Jill et Nathan Schmidt, pour leurs splendides baguettes. J'ai été très fière de les utiliser.

Pour leurs merveilleux retours professionnels : Noa Wheeler, Anne Ursu, Lewis Buzbee, Jordan Brown et Cathy Yardley. Meghan Hopkins, pour avoir pris soin de vérifier les passages parlant de santé mentale.

Brian Yang, Bing Chen, Chris Kim, Eugene Wei et Pier Nirandara, pour votre soutien tandis que je me lance à Hollywood. Stephanie Yang, merci.

Pour avoir pris le temps de discuter à propos de ce roman : Carey Lai (ton conseil sur le combat au bâton *bō* a changé l'histoire !), Emily Yao, Eugene Wei, Jerry Chiang, David Lee, Dave Lu, Andy Wen. Ferdinand Hui pour les présentations. Tony Lin, mon guide sur l'île de Taïwan.

Mon frère et ma sœur, Byron et Liza Hing, pour leurs conseils et leur soutien, Colleen Hing Linde pour avoir lu fidèlement chaque mot de mes romans, et Brooks Linde, pour ses prières très utiles.

Mes parents, Ray et Barbara Lim Hing. C'est encore si important pour moi de vous rendre fiers.

Mes fils, Aidan et Alistair. Vous êtes les plus grandes joies de ma vie.

Mon mari et meilleur ami, Andy. Je ne sais pas qui je serais sans toi.

Et à Celui qui fait tout en temps voulu.